tea hit

Dello stesso autore in edizione TEA:

Le avventure di Dirk Pitt
Vortice
Enigma
Iceberg
Recuperate il Titanic!
Virus
Salto nel buio
Missione Eagle
Cyclops
Tesoro
Dragon
Sahara
L'oro dell'Inca
Onda d'urto
Alta marea
Atlantide
Walhalla
Odissea
Vento nero
Il tesoro di Gengis Khan
Morsa di ghiaccio
Alba di fuoco
La freccia di Poseidone
Havana Storm
Missione Odessa
Il destino del faraone

« NUMA files »
Il serpente dei Maya
Oro blu
Lo zar degli oceani
Morte bianca
La città perduta
Tempesta al Polo
La stirpe di Salomone
Medusa
I cancelli dell'inferno
Uragano
Terremoto
Naufragio
Il segreto di Osiride
Il mistero degli Inca
Come l'alta marea

« OREGON files » - Le avventure del capitano Juan Cabrillo
L'oro dei Lama
La pietra sacra
I predatori
Skeleton Coast
La nave dei morti
Corsair
Oceani in fiamme
Giungla
Miraggio
Piranha
La vendetta dell'imperatore
La furia del tifone
I tiranni delle ombre

Le « avventure vere »
Cacciatori del mare
Navi fantasma

Le avventure di Sam e Remi Fargo
L'oro di Sparta
L'impero perduto
Il regno dell'oro
Sepolcro
L'enigma dei Maya
La leggenda dell'Azteco
Le isole della morte
Pirati
Il tesoro dei Romanov
Lo Spettro grigio

Le indagini di Isaac Bell
Il cacciatore
Sabotaggio
Intrigo
Fuga
In mare aperto
Attentato
Il contrabbandiere
Il cecchino
Il gangster

Clive Cussler
e Robin Burcell

Lo Spettro grigio

Romanzo

Traduzione di
Federica Garlaschelli

TEA

TEA - Tascabili degli Editori Associati S.r.l., Milano
Gruppo editoriale Mauri Spagnol
www.tealibri.it

Titolo originale
The Gray Ghost

Prima edizione TEA Hit ottobre 2023

LO SPETTRO GRIGIO

Personaggi

1906

Reginald Reggie Oren, cugino di Jonathon Payton

Charles Rolls e Henry Royce, titolari della Rolls-Royce Limited

Jonathon Payton, quinto visconte Wellswick

Elizabeth Oren, moglie di Reginald

ORFANOTROFIO PAYTON

Toby e *Chip Edwards*, due orfani

Will Sutton, investigatore privato di Manchester ingaggiato dalla Rolls-Royce Limited

Isaac Bell, investigatore privato americano della Agenzia investigativa Van Dorn

Miss Lydia Atwater, insegnante all'orfanotrofio Payton

Mac, Eddie e *Finlay*, ladri d'auto

Barclay Keene, titolare della Barclay Keene Electric Motor Works

AI GIORNI NOSTRI

Sam Fargo

Remi Fargo

Eunice Libby Fargo, madre di Sam

Albert Payton, settimo visconte Wellswick

Oliver Payton, nipote di Albert

Kimberley, concierge al The Inn at Spanish Bay

Selma Wondrash, capo ricercatrice dei Fargo

Zoltán, pastore tedesco dei Fargo

Professor Lazlo Kemp, ricercatore e crittologo dei Fargo

Pete Jeffcoat e Wendy Corner, assistenti di Selma

Geoffrey Russell, gestore finanziario personale dei Fargo

A MANCHESTER
Arthur Oren, cugino molto lontano dei Payton
Colton Devereux, ex militare delle Forze Speciali assoldato da Oren
Frank e Bruno, malviventi al servizio di Oren
Mrs Beckett, governante di Villa Payton
Allegra Payton Northcott, sorella di Oliver
Trevor Payton Northcott, figlio di Allegra
Dex Northcott, ex marito di Allegra
David Cooke, avvocato di Albert Payton
Bill Snyder, investigatore privato assunto da Cooke
Chad Williams, meccanico che restaura la Grey Ghost

IN ITALIA
John e Georgia Bockoven, ex fotografi per la rivista *Sports Car Market* che gestiscono un'azienda vinicola e un bed & breakfast
Paolo Magnanimi, proprietario del ristorante Hostaria Antica Roma
Luca, conoscente di Lorenzo Rossi
Lorenzo Rossi, intermediario che traffica in merci rubate
Marco Verzino, proprietario di un appartamento alla Fontana di Trevi

IN FRANCIA
Monsieur Marchand, direttore della sede di Parigi della società di Lorenzo Rossi
Suzette, segretaria di Marchand

Prologo

Manchester, Inghilterra
Marzo 1906

Sapendo di essere in ritardo per il lavoro, Reginald Oren attraversò a passo svelto la strada di ciottoli ancora scivolosa dopo la pioggia caduta durante la notte. Schivò una carrozza trainata da cavalli, superò con un balzo una pozzanghera e infine corse verso un edificio di mattoni che occupava mezzo isolato. Appena ebbe varcato la soglia, si sfilò il cappotto, lo appese a un gancio proprio accanto alla porta e, senza far rumore, entrò in un'ampia stanza nella quale alcuni giovani impiegati sedevano alle loro scrivanie. Poiché erano tutti concentrati sull'altro lato della stanza, il ritardo di Reginald passò inosservato. Lui prese posto e gettò un'occhiata verso la porta aperta dell'ufficio, dove Charles Rolls e Henry Royce, entrambi in abito scuro, stavano parlando con un agente di polizia.

« Sbaglio o c'è aria di guai? » commentò Reginald lanciando uno sguardo a suo cugino, Jonathon Payton, che occupava la scrivania accanto alla sua. « Cosa mi sono perso? »

« È sparito. »

« Cosa è sparito? »

« Il prototipo della 40/50. »

« Quand'è successo? »

« Stanotte. Questa mattina sono entrati per ultimare la carrozzeria, ma l'auto non c'era. »

Reginald si appoggiò allo schienale e si guardò intorno, dopodiché si soffermò sugli uomini nell'ufficio, immaginando quali sarebbero state le ripercussioni per la casa automobilistica. La Rolls-Royce Limited aveva investito non solo tutto il capitale, ma anche il denaro dei suoi investitori nel perfezionamento di quel motore a sei cilindri e nello sviluppo di un telaio in grado di affrontare anche le strade di campagna più accidentate, spendendo fino all'ultimo centesimo. Benché il mondo intero li deridesse, dando loro dei visionari, Rolls e Royce avevano perseverato. E adesso, proprio quando erano a un passo dal portare a termine quell'impresa impossibile...

Jonathon si sporse verso di lui e abbassò la voce. « Elizabeth è stata contenta? »

« Contenta? » ripeté Reginald senza riuscire a distogliere lo sguardo dalla scena davanti ai suoi occhi. Elizabeth, sua moglie, era andata a trovare la madre con il loro figlio appena nato, ma Reginald non si spiegava per quale motivo a Jonathon fosse venuto in mente di chiedergli di lei in un momento simile. « Di cosa? »

« Del pianoforte. »

Reginald pensò che fosse un vero peccato non poter sentire di cosa stessero discutendo là dentro. Poi, ricordando finalmente che la sera prima aveva chiesto al cugino di dargli una mano con il pianoforte, si voltò verso di lui. « Lo sarà senz'altro. Avrei voluto ringraziarti per avere aiutato me e i miei amici a spostarlo, ma sei scomparso nel nulla. Un attimo eri accanto a me, quello dopo non c'eri più. »

« Temo di avere alzato un po' troppo il gomito. Non so esattamente cosa sia successo. » Tacque per un momento. « Non lo dirai a mio padre, vero? » sussurrò poi.

« Certo che no. »

Il padre di Jonathon, il visconte Wellswick, aveva cresciuto Reginald dopo la morte dei suoi genitori, sebbene lui avesse sempre sospettato che sarebbe finito in un orfanotrofio, non fosse stato per l'intervento della madre di suo cugino. Cosa piuttosto ironica, considerando che era proprio lei il motivo dell'odio tra i loro padri. Il padre di Reginald era infatti innamorato di lei, la quale però, disponendo di un patrimonio in grado di salvare il viscontado, era stata data in sposa al padre di Jonathon. Reginald si domandava spesso se si fosse pentita di quel matrimonio. Suo marito, il visconte, non solo era parsimonioso oltre ogni misura, ma anche rigido e severo. Di sicuro non avrebbe approvato che uno di loro trascorresse una serata in una delle tante taverne locali a bere birra con gli abitanti del quartiere. Il visconte teneva moltissimo al decoro. Cos'avrebbero pensato i suoi amici se suo figlio e suo nipote si fossero comportati in modo inappropriato? E giacché per il visconte le apparenze erano tutto, pretendeva che Reginald e Jonathon vigilassero sulla gestione dell'orfanotrofio che portava il suo nome. Jonathon, destinato a ereditare il titolo di visconte e le proprietà dei Payton, doveva farsi vedere lì sei giorni a settimana, e di norma vi si fermava sulla via del ritorno dal lavoro. Per come la vedeva Reginald, quello era l'unico vantaggio di essere il parente povero ospitato sotto il tetto dello zio. A lui infatti era richiesto di dedicarsi all'orfanotrofio soltanto due volte a settimana. Un impegno che naturalmente si sommava ai sei giorni di lavoro settimanale dei due cugini presso la Rolls-Royce.

A casa Payton non c'era nulla di regalato, poiché il vecchio riteneva che un lavoro da svolgere quotidianamente rinsaldasse il carattere. Se il visconte avesse scoperto che Reginald aveva portato Payton sulla cattiva strada, probabilmente lui, sua moglie e loro figlio sarebbero stati cacciati di casa. « Non preoccuparti », rispose Reginald guardando di nuovo verso l'ufficio. « Il segreto dei tuoi eccessi alcolici è al sicuro con me. »

Guardò i tre uomini che stavano ancora parlando. I due proprietari, Rolls e Royce, avevano il viso tirato; quella perdita era certamente stata un duro colpo. Temendo che qualcuno potesse cercare di mettere le mani sui loro progetti, avevano mantenuto il riserbo più assoluto, rivelando soltanto agli investitori dell'esistenza di quell'auto soprannominata Grey Ghost in virtù del colore della carrozzeria e della silenziosità del motore 40/50. Tuttavia non avevano pensato che a qualcuno potesse venire in mente di rubare l'intero veicolo. Il padre di Payton, il visconte, aveva messo a disposizione la rimessa di famiglia per il tempo necessario a dotare l'auto di una carrozzeria personalizzata. Speravano di riuscire a presentarla al pubblico all'Olympia Motor Show di lì a pochi mesi. Dopo averne discusso, Reginald e Jonathon avevano concordato che lì il veicolo sarebbe stato più al sicuro che in fabbrica, dove era più probabile che si aggirasse qualcuno intenzionato a rubare i progetti tecnici. Era stato però Jonathon a dare voce alla proposta. « Una vera sfortuna che il furto sia avvenuto proprio mentre l'auto era sotto la tua custodia, non trovi? » osservò Reginald.

« Puoi dirlo forte. Immagino che presto mi ritroverò a spasso. »

« Ti hanno detto qualcosa? »

« No », sussurrò Payton, che sbiancò quando vide Mr Rolls stringere la mano dell'agente e accompagnarlo fuori.

Mr Royce uscì dopo di loro e guardò nientemeno che Jonathon. « Avete un momento? »

« Subito, signore. » Jonathon Payton si alzò e, senza rivolgere un solo sguardo al cugino, si diresse verso l'ufficio.

« Chiudete la porta. »

« Sì, signore », rispose Jonathon obbedendo.

Reginald adocchiò un armadietto contro la parete sul quale erano impilate alcune riviste, lo raggiunse con aria indifferente, prese il numero in cima e finse di leggerlo. Attraverso il muro sottile riuscì a seguire senza alcuno sforzo la conversazione che si stava svolgendo dall'altra parte.

« Avrete senz'altro saputo cos'è successo », disse Mr Royce a Jonathon.

« Sì. »

« Vi rendete conto di cosa significa per noi? »

Reginald si sporse in avanti. Essendo responsabile dei libri contabili, sapeva come veniva speso ogni singolo penny dell'azienda, quindi sapeva anche quali conseguenze ci sarebbero state per gli investitori se quell'auto non fosse stata ritrovata e non avesse cominciato a generare profitti. Sarebbero finiti in bancarotta tutti quanti, compreso suo zio, il visconte, che aveva investito nella Rolls-Royce tutto ciò che aveva. Reginald però non riuscì a sentire la risposta di Jonathon perché proprio allora Mr Rolls, rientrato dopo avere accompagnato fuori l'agente, rischiò di andare a sbattere contro di lui.

« Chiedo scusa », disse Mr Rolls mentre lo superava. Fece per aprire la porta, ma poi si fermò e osservò prima Reginald e poi gli altri giovani seduti alle loro scrivanie, tutti concentrati su ciò che stava succedendo dietro la porta dell'ufficio. « Va da sé che siamo tutti estremamente preoccupati per questo imprevisto, ma ce la caveremo. Nel frattempo, perché non ci rimettiamo al lavoro? »

Gli impiegati e Reginald annuirono, e il loro datore di lavoro tese le labbra in un sorriso turbato prima di entrare nell'ufficio. « È una catastrofe », disse spingendo la porta dietro di sé per chiuderla, dal momento che la serratura era difettosa. « Dobbiamo trovare quel motore. »

« Perché mai qualcuno avrebbe dovuto commettere un furto del genere? » disse Mr Royce. « La carrozzeria non era nemmeno ultimata, per la miseria. »

« Tu cosa ne dici? » replicò Rolls. « Qualcuno deve aver mandato delle spie a ficcanasare per cercare di batterci sul tempo. Chiunque sia stato, ha rubato quell'auto perché non è in grado di costruire qualcosa che assomigli anche solo lontanamente a ciò che abbiamo creato noi. »

« Il problema è che si tratta ancora di un prototipo. Se qualcun altro la presenterà al pubblico prima di noi, perderemo tutto quanto. I nostri investitori ci pianteranno in asso. »

« Hai ragione. E se perdessimo il brevetto? » domandò Rolls. « Dobbiamo ritrovare quell'auto prima dell'Olympia Motor Show. »

« Il poliziotto ci ha consigliato di ingaggiare un investigatore. »

Mr Rolls rispose con uno sbuffo sarcastico. « Non sono sicuro che sia il caso di far sapere del furto ai nostri investitori. Significherebbe ammettere che non siamo nemmeno in grado di badare ai nostri prodotti e di impedire che finiscano in mano alla concorrenza. »

Jonathon Payton era sul punto di dire qualcosa, ma la voce gli venne meno. Si schiarì la gola e ritentò. « E i componenti che abbiamo mandato in lavorazione? Se riuscissimo ad averli per tempo, forse potremmo completare l'altra 40/50. »

« Ottima idea », disse Royce. « Ormai dovrebbero essere pronti. Provate a dare un colpo di telefono, Payton. Se i componenti sono ultimati, chiedete che vengano messi sul primo treno. Chissà che non riusciamo a salvare quest'azienda. »

Una settimana dopo

Appena prima dell'alba, Toby Edwards e suo fratello Chip, rispettivamente dieci e nove anni, camminavano per strada evitando i punti in cui si era raccolta la pioggia dopo il diluvio del giorno prima. Si fermarono all'imbocco del vicolo. «Aspetta qui», disse Toby spingendo il fratello in un angolo buio. «Torno subito.»

«Perché non posso venire anch'io? Sarò silenzioso come un topolino.»

«Tu aspetta e basta. Se dovesse succedere qualcosa, torna indietro di corsa.»

Il fratello annuì, e Toby si allontanò. L'ultima volta che aveva rubato del pane al fornaio, ci era mancato poco che lo beccassero per colpa di una profonda pozzanghera in cui era disgraziatamente finito. L'acqua gli aveva inzuppato le suole consumate delle scarpe, che avevano cominciato a squittire a ogni suo passo. Un cliente l'aveva sentito, aveva gridato al fornaio che c'era un ladro e si era messo a rincorrerlo.

Toby non avrebbe commesso un'altra volta lo stesso sbaglio.

Per timore che il fornaio potesse sorprenderlo di nuovo, non si era fatto vedere per diversi giorni, ma poi la fame l'aveva costretto all'ennesima incursione. Stavolta, quando fu sul retro della bottega, mosse le dita dei piedi, constatando con sollievo che erano asciutti. Si guardò indietro e riuscì a malapena a distinguere la sagoma del fratello nel buio. Appurato che stava aspettando come promesso, Toby entrò in azione.

L'attesa era la parte più difficile. Inspirò il profumo di pane appena sfornato che aleggiava nel vicolo. Tutte le mattine il fornaio apriva la porta sul retro di uno spiraglio, quanto bastava per permettere al suo gatto tigrato grigio di entrare e uscire a piacimento. In quel momento la porta era chiusa, e Toby si domandò se il fornaio, dopo averlo quasi acciuffato, avesse capito che tenerla aperta era un invito a derubarlo. A ogni minuto che passava, era sempre più sconsolato. Era sul punto di gettare la spugna quando la porta si aprì. Il gatto sgusciò fuori e si diresse verso di lui sui ciottoli bagnati, muovendosi senza far rumore sulle minuscole zampette. Appena gli fu accanto, sfregò il muso baffuto contro i suoi pantaloni rattoppati.

Quando il gatto miagolò, Toby gli si accovacciò accanto e gli accarezzò la testa, sentendolo fare le fusa sotto la punta delle dita. « Ssst », sussurrò con lo sguardo fisso sulla porta.

Finalmente udì il debole tintinnio del campanello fissato sull'uscio della bottega, e subito dopo il fornaio salutò con la sua voce profonda il cliente appena entrato. Di solito, gli unici ad avventurarsi fuori così presto erano i domestici delle grandi ville signorili, dove il pane non si preparava certo in casa.

Toby si avvicinò e tese l'orecchio prima di infilarsi nel retrobottega. Avvolto all'istante da un piacevole tepore, pensò a quanto sarebbe stato bello trovare un posticino in cui trascorrere la notte senza essere visto, magari sotto il tavolo, e dormire al caldo...

In quel momento però la sua priorità era il cibo. D'un tratto si arrestò, piombando nello sconforto. La cesta con le pagnotte bruciate e spezzate che il fornaio lasciava sempre sul tavolo stavolta non c'era.

Il tavolo era vuoto.

Toby guardò subito verso la porta che dava sulla bottega e riuscì a intravedere una sfilza di pagnotte perfette impilate nelle ceste sul bancone.

Per un attimo si domandò quanto poteva essere difficile correre di là, agguantarne una e darsela a gambe, ma non si sarebbe mai azzardato a fare nulla di simile. Un conto era prendere qualcosa che sarebbe stato buttato comunque, ma rubare spudoratamente qualcosa con cui il fornaio si guadagnava da vivere era tutta un'altra storia.

Con lo stomaco che brontolava, cominciò a indietreggiare, e inavvertitamente urtò una cassa di legno accanto alla porta. Dapprima restò immobile, poi tirò un sospiro di sollievo nel constatare che nessuno stava accorrendo in cucina. Solo mentre si voltava per andarsene si accorse di cosa contenesse la cassa. Più di dieci panini, con la crosta bruciacchiata e il fondo nero come carbone.

Incredulo di fronte a quel colpo di fortuna, si infilò diversi panini nelle tasche, ma resisté alla tentazione di prenderli tutti quanti.

Uscì dalla porta e si precipitò lungo il vicolo, fermandosi per afferrare il braccio del fratello. I due ragazzini sfrecciarono tra le pozzanghere fino a raggiungere la strada principale, dove imponenti magazzini di mattoni fiancheggiavano i binari del treno. Toby e Chip vivevano nell'orfanotrofio di là della ferrovia. Dopo essersi gettato un'occhiata alle spalle per controllare che nessuno li stesse seguendo, Toby condusse il fratello in quella direzione. Quando furono all'angolo, vide un uomo in sella a un cavallo nero che mordeva il freno, scalpitante. L'uomo, che stava facendo non poca fatica a tenere a bada l'animale, guardò verso di loro.

Toby prese Chip per mano e strinse forte. L'istinto gli suggerì di tirare dritto come se fosse ciò che avevano intenzione di fare sin dall'inizio.

Appena furono certi che l'uomo non potesse più vederli, si misero a correre. Più avanti, Toby vide una rientranza in un muro e vi spinse il fratello, nascondendolo dietro di sé.

Qualche attimo dopo udì lo scalpiccio ritmato degli zoccoli del cavallo sui ciottoli. Sbirciò fuori, scorse l'uomo e premette di nuovo la schiena contro il muro, pregando che nel buio di quella rientranza lui e Chip passassero inosservati.

«Chi è?» domandò Chip.

«Zitto.»

«Ho fame», sussurrò Chip. «E freddo.»

Quando l'uomo l'aveva guardato, a Toby era parso di conoscerlo.

Era come se si fossero già visti in un'altra occasione.

E questo lo inquietava. Aveva la sensazione che se non avesse scoperto chi era quell'uomo, suo fratello e le sue sorelle non sarebbero stati al sicuro.

Il loro padre faceva il minatore, e quando era morto di polmone nero la madre li aveva portati tutti quanti a Manchester, dove aveva cominciato a lavorare in una delle fabbriche tessili. Poi però si era ammalata anche lei e non era più riuscita a prendersi cura dei figli. Nell'ultimo anno Toby e i suoi fratelli avevano vissuto all'orfanotrofio Payton. Non fosse stato per le sue spedizioni dal fornaio, sarebbero morti tutti quanti di fame.

Toby doveva assolutamente tornare dalle sue sorelle, ma l'unico modo per raggiungere l'orfanotrofio era attraversare i binari. I secondi passavano, e il rombo cupo di un treno in arrivo diventò sempre più forte. D'un tratto l'uomo in sella al cavallo si voltò e tornò al galoppo verso i binari.

« Aspetta qui », disse Toby spingendo il fratello in fondo alla rientranza buia.

Se tre giorni prima qualcuno avesse detto a Toby che sarebbe stato così coraggioso da seguire un uomo a cavallo nel buio per scoprire quali fossero le sue intenzioni, probabilmente si sarebbe messo a ridere. Non conosceva nessuno che fosse meno coraggioso di lui. Sua madre però gli aveva fatto promettere che si sarebbe preso cura delle sue sorelle e di suo fratello, ed era esattamente ciò che Toby stava facendo.

Aveva percorso una manciata di metri quando Chip comparve al suo fianco. Toby fece marcia indietro, prendendo il fratello per mano. « Ti avevo detto di aspettare. »

« Non voglio stare da solo. »

Toby valutò la possibilità di portarlo con sé, poi però gli tornò in mente la sensazione di terrore che aveva provato quando per poco non l'avevano sorpreso a rubare dal fornaio. « Tienimi questi », disse tirando fuori dalla tasca tre dei quattro panini e aiutando il fratello a infilarli nella sua. Dopodiché tirò fuori il quarto panino e lo sollevò. « Se resti qui ad aspettare che torni a prenderti, ti darò anche questo. »

Chip fece tanto d'occhi quando vide il panino bruciato. Poi però scosse la testa. « Se lo dai a me, tu resterai senza. »

« Ne ho mangiato uno in cucina prima di uscire », rispose Toby sperando che il brontolio del suo stomaco non lo tradisse. « Avevo talmente fame che non sono riuscito ad aspettare. Ma se vuoi la doppia razione, dovrai restare qui. »

« Perché? »

« Non vorrai che Lizzi o Abigail lo sappiano. Credi di potercela fare? »

« Sì. »

Quando Toby gli diede l'ultimo panino, Chip lo strinse con entrambe le mani e se lo portò al naso.

« Non muoverti di qui finché non torno a prenderti », disse Toby riportando dolcemente il fratello verso la rientranza nel muro. Appena Chip fu ben nascosto, Toby si incamminò nella direzione opposta, badando di restare nell'ombra.

Quando arrivò nei pressi dello scalo ferroviario, vide un carro fermo dall'altro lato dei binari e parecchio legname sparpagliato sulle rotaie. Il luccichio delle stelle era ormai fioco nel cielo non ancora rischiarato dalla luce del sole, ed era troppo presto perché potesse esserci in giro qualcuno in grado di dare una mano all'uomo che aveva rovesciato il carico. Lui però non sembrava preoccupato di spostare la legna, anzi, se ne stava semplicemente seduto a reggere le redini del tiro mentre il treno si avvicinava.

Perché mai qualcuno avrebbe dovuto trasportare legna a quell'ora...?

Gli occhi di Toby guizzarono verso l'uomo a cavallo giusto in tempo per vederlo coprirsi la faccia con una maschera. In lontananza, dall'altro lato dei binari, scorse altri due uomini a cavallo, entrambi con il viso coperto.

« Accidenti... »

Il treno si fermò con uno stridore di freni, e dalle rotaie si levarono scintille infuocate. Toby guardò gli uomini e le pistole che impugnavano. Nelle sue vene non scorreva nient'altro che paura. Si girò su se stesso, pronto a darsi alla fuga, ma proprio allora qualcuno lo afferrò da dietro, gli coprì la bocca con una mano e lo trascinò sotto la scala di legno accanto all'edificio all'angolo.

Toby si mise a graffiare le mani dello sconosciuto nel tentativo di divincolarsi.

« Zitto! » L'uomo strattonò Toby all'indietro, premendogli la mano sulle labbra con una forza tale da impedirgli quasi di respirare. « Vuoi forse che ti sentano? »

Soltanto dopo parecchi istanti colmi di terrore Toby capì che l'uomo non aveva alcuna intenzione di fargli del male. « Adesso lascio la presa. Non dire una parola, ragazzo. Sono stato chiaro? » gli sussurrò lo sconosciuto all'orecchio.

Con il cuore che martellava nel petto, Toby annuì. Appena lui abbassò la mano, inspirò a fondo e si arrischiò a gettargli un'occhiata. Era un uomo alto, poco meno di trent'anni, vestito di nero dalla testa ai piedi, con una bombetta sopra i capelli castani. « Chi siete? »

« Will Sutton. Sto seguendo questa banda dalla scorsa settimana. Credevo fossero interessati soltanto ai componenti del motore. A quanto pare, invece, avevano in mente qualcosa di più grosso. » I suoi occhi azzurri fissavano gli uomini a cavallo che si stavano dirigendo in fretta verso il treno fermo.

Sbirciando attraverso i gradini di legno scheggiati, Toby vide il macchinista scendere dalla locomotiva, mentre il primo uomo lo teneva sotto tiro con la pistola. Il macchinista alzò le mani e arretrò. Dietro di lui comparve il frenatore, che alzò a sua volta le mani. Gli altri due uomini a cavallo li superarono, si fermarono tre vagoni più avanti e saltarono a bordo. Si arrampicarono in cima al treno, aprirono una botola e sparirono all'interno.

« Interessante », commentò Will. « Mi sarei aspettato che fosse chiusa. »

Toby non capiva di cosa stesse parlando. Continuava a guardare il primo degli uomini a cavallo. « Lo conosco. »

« Come? »

« L'uomo con la pistola. Sì, l'ho visto all'orfanotrofio. »

« Ne sei sicuro? »

Toby annuì. « È per questo che l'ho seguito. »

Will si inginocchiò davanti a Toby, gli afferrò le spalle e lo trafisse con lo sguardo. « Lui ti ha visto? Per strada, intendo. »

« Io... be', forse. » Ci pensò su. Non era troppo lontano per poterlo vedere? « No, a dire il vero non credo. »

« Se dovesse tornare all'orfanotrofio, assicurati che non ti veda. »

« Perché? »

Le ruote del carro sferragliarono, catturando la loro attenzione. Il vetturino diede un colpo di redini e i cavalli portarono il carro fino al vagone merci, accanto agli altri due animali in attesa. Quando il portello si aprì, i due uomini lanciarono sul carro pesanti casse di legno, che atterrarono sul pianale con un tonfo. Seguirono grosse sacche di tela, che produssero un tintinnio metallico.

Svuotato il vagone, i due uomini saltarono giù e montarono in sella alle loro cavalcature. Il vetturino fece schioccare la frusta. Il tiro di cavalli partì, seguito dagli altri due uomini.

Il terzo uomo, quello che Toby aveva riconosciuto, osservò i suoi complici per poi voltarsi verso il macchinista e il frenatore. « A terra. Subito! »

Quelli si inginocchiarono, mettendosi a faccia in giù accanto ai binari. L'uomo a cavallo girò intorno ai due con la pistola puntata verso la loro testa e fece fuoco due volte. Il fragore degli spari riecheggiò contro i mattoni del magazzino.

Toby non riusciva a distogliere lo sguardo. A un certo punto gli cedettero le ginocchia, e lui si accasciò a terra. Un piagnucolio dapprima sommesso diventò sempre più forte.

« Zitto, ragazzo », lo ammonì Will.

Ma non era Toby a piangere.

In mezzo alla strada, con il panino bruciato mangiato per metà stretto tra le dita, c'era suo fratello. In lacrime. « T-Toby...? »

L'uomo a cavallo tirò le redini, fece voltare il cavallo e posò lo sguardo sul bambino. Sollevò la pistola e prese la mira.

Will imprecò e si precipitò fuori dal nascondiglio. Il primo sparo mancò il bersaglio. Lui afferrò Chip, lo fece girare su se stesso e lo lanciò praticamente addosso a Toby mentre risuonava un altro sparo. L'investigatore incespicò e cadde in ginocchio, a una manciata di metri da Toby, mentre l'uomo a cavallo faceva nuovamente fuoco. Quando l'investigatore cadde in avanti, guardò Toby dritto negli occhi, dicendo qualcosa che lui però non sentì.

Gli occhi di Toby si riempirono di lacrime mentre, intrappolato sotto la scala, afferrava la mano del fratello. Non riusciva a muoversi, ipnotizzato dalla macchia scura che andava allargandosi sulla schiena di Will. L'uomo a cavallo stava aprendo la pistola per ricaricarla, ma Toby quasi non se ne accorse.

« Ragazzo... » disse Will con voce flebile, roca.

Incerto sul da farsi, Toby strinse forte il fratello e avanzò di un passo.

« Scappa! »

1

Pebble Beach, California
Concours d'Elégance
Oggi, agosto

Dall'acqua soffiava una brezza salmastra che increspava la tela bianca dei gazebo sotto cui i visitatori sorseggiavano champagne. Dietro gli stand, i raggi del sole si riflettevano sui cofani delle auto d'epoca disposte sull'erba color smeraldo appena tagliata. Due bambini si rincorrevano ridendo tra una Auburn V12 Boattail blu e bianca del 1932 e una Auburn Speedster bianca del 1936. Quando riuscirono finalmente a raggiungerli, i genitori li presero per mano e li portarono lontano dalle auto.

Sam Fargo scostò sua moglie Remi, immersa nella lettura del catalogo d'asta che teneva in mano, per evitare che andasse a sbattere contro genitori e bambini. « Qualcosa di interessante? » le domandò.

« Oltre ad auto alquanto insolite? » Remi si schiarì la gola. « Qui dice che c'è una Bentley del 1929 appartenuta a Lord Albert Payton, visconte Wellswick. Ti prego, dimmi che tua madre *non* vuole che facciamo un'offerta per questa. »

« Certo che no. »

Lei si voltò a guardarlo, gli occhi verdi nascosti dietro un paio di occhiali scuri e i capelli ramati coperti da un cappello di paglia a tesa larga. « Non hai la più pallida idea del perché siamo qui per parlare con lui, vero? »

« So che ha qualcosa a che vedere con le auto. »

« Questo sì che restringe il campo », commentò lei tornando a concentrarsi sul catalogo e girando pagina. « Il visconte Wellswick ha messo all'asta tre auto. Perché mai dovrebbe portarle fin qui, se vive in Gran Bretagna? »

« Qui c'è lui, non le auto. »

Remi chiuse il catalogo e si guardò intorno. « Comincio a pensare che anche lui sia un tipo alquanto insolito. Tua madre non ha detto che ci avrebbe raggiunti alle dieci? »

Sam controllò l'orologio. In effetti erano quasi le undici. « Forse ho capito male. » Tirò fuori il telefono dalla tasca e chiamò la madre. « Ciao mamma... »

« Hai incontrato Albert? » domandò lei senza lasciargli il tempo di parlare.

« È proprio per questo che ti sto chiamando. Ci stavamo chiedendo se l'avessi sentito. »

« No, ma sono sicura che arriverà. Adesso sono al molo, altrimenti ti avrei dato il nome e l'indirizzo del motel in cui alloggia. » Sam sentì il motore di una barca in sottofondo. Sua madre, Eunice Fargo detta Libby, gestiva un servizio di noleggio barche per appassionati di snorkeling e pesca d'altura a Key West. Quello che per lei era stato un semplice passatempo finché il padre di Sam era in vita, adesso era la sua passione. L'epoca in cui trascorreva più tempo sulla terraferma che in mare non era poi così lontana, ma adesso che aveva superato i settant'anni faceva l'esatto contrario, e non aveva la minima intenzione di gettare l'ancora nel breve termine. « Può darsi che mi sia confusa sull'orario. »

« Non sapresti dirci qualcosa di più sul motivo per cui vuole incontrarci? »

« So soltanto quello che ti ho detto l'altra sera. Adesso devo andare. Sto per partire con un gruppo. Richiamami se non si fa vivo a breve. »

E riattaccò.

« Be'? » domandò Remi.

« Il mistero è ancora irrisolto. »

Sam sapeva solo che, stando a sua madre, Albert Payton, settimo visconte Wellswick, era un suo lontano parente. « È un membro della famiglia che sta passando dei guai », gli aveva detto sua madre quando l'aveva chiamato qualche sera prima per chiedergli se lui e Remi potessero incontrarlo, dal momento che sarebbero andati a Pebble Beach per il Concours d'Elégance.

Sam non era tipo da buttarsi in qualcosa allo sbaraglio, ma quando aveva cercato di capire da sua madre di che genere di guai si trattasse, lei gli aveva detto che era una questione di auto e finanze.

Era stato proprio il riferimento alle finanze a preoccupare Sam, benché non avesse alcuna intenzione di dirlo a sua madre. Lui e Remi erano riusciti a diventare miliardari senza l'aiuto di nessuno, in parte grazie alle invenzioni di Sam, tra cui uno scanner laser a ioni di argon, ossia un dispositivo in grado di individuare e identificare a distanza miscele di metalli e leghe. Negli ultimi tempi lui e Remi tendevano a dedicare gran parte delle loro energie alla fondazione benefica che avevano costituito. Incredibilmente però, ogni volta che un articolo su una rivista o su Internet menzionava il loro patrimonio, spuntavano come funghi amici e parenti che d'un tratto ricordavano vaghi legami con loro e che guarda caso erano in cerca di fondi per certi investimenti o speravano giusto in un piccolo aiuto da parte loro.

Per quanto Sam volesse credere che nessuno avrebbe cercato di arrivare a lui attraverso sua madre, sapeva di non poterlo escludere. Fino alla telefonata di sua madre di due giorni prima, lui non aveva mai sentito nominare nessun visconte Wellswick.
« Probabilmente non è nemmeno un vero visconte », disse Sam rimettendo il telefono in tasca. « Quale reale britannico alloggerebbe mai in un motel? »

« Un reale britannico costretto a vendere auto all'asta », rispose Remi sventolando il catalogo.

« Ma visto che adesso non è qui, è una questione di lana caprina. Godiamoci la giornata e basta. »

Passeggiarono sul prato, ammirando con tutta calma le vetture in esposizione. Remi si fermò a osservare una fila di auto sportive d'epoca in ogni tonalità dell'arcobaleno. « Questo dimostra che le opere d'arte non stanno soltanto nei musei. »

« Queste sono semplicemente opere d'arte su ruote », concordò Sam. « Guarda lì. Oh, è proprio un capolavoro... Un motore da 6,3 litri... »

« Progettato dal dottor Ferdinand Porsche », proseguì Remi.

« Vuoi smettere di rubarmi la scena? »

Sam si stava giusto scostando per lasciare spazio a un fotografo che voleva immortalare il veicolo con l'Oceano Pacifico sullo sfondo quando Remi gli diede un colpetto sulla spalla. « Quella non è l'auto di Clive Cussler? Quella che ha finito di restaurare nel 2010? »

« Sembra proprio lei. » Si avvicinarono al veicolo verde acqua, e Sam lesse la targhetta ad alta voce. « Delahaye Type 135 cabriolet, anno di costruzione 1948... Mi piace proprio il nuovo colore. Si abbina alla perfezione agli interni in pelle color cuoio. I particolari... » Girò intorno all'auto. « Guarda quel dettaglio Art Déco. È Art Déco, vero? »

« Va bene, Sam, smetti pure di sbavare. Sembri un bambino in un negozio di caramelle. »

« Ne ho tutte le ragioni. Ogni anno c'è qualcosa di nuovo. »

« Devo ammettere che non sarebbe agosto se non venissimo a Pebble Beach. »

Sam guardò sua moglie. Stava per dire quanto fossero fortunati a poter usufruire dei pass che Clive metteva sempre a loro disposizione, ma proprio in quel momento un tale accanto al gazebo dello champagne e degli stuzzichini catturò la sua attenzione. Si trattava di un uomo dai capelli scuri all'incirca della sua stessa età, sui trentacinque anni, dunque decisamente troppo giovane per essere il visconte latitante, e tuttavia osservava ogni loro movimento.

Considerando quanto fosse affollato quel posto, Sam trovò insolito il suo interesse. « Che ne dici di un bicchiere veloce di champagne? » propose.

« Prima di pranzo? Non è un po' presto per aprire le danze? »

« Sì, ma in questo caso è solo un pretesto per scoprire come mai qualcuno sembri inesorabilmente attratto da noi », rispose lui prendendola sottobraccio.

« Così mi incuriosisci. Mi piace. Chi dobbiamo tenere d'occhio? »

« C'è un uomo con una camicia gialla e un maglione verde sulle spalle nell'angolo in fondo a sinistra del gazebo dello champagne. »

« Giallo? Verde? » ripeté Remi gettando un'occhiata in quella direzione come se niente fosse. « Hai ragione. Ma chi sceglierebbe mai un abbinamento di colori del genere sapendo di dover spiare qualcuno? »

Sam finse di osservare attentamente la Delahaye del 1937 alla loro sinistra mentre si dirigevano verso il gazebo. « Forse l'ha fatto proprio per non sembrare una spia. Oppure... » Si chinò verso di lei. « ... oppure è solo incantato dalla tua bellezza e non riesce a staccarti gli occhi di dosso. »

« Mmm. Molto improbabile. Mi riferisco alla seconda possibilità, in caso te lo stia domandando. Ci sono parecchie donne molto più belle di me perché possa essere io a catturare l'attenzione di qualcuno, non trovi? »

« Assolutamente no », rispose lui guardando la moglie. Remi aveva scelto un abito di Dolce & Gabbana in delicato voile di cotone, perfetto per un pomeriggio di fine estate. Blu scuro a pois bianchi, oltre a lasciare le spalle scoperte, aveva maniche arricciate che scendevano morbide fino ai gomiti. La gonna a tre balze, a sua volta arricciata, arrivava a metà polpaccio, e bastava giusto un soffio di vento a incresparla. Dai sandali bianchi firmati Valentino facevano capolino unghie rosse e lucide dipinte in maniera impeccabile. Il cappello di paglia era abbinato a una borsa a spalla grande quel tanto che bastava per contenere l'essenziale: rossetto, pettine, patente, carta di credito, cellulare, una Sig Sauer P365 calibro 9 e una licenza per il porto d'armi occulto. « Sei uno schianto, Remi. Lo sei sempre stata e sempre lo sarai. »

« Risposta molto saggia, Fargo. » Remi gli scoccò un sorriso abbagliante prima di voltarsi verso il gazebo dello champagne. « Una cosa è certa: non può essere una spia *spia*. »

« Una cosa? »

« Insomma, escluderei intrighi di governo e cospirazioni mondiali. A giudicare da com'è vestito, direi che è più un ladro internazionale di gioielli, non trovi? »

Sicuramente stava pensando alla loro ultima impresa, che li aveva portati fino in Sudamerica sulle tracce del tesoro perduto dei Romanov. « A meno che non voglia mettere le mani sulla tua fede nuziale, lo aspetta una brutta delusione. »

Il modo in cui quell'uomo li stava guardando, appostato dietro uno degli angoli del gazebo, non lasciava spazio a dubbi: per qualche misteriosa ragione era interessato a loro. Sam e Remi si avvicinarono al tavolo, dove una giovane donna in camicia bianca inamidata e gilet nero stava versando lo champagne nei calici. Sam ne prese due e ne porse uno a Remi. « Tu vai a sinistra, io a destra. »

Remi sollevò il bicchiere e bevve un sorso. « Ci vediamo dall'altra parte. »

Sam guardò sua moglie farsi strada tra gli invitati con movimenti esperti e aspettò che fosse a metà del gazebo prima di incamminarsi nella direzione opposta, verso l'uomo che d'un tratto si vide costretto a dividere in due la sua attenzione. Quando Remi alzò il bicchiere per brindare, Sam la imitò, dopodiché si fecero l'uno incontro all'altra.

Evidentemente il loro bersaglio non capì che stavano puntando verso di lui fino a quando non furono a una manciata di metri di distanza. Sam gli si avvicinò e gli diede una pacca sulla spalla. « Wow, non mi aspettavo proprio di vederti qui. L'avresti mai detto, Remi? »

« Assolutamente no. A volte a Pebble Beach facciamo incontri che mi lasciano proprio a bocca aperta. »

Sbalordito, l'uomo sgranò gli occhi azzurri e spostò lo sguardo da Sam a Remi. « Siete voi! »

Poiché Sam si aspettava che negasse di averli tenuti d'occhio o che quantomeno ci provasse, quella reazione lo stupì. « Come fai a conoscerci? »

« Ovviamente non vi conosco », disse lui con un forte accento britannico. « Non di persona. Ma siete uguali identici alle fotografie. È proprio una fortuna avervi trovati subito. »

« Già, una vera fortuna », commentò Sam domandandosi a che razza di gioco stesse giocando. « Temo di non aver capito come ti chiami. »

« Chiedo scusa. Sono Oliver Payton. Voi però vorrete parlare con mio zio Albert. Vi spiacerebbe aspettare qui mentre vado a chiamarlo? »

« Non ci sposteremo di un passo », rispose Sam.

Guardarono l'uomo allontanarsi. « Il nipote del nostro visconte disperso? » disse Remi.

« Parrebbe di sì. Ipotizzando che quel tale sia davvero un visconte. »

« Tua madre sembra credere che lo sia. »

« Io sono molto più disincantato di lei, ormai. E poi, com'è che non avevo mai sentito parlare di questo visconte finora? »

Remi lo guardò di traverso. « Disinteresse per i rami più alti del tuo albero genealogico? »

« Soltanto perché sembrano moltiplicarsi in continuazione. »

« Sbaglio o sento una punta di cinismo? No, non rispondere. » Remi indicò con un cenno alla sinistra di Sam, dove Oliver stava aiutando un uomo dai capelli bianchi a percorrere una ripida discesa coperta d'erba alta fino a una stradina. « Il nostro visconte e suo nipote stanno arrivando. »

Quando raggiunsero il gazebo dello champagne, il visconte si scostò la mano di Oliver dal braccio. « Sono vecchio, non invalido. »

Con un sorriso imbarazzato, Oliver si schiarì la gola. « Mio zio, Albert Payton, visconte Wellswick. Loro sono Sam Fargo e sua moglie Remi. Sono qui per l'auto. »

L'anziano borbottò qualcosa sottovoce riguardo al fatto che l'auto era sua, e scoccò a Sam un'occhiata di accusa. D'un tratto la sua espressione si addolcì. « Lei assomiglia proprio a Eunice. »

L'ultima persona che Sam avesse sentito chiamare sua madre così era l'impiegato della Motorizzazione quando lei aveva fatto scadere la patente. Sua madre aveva sempre detestato quel nome, e preferiva farsi chiamare Libby, diminutivo di Elizabeth, il suo secondo nome. « In effetti mi ha accennato che sarebbe stato qui per via di un'auto. »

Albert annuì. « Io... sì. Credevo potesse interessarvi il prototipo della Silver Ghost della Rolls-Royce. Ecco... si dà il caso che non abbia molti soldi. E non sono sicuro che questa esposizione sia il luogo più adatto. Ma ho qualche idea su dove si potrebbe nascondere un'auto d'epoca. So che sono un po' strambo, ma se soltanto provaste a darmi ascolto... »

Sam e Remi si scambiarono uno sguardo. C'era una puzza di fregatura che non prometteva nulla di buono. In casi simili, Sam preferiva far credere ai suoi interlocutori che fossero loro ad avere il coltello dalla parte del manico. Era il modo migliore per far sì che abbassassero la guardia. « Ha un biglietto da visita? Mi farò vivo appena avrò raccolto informazioni a sufficienza. »

Incupendosi, l'uomo si tastò le tasche. O era un ottimo attore, oppure aveva riposto parecchie speranze nel discorso sconclusionato che aveva appena fatto. « No. »

« Io ho un cellulare », intervenne Oliver. « Potrebbe andar bene? »

« Certo. Remi? »

Lei porse il suo calice a Sam, tirò fuori il cellulare e digitò il numero dettatole da Oliver.

« Ci faremo sentire », concluse Sam posando entrambi i bicchieri su un tavolo lì vicino.

« Cosa credi che abbia in mente? » domandò Remi mentre si allontanavano.

« Ho paura che non lo sappia nemmeno lui. » Sam controllò il catalogo che Remi aveva ancora in mano come se gli fosse appena venuto in mente qualcosa. « Sbaglio o di recente sullo *Sports Car Market* c'era un articolo riguardo a un visconte intenzionato a vendere diverse auto d'epoca? »

« Non sbagli. Ed era proprio lui: Albert Payton », disse Remi. Se suo marito aveva un'ottima memoria, lei riusciva a ricordare in maniera quasi fotografica qualunque cosa leggesse. Sam non si capacitava di come facesse a ricordare sempre anche i minimi dettagli. « Voleva venderle per cercare di salvare la proprietà di famiglia. Ma non mi pare di aver letto che stesse vendendo il prototipo della Silver Ghost. Non penserai che si stesse riferendo alla Rolls-Royce rubata nel 1906? Alla primissima 40/50 della storia? »

Entrambi si arrestarono di colpo.

Sam guardò Remi. « Dobbiamo conoscere meglio quell'uomo. »

Ma quando si voltarono di nuovo verso il gazebo dello champagne, lui e il nipote erano scomparsi.

2

Sam e Remi impiegarono alcuni minuti per individuare il visconte e suo nipote tra la folla, dal momento che si erano spostati dall'altro lato del gazebo dello champagne e stavano guardando entrambi verso l'oceano.

« Non credo siano interessati », stava dicendo Oliver, il più giovane dei due.

« Vogliono soltanto pensarci su. Loro... » Le spalle di Albert si afflosciarono. « Oh, tutte quelle famiglie. Cosa dirò a tutte quelle famiglie? »

Oliver circondò le spalle dello zio con un braccio. « Ci faremo venire in mente qualcosa. Te lo prometto. »

Remi diede una gomitata a Sam.

Lui si schiarì la gola e lasciò ai due uomini il tempo di ricomporsi. « Mr Payton? »

I due si voltarono, Oliver con espressione stupita, suo zio confusa.

« Avremmo qualche altra domanda. » Sam stava per chiedere come mai avessero contattato proprio sua madre, quando per la seconda volta fu assalito dalla sensazione di essere osservato. Scrutò le persone intorno a loro e vide un uomo dalle spalle larghe con il tipico taglio di capelli dei militari che posò giusto velocemente lo sguardo su di lui ma senza soffermarsi, come se stesse cercando qualcuno, dopodiché si incamminò agitando la mano. Quando Sam si voltò per vedere chi stesse salutando, si accorse che non c'era nessuno, e dopo essersi voltato di nuovo scoprì che l'uomo si era dileguato tra la folla.

C'erano ottime probabilità che fosse tutto molto innocente, eppure Sam aveva la sensazione che quell'uomo stesse tenendo d'occhio Oliver e suo zio. Dovevano assolutamente scoprire qualcosa di più da loro, ma non in pubblico. « Cerchiamo un posticino tranquillo in cui poter fare quattro chiacchiere. »

« Perché non andiamo a pranzo? » propose Remi. « Sto morendo di fame. Sempre che troviamo un tavolo da qualche parte. »

« Chiamo l'hotel », disse Sam. Riuscire a pranzare in uno dei ristoranti sulla penisola durante il Concours d'Elégance era pressoché impossibile. Sam e Remi, però, alloggiavano come di consueto al The Inn at Spanish Bay, il che era senz'altro d'aiuto quando avevano bisogno di una prenotazione dell'ultimo minuto. Sam chiamò la reception e fu felice di sentir rispondere Kimberley. « Sono Sam Fargo », disse schivando un uomo talmente assorto nella lettura del catalogo che per poco non andò a sbattergli contro. « C'è qualche speranza che riesca a trovarci un tavolo per pranzo? Per quattro persone? »

« Non dovrebbe essere un problema, Mr Fargo. Chiedo solo conferma al ristorante. Attenda in linea. »

Sam scorse di nuovo l'uomo con il quale aveva rischiato di scontrarsi e vide che si stava allontanando in fretta, con passo improvvisamente deciso. Quando raggiunse Mr Testa Rasata, l'uomo che li stava osservando poco prima, Sam capì che non si era trattato di una coincidenza. Qualcuno stava seguendo o loro o i Payton. « Perché non cominciamo a incamminarci verso la navetta? » suggerì a Remi, ansioso di seminare gli inseguitori e domandandosi se ce ne fossero altri.

Non dovettero fare molta strada. Poco dopo Kimberley gli comunicò di aver prenotato un tavolo al Tap Room, uno dei ristoranti del The Lodge.

Quando ebbero ordinato da bere, Sam osservò i loro ospiti. « Mia madre è stata piuttosto vaga sul motivo per cui volevate incontrarci. Vi spiacerebbe dirci qualcosa di più? »

L'anziano si sporse verso il nipote. « È lui quello che stavamo cercando? »

« Sì », rispose Oliver. « L'auto, ricordi? »

« Giusto. » Albert annuì, concentrandosi su Sam. « Abbiamo pensato che lei fosse il benefattore perfetto per la mia auto. »

Benefattore perfetto. Strana scelta di parole, pensò Sam. « Si riferisce al prototipo della Silver Ghost a cui ha accennato prima? »

« Proprio così. »

« Potrei sapere in che modo siete imparentati lei e mia madre, per l'esattezza? »

« Perché, conosco sua madre? »

Oliver sorrise a suo zio. « Siete cugini di secondo grado, no? »

« Ah, mia cugina Eunice. »

Interessante, considerato che la madre di Sam non aveva mai fatto parola di quel lato della famiglia fino a quando all'improvviso non era saltata fuori la richiesta di incontro. « Mia madre ha menzionato un prestito », disse Sam cercando di riportare la conversazione sulla giusta strada. « Per cosa le servono i soldi? »

Fu Oliver a rispondere. « La versione breve è che abbiamo perso tutto e stiamo cercando un prestito prima che la nostra casa e la nostra proprietà vengano pignorate. Abbiamo cercato di vendere il possibile per tirare avanti, ma sono così tante le persone che si guadagnano da vivere con la terra che diamo loro in affitto – intere famiglie, generazioni addirittura – che siamo riluttanti all'idea di concludere un accordo per cui potrebbero vedersi costrette ad andarsene. »

Mentre Oliver parlava, Sam spostò l'attenzione sulla porta, domandandosi se il prototipo della Silver Ghost avesse qualcosa a che vedere con gli uomini che li stavano seguendo fino a poco prima. Per il momento sembrava che fossero riusciti ad arrivare al ristorante senza nessuno alle calcagna. A ogni modo, Sam non voleva correre rischi, e anche mentre mangiavano tenne gli occhi bene aperti.

Durante il pranzo Remi fu bravissima a porre le domande giuste affinché riuscissero a farsi un'idea più precisa di Albert Payton e suo nipote. « Non potrebbero prendere in affitto i terreni dai nuovi proprietari? » chiese mentre il cameriere si apprestava a sparecchiare.

Oliver fece un sorriso tirato, evitando di incrociare lo sguardo di suo zio. « Abbiamo ricevuto una sola offerta per il terreno, e be', il potenziale acquirente si è rifiutato di impegnarsi a non sfrattare nessuno. »

Albert annuì con fare risoluto. « Non abbiamo nessuna intenzione di vendere. »

« Il fatto è che non so come siamo arrivati a questo punto », disse Oliver. « Un giorno andava tutto bene, e quello dopo non avevamo più nulla. Io... » Guardò prima suo zio e poi di nuovo Sam. « Mi sento responsabile. Avrei dovuto farmi carico prima della contabilità. Continuo a non capacitarmi di come possa essere successo. »

« Mi hanno incastrato », disse suo zio con un cenno del capo. « Stanno cercando di portarmi via tutto. Tutto. »

« Questo non puoi saperlo », replicò Oliver.

« Ah, no? » Gli occhi di Albert erano limpidi e acuti quando guardò Sam. « Posso dirvi esattamente chi l'ha fatto e perché. »

3

Il cameriere posò la cartellina di cuoio con il conto accanto a Sam.

Albert guardò il cameriere allontanarsi e poi osservò Sam. « Io... cosa stavo dicendo? »

« Che è stato incastrato. »

Lui annuì. Qualunque fosse il pensiero cui stava per dare voce, però, era andato perduto. I suoi problemi di memoria avevano tutta l'aria di essere reali. Ciò tuttavia non escludeva la possibilità che il più giovane dei due, per sincero che potesse sembrare, stesse sfruttando lo zio o cercando di approfittare di loro. Sam si concentrò su Oliver. « Che genere di aiuto vorreste da noi? Non so cosa mia madre vi abbia detto che avremmo potuto fare. »

« Be', ha detto che forse avreste accettato l'auto come garanzia. Per un prestito. »

« Mia madre ha detto questo? »

Oliver si spostò sulla sedia, improvvisamente a disagio. « Vi chiederei solo lo stretto necessario per riportare i suoi conti in attivo ed evitare che i nostri locatari vengano sfrattati. Sono sicuro che se riuscirò a capire cosa sia stato ad andare storto, quale che sia stata la causa di questo tracollo, in qualche modo ci rimetteremo in sesto. »

« È colpa mia », disse Albert guardando il nipote in cerca di conferma.

Oliver prese la mano dello zio. « È sempre stato un padrone di casa benevolo. Non credo che queste famiglie riuscirebbero a cavarsela se vendessimo e dovessero pagare un affitto a prezzo di mercato. Io... » Guardò prima suo zio e poi di nuovo Sam. « Come ho detto, mi sento responsabile. »

« Mi hanno incastrato », ripeté suo zio. Tuttavia non seguì alcuna rivelazione sull'eventuale responsabile.

Sam infilò la carta di credito nella cartellina di cuoio e, quando il cameriere si avvicinò, gliela porse. « Sembra una faccenda complicata. »

« Non posso certo biasimarvi se non credete al nostro racconto », disse Oliver. « A volte non sono sicuro nemmeno io di cosa stia succedendo. So che zio Albert è convinto che ci sia sotto qualcun altro. E non posso dargli torto. Il mio periodo sabbatico è finito, e ormai ho dato fondo a tutti i miei risparmi. Adesso che sono rimasto senza soldi, mi vedo costretto a tornare al lavoro. Non so come altro fare per aiutarlo o per scoprire cosa sia successo davvero. »

Remi si sporse in avanti e posò la mano sul braccio di Oliver. « Se quello che dice Albert è vero, se realmente qualcuno sta cercando di incastrarlo, allora dovreste chiamare la polizia. »

« Mia moglie ha ragione », disse Sam. « Noi ci occupiamo di altro. »

« Appunto, siete cacciatori di tesori, no? »

« Be, sì, ma qui la situazione è diversa. »

« Perché? La Silver Ghost vale cinquanta milioni, se non di più. Di sicuro il valore della Grey Ghost non si discosterà molto da questa cifra. »

« La domanda è dove possa mai essere stata nascosta quell'auto per tutto questo tempo », replicò Sam.

« Durante la seconda guerra mondiale fu trasferita in un posto sicuro a causa dei bombardamenti. E lì è rimasta fino a quando non abbiamo avuto bisogno di liquidità. Nessuno però conosceva il suo vero valore. Avevamo venduto almeno una decina di auto d'epoca quando ci siamo imbattuti nella Grey Ghost sotto un telo nel fienile. Dopo esserci resi conto di cosa avevamo per le mani, abbiamo contattato la Rolls-Royce nella speranza di farci un'idea del valore del veicolo. »

« E ve la siete fatta? » volle sapere Sam.

« È proprio questo il punto. Hanno detto di non poter stabilire un valore poiché si trattava soltanto del prototipo. »

« Soltanto? » intervenne Remi inarcando le sopracciglia.

« Ho reagito allo stesso modo. Poi però si sono offerti di acquistarla dicendo che avrebbero mandato qualcuno a dare un'occhiata per fare una stima di quanto valesse. »

« Ladri », disse Albert. « Non ho nessuna intenzione di venderla. »

Le labbra di Oliver si incresparono in un sorriso paziente. « Anche allora era dello stesso avviso. A ogni modo, non è mai venuto nessuno a dare quell'occhiata. »

Il cameriere portò la ricevuta a Sam. Lui aggiunse una mancia e firmò. « E quindi non c'è stata nessuna offerta? »

« La trattativa non è mai arrivata a quel punto. In seguito si sono fatte vive altre persone che hanno convinto zio Albert a esporre l'auto al London Concours per generare interesse e aumentarne il suo valore. »

« Non ero sicuro che fosse il caso di esporla a Londra », disse Albert. « Così ho cambiato idea. »

« Peccato che fosse troppo tardi », commentò Oliver. « L'auto è stata accettata. »

Alcuni uomini seduti a un tavolo vicino a guardare una partita di golf sul televisore fissato alla parete esultarono a gran voce. Uno dei giocatori aveva fatto birdie. Quando si placarono, Oliver riprese a parlare. « Venite a vedere, almeno per capire se potrebbe bastarvi come garanzia per un prestito. Possiamo offrirvi una villa piena di spifferi ma con letti comodi e biglietti gratuiti per il salone automobilistico della prossima settimana. È lì che sarà esposta la Grey Ghost. A parte questo... »

Sam si voltò verso la porta, continuando a non vedere nessun volto familiare. « Purtroppo tra alcune settimane si terrà un evento di beneficenza che stiamo finanziando. Temo proprio che non ci sarà possibile inserire in agenda anche questo impegno. »

Remi gli sferrò un calcio sotto il tavolo mentre sorrideva a Oliver. « Potreste scusarci un momento? Io e mio marito dovremmo controllare il calendario. » Quando si girò verso Sam stava ancora sorridendo, ma lui conosceva quello sguardo. Remi aveva preso una decisione.

« Sei tu la regina del calendario », disse Sam rivolgendo un cenno d'assenso alla moglie.

Si spostarono verso il banco del maître, dove due coppie in tenuta da golf stavano aspettando di essere accompagnate al loro tavolo. Remi le superò, affiancata da Sam. « C'è qualche motivo per cui non stiamo cogliendo al volo quest'occasione? » domandò appena furono nell'atrio.

« Per la verità ce ne sono ben quattro. Anzitutto vuole un prestito, e noi non abbiamo idea di quale sia il vero valore dell'auto. Ti rendi conto che potremmo spendere un mucchio di soldi e recuperare poco o niente? »

« Nella vita ci sono cose più importanti dei soldi, di cui per altro disponiamo in abbondanza, a voler ben guardare », ironizzò Remi. Tenendo lo sguardo fisso su Sam, indicò Oliver con un lieve cenno. « Quel poveretto è sul lastrico. Sta vendendo i cimeli di famiglia per far quadrare i conti. Ci pensi che ha viaggiato fin qui soltanto per parlare con noi? Se dovessimo mai arrivare a essere così disperati, mi piace pensare che qualcuno verrebbe in nostro aiuto. Io dico di accettare. Evidentemente anche tua madre è dello stesso avviso, altrimenti non li avrebbe mandati da noi. »

« È probabile che abbiano imbrogliato anche lei. Com'è possibile che non abbia mai sentito nominare questi parenti prima d'ora? »

Remi incrociò le braccia. « Comunque questi sono soltanto due motivi. »

Quando un refolo d'aria fresca si insinuò nel ristorante, Sam si voltò e vide che la porta si era aperta. « Il terzo e il quarto sono appena entrati. »

4

Remi gettò un'occhiata ai due uomini che, a detta di Sam, li stavano pedinando. « Questo avvalora soltanto la mia tesi: dobbiamo aiutarli. »

« Hai ragione », rispose Sam sbirciando i due con la coda dell'occhio. « Allora, qual è il piano per portare i Payton fuori di qui senza farci seguire? »

« Tu porterai Oliver e suo zio all'ingresso e poi al piano di sotto. Io mi apposterò in attesa delle due Teste Rasate e le seminerò nella hall dell'hotel. Ci vediamo fuori, accanto all'ingresso di servizio. Dubito che vi seguiranno mentre sono così vicina. E se dovessero farlo... »

« Non esagerare, Remi. Mi piace venire qui. »

« Simpatico, Fargo. Parli proprio tu, che ti muovi con l'eleganza di un elefante in un negozio di porcellane. È proprio questo il motivo per cui sarò io a catturare la loro attenzione per fare in modo che cerchino invano di tenermi dietro. Se lasciassi a te il compito di affrontarli direttamente, addio discrezione, non trovi? »

Mentre Remi andava a occuparsi delle Teste Rasate, Sam tornò al tavolo. « Perché non aspettiamo Remi nella hall dell'hotel? Vuole fare un salto a salutare alcuni vecchi amici. »

Benché perplessi, Oliver e suo zio seguirono Sam fuori dal ristorante. Lui si guardò indietro e vide gli uomini accingersi a pedinarli salvo poi fermarsi quando Remi bloccò loro la strada, distraendoli come solo una donna sa fare. Appena fu certo che fossero fuori dal loro campo visivo, fece strada ai Payton giù per le scale.

« La hall non è al piano di sopra? » domandò Oliver mentre uscivano, diretti verso il parcheggio.

« Sì, ma c'è stato un cambio di programma. Possiamo aspettare Remi qua fuori. » Sam trovò un posto adatto accanto ai bidoni dell'immondizia sul retro del ristorante. Remi arrivò circa cinque minuti più tardi. « Tutto bene? » domandò Sam.

« Benissimo. » Remi lanciò in aria una chiave elettronica e li guidò verso una fila di Lexus nel parcheggio al piano di sopra. Non avevano nessun seguito. « C'è un'auto che ci aspetta. »

Tutti gli hotel di Pebble Beach avevano un certo numero di auto che mettevano a disposizione degli ospiti, ma in genere occorreva prendere accordi per tempo per prenotarne una, soprattutto durante un evento frequentato come il Concours. « Come ci sei riuscita? »

« I poteri segreti di una donna. E un po' d'aiuto da parte di Kimberley, che mi ha fatto trovare la chiave alla reception del Lodge. » Si guardò bene intorno prima di avviarsi verso la berlina bianca al centro del parcheggio. Dopo averla aperta con il telecomando, Remi lanciò la chiave a Sam. « Ho pensato che fosse meglio tornare con questa anziché con la navetta. Così domattina potremo anche andare in aeroporto. »

« Ben fatto, signora Fargo. » Sam scrutò il parcheggio mentre gli altri prendevano posto. Quando tutti ebbero la cintura allacciata e furono al sicuro sulla strada, Sam guardò i Payton dallo specchietto retrovisore. « Vi siete accorti dei due uomini che vi stavano seguendo da quando siete arrivati? »

« Cosa? » rispose Oliver. « Perché mai qualcuno dovrebbe seguirci? »

« Difficile a dirsi, ma tra la possibile frode a cui avete accennato e il valore della macchina di tuo zio, ipotizzo che abbia qualcosa a che vedere con l'una o con l'altra faccenda. »

« O con entrambe », soggiunse Remi.

« Speriamo di scoprirlo. »

« Quindi avete deciso di darci una mano? » domandò Oliver.

Sam lanciò un'occhiata a Remi, poi guardò di nuovo Oliver dallo specchietto. « Per ora niente promesse. Prima voglio raccogliere tutte le informazioni e farmi un'idea di cosa stia succedendo. »

*

Il mattino seguente, dopo aver accompagnato Oliver e suo zio all'aeroporto, Sam e Remi tornarono a casa, a La Jolla, a bordo del loro jet. Selma Wondrash, la loro ricercatrice di origini ungheresi, li accolse sulla porta, affiancata come di consueto dal loro pastore tedesco Zoltán, a sua volta ungherese, che scodinzolava di felicità per il ritorno dei padroni. Il cane corse incontro a Remi e le sfregò il muso sulle ginocchia mentre lei si abbassava per accarezzarlo dietro le orecchie. «Anche tu mi sei mancato», disse con voce dolce.

«Com'è andato il volo, signora Fargo?»

Per quante volte Remi e Sam avessero cercato di convincerla a chiamarli per nome, dal momento che ormai era più un membro della famiglia che non una dipendente, lei si ostinava a dare loro del lei. In fin dei conti preferiva così, e se era contenta lei, lo erano anche loro. «Tranquillo come sempre», rispose Remi. «Qualcosa di interessante sul fronte delle ricerche?»

«Qualche pista promettente c'è, ma ci vorrà tempo per scavare più a fondo», disse guardando Sam che scaricava i bagagli dall'auto alle spalle di Remi. «Ci penso io, signor Fargo.»

«Dopo più di due ore di volo, un po' di esercizio mi farà soltanto bene», disse Sam posando le valigie accanto alle scale. «Andiamo a dare un'occhiata a quello che hai scoperto.»

Seguirono Selma fino al suo ufficio, dove le luci a LED sul soffitto mettevano in risalto le lievi sfumature rosa e viola dei suoi capelli tagliati corti. Selma era sempre stata un tantino eccentrica. Le magliette colorate in stile hippie che amava indossare, per esempio, erano in netto contrasto con gli occhiali dalla montatura scura decisamente sobria che di solito portava appesi a una catenina d'oro. Quanto ai capelli, però, come avevano notato Sam e Remi, Selma aveva adottato il nuovo look dopo che il professor Lazlo Kemp aveva cominciato a lavorare per loro e dunque a trascorrere più tempo con lei. Sam e Remi non avevano mai fatto commenti, ipotizzando che Selma si sarebbe aperta con loro quando fosse stata pronta, sempre che tra i due ci fosse effettivamente del tenero.

Il suo ufficio nella casa dei Fargo, dove si svolgeva la maggior parte dell'attività di ricerca e assistenza, era una grossa stanza con computer di ultimissima generazione. Di norma Selma lavorava con due assistenti part-time, Pete Jeffcoat e Wendy Corner, che in quel momento erano in Africa per sovrintendere a un progetto della Fargo Foundation, nello specifico la costruzione di una scuola elementare in grado di funzionare autonomamente sfruttando il sole e il vento per generare elettricità e azionare la pompa per il pozzo. Lazlo invece era lì, con la sedia sistemata accanto alla scrivania di Selma. La sua specialità era la crittografia, ma negli ultimi tempi faceva un po' da jolly.

« Molto interessante », disse con un forte accento britannico benché ormai non vivesse in Inghilterra da anni. Stava guardando le foto di un'auto d'epoca sullo schermo del computer.

« È la Grey Ghost? » domandò Remi.

« No, la Silver Ghost », rispose lui. « Le sto confrontando. A parte i nomi, ci sono alcune lievissime differenze. »

Remi si chinò per vedere meglio. « Sarebbe a dire? »

« Quella più evidente è il colore », rispose lui indicando lo schermo. « La Grey Ghost è grigia. » Spostò il cursore sul bordo dell'altra foto e la portò in primo piano, affiancandola a quella della Silver Ghost. « Gli interni sono diversi. Quelli della Silver Ghost sono di pelle verde, quelli della Grey Ghost blu. Difficile dire se siano stati realizzati dallo stesso produttore oppure no senza aver condotto ulteriori ricerche. All'epoca si faceva tutto su misura. Si sceglievano un produttore e le caratteristiche che si volevano. Non esistevano due auto identiche. »

« Quindi l'auto è autentica? » domandò Sam.

« A giudicare dalle foto, sembrerebbe di sì. »

Selma porse a Sam diversi fogli. « Questo è quello che ho trovato sul furto del 1906. Dopo quella data, le informazioni sull'auto sono alquanto scarse. »

Sam diede una rapida scorsa ai fogli mentre Selma si sedeva alla scrivania accanto a Lazlo per prendere altri documenti da una cartellina. « Ho pensato che questi potessero essere di vostro interesse. »

« Di cosa si tratta? » domandò Sam passando a Remi il primo plico di fogli mentre prendeva il secondo.

« A mio parere del vero motivo per cui la Grey Ghost fu rubata. Potrebbe aiutarvi a prendere una decisione riguardo a questo viaggio. Nel 1906, all'epoca del furto dell'auto, un investigatore americano della Agenzia investigativa Van Dorn di nome Isaac Bell si trovava in Inghilterra sulle tracce di un gruppo di criminali responsabili di una serie di rapine ferroviarie avvenute in America. A quanto pare due membri della banda fuggirono in Inghilterra, dove si unirono a un gruppo di ladri del posto e rapinarono un altro treno che trasportava un tesoro del valore di circa un milione di dollari.»

«E tu credi che questo abbia qualcosa a che vedere con l'auto?» domandò Remi.

«Non trovo altra spiegazione. Oltre a una parte del tesoro rubato, Isaac Bell recuperò anche questa Rolls-Royce chiamata Grey Ghost. Uno dei responsabili del furto dell'auto era un uomo di nome Reginald Oren. Ma qui la storia si fa un tantino nebulosa.»

Sam alzò lo sguardo dai fogli. «Da quello che leggo qui, sembrerebbe trattarsi di uno dei primi casi di spionaggio aziendale della storia.»

«È quello che ho pensato anch'io», proseguì Selma. «Reginald Oren era un dipendente della Rolls-Royce. Ma si dà il caso che fosse in contatto con la banda che rubò il tesoro. E non è chiaro se questo tesoro e l'auto furono ritrovati insieme.»

«Quindi qualcuno potrebbe credere che la parte del tesoro mai ritrovata sia sulla Grey Ghost?» intervenne Remi. «O che magari a bordo sia nascosta anche solo una mappa? Questo potrebbe spiegare come mai qualcuno si sia messo a pedinare i Payton.»

«Potrebbe essere», rispose Sam. «Sappiamo quanta parte del tesoro non è mai stata ritrovata?»

«Lazlo si è messo in contatto con alcuni conoscenti esperti di storia dell'Inghilterra e in particolare di Manchester nel periodo a cavallo tra i due secoli. Ritengono ne manchi circa metà.»

«Cinquecentomila dollari? Probabilmente la Grey Ghost vale di più.»

«Non dimentichiamo l'inflazione», disse Selma. «Cinquecentomila sterline d'oro del 1906 oggi valgono circa trecento volte di più soltanto per via dell'oro. Parliamo più o meno di centocinquanta milioni. »

Remi si lasciò sfuggire un fischio.

« Quell'auto vale una bella somma », commentò Sam.

« E sta per essere esposta in pubblico », gli ricordò Selma.

« Continuo a non essere convinto di volermi impelagare in questa storia. Chi ci garantisce che i Payton siano persone oneste? »

Remi guardò la Grey Ghost sullo schermo, poi prese il telefono sulla scrivania di Selma e lo porse a Sam. « Non vedo l'ora di sentirti chiamare tua madre per dirle che secondo te i suoi parenti la stanno imbrogliando. »

Sam prese il telefono e lo riappoggiò sul suo supporto. « Ripensandoci, un viaggetto in Gran Bretagna non mi sembra affatto una cattiva idea. »

5

Arthur Oren aprì la cartelletta e osservò la stampa a colori. Si trattava della riproduzione di uno stemma che aveva commissionato di recente a un artista. Il nome della famiglia di Oren avrebbe dovuto essere « Oren-Payton ». Alcune generazioni prima, i fratelli Oren-Payton erano venuti ai ferri corti per questioni legate a un'eredità. Una volta acquisito il titolo di visconte Wellswick che gli spettava di diritto, il fratello maggiore aveva assunto il nome Payton, mentre il fratello minore, costretto a lasciarsi tutto alle spalle per guadagnarsi da vivere, aveva adottato il nome Oren. I due non si erano mai più rivolti la parola.

Ciò che il lontano parente di Arthur Oren non aveva fatto dopo essersene andato tanti anni prima era stato realizzare un nuovo stemma di famiglia.

Arthur Oren aveva finalmente rimediato a quella mancanza, basandosi sulla versione originale dello stemma e modificandone alcuni dettagli. L'artista aveva fatto un bel lavoro, e Arthur provò a immaginare lo stemma a grandezza naturale, appeso nel salone, quando avesse recuperato la villa rimasta per tanto tempo in mano a quei ladri dei Payton. Ora che la fine della partita era imminente, si era preso la libertà di commissionare un nuovo stemma che somigliasse di più all'originale.

Dopo aver usurpato la casa ancestrale, i Payton avevano rimosso il corvo dallo scudo e l'avevano sostituito con un drago su sfondo rosso, simbolo del loro ruolo di custodi del tesoro di famiglia e di servitori della patria. Nel nuovo stemma disegnato dall'artista lo sfondo non era più rosso, bensì color porpora, per simboleggiare la vittoria in battaglia. Ma la seconda nonché più importante modifica era stata la rimozione del drago, rimpiazzato non dal singolo corvo originario, bensì da un corvo per ciascuna generazione che aveva sofferto a causa dei Payton.

Arthur sorrise mentre passava il dito sui corvi, pensando con soddisfazione a ciò che rappresentavano: provvidenza divina, capacità di sopportazione e, più di tutto, morte.

Era esattamente quella la fine che meritavano i discendenti di coloro che si erano impossessati delle terre degli Oren – e meritava la stessa sorte chiunque avesse cercato di ostacolarlo mentre tentava di riappropriarsi di ciò che era suo, pensò Arthur. Jane, la sua segretaria dai capelli castani, bussò alla porta. « Signore? È arrivato Colton Devereux. »

« Lo faccia entrare. »

« Subito. »

La segretaria tornò nel suo ufficio. Poco dopo entrò Colton, che si sedette dall'altro lato della scrivania senza nemmeno aspettare di essere invitato ad accomodarsi. Oren decise di ignorare la sua arroganza e chiuse la cartelletta con il disegno. « Cos'hai scoperto finora? »

« Alla fine il vecchio ha accettato di esporre l'auto. »

« Come sei riuscito a convincerlo? »

« Ho fatto credere alla famiglia che così il valore dell'auto sarebbe aumentato, se avesse mai deciso di venderla. »

E l'avrebbe venduta eccome. Albert Payton era sul lastrico, e il merito era di Colton. Un motivo in più per cui Oren aveva bisogno di lui e delle sue capacità. Colton e gli uomini che lavoravano al suo servizio erano il meglio che i soldi potessero comprare. Un mix tra ex militari delle Forze Speciali e pirati informatici – « cyberterroristi », li definiva Colton. Oltre a non fermarsi di fronte a nulla, erano profondamente fedeli a Colton e di conseguenza anche alla persona che pagava il suo esorbitante onorario. Era stata proprio di Colton l'idea di hackerare e svuotare i conti dei Payton, costringendoli a vendere i loro beni così che Oren potesse acquistarli per un decimo del loro valore mantenendo l'anonimato grazie alle società fittizie costituite da Colton. « Sei sicuro che esporrà l'auto? »

« Sicurissimo », rispose Colton accendendosi una sigaretta, di nuovo senza chiedere il permesso.

Colton era un fumatore incallito. Oren se ne stupiva sempre, considerato il suo fisico atletico e i suoi trascorsi nelle Forze

Speciali. Era pur vero, però, che il più delle volte Colton se ne stava semplicemente a guardare mentre i suoi uomini si sobbarcavano il lavoro pesante.

Colton soffiò fuori uno sbuffo di fumo e si reinfilò l'accendino in tasca. « Gli ho detto che gli organizzatori erano talmente entusiasti all'idea di esporre l'auto che non avrebbero nemmeno preteso la quota d'iscrizione. A quel punto non ha più avuto alcun dubbio. Ho messo la quota d'iscrizione sul tuo conto. »

« Bene. E il resto? »

« Procede quasi tutto secondo i piani. »

« Quasi? »

« Il nipote, purtroppo. »

« Di nuovo. » Non si aspettavano che Oliver Payton avesse un legame affettivo così forte con gli agricoltori che avrebbero perso i loro terreni se le proprietà dei Payton fossero state vendute. A ogni passo avanti che gli uomini di Colton avevano fatto, Oliver aveva sempre trovato il modo di salvare tutto. Ma in capo a poco ciò che aveva dato inizio a tutta quella faccenda, ossia la Grey Ghost e il suo segreto, sarebbe stato di Oren. Sempre che riuscissero a impedire a Oliver di mettersi in mezzo. « Cos'ha fatto stavolta? »

« Ha portato lo zio in California, con ogni probabilità in cerca di un acquirente per la Grey Ghost. La buona notizia è che durante la loro assenza abbiamo potuto occuparci di alcune questioni. »

« Ed è riuscito a trovare l'acquirente? »

« Non ne siamo sicuri. Dopo la telefonata iniziale a una certa Libby a Key West, non si è più servito di nessun mezzo elettronico. »

Oren si stupì. « Non avrà capito che stiamo tenendo sotto controllo i suoi movimenti, vero? »

« Chi, Oliver? Non credo proprio. È senz'altro convinto che suo zio stia solo avendo una serie di sfortune. Immagino le attribuisca ai suoi problemi di memoria. »

« Come hanno fatto a procurarsi due biglietti per la California? Pensavo fossero al verde. »

« Punti premio, provenienti da un conto di cui non eravamo al corrente. Fidati, non commetteremo di nuovo uno sbaglio simile », disse allungandosi verso la tazza vuota di caffè di Oren. « Hai finito qui? »

« Sì », rispose lui mascherando il disappunto e osservando Colton alzare la tazza, prendere il piattino e posarvi la sigaretta accesa.

Mentre volute di fumo si innalzavano nell'aria, Colton tirò fuori il cellulare dalla tasca e lesse un messaggio. « A quanto pare abbiamo i nomi delle persone con cui ha parlato a Pebble Beach... Sam e Remi Fargo. »

« E sarebbero? »

« Non lo sappiamo ancora. » Colton diede una scorsa al messaggio. « Forse si sono accorti di essere seguiti. L'incontro tra Oliver e questi Fargo è stato un intoppo che non avevamo previsto... » Continuò a leggere e infine si strinse nelle spalle. « A ogni modo, nulla di rilevante. »

Dal tono di Colton era evidente che stava cercando di minimizzare. « Mandami tutto quello che hai su questi Fargo. »

Lui annuì, premette un tasto sul telefono, se lo rimise in tasca e si alzò. « I miei uomini stanno raccogliendo tutte le informazioni possibili. Ti farò avere un rapporto completo appena sarà pronto. »

Colton se ne andò, e dopo circa mezz'ora un trillo sul computer di Oren segnalò l'arrivo di un'e-mail. Lui la aprì e lesse il fascicolo su Sam e Remi Fargo. Sam Fargo si era laureato a pieni voti in ingegneria al Caltech, e avendo lavorato alla DARPA, l'Agenzia per i progetti di ricerca avanzata della Difesa, era addestrato nell'utilizzo di armi e nel combattimento corpo a corpo. Dopo aver lasciato la DARPA, aveva conosciuto e sposato Remi Longstreet. Originaria della East Coast, sua moglie aveva studiato antropologia e storia al Boston College, specializzandosi in antiche rotte commerciali. I due avevano costituito il Fargo Group, che avevano poi venduto per una cifra milionaria, e adesso si dedicavano alla gestione della Fargo Foundation, che sembrava occuparsi soltanto di progetti di beneficenza. Una volta letto l'intero fascicolo e scoperto per altro che entrambi avevano una licenza per il porto d'armi occulto, Oren non era poi così sicuro che Sam e Remi Fargo fossero un problema da nulla come aveva suggerito Colton.

Non che fosse preoccupato. Lesse l'ultima riga dell'e-mail di Colton.

Il fatto che i Payton abbiano incontrato i Fargo proprio in questo momento è sospetto. Se dovessero esserci d'intralcio, adotteremo le misure necessarie.

Oren aprì la cartelletta e diede un'altra occhiata ai corvi neri. Davvero appropriati, pensò.

I portatori della morte.

6

Sam guidava l'auto a noleggio lungo le strade di campagna fuori Manchester in base alle indicazioni di Remi, che stava seguendo la mappa sul cellulare. Quando finalmente in lontananza si profilò la villa, pensò che avesse un'aria molto regale.

« Negli anni d'oro dev'essere stata davvero splendida », commentò Sam mentre percorrevano il vialetto acciottolato. « Mantenere un posto così antico costerà sicuramente una fortuna. »

« Prova a immaginare come debba essere perdere tutto. » Remi osservò la proprietà con un sospiro. « Come si fa a sopravvivere a qualcosa del genere? Io non so se ci riuscirei. »

« Piena di risorse come sei? Troveresti sicuramente un modo », disse Sam parcheggiando.

Si diressero verso la villa. Sulla porta aperta li stava aspettando una donnina gracile sui settant'anni, i capelli grigi raccolti in una crocchia alta. « Signori Fargo, spero che il vostro viaggio sia stato piacevole. »

« Molto », rispose Sam. « Lei dev'essere la signora Beckett. »

La donna gli rivolse un piccolo cenno d'assenso. « Mr Payton ha avuto un'emergenza, altrimenti vi avrebbe accolti lui personalmente. Ma mi ha chiesto di dirvi di fare come se foste a casa vostra. » Con un gesto della mano li invitò a seguirla. « Vi accompagno nelle vostre stanze. Si trovano nell'ala nord, al primo piano. Posso prendere i vostri bagagli? »

« Ci pensiamo noi, grazie », disse Sam.

La donna li condusse su per le scale e lungo il corridoio, dove Remi fece non poca fatica a ignorare i vistosi quadrati e rettangoli sulle pareti bianche nei punti in cui fino a poco prima dovevano esserci stati dei quadri.

La signora Beckett si fermò davanti a una porta aperta e arretrò per consentire loro di entrare. « Sua Signoria preferisce alloggiare nel cottage della viscontessa madre, dove consuma anche la cena. Alle sei. Riteniamo sia meglio non alterare la sua routine, senza contare che restando lì ha anche meno scale da fare. A ogni modo, se dopo il lungo viaggio che avete alle spalle preferite riposare, sarò lieta di farvi portare la cena in camera.»

Remi gettò un'occhiata a Sam, che scosse quasi impercettibilmente la testa. Per stanchi che fossero, quella avrebbe potuto essere la loro unica occasione di parlare con Albert Payton senza il nipote nei paraggi.

E non avevano nessuna intenzione di lasciarsela sfuggire.

«È molto gentile da parte sua, ma per noi sarebbe un onore cenare con Sua Signoria.»

«Ottimo. Verrò a chiamarvi poco prima delle sei allora. Questa casa è un labirinto. Soprattutto per arrivare all'ala sud.» Con un sorriso teso, la signora Beckett lasciò la stanza e si chiuse la porta alle spalle.

Come promesso, tornò poco prima delle sei. Mentre percorrevano al suo seguito un intrico di corridoi, Sam e Remi ebbero modo di vedere numerose stanze, tutte con le pareti spoglie e prive di arredi. La signora Beckett si fermò davanti a una porta chiusa, e quando si voltò a guardarli, la sua espressione severa si ammorbidì. «Cercate di non pensare male di noi se abbiamo scelto di tenere Sua Signoria relegata in questa parte della villa, e per giunta sottochiave. Negli ultimi tempi Mr Payton ama vagabondare per la casa, e vedere le stanze vuote lo manda in confusione. Al mattino gli piace andare a fare colazione nel giardino d'inverno prima di cominciare la giornata. E adora prendersi cura delle rose. Per non cambiare le sue abitudini, preferiamo chiudere il resto della casa così che non si distragga. Se non altro nel giardino d'inverno e nel cottage della viscontessa madre gli è tutto familiare, dal momento che ci sono ancora gli arredi originali.»

La signora Beckett si fermò di nuovo e si voltò verso di loro. «Qualche settimana fa qualcuno ha lasciato il cancello del giardino socchiuso, e lui è uscito. Ha trovato le chiavi della macchina di suo nipote, e nessuno si è accorto di niente fino a quando un poliziotto l'ha riportato a casa. Aveva distrutto la macchina.

Siamo davvero grati che non gli sia successo nulla.» Con loro stupore, quando furono entrati la signora Beckett chiuse la porta dietro di sé e diede la chiave a Sam. «È un passepartout. Vi servirà per tornare in camera.»

Sam la prese e se la infilò in tasca. «Faremo attenzione.»

«La sala colazione e il giardino d'inverno», annunciò la signora Beckett aprendo l'ennesima porta.

Remi capì all'istante per quale motivo il visconte preferisse consumare lì i suoi pasti. Due pareti erano formate da finestre che andavano dal pavimento al soffitto, mentre la portafinestra sulla terza parete dava su un ampio quadrato d'erba circondato da un alto muro di mattoni coperto di gelsomini. Sulla sinistra si trovava il cancello del giardino, quello che qualcuno aveva scordato di chiudere. Sulla destra invece c'era il roseto. Quando furono usciti su un patio lastricato, la signora Beckett fece loro strada lungo un sentiero di ghiaia che attraversava il vasto prato fino a un pittoresco cottage che sembrava Villa Payton in versione casa delle bambole.

Attraverso un passaggio ad arco giunsero in un salottino, dove un gatto persiano grigio balzò sul pianoforte per vedere meglio chi fosse stato a invadere il suo spazio. La signora Beckett lo scacciò, poi condusse Sam e Remi oltre un'altra porta ad arco fino a un tavolo rotondo apparecchiato per tre.

Albert, che sedeva già a tavola, vedendoli entrare si alzò. «Molto bene, Mrs Beckett. Avevo dimenticato che avessimo ospiti, altrimenti avrei fatto io gli onori.»

«Sam e Remi Fargo», annunciò lei.

Albert li salutò con un cenno del capo. «Devo ammettere che i vostri nomi mi sono familiari. Spero mi perdonerete, ma non ricordo come ci siamo conosciuti.»

«All'esposizione automobilistica di Pebble Beach», spiegò Sam.

«Ma certo», rispose lui stringendogli la mano. «Che strano, lei mi ricorda qualcuno. Sedetevi, sedetevi. Ci penso tra un minuto. Stavo giusto per cenare. Vi va di farmi compagnia?»

«Con piacere», disse Sam mentre lui e Remi prendevano posto.

Albert annuì e guardò la governante. « Aggiungiamo due posti a tavola, Mrs Beckett. »

« Benissimo, signore. » Appena tolse i coperchi, nuvole di vapore si levarono dai vassoi, uno con medaglioni di maiale e l'altro con verdure miste.

« Peccato che non ci sia anche mio nipote. È andato via a fare non so cosa. » Si fermò e scrutò Sam stringendo gli occhi. « So esattamente chi mi ricorda: mia cugina Eunice. »

Remi guardò Sam, che non batté ciglio nel sentire il nome di battesimo di sua madre. Sospettava ancora che i Payton si fossero inventati quel legame di parentela per avvicinarli. Remi rivolse ad Albert un sorriso incuriosito. « Ha una cugina di nome Eunice? »

« Non la vedo da anni. » Albert spinse indietro la sedia. « Devo avere una sua foto qui da qualche parte... »

La signora Beckett gli posò una mano sul braccio, impedendogli di alzarsi. « Lasci che vada io a prendere i suoi album, milord. Del resto ha ospiti. »

« Ancora con questo 'milord'? Tra familiari non c'è nessun 'milord'. »

Con un sorriso paziente, la signora Beckett gli porse un grosso cucchiaio e si voltò, pronta ad andarsene. « No, signore. »

« Lo stesso vale per il 'signore' », esclamò lui mentre la governante lasciava la stanza. « Vive in questa casa quasi da quanto ci vivo io. Direi che si è guadagnata tutto il diritto di chiamarmi per nome. »

« Selma », dissero all'unisono Sam e Remi con una risata.

« Selma? » ripeté Albert.

« Una nostra dipendente », chiarì Remi. « Le abbiamo chiesto un'infinità di volte di chiamarci per nome, ma lei insiste con i toni formali. Abbiamo imparato a conviverci. »

L'espressione di Albert si annebbiò, come se avesse già scordato di cosa stavano parlando. Prima ancora che finissero di cenare, Remi era certa che il visconte non stesse affatto recitando. Quando la signora Beckett tornò, lui la guardò e le rivolse un sorriso. « Peccato che non ci sia Oliver. Abbiamo ospiti per cena. »

« A colazione ci sarà. » Gli porse un sottile album fotografico di pelle marrone delle dimensioni di un romanzo in edizione economica.

« E questo cos'è? » volle sapere Albert.

« Mi ha chiesto lei di portarglielo. »

« Davvero? E perché mai? » Lo aprì e sfogliò le poche pagine fino all'ultima foto. « Non ricordo di aver messo queste foto qui dentro. »

« L'ha fatto Oliver », spiegò lei cominciando a sparecchiare. « Ha preparato quest'album perché poteste mostrarlo ai vostri ospiti. »

Lui fissò l'ultima foto, poi spostò lo sguardo su Sam. « Ora ricordo. Tua madre ti portava sempre qui quand'eri piccolo. Tu e Oliver adoravate strimpellare quel vecchio piano », disse indicando il salotto con un cenno del capo. « Un baccano infernale. »

« Lei suona? » domandò Remi.

« No, non so nemmeno perché sia ancora qui, quel pianoforte. Era di... be', non ricordo di chi fosse. »

« Posso? » chiese Sam.

Lui gli allungò l'album, ancora aperto sull'ultima pagina.

Remi si sporse e vide una foto del piccolo Sam seduto sullo sgabello del pianoforte con un altro bambino più o meno della stessa età. Erano entrambi in giacca e cravatta. « Oliver? » azzardò Remi.

Sulle labbra di Albert spuntò un sorriso dolceamaro. « Al funerale di mio figlio. Aveva giusto qualche anno in più di voi. »

Sam osservò la foto. « Io non ricordo nulla di tutto questo. »

« Nemmeno io, il più delle volte. »

Sam sfogliò le pagine, tornando verso l'inizio dell'album per poi soffermarsi su una foto di sua madre più o meno ventenne. Aveva gli stessi capelli biondi e gli stessi occhi scuri di Sam, e accanto a lei c'era un uomo dai capelli scuri che doveva essere all'incirca suo coetaneo. A giudicare dall'acconciatura della madre di Sam, Remi ipotizzò che la foto fosse stata scattata tra la fine degli anni Sessanta e l'inizio degli anni Settanta. « Questo è lei? » domandò ad Albert.

Lui guardò la foto e sorrise. « No, mio fratello, il padre di Oliver », disse allungando la mano e tornando all'inizio dell'album. « Questa è la mia preferita. Erano amici per la pelle, quei due. Non facevano che parlare di quell'auto. Cercavano qualcosa... ma non ricordo minimamente di cosa si trattasse. »

Sam e Remi restarono a fissare la foto. Ritraeva la madre di Sam con il fratello di Albert, nientemeno che sul sedile anteriore di quella che era senza ombra di dubbio la Grey Ghost.

7

« Continui a dubitare di lui? » domandò Remi a Sam quando furono soli nella loro stanza.

« Nessuno può essere così bravo a recitare. » Albert aveva lasciato l'album di fotografie a Sam, che adesso stava studiando la foto di sua madre e del padre di Oliver a bordo dell'auto. « Perché non mi ha mai parlato di questo lato della famiglia? »

« Forse temeva che ti saresti montato la testa, se avessi saputo che nelle tue vene scorre un po' di sangue blu? » Si sedette sul letto accanto a lui, prese il telefono di Sam dal comodino e fece scorrere il dito sullo schermo fino al numero di sua madre. « Sono sicura che c'è un buon motivo. Chiamala. »

Lui fece partire la telefonata.

Sua madre rispose al secondo squillo. « Tutto bene? Come sta Albert? » domandò.

« In linea di massima bene. C'è qualche ragione per cui mi hai sempre tenuto nascosto questo ramo della famiglia? »

Lei rise. « Come sarebbe a dire tenuto nascosto? Quand'eri piccolo andavamo sempre a trovare i parenti inglesi. »

« Quando? »

« Davvero non ricordi le estati a Manchester? Tu e Oliver eravate compagni di giochi. »

« Se non fosse per la foto che ho appena visto, potrei giurare di non essere mai stato da queste parti. Perché abbiamo smesso di venire? »

« Be', sai, la vita, il lavoro di tuo padre. E dopo quel terribile incidente... quell'incendio... »

« Quale incendio? »

« A Villa Payton. Se non ricordo male, a provocarlo fu il vecchio sistema di illuminazione a gas, che non era ancora stato convertito in un impianto elettrico. Ci fu un'esplosione, e l'intera ala est andò in fiamme. Albert riuscì a portare in salvo i bambini, ma suo figlio morì comunque, intossicato dal fumo. Probabilmente sua moglie non riuscì a perdonarglielo, come se fosse stata colpa sua. Divorziarono poco tempo dopo. E i genitori di Oliver morirono di lì a pochi anni. Fu proprio un periodo nero per la famiglia.» Fece un profondo sospiro. «Tra il tempo e la lontananza... sai com'è. Ci siamo persi di vista.»

«Mi è capitata sott'occhio una foto di te e del fratello di Albert sulla Grey Ghost.»

«Ti riferisci alla vecchia Rolls-Royce? Oh, adoravo quell'auto.»

«Proprio quella. Immagino che tu non ne sappia nulla?»

«Tutti i miei ricordi provengono da foto scattate decenni fa che adesso stanno ammuffendo in qualche scatolone chissà dove.»

Sam osservò la foto dell'album. «Albert ha detto che tu e suo fratello cercavate sempre qualcosa su quell'auto.»

Lei scoppiò a ridere. «Santo cielo, avevo proprio dimenticato tutto. Il padre di Albert montò su tutte le furie quando ci sorprese nel fienile. E quando scoprì che avevamo scovato l'auto, credevo sarebbe morto d'infarto. Disse che l'auto era maledetta e ci ordinò di non dire a nessuno che l'avevamo trovata. Noi eravamo bambini, giocavamo soltanto alla caccia al tesoro. Ecco spiegata l'origine della tua passione per i tesori perduti.»

Remi non cercò nemmeno di trattenersi dal ridere.

«Torniamo all'auto. Il padre di Albert vi disse come mai credeva che fosse maledetta?»

Libby rise di nuovo. «Voleva semplicemente che ci tenessimo al largo dal fienile. Se non sbaglio era lì che nascosero l'auto durante la guerra. Spero che tu abbia deciso di aiutarli.»

«Non mi esprimo ancora.»

«Non ti stanno chiedendo nient'altro che un prestito, Sam.»

«Il prestito non è un problema.»

«E allora qual è il problema?»

Lui pensò agli uomini che li avevano seguiti a Pebble Beach, benché non avesse alcuna intenzione di mettere sua madre in allarme con quel genere di dettagli. «Ci sono prima alcune cose che dobbiamo chiarire. Ti farò sapere quando sarà tutto sistemato. »

« Se non altro adesso sei sicuro che non stanno cercando di fregarci », commentò Remi quando Sam ebbe riattaccato.

« L'unica cosa di cui sono sicuro è che vogliono dei soldi, e che qualcuno vuole mettere le mani su qualcosa che appartiene a loro. »

« L'auto, evidentemente. »

« Ma perché seguirli fino a Pebble Beach, se l'auto è qui? »

Quella domanda era ancora senza risposta quando, l'indomani mattina, incontrarono Oliver e suo zio a colazione. Sam provò ad affrontare la questione, ma Oliver escluse categoricamente la possibilità che l'auto fosse il motivo per cui quegli uomini li stavano pedinando. « Perché mai questa storia dovrebbe avere a che vedere con l'auto? E perché avrebbero dovuto sobbarcarsi un viaggio del genere? »

« Perché vogliono la Grey Ghost », disse suo zio in un raro momento di lucidità. « Quell'auto è maledetta. Non ha mai portato nient'altro che guai. »

« Anche mia madre ricorda il particolare della maledizione », confermò Sam. « Potrebbe dirci di cosa si trattava? »

« Non ne ho la più pallida idea », rispose Albert.

Oliver si schiarì la gola. « Avresti dovuto venderla anni fa. » Decidendo di cambiare argomento, rivolse un sorriso a Sam e Remi. « Mi dispiace di non aver potuto cenare con voi ieri. C'è stato un piccolo problema in una delle fattorie. Mi auguro che abbiate trascorso una serata piacevole. »

« Molto », rispose Remi. « Tuo zio ci ha mostrato le foto che hai messo insieme. Ce le ha portate la signora Beckett. »

Oliver guardò prima suo zio e poi Sam. « I suoi ricordi di quei tempi sono migliori dei miei. A quanto pare io e te eravamo amici. Io però non ricordo assolutamente nulla. »

« Non sentirti in colpa, nemmeno io », rispose Sam.

Oliver si voltò e si accorse che suo zio non aveva toccato cibo. « Forza, mangia, zio Albert. Abbiamo un treno da prendere alle dieci. »

*

Il treno diretto a Londra attraversava proprio l'estremità meridionale della proprietà dei Payton, e Oliver indicò loro alcune delle fattorie visibili in lontananza. « Quelle famiglie vivono su questa terra da generazioni », disse con una punta di orgoglio. Sedevano tutti e quattro intorno a un tavolino. « E io vorrei tanto che continuassero a farlo. Purtroppo le loro fattorie non sono granché redditizie. »

« Da quanto tempo questa terra appartiene alla vostra famiglia? » domandò Remi.

« Dal ritrovamento della Grey Ghost. Prima era dei Payton-Oren. »

Dalle labbra di suo zio giunse un borbottio di disprezzo. « Assassini e ladri, quegli Oren. »

« *Quell'*Oren », lo corresse Oliver appoggiandosi allo schienale. « Fu Reginald Oren a rubare la Grey Ghost e il tesoro nel 1906. »

« Un passato colorito », commentò Remi.

« Quell'auto è maledetta », insisté Albert. « Colpa di Reginald Oren. Da allora non abbiamo avuto nient'altro che guai. Fu questo a uccidere tuo padre. »

Oliver gettò uno sguardo esasperato allo zio prima di mettersi a osservare il paesaggio che sfilava accanto a loro fuori dal finestrino. « Certo, se si può attribuire la colpa di un incidente avvenuto in una fattoria a un'auto che all'epoca era nascosta, allora hai ragione. Potremmo parlare di qualcosa di più piacevole? »

Mentre Oliver raccontava della vita e del lavoro di uno dei loro fittavoli, Sam lasciò correre lo sguardo sugli altri passeggeri e ne notò uno in particolare sul lato opposto del corridoio, assorto nella lettura di un quotidiano. Il suo taglio di capelli gli ricordò quello dell'uomo che li aveva seguiti a Pebble Beach. Non era certamente la stessa persona, eppure in lui c'era qualcosa che a Sam non piaceva.

« Credo di aver bisogno di un caffè », disse alzandosi. « Voi volete qualcosa? »

« Io no, grazie », rispose Oliver. « Zio Albert? »

Lo sentirono russare sommessamente mentre la testa gli cadeva in avanti.

« Suppongo di no », commentò Sam prima di guardare Remi, che fece per alzarsi a sua volta. « No, resta. So che adori guardare il panorama. Goditelo anche per me, va bene? »

Dando le spalle all'uomo, indicò con un cenno discreto alla propria destra.

Remi si mise comoda sul sedile. « Non impiegarci troppo. Un po' di caffeina è proprio quello che mi ci vuole. »

Sam si girò, tirò fuori il telefono e si incamminò. Fingendosi concentrato sullo schermo, filmò tutto quanto. Lasciò il vagone e percorse i due successivi per poi tornare sui propri passi. Quando ebbe raggiunto Remi, sollevò il telefono. « Ero così preso a leggere le e-mail che non mi sono nemmeno accorto di aver preso la direzione sbagliata. »

Remi sorrise e indicò la porta dal lato opposto. « Il vagone ristorante è da quella parte. »

« Adesso me lo dici? »

Sam ripeté la stessa procedura, stavolta andando davvero a prendere i caffè. Mentre li aspettava, guardò il video e lo mandò a Remi.

Erano ben tre gli uomini che li stavano tenendo d'occhio su quel treno. I due di Pebble Beach su ciascuno dei vagoni adiacenti al loro, probabilmente per mantenersi a distanza, casomai li avessero riconosciuti, e il terzo che fingeva di leggere il giornale qualche sedile più in là.

Se non altro all'orizzonte si profilava qualcosa di molto più interessante di una semplice visita all'esposizione automobilistica.

8

Londra

Quando furono arrivati, Sam spiegò a Oliver degli uomini sul treno e gli consigliò di tenere d'occhio suo zio. « Non allontanarti da lui per nessuna ragione », gli disse notando lo spiegamento di addetti alla sicurezza davanti al centro congressi. « Dubito che proveranno ad avvicinarvi in un posto così affollato, ma è meglio non correre rischi. »

Remi prese il programma dall'addetto al controllo dei biglietti e lo sfogliò fino alla mappa. « Pare che la Grey Ghost sia proprio in fondo. »

« Andiamo a dare un'occhiata », disse Sam scrutando la folla. Non aveva ancora visto né i loro amici del treno né nessun altro che sembrasse pedinarli. D'altra parte, però, in un luogo del genere non sarebbe stato semplice accorgersi di essere seguiti, considerando gli innumerevoli stand che bloccavano la visuale. A ogni modo, Sam constatò con piacere che tutte le entrate e le uscite erano presidiate e che lo spazio espositivo era sorvegliato da diverse altre guardie.

Il loro quartetto si fece strada tra file di stand che vendevano di tutto e di più, dai libri sulle auto all'ultimissimo e miglior intruglio mai formulato per restituire lucentezza alla vernice. Da un palchetto su cui si stava svolgendo una dimostrazione di cucina con un barbecue delle dimensioni di una valigia, pensato apposta per essere trasportato nel bagagliaio di un'auto, giungeva odore di carne grigliata.

« Paura delle fiammate? » chiese il venditore al pubblico prima di nebulizzare un olio contenuto all'interno di un flacone spray sulla superficie di cottura alla sua sinistra. Vedendo il fuoco divampare sulla griglia, gli spettatori sussultarono e arretrarono come se avessero davvero sentito il calore della fiamma. « L'avete visto tutti: su questo barbecue di sottomarca la vostra gustosa carne è destinata a carbonizzarsi. Sulla nostra superficie ignifuga, invece, nemmeno una scintilla », concluse spruzzando la stessa sostanza sulla seconda griglia senza che accadesse nulla.

« Quell'affare ci sarebbe tornato utile durante alcune delle nostre spedizioni nella giungla », commentò Remi indicando il barbecue con la testa.

« Certo, se avessimo avuto un mezzo per trasportarlo... »

« Perché, non l'avresti portato a mano? »

« Nemmeno per te, Remi. » Si lasciarono alle spalle la dimostrazione di cucina e si trovarono davanti un gruppo di persone radunate in fondo allo spazio espositivo. La folla si aprì leggermente, consentendo loro di posare per la prima volta lo sguardo sulla leggendaria Grey Ghost. « Quella invece potrei anche pensare di trascinarmela dietro. »

« E io non avrei nulla in contrario... »

Vedendo Oliver guidare suo zio verso l'auto, Sam rivolse un cenno del capo a Remi. In un attimo affiancarono i due uomini, posizionandosi rispettivamente alla loro destra e alla loro sinistra. Si fecero quindi strada tra i curiosi, per fermarsi infine davanti alla corda di velluto che circondava la Grey Ghost. L'auto era collocata su una piattaforma circolare e l'impeccabile vernice grigia rifletteva le luci sul soffitto. Tutte le parti metalliche erano nichelate e splendenti, con una finitura a specchio. Gli interni in pelle blu avevano un'aria liscia e morbida e non presentavano nemmeno l'ombra di una screpolatura.

Le sopracciglia di Oliver schizzarono in alto. « Un gran bel lavoro, non trovi, zio Albert? »

« Non permetterò che se la prendano. »

« Nessuno te la porterà via. »

« Eh », disse l'anziano accigliandosi. « Un branco di delinquenti. Non l'hanno rubata soltanto perché non funziona. »

« Certo che funziona », disse Oliver. « L'ha sistemata Chad. »

« Chad? Io non conosco nessun Chad. »

« Il meccanico che ho trovato. » Poi si girò verso Sam e Remi. « Ha fatto un ottimo lavoro. Ancor più stupefacente, visto di persona. A fine giornata, quando tutti se ne saranno andati, la guarderemo per bene.»

«Scommetto...» Albert non riuscì ad aggiungere altro, dal momento che risuonò una sirena di allarme e le luci sopra ogni uscita cominciarono a lampeggiare. Tutti i presenti si guardarono intorno come per cercare di stabilire se si trattasse di un vero allarme oppure no. Dopo meno di un minuto, guardie di sicurezza e membri del personale in uniforme stavano già convogliando la folla verso le porte mentre gli addetti al servizio d'ordine passavano lungo le file di stand ad annunciare che l'edificio doveva essere sgomberato. Sulle prime alcuni venditori rifiutarono di farsi cacciare, ma quando diventò chiaro che l'allarme non sarebbe cessato nel breve termine, pur con riluttanza, se ne andarono.

Gli altoparlanti sopra di loro gracchiarono, dopodiché subentrò una voce. «Raggiungete l'uscita più vicina. Questa non è un'esercitazione. Raggiungete l'uscita più vicina. Grazie.»

«Chissà cos'è successo» si interrogò Oliver prendendo di nuovo suo zio per il braccio.

«Forse è andato storto qualcosa alla dimostrazione di cucina», suggerì Remi indicando con un cenno il punto in cui una densa nuvola di fumo nero si levava verso l'alto.

«Cancella quel barbecue dalla nostra lista dei desideri», disse Sam conducendo Remi, Oliver e Albert verso l'uscita. Quando il fuoco raggiunse il soffitto dello stand, qualcuno gridò. La folla scattò in avanti, separando il loro piccolo gruppo. «Zio Albert!» Oliver si voltò cercando di individuare suo zio.

Anche Sam scrutò i volti nel tentativo di trovare Albert. «Credi che possa essere tornato alla Grey Ghost?»

«Senza dubbio. Vado a vedere», rispose Oliver.

«Noi diamo un'occhiata tra gli stand. Ci vediamo all'ingresso. Forse è semplicemente stato trascinato fuori dalla folla.»

Sam e Remi si separarono per poi ricongiungersi vicino all'entrata.

«Nulla», disse Remi.

«Tu controlla fuori. Se trovi anche solo uno dei due, restate vicino alle porte, casomai i nostri amici del treno dovessero essere nei paraggi. Io faccio un altro giro. »

Sam si fece strada all'interno una seconda volta senza trovare né Oliver né suo zio. Quando l'edificio fu quasi vuoto, tornò all'ingresso e udì l'ululato lontano delle sirene dei pompieri. Quando uscì, trovò Remi ad aspettarlo vicino alle porte. « Niente. »

« Là c'è Oliver! » esclamò Remi indicando il lato sinistro dell'edificio.

Lo raggiunsero in fretta, mentre lui cercava di accedere all'edificio attraverso una delle porte laterali.

« Mi dispiace, signore, nessuno può rientrare per il momento », gli spiegò un addetto alla sicurezza fermandolo.

« Mio zio! Non so dove sia finito! »

« L'incendio è già stato spento. C'è soltanto molto fumo. Devo chiederle di allontanarsi dalla porta. »

« Aspettiamo all'ingresso », disse Sam conducendo Oliver verso una fila di panche accanto alle porte. « Continueremo a cercarlo io e Remi. Tu aspetta qui. È sempre possibile che esca. »

« Grazie », rispose Oliver scrutando i volti delle persone che si aggiravano lì intorno. « Non credo andrà molto lontano. È ossessionato da quell'auto. »

Il suono delle sirene si intensificò, e nel giro di qualche minuto alcune autopompe imboccarono il viale d'accesso a tutta velocità. Una si fermò sul davanti, mentre le altre due si portarono su ciascun lato dell'edificio.

Dopo mezz'ora, di Albert non c'era ancora traccia.

Purtroppo gli addetti alla sicurezza impedirono anche a loro di accedere all'edificio. Quando Oliver vide un uomo parlare con uno dei pompieri appena usciti, d'un tratto smise di camminare nervosamente vicino all'ingresso e lo indicò. « Quello è il responsabile dell'evento. Di sicuro saprà aiutarci. »

Vedendoli avvicinarsi, l'uomo si girò con un sorriso di circostanza stampato sulle labbra. « Un bel po' di movimento, eh? »

« Dobbiamo tornare dentro. Credo che mio zio sia ancora lì. Probabilmente è preoccupato per la sua auto. »

« Non c'è nulla di cui preoccuparsi. L'incendio è stato domato e tutte le auto sono intatte. »

« Possiamo entrare? » domandò Oliver.

« Riapriremo le porte tra pochi minuti. Abbiamo sospeso la dimostrazione di cucina. Non mi spiego come a qualcuno possa essere venuto in mente di organizzare qualcosa del genere qui. Non so nemmeno come siano potuti entrare. »

Come promesso, gli addetti alla sicurezza aprirono le porte e il pubblico poté rientrare. Sam, Remi e Oliver si accodarono alle decine di altri appassionati d'auto che non avevano la minima intenzione di farsi rovinare la visita da un po' di fumo. Senza perdere tempo, puntarono dritto in fondo. Il mormorio della folla era sempre più intenso man mano che si avvicinavano.

Oliver si arrestò di colpo, lo sguardo fisso sulla piattaforma vuota. « La Grey Ghost! È sparita! »

9

Non era sparita soltanto la Grey Ghost, ma anche lo zio di Oliver.

L'agente che raccolse la denuncia trovò molto interessante il fatto che Albert fosse svanito nel nulla appena prima del furto. « È possibile che l'abbia presa lui? Che se ne sia andato a bordo dell'auto, magari? »

Oliver sbiancò. « Mi piacerebbe dire di no, ma effettivamente qualche settimana fa si è messo al volante della mia macchina e l'ha distrutta. Si è giustificato dicendo che cercava la Grey Ghost. L'avevamo appena mandata in officina per i lavori di restauro. »

« Sarebbe stato in grado di avviarla? » domandò l'agente.

« Non saprei proprio », rispose Oliver.

« Come avrebbe potuto? » intervenne Remi. « L'auto era su una piattaforma, a più di una spanna da terra. Se anche l'avesse avviata, come avrebbe fatto poi a scendere? »

« Rampe? » suggerì l'agente.

Remi controllò la piattaforma e non ne vide. « E dove avrebbe potuto procurarsele? »

« C'è un'altra possibilità », disse Sam tirando fuori il telefono. « Questi tre uomini ci stavano pedinando. » Mostrò all'agente il video che aveva girato sul treno. « Due di loro ci hanno seguiti anche in California. Il terzo non l'ho mai visto prima. »

« Ben fatto », rispose l'agente. « Ci servirà una copia di questo filmato per le indagini. » Gli lasciò un indirizzo e-mail e poi guardò Oliver. « Forse è il caso che chiami la sua compagnia di assicurazioni. Per informarla dell'accaduto. »

« L'auto è l'ultimo dei miei pensieri. »

« Non si preoccupi per suo zio, sono sicuro che lo troveremo. Se è stato lui a prendere l'auto, di certo non passerà inosservato.» Porse a Oliver il suo biglietto da visita. «Mi dia un colpo di telefono se dovesse venirle in mente qualcos'altro. O se suo zio dovesse farsi vivo. Cerchi di stare tranquillo. Il caso sarà assegnato ai nostri migliori investigatori.» L'agente chiuse il taccuino e si infilò la penna in tasca. «Nel frattempo daremo un'occhiata alle riprese delle telecamere di sicurezza. Chissà che non troviamo qualche risposta.»

Remi e Sam si allontanarono di qualche metro mentre Oliver parlava con l'agente. «Non crederai davvero che se ne sia andato al volante di quell'auto?» domandò a Sam.

«A meno che non abbia trascinato fino alla piattaforma queste fantomatiche rampe, abbia portato giù l'auto e nascosto le rampe subito dopo, no. Detesto doverlo dire, ma i casi sono due: o Albert Payton si è allontanato di sua iniziativa, o qualcuno l'ha rapito.»

«E qui sorge spontanea una domanda. Chiunque sia stato, come ha fatto a portare fuori di qui sia lui che la macchina?»

«Gettando fumo negli occhi a tutti quanti?»

Oliver tornò da loro con lo sguardo fisso sul biglietto da visita dell'agente. «Non avrei mai dovuto permettergli di portare qui quell'auto. Ha ragione. È maledetta. Ho quasi paura a chiamare la compagnia di assicurazioni. Si insospettiranno. E se dovessero accusarci di aver inscenato il furto per truffarla?»

«Perché mai dovrebbero pensare qualcosa di simile?» domandò Sam.

«Per la truffa di cui è già accusato mio zio. Tutti i nostri conti sono stati svuotati.»

Remi gli rivolse un sorriso rassicurante. «Sono sicura che andrà tutto bene.»

«Speriamo», rispose lui senza smettere di scrutare i volti intorno a sé. «Non so proprio dove potrebbe essere andato.»

Anche Remi non ne aveva la più pallida idea, ma di certo non l'avrebbe detto ad alta voce. «È possibile che si stia aggirando nei paraggi senza sapere dove si trova.»

«È vero», confermò Sam. «Perché non aspetti qui casomai dovesse tornare? Io e Remi facciamo un giro per vedere se riusciamo a trovarlo.»

Oliver annuì. Aveva un'aria profondamente sollevata.

Remi si guardò indietro per assicurarsi che non fossero più a portata d'orecchio. « Quante possibilità ci sono che si sia davvero allontanato a piedi? »

« Dopo tutto quello che è successo? Molto poche. Se quell'auto non è stata trafugata a bordo di una di quelle autopompe o spostata via insieme ai barbecue, in un modo o nell'altro dev'essere uscita di qui. Ed è impossibile che Albert se ne sia andato al volante di quell'auto. Qualcuno l'avrebbe visto. »

« Già, uno dei lati positivi di quel veicolo è che attira l'attenzione. Fammi strada, Fargo. »

Mentre Oliver aspettava suo zio all'ingresso, Sam girò intorno all'edificio con Remi al seguito. « Sarebbe bello sapere da quali di questi portelli sono entrate e uscite la Grey Ghost e le altre auto. » Il primo gruppo di accessi che superarono era molto vicino all'ingresso, e dunque passare di lì avrebbe dato troppo nell'occhio. Proseguirono per poi fermarsi davanti a una saracinesca di metallo che avrebbe senz'altro consentito di spostare le auto da esporre con facilità.

Si alzò una folata di vento, e Remi dovette scostarsi i capelli dal viso mentre si guardava intorno. « Credo che questa porta non si veda dall'ingresso principale. »

« Sì, dev'essere quella che cerchiamo », disse Sam. « Non mi dispiacerebbe entrare. Se riuscissimo a capire come hanno fatto a portare fuori la Ghost, avremmo maggiori possibilità di trovare Albert. »

« Ehi! Cosa state facendo voi due qui dietro? »

Voltandosi, videro che un addetto alla sicurezza si stava dirigendo a passo svelto verso di loro. A giudicare dai capelli grigi, probabilmente andava per i sessanta. Quando sollevò la ricetrasmittente come per chiamare rinforzi, Sam diede una gomitata a Remi. « È ora di sfoderare un po' del tuo fascino. »

10

« Quest'area è accessibile soltanto al personale autorizzato », disse l'addetto alla sicurezza a Sam e Remi. « Devo chiedervi di allontanarvi. »

Sam arretrò di un passo, lasciando che fosse Remi a prendere in mano la situazione. Con un dolce sorriso sulle labbra, lei aspettò che la guardia di sicurezza fosse abbastanza vicina. « Lo zio di nostro cugino è scomparso, e noi gli stiamo dando una mano a cercarlo. Lei non ne sa nulla, vero? »

« Mi dispiace, signora, ma dovete parlare con la polizia. Io sono soltanto un addetto alla sicurezza di questo evento. »

« Ah, chiedo scusa. Non siamo del posto. Ho visto la divisa e ho pensato... »

« Americani? »

Lei annuì. « Io e mio marito siamo venuti a trovare il cugino di mio marito. E adesso guardi cos'è capitato. Non sappiamo nemmeno a chi rivolgerci. »

« Mio cugino ha già denunciato la scomparsa dello zio », intervenne Sam calandosi a sua volta nel ruolo di americano spaesato. « Volevamo soltanto darci un'occhiata veloce intorno. In caso si fosse allontanato a piedi. »

« Sa, soffre di Alzheimer », aggiunse Remi. « Quando è scattato l'allarme, non siamo proprio riusciti a rimanere vicini. L'ultima volta che l'abbiamo visto stava correndo verso la sua Grey Ghost. »

La guardia scrutò Sam. « Suo cugino è il proprietario di quell'auto? »

« Suo zio, per la precisione. Quello che si è perso. Probabilmente temeva che il fuoco potesse danneggiarla. »

Remi indicò la porta con un cenno. « A dire il vero speriamo che sia da qualche parte all'interno dell'edificio. Gli capita piuttosto spesso di perdere l'orientamento. »

L'addetto alla sicurezza li fissò per un momento prima di parlare. « Senza offesa, ma ho sentito uno degli agenti di polizia domandare se l'anziano potrebbe essersene andato al volante dell'auto. »

« Non crede che qualcuno l'avrebbe visto? » replicò Sam.

« Bella domanda », rispose lui. « In effetti è improbabile che un'auto d'epoca come quella passi inosservata sulle nostre strade. »

« Esatto », disse Sam. A ogni modo nutriva seri dubbi sul coinvolgimento di Albert. Considerato che non era certo nel pieno delle sue facoltà mentali, di sicuro non poteva avere architettato un'impresa simile, e men che meno poteva aver partecipato attivamente alla sua messa in atto.

« È possibile che l'auto sia ancora là dentro? » domandò Remi.

« No », rispose l'addetto alla sicurezza scuotendo la testa. « È escluso. »

« Ma soprattutto, è possibile che mio zio sia ancora là dentro? »

« Questo è molto più probabile. Ci sono un mucchio di posti in cui potrebbe essersi nascosto. »

Supplicandolo con lo sguardo, Remi gli posò la mano sul braccio. « So che è molto indaffarato, ma non è che per caso potremmo dare giusto un'occhiatina? E se lo zio fosse lì dentro e avesse bisogno di aiuto? »

L'addetto alla sicurezza parve pensarci su, poi tirò fuori le chiavi. « Una controllatina veloce non può certo far male. Non vorrei mai che succedesse qualcosa proprio durante il mio turno. »

Girò la chiave nella toppa della porta laterale e sbirciò dentro prima di aprirla un po' di più. « Andiamo. »

« Come crede che abbiano fatto i ladri a portare fuori quell'auto? Senza essere visti, intendo », domandò Sam mentre lo seguivano all'interno.

« Difficile a dirsi. Questo è un quartiere piuttosto malfamato. »

Remi guardò con intenzione la saracinesca motorizzata. « Com'è possibile che siano usciti di qui senza che nessuno se ne sia accorto? »

« Può essere che abbiano parcheggiato un furgone proprio fuori da questa porta », rispose l'addetto alla sicurezza. « Con tutta quella confusione e i pompieri sul davanti, è assolutamente possibile che nessuno abbia notato nulla. Non che io abbia visto un furgone. D'altra parte però sono stato chiamato dentro per via dell'incendio, quindi se un furgone fosse riuscito ad arrivare qui prima dei pompieri... »

« Non ci sono telecamere di sorveglianza? » domandò Sam, avendone già viste alcune montate nella parte alta della struttura e collocate in maniera tale da riprendere la strada che la circondava in entrambe le direzioni.

« Immagino che se ne stia occupando la polizia. »

Remi si guardò intorno con gli occhi sgranati. « Come diamine hanno fatto a portare l'auto dallo spazio espositivo all'esterno? »

« Pareti mobili », spiegò l'addetto alla sicurezza indicando con un cenno del capo la parete grigia che separava il retro e il magazzino dall'area centrale del centro congressi. « Sono scorrevoli. Chiunque sia stato a organizzare il furto, doveva avere una squadra pronta ad aprire queste pareti, portare l'auto fin qui, chiudere le pareti, far uscire il veicolo dalla saracinesca e caricarlo sul retro di un furgone. » Aprì alcune porte che davano su locali di deposito di dimensioni più contenute e li condusse infine in quello che sembrava un ufficio di accoglienza con portablocchi appesi alla parete e cataste di documenti sul bancone. Di Albert Payton non c'era traccia.

« Quanto tempo potrebbe richiedere un'operazione del genere? » domandò Sam.

« Per qualcuno che sa quello che sta facendo, meno di cinque minuti. Chi si sarebbe mai accorto di qualcosa in mezzo a tutto quel caos? »

Giusta osservazione. « Lei che lavora qui avrà i suoi sospetti, no? »

L'addetto alla sicurezza scrollò le spalle in un gesto evasivo. « Io ero sul davanti, non qui. »

« E non è uscito nessun furgone? »

« Io non ho visto nulla. Non mi spiego nemmeno come avrebbe fatto un furgone a passare davanti alle autopompe. »

« Chi potrebbe essere stato? » domandò Sam.

Lui lo guardò con l'espressione di chi credeva che la risposta fosse palese. « Non mi fraintenda, ma quando abbiamo saputo che la Grey Ghost avrebbe partecipato all'esposizione, nessuno parlava d'altro. Un'auto del genere deve valere parecchi milioni. La prima cosa che abbiamo detto tutti appena è scomparsa, be'... »

« L'assicurazione? » suggerì Remi.

« Non sto dicendo che sia davvero così. È soltanto quello che ho sentito. »

Mentre Remi parlava con l'addetto alla sicurezza, Sam si guardò rapidamente intorno, senza trascurare alcun dettaglio. Se non altro trovò conferma di ciò che pensava già: era un'operazione troppo complessa perché un uomo anziano con problemi di memoria potesse metterla in atto da solo. I tre uomini che lo stavano seguendo, però... « Pare che lei sia bene informato su come funzionano le cose da queste parti. Se è stato un lavoro dall'interno, come crede che abbiano fatto a organizzarlo? »

« Non posso saperlo per certo. Però c'è un fatto interessante. Nelle ultime notti sono scattati diversi allarmi. Anche ieri. Ma visto che per rubare l'auto hanno impiegato così poco, perché non l'hanno fatto ieri notte, quando non c'era nessuno? »

« In effetti sarebbe stato più pratico », disse Sam. « Crede che dovessero ancora mettere a punto alcuni dettagli del furto? »

« Sulle prime ci ho pensato anch'io, ma a suonare è stato un allarme di pressione sotto l'auto. Il veicolo non è stato spostato. »

« Forse stavano cercando di capire come farlo. »

« Può darsi. La prima notte in cui è scattato l'allarme sono entrati dalla porta nord, dall'altra parte dell'edificio, e sono usciti sempre da lì. Qualunque cosa stessero facendo intorno a quell'auto, non aveva nulla a che vedere con il calcolo dei tempi per portarla via da qui.»

«Forse perché sapevano già quanto avrebbero impiegato?»

«All'incirca lo stesso tempo che ci era voluto per portarla dentro. Spostare quelle pareti, portare fuori l'auto, aprire il portello. Non c'è molto a cui pensare.»

Dal cellulare dell'addetto alla sicurezza giunse un bip. Lui lo tirò fuori e lesse un messaggio. «Purtroppo il giro turistico è finito. Il lavoro mi chiama.» Li riaccompagnò alla porta laterale e li fece uscire per primi. «Mi dispiace per lo zio di vostro cugino. Terrò gli occhi aperti. Tuttavia devo chiedervi di spostarvi all'ingresso. Il retro non è accessibile al pubblico.»

«Grazie davvero del suo aiuto», disse Sam incamminandosi verso l'ingresso con Remi al seguito. Appena l'addetto alla sicurezza fu sparito all'interno, puntarono di nuovo a tutta velocità verso il retro.

11

« Ci sono ottime probabilità che Albert sia stato rapito perché è tornato all'auto nel momento esatto in cui i ladri la stavano rubando », disse Sam mentre lasciavano il centro congressi.

« Può essere », rispose Remi. « O forse ha cercato di seguire i ladri dopo avere assistito al furto. »

« Una volta capito come hanno fatto ad andarsene senza essere visti, forse riusciremo a trovare Albert. Se siamo fortunati, l'avranno portato via insieme all'auto per poi scaricarlo da qualche parte nei paraggi. »

Sam si allontanò dall'edificio per avere una visuale migliore dell'area circostante. Le autopompe se n'erano andate da un pezzo e la folla che si aggirava nei pressi dell'edificio era notevolmente diminuita. Lui e Remi si incamminarono verso il lato opposto del centro congressi, dove un camion si stava avvicinando in retromarcia a una delle baie di carico. AUTOTRASPORTI CHARLES F. GOODLAND, diceva la scritta sul fianco. Dopo un momento videro l'addetto alla sicurezza di prima uscire dalla porta con una cartelletta. Essendo concentrato sull'autista, lui non li notò. Nei pressi dell'area di carico la strada di servizio che correva tutt'intorno al centro congressi si allargava per consentire agli automezzi di entrare e uscire comodamente. Un'alta recinzione sormontata da filo spinato separava lo spazio espositivo dal resto del quartiere. C'erano anche quattro cancelli che davano sulle strade circostanti, protetti a loro volta da filo spinato, con assicelle di legno infilate in verticale nel reticolato metallico per impedire di vedere all'interno. Sam ipotizzò che servissero solo ed esclusivamente per le emergenze e che fossero tenuti sempre chiusi. Quando raggiunsero il cancello più vicino, sbirciarono attraverso le assi e non videro altro che un muro di bidoni dell'immondizia. Dall'altra parte, una spessa catena arrugginita da cui penzolava un lucchetto chiudeva il cancello. Benché sembrassero entrambi intatti, lo spazio era troppo stretto perché potessero infilare le dita dall'altra parte e assicurarsi che non fossero stati manomessi.

« Se sono usciti, l'hanno fatto attraverso uno di questi cancelli. »

Si voltarono, diretti verso l'entrata del centro congressi, ancora affollata di visitatori in attesa di tornare all'esposizione automobilistica. Quando arrivarono all'ingresso, Remi indicò con un cenno la strada di sinistra. « So che prima abbiamo escluso questa strada perché era bloccata dalle autopompe, ma Albert potrebbe essersi incamminato da solo da questa parte. »

« Buona idea. » La strada sembrava condurre verso l'area di servizio del centro congressi. « Forse così riusciremo a capire da quale cancello è uscito quel furgone e da che parte se n'è andato. »

Percorsero un tratto di strada fiancheggiato perlopiù da edifici industriali, tutti con i cancelli chiusi. In giro non si vedeva nemmeno un veicolo. Sembrava proprio che nel fine settimana non ci fosse anima viva da quelle parti, e per un po' non udirono nulla oltre al suono dei loro passi. Dopo alcuni minuti, però, captarono una strana eco, e Sam si aprì la giacca per accedere più facilmente alla pistola.

Remi si guardò indietro senza vedere nient'altro all'infuori della strada deserta. « Pare che abbiamo compagnia. »

« Sì, da quando abbiamo girato l'angolo. »

Remi prese Sam sottobraccio e gettò un'altra occhiata dietro di sé prima di appoggiargli la testa sulla spalla come se niente fosse. « Che meraviglia. »

« Chiunque sia, non si sta preoccupando di non farsi sentire. »

« Ed è un bene o un male? » domandò Remi mentre cominciavano ad affrettare il passo.

« Considerato che sembrano aver accelerato anche loro? Immagino che presto lo scopriremo. »

La strada davanti a loro si biforcava.

Sam scrutò entrambi i lati in cerca di un punto dove riparararsi. Una passerella tra due edifici alla loro sinistra catturò la sua attenzione. Prese Remi per mano e la condusse da quella parte.

Mentre camminavano, si guardò indietro e vide che quello che li stava seguendo era uno degli uomini del treno. Arrivarono nel vicolo alle spalle degli edifici. A sinistra c'era l'alto cancello con il filo spinato che portava al retro del centro congressi. Sembrava chiuso, eppure la catena arrugginita era tagliata, e penzolava floscia dalla serratura. Gli altri due uomini del treno si stavano dirigendo a passo svelto verso di loro da destra. La buona notizia era che adesso sapevano come aveva fatto quel furgone a lasciare il centro congressi senza che nessuno lo vedesse. Ma c'era anche una cattiva notizia: erano in trappola.

12

Erano stati incastrati. La passerella era un trabocchetto, nel quale loro erano caduti in pieno.

Impugnando la pistola, Sam spinse Remi verso i bidoni dell'immondizia che fiancheggiavano il cancello. Dalla passerella, uno degli uomini lo aggredì e riuscì a disarmarlo. Remi si tuffò verso l'arma mentre il secondo uomo si avventava su Sam. Lui gli sferrò un gancio destro e barcollò all'indietro, andando a sbattere contro uno dei bidoni della spazzatura per poi cadere in ginocchio.

Remi era quasi riuscita a raggiungere la pistola di Sam quando d'un tratto per terra davanti a lei si profilò l'ombra del terzo uomo. La sagoma della pistola era inequivocabile. « Non provarci nemmeno », le intimò lui.

Lei alzò entrambe le mani e indietreggiò.

« Fargo! » gridò poi nel tentativo di avvertirlo quando vide arrivare il secondo uomo. Ma era troppo tardi. Un calcio al fianco lo fece piegare in due, e lui si aggrappò a un bidone, raddrizzandosi a fatica.

« Prendetelo, ragazzi », ordinò l'uomo armato con espressione trionfante.

Uno degli altri fece per afferrarlo, ma Sam diede una spallata al bidone, che colpì il primo aggressore e lo mandò a sbattere contro il secondo. Mentre Sam spingeva entrambi verso l'uomo armato, Remi capovolse un bidone stracolmo e lo fece rotolare sull'acciottolato. Uno degli uomini inciampò nei rifiuti che si erano appena rovesciati, perse l'equilibrio e trascinò giù con sé il suo compagno. Remi si gettò a terra per recuperare l'arma di Sam e fece fuoco, colpendo di striscio il braccio dell'uomo armato. Lui cadde all'indietro contro il bidone dell'immondizia e atterrò di peso sopra gli altri due uomini.

« Polizia! » sentirono gridare mentre il cancello sferragliava alle loro spalle.

Quando Remi si voltò, vide l'addetto alla sicurezza dall'altra parte del cancello. Corse verso di lui e tirò la catena in modo che potesse aprirlo. I tre uomini si rimisero rapidamente in piedi, tolsero di mezzo con un calcio il bidone della spazzatura, che rotolò via con un rumore metallico, e partirono a rotta di collo lungo il vicolo.

« State bene? » domandò l'addetto alla sicurezza.

Remi annuì mentre Sam le si piazzava accanto. Con un gesto disinvolto, Remi prese la pistola e la nascose. Non erano autorizzati a portare armi in Inghilterra, e dover spiegare per quale motivo ne avessero una avrebbe richiesto ore e ore. « Come faceva a sapere che eravamo nei guai? »

« Ho sentito il trambusto dall'area di carico, e poi ho seguito il rumore dello sparo... » Scrutò entrambi da capo a piedi. « Non siete feriti, vero? »

Entrambi scossero la testa. « Hanno mancato il bersaglio. La polizia sta arrivando davvero? » domandò Sam.

La guardia confermò con un cenno. « Posso chiedervi un favore? Non dite che mi sono spacciato per un poliziotto. Non si dovrebbe fare. Ho solo pensato che così avremmo fatto prima. »

« Ha funzionato », disse Remi mentre Sam esaminava più attentamente il cancello.

« È un accesso per i mezzi di emergenza », spiegò la guardia. « I vigili del fuoco hanno una chiave. »

Sam sfilò la catena dal cancello. « Ora sappiamo come mai nessuno ha visto il furgone. »

L'addetto alla sicurezza prese la catena con il lucchetto e studiò la maglia tagliata. « Questo qualcuno avrebbe dovuto notarlo. »

« Non a un primo sguardo », replicò Sam. Indicò con un cenno i bidoni della spazzatura rimasti al loro posto. « I ladri hanno tagliato il lucchetto per poi spostare i bidoni e risistemarli dopo il passaggio del furgone. »

« Credete sia questo il motivo per cui quegli uomini vi hanno aggrediti? Mi sembra strano che vi abbiano tenuti d'occhio così a lungo. »

« Chi lo sa? » rispose Sam, benché Remi fosse certa che avesse già le idee piuttosto chiare. Considerato che qualcuno aveva seguito Oliver e suo zio a Pebble Beach e poi sul treno, era plausibile che quel qualcuno stesse anche aspettando di vedere cos'avrebbe fatto Oliver dopo il furto dell'auto. « Perché non spiega lei agli agenti come hanno fatto i ladri a portare via l'auto? Di sicuro ne saranno felici. Noi d'altra parte saremmo felici di rimanere fuori da questa faccenda. Le spiacerebbe se lasciassimo tutto nelle sue mani? »

La guardia osservò il lucchetto e i bidoni ammaccati. « Dal momento che non ci sono feriti, non vedo perché no. »

Per la verità un ferito c'era, ma di certo non sarebbe andato in ospedale o alla polizia a denunciare l'accaduto. Sam lasciò all'addetto alla sicurezza il suo biglietto da visita. « In caso dovessero esserci problemi. Ma se riuscisse a non coinvolgerci, gliene saremmo grati. »

Sam gettò un'ultima occhiata lungo il vicolo, dopodiché uscì dal cancello aperto insieme a Remi, tornando verso il centro congressi. « Meglio controllare che Oliver stia bene. L'ultima cosa di cui abbiamo bisogno è che sparisca anche lui. »

13

Arthur Oren camminava nervosamente per il suo ufficio in attesa di notizie. Voleva solo sentirsi dire che l'auto era in viaggio e che non c'erano stati intoppi. Finalmente il telefono sulla sua scrivania squillò. Sul display vide che la chiamata arrivava da Colton. « Allora? »

« È andato tutto secondo i piani. L'auto è al sicuro e sta tornando a Manchester. »

« Bene, bene. Tra quanto darai il via alla fase successiva? »

« Dipende dal vecchio. Lo terremo impegnato finché ce ne sarà bisogno. Ma c'è stato un incidente. »

Appena Oren udì il tono di Colton, il senso di euforia che l'aveva pervaso un attimo prima svanì di colpo. « Quale incidente? »

« Ricordi quei tali della California di cui ti ho parlato? Sam e Remi Fargo? Si trovavano all'esposizione automobilistica insieme ai Payton quando è stato messo a segno il furto. I due hanno deciso di perlustrare la zona, così abbiamo pensato di seguirli per toglierli di mezzo sul posto. Purtroppo la signora Fargo è riuscita a mettere le mani sulla pistola del marito. Frank può ringraziare che non sia una tiratrice provetta. Se l'è cavata giusto con un graffio. I Fargo però sono riusciti a filarsela. »

« Avevi detto che non sarebbero stati un gran problema. »

« Sono più ingegnosi di quanto ci aspettassimo. Non preoccuparti, la prossima volta saremo più preparati. »

« Lo spero. E la seconda fase del piano? Sei sicuro che filerà tutto liscio? »

« Come ho detto, è tutto pronto. Procederemo appena il vecchio sarà di nuovo a Manchester. »

« E i Fargo? Se sono stati abbastanza sfacciati da mettersi a ficcanasare al centro congressi, potrebbero cercare di intervenire anche a Manchester. »

« Faremo in modo che non ci mettano i bastoni tra le ruote. »

Oren guardò la cartellina che racchiudeva il suo nuovo stemma di famiglia. « Vedi di non deludermi. La prossima volta usa l'artiglieria pesante. Conto su di te. »

14

Dopo aver aspettato ore e ore senza ricevere notizie né su dove si trovasse Albert né su che fine avesse fatto la Grey Ghost, Sam, Remi e Oliver presero il treno per tornare a Manchester. Oliver non faceva che controllare il telefono per assicurarsi di non essersi perso nessuna telefonata o messaggio.

« Lo troveranno. Sono sicura che sta bene », cercò di rassicurarlo Remi.

Oliver annuì. « Lo spero. Non me lo perdonerei mai se dovesse succedergli qualcosa. Allegra era contraria a esporre l'auto. Avrei dovuto darle retta. »

« Allegra? » domandò Sam.

« Mia sorella minore. Anzi, è il caso che la chiami. » Restò a fissare il cellulare per qualche istante, come se stesse cercando di ricomporsi. « Non so nemmeno bene cosa dirle. »

Sam si alzò. « Ti lasciamo un po' di privacy. »

Oliver sorrise, rivolse loro un piccolo cenno del capo e fece partire la chiamata, portandosi il telefono all'orecchio.

Sam e Remi restarono in piedi all'estremità opposta del vagone mentre lui parlava. Stavolta, diversamente da quando avevano viaggiato in direzione Londra, non li stava seguendo nessuno. Non che Sam si aspettasse di avere ancora qualcuno alle costole, ora che la Ghost era stata rubata.

Aspettarono che Oliver avesse riattaccato prima di tornare.

« Sei riuscito a parlarle? » domandò Remi sedendosi di fronte a lui.

Oliver guardò fuori dal finestrino con espressione vuota. « Dà la colpa a me. Dice che sono stato io a perderlo di vista all'esposizione. »

Remi posò la mano sulla sua. « Lo troveremo. »

*

« Non riesco nemmeno a immaginare come debba sentirsi Oliver », disse Remi mentre si preparavano ad andare a letto quella sera. « Con tutto quello che sta passando, ci mancava soltanto che suo zio sparisse nel nulla. »

« Se non altro la polizia si sta occupando del caso. » Sam si avvicinò alla finestra e osservò la luna piena. Prima di infilarsi a letto, chiuse le tende. « Speriamo di scoprire qualcosa di più domattina. »

Remi si sdraiò accanto a lui, sprimacciando il cuscino di piume dietro la testa. « Già. »

Si rannicchiò accanto a Sam e lui la cinse con un braccio, sorridendo al ricordo di come sua moglie aveva scaraventato a terra quel bidone e fatto inciampare i tre brutti ceffi per poi recuperare la sua pistola. Dopo quello che gli parve un battito di ciglia, il canto del gallo lo svegliò. Il sole era già sorto e Remi era sotto la doccia.

Quando raggiunsero Oliver al tavolo della colazione nel giardino d'inverno, furono accolti da un buon profumino di bacon. « Nessuna novità su mio zio, purtroppo. Ma Mrs Beckett insiste perché mangiamo qualcosa. Spero abbiate dormito bene », disse sforzandosi di sorridere. « A volte non è facile riuscire a riposare con tutti i rumori di una fattoria in sottofondo. »

Remi sorrise. « È stato bellissimo sentire le pecore all'alba. »

« Ma non il gallo, immagino », ribatté Oliver.

« Di quello avremmo anche potuto fare a meno », confermò Sam.

« La vita in campagna è così. Ma ci si abitua, alla fine. Chiedo scusa, ma non ricordo proprio se al mattino preferite tè o caffè. »

« Caffè », risposero loro all'unisono.

Oliver porse a Remi la caffettiera d'argento e osservò le uova strapazzate nel suo piatto. Non aveva il minimo appetito. « Speravo di sapere già qualcosa a quest'ora. »

« Vedrai che presto avremo notizie », disse Sam sforzandosi di apparire ottimista. « La polizia di Londra è molto competente. Di sicuro sta facendo progressi, anche mentre noi siamo qui a parlare. »

Arrivò la governante, che restò in attesa sulla porta fino a quando Oliver non la guardò. « Sì, Mrs Beckett? »

« Ha chiamato sua sorella. È alla stazione di polizia. Hanno trovato suo zio. »

Lui spinse indietro la sedia e si alzò. « Perché non hanno telefonato qui? Non è ferito, vero? Allegra ha detto qualcosa? »

« No, signore. Vuole soltanto che la raggiunga subito. »

« Grazie, Mrs Beckett. » Guardò Sam e Remi. « Finite pure di fare colazione. »

« Per la verità saremmo felici di accompagnarti. Dopo tutto quello che è successo, avere qualcun altro che tenga occhi e orecchie bene aperti non può certo guastare. »

« In effetti... »

L'auto a noleggio di Sam era già pronta davanti alla villa con la chiave inserita. Zoppicando vistosamente, un uomo dai capelli grigi uscì da una porta laterale del garage e si diresse verso di loro. Oliver fece le presentazioni e lui li salutò con un cenno. « Grazie, Jones. »

« Signore. »

Sulle labbra di Oliver spuntò un sorriso gonfio d'imbarazzo mentre guardava l'uomo attempato allontanarsi. « È tutto molto formale da queste parti. 'Signore' qui, 'milord' là. Non sono più abituato. Zio Albert non lo sopporta. Queste persone sono come membri della famiglia per lui, e non capisce proprio per quale motivo insistano con questa deferenza. »

Sam si infilò dietro il volante e Remi prese posto sul sedile posteriore, lasciando quello davanti a Oliver. « Sì, ce ne ha parlato la prima sera a cena. »

« A dire il vero non potremmo nemmeno permetterci il poco personale di servizio rimasto, ma mio zio non se la sente proprio di licenziarlo. Queste persone non hanno nessun altro posto dove andare. Persino il figlio di Allegra ha vissuto qui per alcuni anni, nel periodo in cui lei e il marito stavano divorziando. Una brutta storia. »

« Quanto personale di servizio c'è ancora? » domandò Remi da dietro.

« Tre famiglie che abitano qui nei cottage della villa, più i quattro contadini. »

Nei venticinque minuti che impiegarono a raggiungere Manchester, Sam notò con sollievo che non li stava seguendo nessuno. Quando arrivarono alla stazione di polizia, Oliver indicò una donna che aspettava all'esterno, i capelli castano chiaro raccolti in una coda di cavallo. « Mia sorella Allegra », disse.

Appena lo vide, lei gli si fece incontro, con l'abito azzurro a motivo cachemire che svolazzava nel vento. « Si può sapere perché ci hai messo così tanto? Ho chiamato almeno un'ora fa. »

« Mi sono precipitato qui appena ho saputo cos'era successo. »

« Be', ci hai impiegato troppo. Zio Albert è stato arrestato. »

« Cosa? Quando? Perché mai? »

« Stamattina presto. È accusato di aver rubato la Grey Ghost per truffare l'assicurazione. »

« Ma è ridicolo. Non c'è nessuna assicurazione. »

Allegra guardò Oliver come se fosse impazzito. « Non avete assicurato l'auto? »

« Dev'esserci stato qualche malinteso. Stando ai registri della compagnia di assicurazioni, abbiamo disdetto l'appuntamento con il perito che sarebbe dovuto venire a dare un'occhiata alla Ghost. Non esiste nessuna polizza. Quell'auto non è mai stata assicurata se non prima della seconda guerra mondiale. »

« E il peggio deve ancora venire », disse lei trascinandolo verso la stazione di polizia. « Zio Albert è anche accusato di omicidio. »

15

Oliver fissò sua sorella per parecchi, interminabili secondi prima di girarsi verso Sam e Remi. «Abbiate pazienza, devo scoprire cosa sta succedendo.»

«Come ho detto, forse è meglio se veniamo con te», suggerì Sam. «Per sicurezza.»

«Scusate, voi sareste?» intervenne Allegra.

«Miei amici», rispose Oliver. «Sam e Remi Fargo. Sono ospiti a Villa Payton.»

Lei inarcò quasi impercettibilmente le sopracciglia. «Non è certo il posto ideale in cui invitare degli ospiti, Oliver. C'è ancora qualche mobile?» Poi rivolse loro un sorriso. «Sono sicura che sarebbe un piacere conoscervi. Ma se permettete, è una questione di famiglia, e dobbiamo procurarci un avvocato.»

«In realtà siamo membri della famiglia anche noi», la informò Sam.

«Sua madre e zio Albert sono cugini», spiegò Oliver. «Lui è il figlio della cugina Eunice.»

«Forse potremmo esservi d'aiuto, se sapessimo esattamente cos'è successo», aggiunse Sam.

Lei incrociò le braccia, rabbuiandosi. «È in prigione. L'hanno arrestato stamattina per omicidio. Non so cos'altro dirvi.»

Oliver sbiancò.

«La polizia ha detto chi è sospettato di aver ucciso? O dov'è avvenuto l'omicidio?» chiese Sam.

«È scoppiato un incendio in un capannone, nel quale è rimasto ucciso un uomo che faceva la guardia di sicurezza.»

«Una guardia di sicurezza? E credono si tratti di omicidio?» domandò Remi.

Allegra annuì. «I vigili del fuoco hanno trovato il cadavere dopo aver domato l'incendio. Sostengono fosse uno degli addetti alla sicurezza del salone automobilistico di Londra.»

Sam guardò Remi, che stava riuscendo con notevole successo a mostrarsi assolutamente impassibile. Con ogni probabilità stavano pensando la stessa cosa: la vittima doveva avere aiutato i ladri a portare l'auto fuori dallo spazio espositivo durante il falso allarme antincendio. «E vostro zio? Dov'era mentre succedeva tutto questo?» domandò Sam.

«È proprio questo il problema, non lo so. Dice di non ricordare nulla se non di essersene andato al volante della Grey Ghost.»

Oliver sembrava sotto shock, e si riscosse soltanto dopo parecchi secondi. «Zio Albert non riesce nemmeno a ricordare cos'ha mangiato a colazione, e questo nei giorni buoni. Com'è possibile che questo invece se lo ricordi?»

«Non ne ho idea. Al momento la polizia sta preparando dei mandati di perquisizione per le sue proprietà.»

«Ma non ha senso», rispose Oliver. «Perché mai dovrebbe uccidere un addetto alla sicurezza? Per giunta per un'auto che è già sua.»

«Dicono che l'abbia fatto per l'assicurazione», rispose Allegra.

«Te lo ripeto per l'ultima volta, quella dannata auto non è assicurata.»

«Lui però credeva lo fosse, vero?»

«Non lo so. A ogni modo, commettere un omicidio è un altro paio di maniche.»

«Dov'è il capannone in cui è scoppiato l'incendio?» domandò Sam. «A Londra?»

«No, qui a Manchester. In Alberg Street.»

D'un tratto Oliver parve sentirsi male. «Il nostro capannone?»

«Quello di zio Albert, sì. Credono che abbia ucciso l'addetto alla sicurezza e appiccato l'incendio per creare un diversivo mentre rubava l'auto.»

«Continuo a credere che non sia possibile. Due settimane fa, quando ha preso la mia macchina, non si è certo dimostrato un guidatore provetto. Non me lo vedo proprio a cercare di guidare la Ghost. E men che meno a uccidere qualcuno.»

Senza ombra di dubbio Oliver era convinto che suo zio fosse innocente. Ma la storia era zeppa di familiari rimasti a bocca aperta nello scoprire quanti proverbiali scheletri negli armadi avessero i loro cari. E poi, in genere la polizia non dichiarava qualcuno in arresto senza disporre di indizi solidi. «Che prove hanno contro di lui?» domandò Sam a Allegra.

Lei restò a lungo in silenzio prima di rispondere. «Un video nel quale zio Albert porta fuori la Grey Ghost dal capannone appena prima dell'incendio. C'era una telecamera montata sull'edificio di fronte. Ho chiesto di poterlo vedere, ma non me l'hanno concesso. Possono mostrarlo soltanto al suo avvocato, che ora come ora zio Albert non ha.»

«Allora dobbiamo procurargliene subito uno», disse Oliver.

«Ci sto lavorando», rispose Allegra. «Ma per ingaggiare un avvocato servono soldi, ed è per questo che ho bisogno di te. Zio Albert è sotto la tua tutela. Dal momento che non abbiamo denaro, l'avvocato chiede Villa Payton come garanzia.» Tirò fuori dalla borsa alcuni documenti e una penna.

«Dove devo firmare?»

«Oliver», intervenne Sam. «Prima di firmare, permettici almeno di chiamare un legale, fosse anche solo per dare un'occhiata a quei documenti.»

«Non potrei mai chiedervi...»

«Insistiamo», disse Remi. «La situazione è già abbastanza stressante senza che debba preoccuparti anche di perdere la casa.»

Lui annuì. «Grazie. Probabilmente avete ragione.»

«Entriamo a vedere cos'ha da dirci la polizia», suggerì Sam.

Non scoprirono molto di più di ciò che aveva riferito Allegra. Essendo procuratore di suo zio, se non altro Oliver poté fargli una breve visita. Sam, Remi e Allegra lo aspettarono all'ingresso. Quando Oliver tornò alcuni minuti più tardi, aveva la stessa aria sconcertata di quando era venuto a sapere del suo arresto.

Allegra, che aveva fatto su e giù nervosamente per la stanza per tutto il tempo, si fermò e guardò suo fratello. «Allora?» domandò.

«È come hai detto tu. L'agente mi ha parlato di un video nel quale zio Albert si introduce nel capannone dalla finestra appena prima che scoppi l'incendio. Qualche minuto dopo lo si vede aprire le porte del garage e allontanarsi al volante della Grey Ghost.»

«Visto? Adesso possiamo firmare i documenti e procurargli un avvocato?»

«Ma com'è possibile che abbia ricordato l'indirizzo di un capannone in cui non andava da anni se quando ha distrutto la mia macchina non riusciva nemmeno a trovare la strada di casa?» replicò Oliver quasi come se non l'avesse sentita.

«Ha distrutto la tua macchina?» domandò Allegra. «Perché lo scopro soltanto adesso?»

«Il punto è che non riusciva a tornare dal centro di Manchester a Villa Payton. Quindi come ha fatto a ricordare la strada che porta da Londra a quel capannone? Sono oltre quattro ore di viaggio. Anzi, ancora di più, considerando la velocità massima che può raggiungere la Grey Ghost.»

«Evidentemente l'auto non è arrivata fin lì sulle sue ruote. Dev'essere stata trasportata su un furgone.»

«Guidato da chi?» domandò Oliver. «Dall'addetto alla sicurezza che poi è stato ucciso? Zio Albert ricorda soltanto di essersi svegliato a bordo dell'auto. Come immaginavo, non ha idea di che fine abbia fatto.»

Sam e Remi si scambiarono uno sguardo. Sam riteneva che il video fosse una prova piuttosto solida, mentre Remi era stupita e al tempo stesso delusa, poiché in cuor suo sperava che quel video dimostrasse l'innocenza di Albert, non la sua colpevolezza. Per natura tendeva sempre a tifare per i più deboli, ed evidentemente l'aveva fatto anche in quel caso. Almeno fino a quel momento.

Tuttavia la successiva domanda che rivolse a Oliver rivelò che non era ancora pronta ad arrendersi. «Che idea ti sei fatto dopo avergli parlato?»

«Sono solo sicuro che non ucciderebbe mai nessuno.»

Allegra incrociò le braccia con espressione severa. « Magari non di proposito. Ma devi ammettere che l'ipotesi di una frode assicurativa... Insomma, ci sono momenti in cui lo zio è ancora presente. »

« Sì, sempre più rari. Non riuscirai a convincermi che abbia commesso davvero i reati di cui è accusato. »

« Il video », gli rammentò lei.

Oliver si incupì e si lasciò cadere su una sedia. « Zio Albert non è né un ladro né un assassino. Non è così che mi ha educato. Stiamo parlando di un uomo disposto a vendere gli ultimi possedimenti di famiglia che gli sono rimasti per salvare i suoi locatari. Credi davvero che in uno dei suoi momenti di lucidità farebbe qualcosa di simile? »

Remi annuì. « Non ha tutti i torti. »

« Il problema è che la polizia la pensa diversamente, altrimenti non l'avrebbe arrestato », ribatté Sam. « Gli investigatori hanno bisogno di qualcosa di più concreto della tua convinzione che zio Albert sia un uomo nobile e di carattere. Questa purtroppo non sarà di alcun aiuto per confutare prove così solide a suo carico davanti a un giudice. »

« Ma non è palese? È impossibile che zio Albert sia entrato da quella finestra da solo. Ed è ancora più impossibile che abbia guidato quell'auto al buio senza occhiali. Probabilmente non ci sarebbe riuscito nemmeno se li avesse avuti. Sapete bene cos'è successo quando ha preso la mia macchina. »

Il mistero era sempre più fitto, e quando Sam guardò Remi, la vide inarcare appena le sopracciglia. Era incuriosita quanto lui. « A mio parere non sarebbe una cattiva idea fare una capatina in quel capannone per dare un'occhiata. »

16

Allegra restò sbigottita di fronte alla proposta di Remi. « Il capannone? Credete che sia una buona idea? Nel bel mezzo di un'indagine di polizia? »

« Daremo giusto un'occhiata. Non dovrebbero esserci grossi pericoli, se la polizia lo sta sorvegliando. »

« No, non puoi essere serio, Oliver. Rifletti », disse Allegra.

« Mi fido di Sam e Remi. »

« Bene, io mi chiamo fuori. » Si ricacciò i documenti in borsa. « Se avete intenzione di imbarcarvi in questa impresa folle, dev'esserci qualcuno che possa rispondere al telefono in caso di emergenza. » Si allontanò a grandi passi, evidentemente allarmata dalle loro intenzioni.

« Le passerà », commentò Oliver. « Da quando ha divorziato vuole sempre che si faccia a modo suo, e per di più è stressata. Non è facile crescere un figlio da sola. » Si alzò. « Andiamo? »

Il capannone, che si trovava nella parte meridionale della città, era circondato da una distesa di magazzini di mattoni costruiti agli inizi del Novecento. La polizia aveva già ultimato i rilevamenti sulla scena del crimine, come dimostrava il nastro giallo strappato e buttato in un bidone dell'immondizia, con le lunghe estremità che svolazzavano nel vento.

L'ingresso principale dava sulla strada ed era costituito da una pesante doppia porta di lamiera ondulata molto massiccia, larga quel tanto che bastava per un furgone moderno. I due battenti erano chiusi da una catena con un lucchetto enorme che sembrava abbastanza solido da fermare una locomotiva. Fogli di compensato coprivano tutte le finestre del capannone.

« È meglio se facciamo il giro », disse Sam.

Quasi temendo di fare rumore, avanzarono tra cumuli di spazzatura e foglie e infine si fermarono. Aguzzarono le orecchie, ma non udirono nulla all'infuori di un uccello maschio che cinguettava di tanto in tanto nel tentativo di sedurre una femmina.

Quando svoltarono l'ultimo angolo, a Sam parve di sentire una specie di fruscio dietro di sé. Estrasse la pistola e fece segno agli altri di tacere. Ma era soltanto il ramo di un albero che, sospinto da una breve folata di vento, aveva urtato l'edificio.

Oliver osservò l'arma con espressione profondamente turbata. « È davvero necessario? »

« Vorrei che non lo fosse », rispose Sam. Dopo la loro disavventura londinese, non aveva alcuna intenzione di correre rischi, e preferì tenere la pistola lungo il fianco.

« Cosa cerchi di preciso? » volle sapere Oliver.

« Non ne sono ancora sicuro. Qualcosa che sembri fuori posto. Sempre sperando di notarlo. »

Si fermò davanti all'edificio dall'altra parte della strada, dove scorse una telecamera fissata vicino al tetto e puntata verso il magazzino dei Payton. « Di chi è quel posto? »

Oliver guardò verso la telecamera. « Non ne ho la più pallida idea. »

« Potrebbe valere la pena di scoprirlo. »

« Zio Albert dovrebbe essere entrato da una di queste », disse Remi indicando una delle numerose finestre sbarrate sulla facciata anteriore. « Quelle sul retro sono troppo alte. »

In effetti la base del telaio arrivava poco sopra i fianchi. « Di certo zio Albert non è abbastanza forte per riuscire a sollevarsi sulle braccia ed entrare da lì », disse Oliver.

Remi osservò la telecamera sull'edificio di fronte. « Strana scelta quella di introdursi nel capannone proprio da qui per commettere un reato. »

Sam si diresse verso la porta che conduceva all'ufficio. Poiché si trovava in una rientranza riparata, fece segno a Oliver e Remi di raggiungerlo.

« Cosa teneva tuo zio in questo capannone? » domandò guardando Oliver.

Lui si strinse nelle spalle. « Qualche vecchia auto e attrezzi agricoli che ha venduto quando ha avuto bisogno di soldi. »

« Abbiamo qualche speranza di riuscire a entrare? »

« Certo. » Appena Oliver tirò fuori le chiavi riecheggiò uno sparo, e su di loro cadde una pioggia di frammenti di mattoni.

Sam si piazzò davanti a Remi, che a sua volta trascinò Oliver accanto a sé nel vano della porta. Il colpo era stato sparato da un punto alla loro sinistra.

Altri due proiettili, stavolta provenienti da destra, colpirono il muro accanto a loro. « Remi? » disse Sam senza riuscire a individuare il secondo tiratore.

« Tutto bene. Sono attrezzata a dovere. » Remi stava già impugnando la Sig Sauer.

Sam strinse la sua Smith & Wesson scrutando la strada. « Non vorrei metterti pressione, Oliver, ma dobbiamo entrare. Subito. »

« È una di queste chiavi », disse lui.

Sam continuò a tenere lo sguardo rivolto verso l'esterno con la pistola pronta a fare fuoco mentre Oliver armeggiava con la serratura con mano tremante, senza riuscire a trovare la chiave giusta.

Dovevano assolutamente sbrigarsi.

17

Quando diversi spari giunsero dall'edificio, a Oliver caddero le chiavi.

« Remi? »

« Ti copro io, Sam. »

Lei sparò una volta in più direzioni mentre Sam sferrava un calcio alla porta, senza però ottenere alcunché.

D'un tratto Oliver spinse da parte Sam e vi si scagliò contro con la spalla. I Fargo restarono a bocca aperta mentre la porta si apriva e sbatteva contro i perni d'arresto.

« Dove hai imparato ad aprire le porte in questo modo? » domandò Remi, profondamente colpita.

« Tre anni nel Manchester United... »

Oliver fu interrotto da una pioggia di piombo che rimbalzò contro i mattoni accanto a Sam. Remi alzò all'istante la Sig Sauer e fece fuoco, senza però riuscire a individuare il tiratore. Sam invece, scorgendo due bersagli sul tetto dell'edificio accanto, sparò una breve raffica di colpi.

Quando udì il fragore degli spari, Oliver si coprì la testa con le braccia, e alcuni frammenti di mattoni gli aprirono minuscoli tagli sulla fronte. Sam fece da scudo a Remi mentre lei spintonava Oliver perché entrasse dalla porta aperta. Svuotò tutto il caricatore contro gli uomini appostati sul tetto. Uno di loro si strinse la spalla, rischiando di cadere dal parapetto, ma i suoi compagni lo trascinarono via alla svelta.

L'ufficio era coperto da un manto di fuliggine, i pavimenti erano ancora bagnati e un odore di legno carbonizzato impregnava l'aria. Una seconda porta, anch'essa chiusa, conduceva al capannone. Oliver la aprì direttamente con un'altra spallata. Appena furono dall'altra parte, Sam la richiuse e Oliver vi spinse contro un pesante banco di lavoro. Avevano tutti il fiato corto. Remi controllò come stessero gli uomini, ma a parte qualche ferita superficiale sulla testa di Oliver, erano tutti illesi.

« Ci serve qualcosa di più pesante per bloccare la porta », disse Sam scrutando il pavimento di cemento. Individuò un blocco motore arrugginito appeso alle catene e alle pulegge di un paranco rosso a meno di una quindicina di metri di distanza. Spalla contro spalla, lui e Oliver spostarono il blocco motore lungo il binario sul soffitto, portandolo sopra il banco di lavoro. Oliver abbassò il gancio del paranco fino a quando l'ammasso di ferro che reggeva sbatté con un tonfo sulla superficie del banco, bloccando a dovere la porta. E giusto in tempo.

Dall'ufficio giunsero dei passi. « Aprite quella porta », gridò qualcuno.

« Quanti colpi ti sono rimasti? » domandò sottovoce Sam a Remi.

« Tre. E a te? »

« Ho appena ricaricato », sussurrò Sam.

« Avvicinatevi alla porta », disse una voce roca. « Non vi sentiamo. »

Senza parlare, Sam fece segno a tutti di stare indietro. Proprio mentre si allontanavano per stendersi sul pavimento che puzzava di gasolio rancido, la raffica assordante di un'arma automatica investì il capannone.

« Giù! » gridò Sam facendo da scudo a Remi sotto di sé. Vedendo che Oliver era rimasto paralizzato, allungò il braccio e lo trascinò a terra mentre un'altra scarica di proiettili rimbalzava contro la porta fermata dal blocco motore. Rimanendo sdraiato a pancia in giù per ripararsi dagli spari, Sam si guardò intorno e fece l'inventario. Il capannone era vuoto fatta eccezione per due auto d'epoca, una Bentley Blower da 4,5 litri verde scuro del 1929 e un'autopompa Ahrens-Fox del 1917. Sembravano pezzi da museo, e con ogni probabilità i loro pneumatici non si posavano su una strada da almeno un secolo. Erano parcheggiati fianco a fianco contro la parete in fondo, accanto a un armadietto per gli utensili di metallo e sotto tre lucernari coperti da strati di fuliggine e polvere, che lasciavano entrare nel capannone giusto un velo fosco di luce.

Alla loro sinistra, sul lato opposto dell'antico edificio, si ergevano le imperturbabili porte di lamiera ondulata, malauguratamente chiuse dall'esterno dall'enorme catena con il lucchetto. Altre uscite non ce n'erano, e nemmeno un telefono utilizzabile.

Sam si voltò a guardare Remi. Stava chiamando i soccorsi con il cellulare, assolutamente padrona di sé. Lo stesso non si poteva dire di Oliver. Era pallido come un cencio, con una patina di sudore che luccicava sulla fronte. Sam notò che si stava stringendo il gomito destro e che del sangue gli gocciolava tra le dita. Gli sfilò in fretta il cappotto e vide una profonda ferita. Lo fece sedere dietro una delle due scrivanie unite a formare un banco di lavoro. « Remi », esclamò vedendo una pila di strofinacci arancioni puliti piegati sul banco accanto a un pannello forato. « Lanciami un paio di quelli. »

Remi ne afferrò alcuni e glieli portò. Lui ne piegò uno a mo' di garza e lo premette sul braccio di Oliver, poi lo annodò insieme agli altri due per tenerlo fermo. Se non altro non era un'emorragia arteriosa. Sarebbe sopravvissuto, sempre che avessero trovato un modo di uscire di lì.

Chiunque ci fosse di là dalla porta e qualunque cosa stesse facendo, strascicava pesantemente i piedi sul pavimento, senza curarsi di non fare rumore. Dopo qualche secondo calò un silenzio assoluto, e in Sam si accese la speranza che i loro avversari si fossero arresi. Poi però alle loro narici giunse un forte odore di gasolio, che subito dopo videro filtrare da sotto la porta e raccogliersi sotto il motore che avevano usato per bloccarla.

D'un tratto udirono un nuovo gorgoglio seguito da un forte sibilo. Il fuoco cominciò subito a propagarsi a tutta velocità sul pavimento del capannone.

Oliver arretrò di scatto, in preda a una paura che rasentava il panico. « Un incendio! E siamo in trappola! »

Remi ignorò Oliver e disse con tutta calma ai soccorsi all'altro capo del telefono che il capannone dei Payton era in fiamme. « Per favore, fate in fretta. Mr Payton è intrappolato all'interno. Per favore, fate in fretta », ripeté in un tono che non lasciava dubbi circa la gravità della situazione.

Sam afferrò la manichetta antincendio dalla parete sperando

che fosse collegata all'idrante esterno. La puntò verso il fuoco che ormai stava divampando e aprì la valvola, ma non ottenne altro che un misero fiotto d'acqua.

Dopo essersi infilata il cellulare in tasca, Remi prese un estintore da un supporto sulla parete. Con entrambe le mani strattonò la spina di sicurezza, che si staccò in una nuvola di polvere insieme a una valanga di ossa mummificate di ratti. Senza lasciarsi scoraggiare, rivolse l'estintore verso il fuoco. Non accadde nulla.

« E adesso? » mormorò Oliver indietreggiando verso l'angolo.

Sam e Remi si fissarono per un momento, ben consapevoli che avrebbero potuto non vedere la luce di un nuovo giorno. Poi, in contemporanea, si voltarono verso l'antica autopompa Ahrens-Fox.

18

Sam era bravissimo a elaborare piani d'azione nei momenti peggiori, e anche in quell'occasione non impiegò più di una decina di secondi a calcolare le loro probabilità. Restò concentrato, gli occhi fissi sull'imponente autopompa rossa. Non era una semplice autopompa, bensì una Ahrens-Fox, la Rolls-Royce dei pompieri.

Gli riaffiorò alla mente la sua passione d'infanzia e ricordò di quando andava in bicicletta con i suoi amici alla caserma dei vigili del fuoco per aiutarli a lucidare l'attrezzatura in cambio di un giro gratis, con la sirena e la campanella che suonavano a tutto spiano.

I pompieri non la chiamavano autopompa bensì autogru. Il motore era un enorme quattro cilindri collocato dietro il radiatore, e un intrico di valvole e rubinetti montato sotto una grossa sfera nichelata creava una pressione sufficiente a spingere l'acqua sul tetto di un edificio di ben quaranta piani.

A volte i pompieri mostravano ai ragazzini come aprire determinate valvole per sparare l'acqua su un campo di grano alle spalle della caserma.

Mentre rievocava gli eventi di venticinque anni prima con la sensazione di dover risolvere un complicato cruciverba nel giro di pochi minuti, Sam stimò la distanza tra l'autogru e la porta di lamiera. Una trentina di metri per accelerare, cui poi bisognava sommare lo slancio e la violenza dell'impatto e sottrarre la resistenza prodotta dalle gomme ormai sgonfie.

Avevano pari probabilità di farcela e di non farcela.

Remi aveva trovato un pezzo di cavo con cui si stava raccogliendo i capelli in una coda di cavallo. « Peggio di così... » disse rivolgendo a Sam un sorriso cupo.

Il fumo nero stava ormai salendo verso il soffitto, uscendo

dai lucernari frantumati e trasformandosi in una nuvola che in capo a poco si allargò e oscurò il cielo. Detriti infuocati cadevano in tutte le direzioni dalle travi, facendo scoppiare piccoli incendi dappertutto. Il caldo era già insopportabile e i loro respiri cominciavano a essere accompagnati da fitte di dolore. Ansimavano tutti e tre.

« Oliver! Oliver! » gridò Sam. « Oliver! »

Ma Oliver era sopraffatto dalla paura. Sembrava una statua, la faccia bianca come ghiaccio, lo sguardo vuoto fisso sulle travi infuocate che minacciavano di cadere. Remi gli batté le mani davanti al viso per cercare di catturare la sua attenzione.

Sam lo scrollò per le spalle. « Oliver? L'autopompa funziona ancora? »

« Non lo so. Dovrebbe », mormorò lui. Guardò Sam, ma era come se non lo vedesse. « Abbiamo rimesso in sesto la Bentley per poterla vendere. »

« Perché è ancora nascosta in questo capannone? »

« Secondo i collezionisti la carrozzeria non era originale e c'erano troppi difetti. Visto che nessuno era disposto a comprarla, l'ho messa via. »

« E l'autopompa? »

« Mio nonno la teneva in una rimessa alla fattoria così da essere pronto a intervenire se mai fosse scoppiato un incendio in una delle strutture o nei campi. »

Sam lanciò a Remi uno sguardo profondamente amareggiato. « Se usciremo vivi di qui, riscriveremo la storia. »

Si diresse verso la buca per l'ispezione dei veicoli incassata nel pavimento. Il gasolio in fiamme stava creando un vero e proprio muro di fuoco, rovente come lava di un vulcano delle Hawaii in eruzione.

Sam aveva esaurito la pazienza. « Allora, quest'autopompa? È sicuramente più grossa e più pesante. Potremmo usarla per sfondare la porta, no? »

Oliver continuò a guardare Sam come se fosse fatto di vetro. « La Bentley è... più veloce. Non sono riuscito a venderla. L'accordo è saltato. Nel serbatoio dev'esserci un po' di carburante », mormorò.

Sam lo ignorò, corse all'autopompa e alzò il cofano. La valvola del carburante era in bella vista e chiusa, probabilmente come misura di sicurezza, poiché nessuno prevedeva di rimettere in moto quel mezzo nel breve termine. Spostò la leva in modo da aprire la valvola e controllò se la batteria desse segni di vita. Quando avvicinò i due morsetti, si levò qualche debole scintilla, ma sarebbe servita molta più corrente per accendere i quattro grossi cilindri in tempi abbastanza rapidi da avviare la combustione.

« Tutto qui? » domandò Remi. La sua voce era poco più di un sussurro, dal momento che si era avvolta intorno alla bocca alcuni stracci puliti per non respirare il fumo acre che riempiva il capannone. « Hai un piano per far partire questo affare? »

In quel momento Sam sentì il pavimento vibrare sotto i suoi piedi, e dopo pochi attimi l'estremità del tetto crollò con la violenza di un ciclone esplosivo controllato dalla mano di un pazzo.

Al di sopra di quel fragore nefasto cominciarono a distinguere un flebile suono di sirene. Ma quando i pompieri fossero arrivati, sarebbe stato troppo tardi.

A ogni minuto che passava, la morte era sempre più vicina. La loro unica fortuna era il fatto che l'Ahrens-Fox fosse parcheggiata proprio davanti all'enorme porta, la sola via d'uscita in cui potessero sperare.

Accanto a Sam, Remi era ammutolita. Continuava a fissare quella maledetta porta come se potesse aprirla con il pensiero.

Sam guardò sua moglie. « È meglio che ti metta tu al posto di guida. »

Remi lo fissò come se fosse un ceppo d'albero.

« Cosa ti fa credere che sia in grado di guidare questo vecchio affare? »

« Devo avviarlo dall'esterno. Se ci riuscirò, potrò salire e puntare dritto verso la porta in tempo per abbatterla. »

Remi scosse la testa. « Deve pur esserci un altro modo. »

« Se non fai come ti dico, moriremo tutti », replicò Sam con voce roca.

Non l'aveva mai sentito usare un tono così freddo. Remi si accigliò ma non disse nulla. Sapeva che era inutile perdere tempo a discutere con lui quando aveva preso una decisione. I detriti infuocati continuavano a cadere dal soffitto, sempre più vicini all'antica autopompa.

Nonostante lo sguardo fisso e la fronte imperlata di sudore, il viso di Sam non tradiva alcuna paura. Guardò la sua amata negli occhi. « È ora di andare. Mettiti al volante. Oliver, sali sull'autopompa. »

Come un automa, Oliver cercò di salire sul veicolo da solo. Sam gli diede una spinta e lui scivolò nello spazio alle spalle di Remi.

« La leva a sinistra del volante controlla il meccanismo di accensione », spiegò Sam. « Quando il motore comincerà a prendere vita, dovrai abbassarla fino alla posizione di blocco. La leva di destra è l'acceleratore. Quando è tutta spinta verso l'alto, il veicolo è in folle. Appena sentirai il motore accendersi, dovrai muoverla su e giù per aumentare i giri finché il motore non sarà partito del tutto. Usala come faresti con il pedale del gas di una macchina. » Dopodiché le spiegò brevemente come cambiare le marce.

« Ma come si fa ad avviare il motore con una batteria quasi scarica? » domandò Remi.

Sam alzò una mano per mostrarle una manovella argentata. « Con questa. Appena il motore si sarà acceso, prenderò in mano io la situazione. »

« Sarà meglio se ti sbrighi. » Remi non fece in tempo a pronunciare quelle parole che le fiamme intorno all'autopompa lambirono gli pneumatici, dai quali si levò un sibilo.

Sam corse davanti al veicolo. « Accendi! » gridò a Remi.

« Fatto! » confermò lei con voce strozzata.

Sam si sforzò di ricordare come si faceva a mettere in moto un vecchio motore con la manovella. Prima delle partite di football, lui e i suoi amici portavano sempre sul campo le cheerleader della scuola a bordo di una vecchia Ford Model T. Poiché l'auto non era dotata di un sistema di avviamento automatico, dovevano metterla in moto loro manualmente finché il motore non si accendeva e cominciava a girare.

Sam afferrò la maniglia della manovella, preparò il braccio e tirò verso l'alto.

La manovella fece a malapena un quarto di giro.

Al secondo tentativo, Sam riuscì a fare un giro completo e il carburante iniziò a circolare all'interno del motore. La terza spinta fu un po' meno faticosa, ma nulla lasciava supporre che il motore stesse per accendersi.

Sam alzò lo sguardo e vide le fiamme guizzare lungo le travi e gli elementi di supporto sopra di loro. Poi, mentre stringeva la presa sulla manovella, lanciò un'occhiata oltre l'intrico di tubi, pompe e valvole sopra il radiatore per controllare se Remi fosse ancora cosciente e in grado di reggere il volante con una mano mentre teneva l'altra sulla leva del cambio.

Sul suo incantevole viso era scolpita un'espressione severa e determinata.

Sam perse la cognizione del tempo mentre continuava a girare la manovella senza che dal tubo di scappamento uscisse anche solo uno sbuffo di fumo. Aveva la sensazione che le braccia gli si fossero staccate dal corpo da tanto erano intorpidite. Cominciò ad ansimare, più per lo sforzo fisico che per il fumo. Dopo qualche altro giro di manovella, era stremato. Stranamente non si accorse nemmeno delle vesciche che gli si stavano formando sulle mani. Si abbassò su un ginocchio, con il cuore impazzito, il respiro affannoso, la vista offuscata e la certezza che sarebbe riuscito a girare la manovella solo un'altra volta, non di più.

Dopodiché si sarebbe trascinato fino ai sedili e avrebbe stretto Remi nell'ultimo abbraccio della sua vita.

Nonostante il gran rumore tutt'intorno e le forze che gli venivano meno, si rese conto che Remi lo stava chiamando.

Sulle prime la sua mente annebbiata la ignorò. Poi però Remi cominciò ad agitare le mani davanti al parabrezza. Lui le gridò che era esausto, ma lei scosse la testa. « All'ultimo giro il motore è partito », gridò di rimando. « Non sono sicura, ma mi sembra di aver sentito la marmitta scoppiettare. »

Sam si alzò a fatica e afferrò la manovella. Un ultimo sforzo, incoraggiato dalla sua amata, dalla sua anima gemella. Chiamò a raccolta le poche energie che gli erano rimaste e girò con entrambe le mani. Dal tubo di scappamento giunse uno scoppiettio ovattato. Sam si sentì come se avesse appena varcato la soglia di un'altra dimensione. Fece un altro sforzo e girò di nuovo la manovella.

Stavolta lo scoppiettio si trasformò in un rombo cupo mentre Remi muoveva la leva del gas per aumentare i giri. Il vecchio motore tossicchiò e borbottò, dopodiché cominciò a girare senza più perdere un solo colpo.

« Arrivo! » gridò Sam a Remi cercando di farsi sentire al di sopra del crepitio delle fiamme, ora intonato al rumore delle pareti che iniziavano a crollare. « Spostati dal lato del passeggero e abbassati. »

Gli enormi pneumatici fischiarono mentre l'autopompa passava sopra le pozze sempre più grandi di gasolio infuocato. Non avendo tempo di mettere a punto un piano più ingegnoso, Sam puntò la grossa sfera argentata verso la porta, dritto davanti a sé, inserì la prima e pestò l'acceleratore a tavoletta.

L'Ahrens-Fox si diresse verso la barriera di ferro a una velocità che Sam non avrebbe mai ritenuto possibile. Quando furono a meno di due metri dall'imponente porta, strinse il volante con una mano e circondò le spalle di Remi con l'altra.

Quasi in contemporanea con la collisione, l'intero tetto e le due pareti rimaste crollarono in un vortice di fumo nero e incandescente. L'autopompa si schiantò contro la grande porta con un fragore così spaventoso che sembrava fosse esplosa una carica di dinamite.

Il vecchio veicolo si arrestò bruscamente, ma la porta non voleva ancora saperne di cedere. Sam rimase stupito nel vedere i danni riportati dall'autopompa. Per quanto incredibile, il motore era ancora acceso, sebbene le valvole e le pompe sul davanti fossero pressoché ridotte in poltiglia.

« Riprova! » esclamò Remi come una cheerleader a una partita di football del college.

Senza rispondere, Sam inserì la retro, indietreggiò di una quindicina di metri e poi innestò di nuovo la prima.

Rannicchiato dietro Sam, Oliver aveva l'aria di essersi smarrito in un tunnel.

Sam ignorò il dolore sempre più forte alle mani e strinse la presa sul volante mentre premeva l'acceleratore fino in fondo. Il motore sferragliò come se stesse per andare in mille pezzi, tuttavia reagì con uno scatto in avanti, investendo in pieno la porta. Per alcuni secondi colmi d'angoscia che parvero durare un minuto intero non accadde nulla. E poi, con estrema lentezza, i cardini cominciarono ad allontanarsi a poco a poco dal telaio al quale erano saldati. Quando si staccarono, l'imponente porta parve esitare, congelata nel tempo, prima di cadere in avanti e schiantarsi sull'acciottolato con un gran fragore. Sam si fece strada tra i detriti in fiamme fino a quando non furono al sicuro, sotto il getto d'acqua con cui i pompieri chiamati da Remi stavano domando le fiamme.

Inspirando a fondo per riempirsi i polmoni d'aria fresca, scesero tutti e tre dal mezzo.

« Caspita, l'abbiamo proprio scampata per un pelo, Fargo », disse Remi.

« Dubitavi che ce l'avremmo fatta? »

« Noi no, ma l'autopompa sì. »

« Un'Ahrens-Fox? Come hai potuto? » Sam abbracciò Remi, le scostò i capelli dal viso e le diede un bacio sulla fronte sporca di fuliggine. Poi arretrò e le porse qualcosa. « Credo che questo sia tuo. Un souvenir per ricordare una giornata densa di emozioni. »

Sgranando gli occhi, Remi si portò una mano dietro la testa per tastarsi i capelli scompigliati alla ricerca del piccolo cavo che aveva usato per raccoglierseli in alto. « Era sotto il pedale del freno », spiegò Sam.

Remi gli gettò le braccia intorno al collo e lo attirò a sé e lo baciò.

« Ora ricordo perché ti ho sposato. Sei un inguaribile romantico. »

19

Quando i vigili del fuoco ebbero sgomberato ciò che era rimasto del capannone e la polizia ebbe redatto il verbale, nel quale non c'era il minimo accenno al fatto che Sam o Remi avessero risposto al fuoco degli uomini armati, Sam notò che il responsabile delle indagini stava scattando alcune foto alla porta.

«Siete stati fortunati a uscire di lì», disse l'agente.

Come per sincerarsi che avesse ragione, Sam guardò i resti dell'edificio. Non fosse stato per quell'autopompa d'epoca, sarebbero rimasti intrappolati là dentro.

Dopodiché si girò verso l'edificio al quale era fissata la telecamera. «Non è che per caso potremmo avere una copia di quel filmato?» domandò all'agente.

«Ci penso io.»

Si scoprì che la telecamera era fuori uso.

Una coincidenza un po' troppo fortunata, pensò Sam, specialmente considerando che la telecamera aveva funzionato alla perfezione quando si era trattato di riprendere lo zio di Oliver che rubava l'auto.

L'indomani mattina a Villa Payton, mentre sedevano tutti e tre al tavolo per la colazione, Sam si domandò come mai avessero subito quell'agguato. «O quel posto era sotto osservazione costante, oppure qualcuno ha detto ai nostri amici che stavamo arrivando.»

«Qui nessuno farebbe qualcosa di simile», disse Oliver. «Mi fido ciecamente del personale di mio zio.» Sembrava stare molto meglio rispetto alla sera prima, quando l'avevano portato all'ospedale. La ferita al braccio era profonda e aveva richiesto alcuni punti di sutura. Più che altro Oliver era sotto shock, ma dopo un buon sonno ristoratore, si era abbastanza ripreso. « Nessuno si sognerebbe mai di danneggiarlo. »

« Eppure qualcuno sapeva che ci trovavamo lì. » La vera domanda era: da quanto tempo li stavano tenendo d'occhio? Di chiunque si trattasse, conosceva dall'interno tutti i movimenti di Oliver sin dal viaggio a Pebble Beach, forse anche da prima. « Credo sia il caso di fare qualche passo indietro. Dobbiamo parlare con quell'avvocato che Selma ha assunto per tuo zio. Se c'è qualcuno che può spiegarci cosa sta succedendo, quel qualcuno è lui. »

Sam chiamò il numero che gli aveva dato Selma e mise il vivavoce.

« Ufficio di David Cooke », rispose una voce di donna.

« Sono Sam Fargo. Qui con me c'è Oliver Payton. Possiamo parlare con Mr Cooke? »

« Un momento, prego. »

Poco dopo Cooke era all'altro capo del telefono. « Sono felice di sentirvi », disse. « Ho ingaggiato un ottimo investigatore per questo caso. Ho appena parlato con lui di quel video in possesso della polizia. A suo avviso, ci sono un paio di elementi degni di nota. Anzitutto l'uomo dai capelli bianchi che entra da quella finestra sembra un po' troppo in forma per essere un ultrasettantenne con problemi di memoria. E soprattutto le immagini sono troppo sgranate per identificare l'intruso con assoluta certezza. »

« Il che, a quanto pare, non ha impedito alla polizia di arrestarlo », commentò Sam.

« Il motivo sono tutte le altre prove indiziarie, tra cui il fatto che il capannone in cui è avvenuto l'omicidio è di proprietà del visconte. Chiunque sia stato a incastrarlo, ha pianificato tutto nel dettaglio. E questo mi porta al punto successivo. L'esposizione automobilistica di Londra. Le telecamere hanno funzionato fino al momento in cui è scattato l'allarme antincendio, che evidentemente era soltanto un diversivo per far uscire tutti quanti dal centro congressi. Guarda caso, all'improvviso c'è stato un guasto, e nessuna telecamera ha ripreso il furto. Anche le riprese dei giorni precedenti sono state cancellate. »

Sam e Remi si scambiarono un'occhiata. « Già, guarda caso... » convenne Sam.

« Ma è qui che la faccenda si fa ancora più interessante. Volete sapere chi era l'addetto alla sicurezza che aveva accesso alle telecamere? Nientemeno che la vittima dell'incendio al capannone di Manchester. L'autopsia non è ancora stata effettuata. »

« Sappiamo qualcosa sul suo conto? »

« Non ancora. Scotland Yard sta cercando di recuperare le immagini digitali di quanto è accaduto prima che suonasse l'allarme antincendio. Purtroppo finora il mio investigatore non sa altro. »

« È un buon inizio », disse Sam.

« Certo. Posso dirvi questo, però. Sembra proprio che il furto fosse premeditato. Secondo il mio investigatore, si è trattato di un'operazione piuttosto sofisticata e pianificata con molta cura, considerato che prevedeva persino l'uccisione di uno degli uomini coinvolti. In altre parole, è bene che Mr Payton stia attento, come pure tutte le persone intorno a lui. »

« Terremo gli occhi bene aperti », disse Sam. « Grazie dell'aggiornamento. »

« Tutt'altro che rassicurante », commentò Remi quando Sam ebbe riattaccato.

Oliver aggrottò le sopracciglia. « Non capisco perché prendersi la briga di uccidere l'addetto alla sicurezza. Soltanto per far arrestare zio Albert? »

« Se dovessi tirare a indovinare, l'obiettivo era assicurarsi di eliminare qualsiasi indizio che potesse ricondurre ai veri responsabili. Noi sappiamo benissimo che tuo zio non può aver fatto nulla di simile da solo, e questo significa che l'addetto alla sicurezza rappresentava un pericolo. Tuo zio era il bersaglio perfetto su cui far ricadere i sospetti. »

Oliver piegò il tovagliolo, lo posò sul tavolo e allontanò il piatto. « Chi potrebbe mai volergli giocare un tiro del genere? »

« Se non altro l'avvocato assunto da Selma è affiancato da un investigatore valido che gli darà una mano a fare luce sull'accaduto », disse Remi. « Non dobbiamo aspettare che sia la polizia a rendere noti i dettagli. »

Sam controllò il telefono. « A proposito... c'è un messaggio di Selma. » Lo aprì e lo lesse ad alta voce. « La Rolls-Royce realizzò due prototipi di auto da esporre all'Olympia Motor Show del 1906. Quando la Grey Ghost fu danneggiata, la sostituirono con la Silver Ghost, all'epoca non ancora ultimata, che fece il suo debutto ufficiale a marzo del 1907. »

« Nient'altro sulla Grey Ghost? » domandò Remi.

« A quanto pare, a quel punto tutta l'attenzione si concentrò sulla Silver Ghost. »

« La vernice era più bella? » disse Remi.

« Sì, ma fu anche merito della stampa », intervenne Oliver. « I giornalisti ci erano andati giù pesanti con la Grey Ghost, prima di mettere alla prova la Silver Ghost. »

« Interessante », commentò Sam continuando a scorrere il messaggio. « La Grey Ghost non figura su nessun documento ufficiale. Secondo Selma il numero di telaio che ci hai dato, 60543, non è registrato. Tutte le fonti che ha trovato indicano che quel numero, che avrebbe dovuto comparire sul quarto telaio, è stato saltato. » Sam alzò lo sguardo dal telefono e scrutò Oliver. « Ne sai qualcosa? »

« In effetti sì. È una storia piuttosto insolita. »

20

« La definirei più tragica che divertente », attaccò Oliver. « Nel 1906, quando la Grey Ghost fu rubata, il visconte dell'epoca aveva investito tutto ciò che possedeva nell'azienda dei suoi amici Rolls e Royce. Per la precisione, nello sviluppo della 40/50. Sperava che quell'investimento gli fruttasse abbastanza da permettergli di saldare i debiti contratti da suo nipote con il gioco d'azzardo. Come mio zio, era preoccupato per i suoi affittuari. E c'era anche un orfanotrofio che finanziava. E poi... ecco, si augurava che esporre quell'auto all'Olympia Motor Show gli facesse guadagnare qualcosa.

« È passato un po' di tempo dall'ultima volta che ho letto la storia, e non ricordo con precisione tutti i dettagli. A ogni modo, era coinvolto anche un investigatore americano di nome Isaac Bell della Agenzia investigativa Van Dorn, venuto a dare la caccia a due uomini ricercati a New York per rapina in banca e omicidio. Grazie a Isaac Bell, i colpevoli e l'intera banda furono catturati, e Bell ricevette una ricompensa dalla Corona per aver recuperato il tesoro, o almeno parte di esso. »

« Cosa c'entra questo con la Grey Ghost? » volle sapere Sam.

« Come ho detto, è una storia piuttosto tragica. Soprattutto considerando come fece questo investigatore a imbattersi nei Payton-Oren e nei rapinatori del treno. »

« Payton-Oren? » ripeté Remi.

« Era questo il nome di famiglia prima che il quarto visconte tagliasse i ponti con il fratello minore. Questi assunse il nome Oren, mentre il maggiore da quel momento in avanti si chiamò soltanto Payton. I due non si rivolsero mai più la parola. »

« Dev'esserci stato un buon motivo », osservò Sam.

« Una donna, credo. Ma il peggio accadde in seguito. Se non altro all'epoca nessuno ci rimise la pelle. In realtà potrebbe essere più semplice se leggeste la storia voi stessi, anziché accontentarvi dei miei ricordi nebulosi. I primi visconti erano soliti tenere un diario di famiglia. »

« E ce n'è anche uno risalente all'epoca in cui fu rubata la Grey Ghost? »

« Certo. In quanto erede, mi sono sentito in dovere di approfondire la storia della famiglia. Alcuni dei diari erano piuttosto concisi. Quello, invece... » Oliver si alzò. « Vi va di dare un'occhiata? » Li condusse lungo il corridoio fino alla biblioteca, fermandosi sulla porta. « Meglio che apra le tende. È un po' buio qui. » Quando tirò le tende dall'altra parte della stanza, la luce del giorno illuminò il pavimento in legno spoglio di una sala completamente priva di arredi. Tuttavia le pareti erano tappezzate di scaffali traboccanti di libri che arrivavano fino al soffitto. « Mio zio non se la sentiva proprio di separarsi da questi libri... Alcuni appartengono alla famiglia da secoli. »

« Una collezione sbalorditiva », disse Remi esaminando alcuni volumi.

Oliver sorrise come se stesse ricordando tempi più felici, poi si diresse verso uno degli scaffali e fece scorrere le dita sul dorso di alcuni volumi sottili rilegati in pelle. « Dovrebbe essere qui da qualche parte... Strano », disse controllando lo scaffale sopra e quello sotto. « Non lo vedo. »

Sam lo raggiunse e scrutò a sua volta i volumi. « Può essere che non siano in ordine? »

« Sono numerati », rispose lui. « Manca il quinto volume. »

« Magari è soltanto fuori posto », suggerì Remi.

Cominciarono a passare in rassegna gli scaffali, benché Sam dubitasse che l'avrebbero trovato. Con tutto quello che era successo a Oliver e a suo zio fino a quel momento, era certo che qualcuno avesse preso quel volume. « Hai idea di quale fosse il contenuto? » domandò Sam.

« L'ho letto qualche volta quand'ero ragazzo. Quel mio antenato aveva un vero talento per la scrittura. Oserei addirittura dire che alcune delle sue storie meritavano di essere pubblicate. Sembrava di leggere più un romanzo che un diario. Ai miei occhi la storia dell'investigatore che recuperò la Grey Ghost era entusiasmante come quella di un supereroe dei giorni nostri. Ma sono passati molti anni. I dettagli mi sfuggono.» Restò a fissare gli scaffali, poi estrasse un volume sottile e lo porse a Sam. «Questo potrebbe essere un buon inizio. È il diario del periodo appena precedente al furto della Grey Ghost.» Lo aprì e lo sfogliò rapidamente fino quasi alla fine. «Questa è la penultima annotazione. È qui che credo sia iniziato tutto quanto.»

21

Diario di Jonathon Payton,
quinto visconte Wellswick

1906

Circa una settimana dopo il furto della Ghost, Mr Royce mi convocò nel suo ufficio e mi porse una busta con l'ordine di portarla all'indirizzo indicato e di attendere una risposta.

Non era insolito che venissi mandato a sbrigare commissioni di varia natura, dunque nessuno si stupì quando presi il cappotto e me ne andai. Guardai la busta e vidi che era indirizzata a un certo Mr Isaac Bell presso il lussuoso Midland Hotel, il luogo in cui si erano incontrati per la prima volta i signori Rolls e Royce quando avevano deciso di fondare la Rolls-Royce Limited. Al mio arrivo, trovai ad accogliermi un uomo alto e baffuto dalla chioma bionda. Vestito di bianco da capo a piedi, sembrava che mi stesse aspettando.

Gli porsi la busta.

Lui la aprì e lesse la missiva, spostando di tanto in tanto lo sguardo dalla lettera a me. Quando ebbe finito di leggere, si infilò lettera e busta nel taschino e mi disse che la sua risposta era sì, che avrei potuto fargli da assistente...

Rimasi a fissare quell'uomo, presentatosi come Isaac Bell. « Chiedo scusa, temo di non capire », dissi.

« Il vostro datore di lavoro non vi ha detto che sono un investigatore privato? »

« No, signore. »

« Per conto della Agenzia investigativa Van Dorn. Sono qui per la rapina ferroviaria. »

Alcuni giorni dopo il furto della Grey Ghost era stata commessa una rapina a un treno. I responsabili avevano sparato a tre uomini, uccidendoli, e avevano rubato non solo un tesoro di valore inestimabile, ma anche i componenti che Rolls e Royce speravano di usare per mettere insieme un motore 40/50 funzionante in tempo utile per l'Olympia Motor Show.

D'un tratto mi sovvenne che una delle vittime era un investigatore privato assunto da Rolls e Royce per recuperare l'auto rubata. «Mi dispiace molto. Quell'uomo era un suo amico?»

«Non lo conoscevo personalmente, ma era un collega, e mi sento in dovere di scoprire chi sia stato a ucciderlo. Il mio compito è rintracciare i responsabili della morte di quelle tre persone e della rapina ferroviaria.»

«Perdonate la mia impertinenza, ma per quale motivo mi trovo qui?»

«Il vostro datore di lavoro ha proposto che siate voi ad assistermi nel corso delle indagini.»

«Ma perché?» domandai, certo che dovesse trattarsi di un equivoco.

«Ho bisogno di qualcuno che conosca bene la zona. Per questo non dovrete dire a nessuno che lavoriamo insieme. Hanno già perso la vita tre uomini. Preferirei che non se ne aggiungessero altri.»

Non ero certo di cosa fosse a spaventarmi di più, se il fatto che Mr Bell si aspettasse che accettassi quell'accordo oppure che quando parlava di morte il suo sguardo cordiale diventasse gelido, d'acciaio. «Perché proprio io?» fu tutto ciò che riuscii a dire.

«Cercavo una persona affidabile, ma che nessuno potrebbe considerare abbastanza coraggiosa da assistere un investigatore.»

Non potei che provare una fitta d'imbarazzo nell'udire tale descrizione. In effetti ogni minima ombra mi faceva sussultare. No, nessuno avrebbe mai sospettato che potessi avere il fegato di compiere qualsivoglia impresa anche solo vagamente audace. «Forse c'è stato un fraintendimento. Di sicuro preferireste lavorare con mio cugino Reggie. In famiglia è lui quello che non ha paura di niente.»

«Vi sta a cuore il destino della Rolls-Royce?»

«Certo.» Non mi ero quasi reso conto che nel frattempo Bell mi

aveva condotto all'esterno e poi a bordo di una carrozza che stava aspettando sul ciglio della strada.

« Allora andrete benissimo voi. » In un attimo eravamo già a metà della strada. « Cosa sapete riguardo alla rapina? » mi domandò Bell.

« Solo che sono rimasti uccisi i macchinisti. E un investigatore privato. »

« Era stato ingaggiato dalla Rolls-Royce. Quel treno trasportava componenti del motore. »

Fui investito dal senso di colpa. « Sono stato io a ordinare quei componenti. »

« Non lo trova quantomeno insolito? »

« È stata senz'altro una coincidenza. »

« Interessante. Mi stavo proprio domandando se lo sia stata davvero. »

Alcuni minuti più tardi la carrozza si fermò e scendemmo all'angolo di una strada accanto a un edificio in mattoni di circa quattro piani.

Bell indicò i binari. « È lì che è successo. »

Guardai in quella direzione con un lieve senso di nausea.

« Se non sbaglio il fatto è avvenuto poco prima che sorgesse il sole », proseguì Bell. « Il guardiano notturno ha trovato un carico di legname rovesciato all'altezza del passaggio a livello. »

« Una trappola per costringere il treno a fermarsi? » domandai.

Bell mi gettò un'occhiata. « Vedo che imparate in fretta. Ve la caverete bene. » Ci avvicinammo ai binari. « L'investigatore stava inseguendo uno dei ladri quando è stato ucciso. Proprio qui, in mezzo a una strada. Con un colpo alla schiena. » Isaac tenne lo sguardo rivolto verso terra per parecchi istanti, poi girò il capo verso destra, dove una scala di legno conduceva a una porta al secondo piano. « Il che è illogico. A detta di tutti era molto esperto. Perché? »

« Forse stava fuggendo per mettersi in salvo? »

Isaac tirò fuori un orologio d'oro da taschino. « A che ora è stata commessa la rapina? »

« Appena prima dell'alba. »

« Allora vi aspetto qui. »

« Prego? »

« Qui, domattina. Prima dell'alba. » Fece per girarsi, ma poi si fermò. « Nel caso in cui Mr Royce non ve l'abbia detto, dovrete mantenere il riserbo più assoluto riguardo alla nostra collaborazione. »

« Cosa stiamo cercando? » domandai l'indomani mattina all'alba. Eravamo sui binari lungo i quali era avvenuta la rapina.

« Mi interessava capire quante persone potessero esserci in giro a quest'ora, a parte noi, intendo. »

In effetti non c'era nessuno oltre a noi due. Le fabbriche con le facciate di mattoni erano buie. Svoltammo a destra e percorremmo diverse strade deserte senza udire altro suono all'infuori di quello dei nostri passi.

D'un tratto Isaac si fermò. « L'avete sentito? »

« Sentito cosa? »

« Uno scampanellio. Seguitemi. »

Attraversammo la strada, girammo l'angolo e trovammo un fornaio già al lavoro. Quando Isaac aprì la porta, fummo accolti da un profumino di pane appena sfornato.

Dietro il bancone, un uomo dai capelli grigi stava porgendo il resto a una giovane donna con una cesta colma di pagnotte appesa al braccio. Isaac le tenne la porta aperta, dopodiché si presentò al fornaio e gli domandò se il giorno della rapina al treno qualcuno dei suoi clienti gli avesse riferito di aver visto qualcosa di insolito.

« A quell'ora ci sono in giro soltanto servi », rispose il fornaio. « E nessuno di loro mi ha detto niente. » Lo ringraziammo, pronti ad andarcene, quando lui riprese a parlare. « Ma ci sarebbe il ragazzino. »

« Quale ragazzino? » chiese Isaac.

« Una mattina di qualche settimana fa l'ho sorpreso a rovistare nell'immondizia, così ho cominciato a lasciare accanto alla porta le pagnotte bruciate. Per facilitargli le cose, poveretto. Il giorno della rapina mancavano alcune pagnotte, ma non quelli successivi, segno che da allora il ragazzino non è più tornato. »

« Sapete per caso dove abita? » domandò Isaac.

«Per strada, immagino. È proprio pelle e ossa. Certe volte con lui c'è anche un altro bambino più piccolo.»

Il fornaio ci mostrò la porta sul retro, aperta quel tanto che bastava per far uscire il suo gatto tigrato. Posata a terra lì accanto c'era una cassetta di legno piena di pane bruciato.

Io fissai quei panini con il fondo annerito, tutt'altro che invitanti, triste e al tempo stesso sgomento al pensiero che qualcuno potesse essere così affamato da rovistare nella spazzatura o rubare gli scarti di una bottega. Ciò che mi colse completamente alla sprovvista, però, fu la proposta di Isaac di appostarci lì tutte le mattine ad aspettare il ragazzino.

«In che modo potrà esserci di aiuto?» domandai.

«Dev'esserci un motivo se dopo la rapina non è più venuto», disse Isaac. «Può darsi che abbia visto qualcosa.»

Tornammo l'indomani mattina e osservammo il fornaio far uscire il gatto per poi sparire dietro il bancone, quando il tintinnio della campanella annunciò l'arrivo del primo di una serie di clienti particolarmente mattinieri. Se non altro potemmo sederci in cucina e godere del calore dei forni, anziché congelarci nel vicolo sul retro. Il terzo mattino, dopo che il fornaio ebbe aperto la porta per il gatto, io e Isaac ci mettemmo di nuovo ad aspettare. Proprio quando mi ero convinto che stessimo soltanto perdendo tempo, un lieve fruscio fuori dalla porta catturò la nostra attenzione. Nella bottega alle nostre spalle la campanella sopra la porta d'ingresso tintinnò, e io mi domandai se chiunque ci fosse là fuori si sarebbe spaventato. Mi avviai verso il retro per dare un'occhiata, ma Isaac alzò il dito, facendomi segno di restare dov'ero. Dopo parecchi istanti, quand'ero ormai certo che l'arrivo del cliente avesse messo in fuga il nostro aspirante ladro, vidi una piccola mano infilarsi nella fessura e afferrare uno dei panini. Notai che, per essere un ragazzino di strada, il giovane ladro aveva unghie stranamente pulite.

22

Oliver si schiarì la gola mentre alzava lo sguardo dal diario. « Forse così la stiamo prendendo un po' troppo alla lontana. Se non l'aveste capito, Reginald Oren ce l'aveva a morte con suo zio, e oltre a rubare soldi all'orfanotrofio, fece sparire la Grey Ghost per sabotare la Rolls-Royce. Il diario successivo racconta più nel dettaglio in che modo la Ghost sia giunta nelle mani della mia famiglia. Fu un regalo di ringraziamento. »

« E che regalo », osservò Remi.

« Piuttosto modesto, in realtà, se si considera quali erano le intenzioni di Reginald. Il suo piano era di vendere la Ghost a un'azienda automobilistica concorrente che sperava di mettere le mani sui progetti della 40/50 per far fallire la Rolls-Royce. »

« Quindi la Grey Ghost non partecipò all'esposizione? » domandò Sam.

« No. Al suo posto fu esposta la Silver Ghost, benché la carrozzeria non fosse ancora ultimata. Il resto, come si suol dire, è storia. »

« Non riesco nemmeno a immaginare come debba essere scoprire di aver posseduto un veicolo così prezioso per tutti questi anni senza nemmeno saperlo... » disse Remi.

« Ora che l'auto è scomparsa e che zio Albert è accusato di omicidio, non importa più granché », rispose Oliver.

« Troveremo la Ghost e scopriremo chi si cela dietro questo tentativo di incastrare tuo zio. »

« Lo spero », disse Oliver con un cenno del capo.

« Prima hai parlato di una ricompensa », proseguì Sam. « Per il ritrovamento del tesoro. Si trattava di una ricompensa importante? »

« A essere sincero non ne ho idea. Perché? »

« Appena prima che partissimo per venire qui, Selma ha trovato alcuni riferimenti al tesoro rubato. Pare che una parte non sia mai stata recuperata. »

« Sciocchezze », commentò Oliver. « Davvero qualcuno crede che quel tesoro si trovi nel bagagliaio dell'auto? »

« O il tesoro o la ricompensa a cui hai accennato. »

Oliver scosse la testa. « Mi piacerebbe molto se fosse questo il motivo per cui è stata rubata, ma ero presente quando è stata tirata fuori dal fienile. A bordo non c'era nient'altro che polvere accumulata nei decenni. »

« Forse qualcuno ritiene che il tesoro possa essere collegato alla Grey Ghost. »

« Vale senz'altro la pena di indagare più a fondo », concesse Oliver. « La ricompensa della Rolls-Royce però non comprendeva solo la Grey Ghost, bensì altre due 40/50 », disse scrutando un altro scaffale in cerca del libro mancante.

« Vuoi dire che in tutto erano tre? Che là fuori da qualche parte c'è più di una 40/50 di quell'epoca? » domandò Sam.

« Come? Be', sì. Oltre alla Grey Ghost ce n'erano altre due. Una fu regalata all'investigatore americano e una all'amico del visconte che diede una mano la notte in cui fu recuperato il tesoro. »

Sam guardò Remi. « Dobbiamo chiedere a Selma di effettuare qualche ricerca sulle altre due auto. Può essere che ci sia un nesso. »

Remi tirò fuori il telefono. Quando Selma rispose, mise in vivavoce e la ragguagliò su ciò che avevano scoperto fino a quel momento.

« Altre due 40/50? Dello stesso periodo? » domandò Selma incuriosita.

« Hai idea di quanto potrebbero valere? » domandò Sam.

« Non saprei indicarvi un prezzo preciso, ma mi sono giunte a orecchio le cifre di cui si vociferava al Motor Show di Londra. Un valore medio compreso tra i trenta e i trentacinque milioni. Lazlo ha sentito che se fosse andata all'asta, avrebbero potuto venderla per quaranta milioni. »

Sam fece un fischio. « Una bella somma. Soprattutto se ce ne sono altre due in circolazione. »

Oliver, che era ancora intento a passare in rassegna gli scaffali in cerca del diario mancante, annuì. « Per altro le finiture interne sono state realizzate tutte dalla Barker Coachworks. »

Sam si spostò di fianco a Remi per parlare con Selma. « Che ne dici di cercare di scoprire qualcosa di più su quelle due auto? Non si sa mai cosa potrebbe saltare fuori. »

« Mi metto al lavoro », disse Selma. « Chi erano i proprietari originari? »

« Un investigatore che diede una mano ad arrestare i ladri nel 1906. E un'altra persona », disse Sam.

Oliver aveva il naso affondato in uno dei diari. « Sto controllando. Questo è il volume successivo a quello mancante. È alquanto noioso al confronto, ma mi pare contenesse qualche riferimento alle auto... » Girò alcune pagine, diede una rapida scorsa e riprese a sfogliare. « In alcuni punti la calligrafia è difficile da decifrare. Negli anni l'inchiostro è sbiadito. »

Sam guardò sopra la spalla di Oliver per cercare di leggere da sé. « Se non hai nulla in contrario, potremmo inviare i diari a Selma con una spedizione express in modo che lei e i suoi assistenti possano dare un'occhiata. Se la cavano piuttosto bene quando si tratta di ricostruire documenti. »

« Non vedo perché no. A patto che poi i diari tornino a casa. »

« Li tratteremo con tutti i riguardi », lo rassicurò Selma. « Di quanti volumi stiamo parlando? »

« Una ventina », rispose Oliver.

« E ne manca uno? »

« Sì, quello che racconta il furto della Grey Ghost. »

« Ci sono anche altri volumi in cui è menzionata l'auto? » volle sapere Selma.

« Un paio », disse Oliver, che evidentemente conosceva piuttosto bene il loro contenuto. « Uno risale al periodo della seconda guerra mondiale e racconta di come il padre di Albert nascose l'auto nel fienile nel quale poi l'abbiamo trovata. »

« Non ci sono esperti del posto? » chiese Selma. « Qualcun altro che possa conoscere la storia della vostra auto? Potrebbe valere la pena di fare quattro chiacchiere con loro. »

« In effetti sì. Ci sarebbe il meccanico che ha lavorato alla Grey Ghost. L'abbiamo scelto perché aveva già restaurato parecchie Rolls-Royce. »

« Cos'ha fatto esattamente per rimettere a nuovo la Ghost? » domandò Sam.

« L'ha tenuta per due settimane buone prima di restituircela. Di sicuro ci avrebbe informati se avesse trovato qualcosa di importante, no? » Oliver lanciò un'occhiata al diario, poi alzò lo sguardo verso di loro. « Accidenti, sono proprio un ingenuo, vero? »

Sam si girò verso Remi. « Ora sappiamo quale sarà la nostra prossima meta. »

23

La Mercedes nera di Colton arrivò nell'attimo esatto in cui Arthur Oren mise piede fuori dalla sua casa di città e cominciò a scendere i gradini, dirigendosi verso il vialetto. Uno degli aspetti che più apprezzava di quell'uomo era la sua assoluta puntualità. Se diceva che si sarebbe fatto trovare in un determinato posto a una determinata ora, si poteva star certi che l'avrebbe fatto.

« Mi auguro che stia procedendo tutto secondo i piani », disse Oren prendendo posto sul sedile del passeggero.

Colton controllò lo specchietto laterale e si immise in strada. « Sì. Se tutti si attengono agli accordi, non dovrebbero esserci problemi. »

Arthur si voltò verso di lui, ma Colton teneva lo sguardo fisso davanti a sé, probabilmente concentrato sul traffico. « Cosa intendi? »

« Né più né meno di quello che ho detto. Tutti sanno qual è la loro parte e hanno ricevuto quel che gli spetta. Quindi mi aspetto che tutto prosegua senza intoppi. »

Ad Arthur quelle parole parvero più che altro una minaccia velata, ma decise di lasciar perdere. Almeno temporaneamente. Non voleva rovinarsi il momento. Finalmente stavano andando a vedere la Grey Ghost, per scoprire i segreti che celava e compiere il passo successivo: assicurare a Oren il suo patrimonio e il controllo dei possedimenti della famiglia Payton. Ora che dopo tanti anni tutti i suoi progetti e tutti i suoi sogni stavano per diventare realtà, Oren si appoggiò allo schienale del sedile e cercò di rilassarsi.

Colton però spezzò il silenzio con la peggior notizia possibile. « Il vecchio ha un avvocato. A quanto ho capito con un'ottima reputazione. »

Un'ottima reputazione era sinonimo di competenza, qualità

che loro speravano di evitare. « Ma non doveva essere sul lastrico? Come fa un nullatenente a potersi permettere un avvocato di un certo livello? »

« A quanto pare Oliver ha convinto i Fargo ad aiutare suo zio. Sono stati loro ad assumere l'avvocato. »

« Per pura bontà d'animo? Stento a crederlo. Devono avergli dato una qualche garanzia. Non sanno praticamente... » Si interruppe e guardò Colton. « L'unico possedimento di valore rimasto a Oliver e suo zio oltre a Villa Payton è la Grey Ghost. O meglio, era. »

« Forse è proprio questa la garanzia che hanno dato ai Fargo », disse Colton mettendo la freccia a destra senza mai guardare Oren. « Non sarebbe poi così insensato. Non che ci guadagnerebbero granché. Di sicuro sperano di recuperare la Ghost, ma noi sappiamo che non succederà. »

Quando Oren si mise a picchiettare le unghie ben curate sulla console centrale in radica, un ticchettio riempì l'abitacolo. I Payton potevano sperare finché volevano, ma non avrebbero mai rimesso le mani su quell'auto. Oren tuttavia non si sarebbe tranquillizzato finché non avesse portato a termine il resto del piano. Dovevano fare in modo che i Payton restassero a corto di denaro. A un passo dalla povertà, così che Oren potesse dare loro il colpo di grazia e rovinarli per sempre. Sarebbe stata la sua vendetta, pensò, accorgendosi d'un tratto che Colton aveva rallentato parecchio. La strada che conduceva al magazzino era un rettilineo, l'ideale per intercettare eventuali ospiti indesiderati. « Qualcosa non va? »

Colton scrutò gli edifici e controllò lo specchietto retrovisore. « Prendere precauzioni non guasta mai. Non mi piacciono le sorprese. »

« Nemmeno a me. Ora, torniamo ai Fargo. Come hai intenzione di procedere con loro? »

« Dipende da quanto vogliono farsi coinvolgere. Se stanno soltanto pagando i servizi di questo avvocato e del suo investigatore, io dico di lasciarli fare. »

« E se dovessero riuscire a scagionare il vecchio? »

« Impossibile. Le prove sono inconfutabili. In caso contrario la polizia non l'avrebbe arrestato. Finora l'avvocato non ha in mano nient'altro che una copia del verbale della polizia e del filmato, nessuno dei quali gli servirà a granché. »

« Voglio proprio sperare che tu abbia ragione », replicò Oren mentre passavano davanti al magazzino. Colton girò intorno all'edificio e parcheggiò sul retro. « Dopo tutti i problemi che ci ha procurato Oliver, l'ultima cosa di cui abbiamo bisogno sono altre distrazioni. »

Dopo aver spento il motore, Colton finalmente lo guardò. « *Distrazioni* è la parola chiave. Non cambieranno il finale della partita. Come ho detto, tutto sta andando secondo i piani. »

« Davvero? » replicò Oren mentre scendevano e si dirigevano verso la porta del magazzino. « Credevo avessi intenzione di togliere di mezzo i Fargo. Che fine ha fatto questo piano? »

« C'è stato un piccolo intoppo. Si sono rivelati un po' più molesti del previsto. »

« Quanto può essere difficile fare fuori due esponenti dell'alta società? »

Colton gli scoccò un'occhiataccia, fermandosi per accendere una sigaretta. Prima di parlare soffiò fuori un lungo sbuffo di fumo. « Credi che siano soltanto questo? Non hai letto il dossier che ti ho mandato? »

« Sì, l'ho letto, ma credevo che tu fossi più bravo di loro. »

« Dal momento che io lo *sono*, so che il loro status sociale è esattamente il motivo per cui non possiamo ucciderli senza un piano dettagliato. In particolare dopo il fiasco al capannone dei Payton. Che ti piaccia o no, sono imparentati con Oliver. Se dovessero sparire dalla circolazione, è fondamentale che non emerga alcun nesso con i Payton, altrimenti rischierai di attirare l'attenzione su di te quando entrerai in possesso della proprietà. »

In fondo Oren sapeva che Colton aveva ragione. Del resto era quello il motivo per cui lo pagava. Per avere la certezza di non commettere sbagli. « Allora forse dovresti sbrigarti a elaborare questo piano. »

Colton lo ignorò mentre apriva la porta ed entravano. Con la sigaretta in bocca, digitò il codice sulla tastiera dell'allarme e accese le luci. I due uomini si voltarono e si trovarono a guardare uno spazio vuoto.

Colton si strappò la sigaretta di bocca, buttandola per terra. « Non capisco... » Tirò fuori il telefono e chiamò uno dei suoi uomini. « Dov'è la Grey Ghost? »

Il volume era alto, e Oren riuscì a sentire alcuni istanti di silenzio prima che la persona all'altro capo rispondesse. « Di cosa stai parlando? Ieri sera quando ho inserito l'allarme era lì. »

« Be', adesso non c'è più. »

Oren impiegò un momento a rendersi conto di ciò che stava vedendo e sentendo. Quando si fu ripreso, si girò verso Colton. « Sbaglio o stava procedendo tutto secondo i piani? »

24

Allegra era ambiziosa, ragion per cui la preoccupava sapere che Oliver, destinato a diventare l'ottavo visconte Wellswick, si curava meno del suo titolo e più dei contadini. Lei, invece, aveva un figlio a cui pensare, ed era proprio questo a rendere tanto interessante la storia della loro famiglia. C'erano buone probabilità che se Oliver avesse proseguito lungo la strada che aveva imboccato, a ereditare tutto quanto sarebbe stato suo figlio.

Sempre che fosse rimasto qualcosa da ereditare, pensò Allegra guardando il suo ex marito, Dex Northcott, seduto al tavolo da pranzo a leggere mentre mangiava gli avanzi che lei aveva sperato di tenere per cena. Leggeva lentamente, fermandosi a guardare la partita di calcio sul televisore del salotto ogni volta che girava una pagina. Un giocatore dribblò la difesa e tirò. Dopo la parata del portiere, Dex tornò a concentrarsi sul libro, il quinto diario, che narrava la storia della Grey Ghost rubata nel 1906 e dell'investigatore americano Isaac Bell, che aveva contribuito a recuperarla mentre si trovava in Inghilterra sulle tracce di un gruppo di famigerati rapinatori di banche.

Allegra malediceva ancora il giorno in cui aveva raccontato quella storia a Dex. Lei l'aveva letta per la prima volta da ragazzina, quando aveva all'incirca l'età di suo figlio, dopo che Oliver aveva scovato il diario. All'epoca Allegra credeva che fosse tutto inventato, che uno dei suoi antenati si fosse semplicemente lasciato trasportare dalla fantasia mentre scriveva la storia di famiglia. Soltanto quando suo zio aveva tirato fuori la Grey Ghost, rimasta nascosta per tutti quegli anni in un fienile sulla proprietà, le erano tornati in mente i racconti di quel diario. E sembrava proprio che fossero tornati in mente anche a qualcun altro.

« Mamma... »

Per poco ad Allegra non prese un colpo. Trevor, suo figlio, la stava fissando. « Volevi qualcosa? »

« Ti ho chiesto dov'è la Nutella. »

« Dove vuoi che sia? Nel solito armadietto. »

« Allora è finita. »

Dex rivolse loro uno sguardo scocciato. « Vi spiacerebbe tacere? Leggere questo corsivo antico è già abbastanza difficile senza che vi ci mettiate anche voi due con tutto questo baccano. » Quando dalla televisione si levò un coro di grida euforiche, Dex si voltò di scatto verso lo schermo, ma non riuscì a vedere nulla perché Trevor gli bloccava la visuale. Imprecando, Dex sbatté il libro sul tavolo e andò in salotto, passando rabbiosamente davanti a Trevor.

« Diamo un'occhiata, va bene? » propose Allegra aprendo l'armadietto. « Ma tu guarda, la Nutella è esattamente dove ti avevo detto », commentò tirando fuori il vasetto. Quando si girò per porgerlo al figlio, lui aveva preso il diario dal tavolo e stava dando una scorsa alle pagine.

« Perché papà sta leggendo questo libro? Sembra davvero vecchio. »

« Non è nulla di importante. Viene dalla villa. »

Allegra cercò di portarglielo via di mano, ma Trevor le voltò le spalle. « È di zio Albert? »

« Più o meno. » Nel corso degli anni in cui aveva vissuto con suo zio, Trevor aveva sviluppato un affetto profondo e radicato nei suoi confronti. Dunque Allegra doveva stare attenta se non voleva che sviluppasse anche un interesse eccessivo nei confronti del libro. A Trevor sarebbe bastato giusto qualche clic sul computer per cominciare a collegare le insolite vicende degli ultimi tempi al contenuto del diario. E poiché questa era l'ultima cosa di cui Allegra avesse bisogno, si strinse nelle spalle come se niente fosse. « Del suo bis-bis-bis-nonno o qualcosa del genere. Secondo zio Albert, era famoso per essere un gran contafrottole. »

« Sul serio? » Trevor girò un'altra pagina e uscì dalla stanza, dimentico dell'attacco di fame di poco prima.

Allegra l'avrebbe rincorso se il suo telefono non si fosse messo a suonare, costringendola a tornare sui suoi passi fino al tavolino del soggiorno, dove l'aveva lasciato. Infastidita e al tempo stesso preoccupata quando vide il nome sul display, rispose. « Ti ho già detto che qui non devi telefonare », disse abbassando la voce.

« La Grey Ghost è scomparsa. »

Prima ancora che avesse il tempo di registrare il significato di quelle parole, il suo ex marito la raggiunse e le strappò il cellulare di mano in modo da poter ascoltare a sua volta la telefonata. Il cuore di Allegra cominciò a martellare. « Scomparsa? » fu tutto ciò che riuscì a dire. « Com'è successo? » aggiunse poi.

« Stiamo ancora tentando di scoprirlo. »

« L'avete cercata? »

« Non ancora. Forza, dammi un nome. »

« Quale nome? » disse lei.

« Chi credi che sia stato a prendere l'auto? Chi è stato a rubarla? »

Non avendo idea di cosa rispondere, Allegra chiuse gli occhi e sentì il respiro caldo di Dex sulle dita mentre lui gliele stringeva insieme al telefono per non perdersi una sola parola della conversazione. « Chad », le sussurrò all'orecchio.

Lei si ritrasse e lo guardò con espressione confusa.

Dex indicò il telefono ripetendo il nome con voce bassissima.

« Chad...? » disse Allegra ad alta voce.

Dex annuì.

« Chi è Chad? » domandò la persona all'altro capo.

« Il meccanico che ha restaurato la macchina. Pare che sia uno dei massimi esperti di quei catorci antichi. Ed era l'unico a sapere che mio zio possedesse quell'auto, tanto per cominciare. Oliver ha appuntamento con lui domani. » Udì un debole cigolio proveniente dalla sedia dello studio. « Devo andare. C'è mio figlio in casa. »

« Ti richiamo domani. » Poi la chiamata fu interrotta.

« Ben fatto », disse Dex.

« Di cosa stai parlando? Chi altri avrebbe potuto rubare quell'auto? »

Lui si girò verso il tavolo da pranzo, afferrò Allegra per il braccio e glielo strinse. « Dov'è il diario? »

Quando Allegra vide la rabbia dentro gli occhi dell'ex marito, il suo cuore saltò un battito. « Ce l'ha Trevor. »

« Perché? »

Perché sei un idiota, avrebbe voluto dire Allegra. « Era sul tavolo. L'ha visto e l'ha preso. »

« E tu non hai pensato di portarglielo via? »

« Non volevo attirare troppo la sua attenzione sul diario. Conosco mio figlio. » Una frecciatina sottile, come a sottolineare che Dex invece non c'era mai stato per loro. « È già abbastanza complicato che Trevor continui a chiedere come mai sei qui. A un certo punto si stancherà di leggerlo e tornerà a dedicarsi al suo computer. È solo questione di avere un po' di pazienza. »

Lui strinse ancora di più la presa e le affondò le dita nella carne.

« Hai finito? » disse Allegra reprimendo un gemito di dolore.

« Per ora. »

Dex la allontanò da sé con aria disgustata e si diresse a grandi passi verso la massiccia poltrona, sedendosi così pesantemente da spostarla di qualche centimetro.

Allegra aveva imparato tempo addietro che quando si aveva a che fare con lui era meglio preservare l'equilibrio. A maggior ragione adesso che era tornato. Per il bene di Trevor.

Andò verso lo studio e sbirciò attraverso la porta. Suo figlio era talmente assorto nella lettura del diario che quasi non la notò. Da quando Allegra e Dex avevano divorziato, Trevor si era impossessato di quella stanza ed era riuscito come per magia a mettere insieme un computer usando l'attrezzatura elettrica recuperata dagli scatoloni che Dex si era lasciato dietro. Poi si era trovato un lavoretto part-time e aveva comprato un computer più moderno. Negli ultimi tempi gli piaceva rintanarsi lì e starsene incollato al monitor a fare... be', Allegra non aveva idea di cosa facesse. Usciva soltanto per andare a scuola o quando aveva fame. Se prima Allegra si preoccupava per quel suo modo di isolarsi, adesso ne era contenta.

Perché significava che Trevor non sarebbe rimasto coinvolto negli affari di Dex.

Si voltò a guardare l'ex marito, ancora concentrato sulla televisione. Perfetto. Senza far rumore, Allegra entrò nello studio.

Secondo i suoi insegnanti, Trevor aveva una comprensione della parola scritta davvero eccezionale, a differenza di suo padre. Riusciva a tenere a mente quasi tutto ciò che leggeva. Avvicinandosi, Allegra diede un'occhiata da sopra la sua spalla alle pagine del diario in cui era assorto.

25

Diario di Jonathon Payton,
quinto visconte Wellswick

1906

Fu colpa mia. Cercai di afferrare il polso del ragazzino, ma lui si accorse di noi e partì a tutta velocità lungo il vicolo, come un topo da cantina inseguito da un gatto. Io e Isaac Bell lo rincorremmo. Quando uscimmo dal vicolo e raggiungemmo la strada principale, del bambino non c'era traccia.

Certo che non potesse essere andato tanto lontano in così poco tempo, Isaac mi trascinò di nuovo indietro, insistendo perché aspettassimo «per tutto il tempo necessario», per usare le sue parole.

Ci accovacciammo accanto a un cumulo di rifiuti. Sulle prime l'odore di immondizia rancida era quasi insopportabile, ma poi cominciò ad attenuarsi man mano che i nostri sensi vi si abituavano. Sia io che Isaac portavamo un cappotto pesante e guanti per proteggerci dal freddo. Il ragazzino non aveva né l'uno né gli altri, e benché dal fornaio fossi riuscito a scorgere solo fugacemente il suo braccio, mi era parso che la manica rattoppata della sua giacca consunta fosse davvero troppo sottile per scaldarlo a sufficienza.

Mentre il freddo si insinuava sotto i diversi strati di indumenti che indossavo, ero sicuro che il ragazzino dovesse essere riuscito a fuggire o che stesse rischiando di morire congelato da qualche parte in attesa che ce ne andassimo. Proprio quando stavo per proporre a Isaac di dividerci per cercarlo, lui indicò alla nostra sinistra. Il ragazzino sbucò da una rientranza dall'altra parte della strada, dove alcuni gradini conducevano alla porta di un seminterrato. Rimase un momento in cima alle scale, poi uscì allo scoperto e svoltò rapi-

damente l'angolo. Io e Isaac lo seguimmo mentre correva verso i binari...

« Ci siamo », disse Isaac lanciandosi lungo la strada.

Io riuscivo a stento a tenergli dietro. Lui raggiunse il bambino e lo bloccò sotto le scale di una fabbrica a circa metà dell'isolato.

Quando arrivai, ero completamente senza fiato. « Non vogliamo farti del male », dissi ansimando.

Il ragazzino indietreggiò più che poté, andando a sbattere contro la parete, e ci fissò con gli occhi sgranati. Era terrorizzato. Si soffermò a guardare me, poi lentamente si raddrizzò, allontanandosi da Isaac. Con uno scatto improvviso mi passò davanti.

Ma Isaac fu più veloce. Afferrò il ragazzino e lo sollevò di peso, tenendo le braccia tese davanti a sé per evitare di essere colpito da quella piccola peste che si dimenava e scalciava.

« Mi dispiace, mi dispiace », gridò il ragazzino. « Tenete pure il pane. Non lo farò più. Non lo farò più! »

« Ssst », disse Isaac. « Non ci importa del pane. »

« Lasciatemi andare! »

« Vogliamo solo alcune informazioni. Siamo disposti a pagare. » Isaac mi guardò. « Fategli vedere il denaro. »

Impiegai un momento a capire, ma poi mi affrettai a prendere il portamonete e mostrai due scellini al ragazzino. « Se parli con noi, saranno tutti tuoi. »

Lui osservò le monete e il suo atteggiamento prima spaventato si fece diffidente. Poi però mi guardò di nuovo in faccia e sbarrò gli occhi. Di punto in bianco prese a dimenarsi ancora di più. « Non dirò nulla. Nulla. Promesso! Promesso! Per favore, lasciatemi andare! »

Isaac rischiò di perdere la presa. « Non dirai cosa? »

Il ragazzino tenne lo sguardo inchiodato verso terra, rifiutandosi di alzare la testa. Fu in quel momento che lo riconobbi. Mio padre aveva insistito perché partecipassi a una riunione all'orfanotrofio per far luce sulle difficoltà finanziarie in cui versava l'istituzione. Era successo quel giorno. « Io ti ho già visto, all'orfanotrofio. »

Gli occhi del ragazzino si riempirono di lacrime, e lui parve af-

flosciarsi tra le braccia di Isaac. La bestia feroce si era trasformata d'un tratto in una creaturina spaventata e tremante. « Vi prego, non mi fate del male. Io non ho visto niente. »

Stavo per rassicurarlo, ma Isaac mi batté sul tempo. « Cosa non hai visto? »

« L'uomo che ha ucciso quei signori. Non l'ho visto. Non ho visto niente. » Affondò il viso nel petto di Isaac, respirando a fatica mentre forti singhiozzi lo scuotevano da capo a piedi.

Isaac lo strinse forte e mi guardò da sopra la sua testa. « Credo che abbiamo trovato il nostro testimone. »

Portammo il ragazzino nella suite di Isaac al Midland Hotel, dove scoprimmo che il cibo era un incentivo molto più efficace di qualsiasi somma di denaro. Isaac lo interrogò mentre mangiava, e io sentii il mio mondo crollare sempre di più a ogni risposta.

« Si sbaglia! » esclamai, non potendo assolutamente credere alle parole del ragazzino. « Non c'è altra spiegazione. »

« Questo è da vedere », replicò Isaac sedendosi al tavolo del salotto, davanti a una finestra ad arco affacciata sulla strada sottostante, da cui giungevano lo scalpiccio degli zoccoli dei cavalli e il cigolio delle ruote delle carrozze. Isaac guardò verso la porta aperta della stanza accanto. Il ragazzino si era addormentato sul letto. « È possibile che abbia visto voi e vostro cugino all'orfanotrofio qualche giorno prima della rapina? »

« Non può essere altrimenti. Mio padre mi aveva chiesto di dare un'occhiata ai libri mastri a causa di un'improvvisa penuria di fondi. Poiché sosteniamo economicamente l'organizzazione di beneficenza che gestisce l'orfanotrofio, ritiene che sia nostra responsabilità assicurarci che funzioni tutto a dovere. »

« E cos'avete scoperto? »

« Mio cugino mi ha assicurato che i libri contabili contenevano solo un paio di errori. Nessun motivo di sospettare che i fondi fossero mal gestiti. »

« E ve l'ha assicurato vostro cugino? È così che avete verificato? »

Fui attraversato da una fitta di preoccupazione. « È stato lui a offrirsi di controllare i libri contabili. Se la cava molto meglio di me con i numeri.»

«C'era qualcun altro quel pomeriggio con voi e vostro cugino?»

«Il nostro vetturino.»

«Ed è sceso dalla carrozza?»

«No.»

«Dunque eravate soltanto voi due?»

«Non è un ladro.»

«Molto probabilmente è un assassino. Il che è molto peggio.»

«Impossibile. È appena diventato padre. Non farebbe mai...»

«Per caso vostro cugino gioca d'azzardo?»

«Ogni tanto. So che qualche volta ha perso. Ma nulla di particolarmente grave.» Assalito dalla paura, rammentai le svariate occasioni in cui Reginald aveva preso in prestito del denaro dopo aver trascorso una serata nelle sale da gioco. Ma non era certo così spietato da rubare fondi destinati a sfamare poveri e bisognosi...

O forse sì? E se così fosse stato, non avrebbe potuto essere in grado di organizzare una rapina a un treno e di uccidere eventuali testimoni? «Non crederete che...?»

Isaac fissò lo sguardo su di me. «Dobbiamo vedere quei libri mastri.»

26

Remi stava aspettando accanto alla loro auto a noleggio mentre Sam metteva le valigie nel bagagliaio.

Oliver gli porse la propria con riluttanza. « È davvero necessario che troviamo un altro posto in cui stare? » domandò mentre Sam la sistemava accanto alle altre due per poi chiudere il bagagliaio.

« Assolutamente sì. »

Vedendo la sua espressione preoccupata, Remi intervenne. « In questo modo, se Selma scoprirà dove si trovano le altre due auto, saremo già pronti a partire. »

Mentre girava intorno all'auto per raggiungere la portiera dal lato del guidatore, Sam guardò Remi, che inarcò le sopracciglia e inclinò la testa verso Oliver. Quel poveretto aveva già preoccupazioni a sufficienza senza dovervi aggiungere anche il pensiero di ciò che sarebbe potuto succedere se fossero rimasti a Villa Payton. « Giusto », confermò Sam. « Eviteremo di dover tornare fin qui. Prima riusciremo a mettere insieme tutte le informazioni necessarie, meglio sarà per tuo zio. »

« Non ci avevo pensato », rispose Oliver prendendo posto sul sedile posteriore, alle spalle di Remi, mentre Sam si infilava dietro il volante.

Remi rivolse un sorriso a Oliver, felice che si fosse rilassato. In realtà gli avevano chiesto di preparare un bagaglio per stare via qualche giorno perché credevano che rimanere alla villa non fosse sicuro. Quella mattina, poco prima dell'alba, Sam era stato svegliato da un cane che abbaiava. Quando si era alzato e aveva guardato fuori dalla finestra, aveva visto qualcuno che osservava la villa da lontano. Appena il sole era sorto, l'uomo si era allontanato a bordo di una berlina nera.

Non che Sam o Remi fossero stupiti, specialmente dopo

tutto ciò che era successo negli ultimi giorni. Ma a quel punto avevano buone ragioni di temere che Oliver non sarebbe stato al sicuro se fosse rimasto solo – una possibilità che lui aveva effettivamente preso in considerazione, certo che con qualche giorno di riposo la sua ferita al braccio sarebbe guarita più in fretta.

Tutta quella faccenda di suo zio e della proprietà cominciava a sfibrarlo, con conseguenze evidenti. Sussultava a ogni minimo rumore, e le sue occhiaie diventavano più scure di giorno in giorno. Dopo dieci minuti di viaggio, Remi si voltò e vide che dormiva profondamente. Quando cominciò a russare, Sam controllò lo specchietto retrovisore, poi guardò Remi. « Non volevo dirlo, ma abbiamo compagnia da quando abbiamo lasciato la proprietà. »

Remi guardò nello specchietto laterale e vide un veicolo scuro in lontananza. Oliver viveva in piena campagna, e le strade della zona erano poco frequentate. L'autostrada, dove il traffico avrebbe consentito a Sam di seminare finalmente l'auto che li stava seguendo, distava ancora parecchi chilometri. « Occhi bene aperti? » disse Remi a bassa voce.

« Per ora sì. » Sam batté la mano sulla Smith & Wesson nella fondina nascosta sotto la sua giacca. « Se dovessero avvicinarsi, si ritroveranno con una gomma forata. »

Remi prese la Sig Sauer calibro 9 dal vano portaoggetti e per precauzione se la sistemò accanto alla gamba destra. L'auto tuttavia si mantenne a debita distanza. Sembrava che per il momento si stesse accontentando di seguire i loro movimenti.

Quando giunsero nei pressi dell'autostrada, Remi tirò fuori il cellulare e aprì il navigatore. Aveva già inserito nell'applicazione l'indirizzo del meccanico. Poiché Chad Williams abitava in un paesino a nord di Londra, li attendevano ancora parecchie ore di viaggio. Con quell'auto alle calcagna. Remi guardò nello specchietto laterale e vide che era ancora dietro di loro. « Quante possibilità ci sono che sia soltanto qualcuno diretto a Londra come noi? »

« Potrei non escluderlo, se non avessi visto qualcuno con

quella stessa auto tenere d'occhio la villa stamattina. La buona notizia è che è una sola.»

Raggiunta l'autostrada, Sam si diresse verso nord anziché verso sud. L'auto li seguì alla loro stessa velocità. Dopo dieci minuti abbondanti, Sam affiancò una fila di camion e procedette accanto a loro. «Tieni d'occhio il nostro seguito», disse a Remi senza distogliere lo sguardo dallo specchietto retrovisore. Dopo un attimo frenò bruscamente e si infilò tra due camion.

Non potendo fare altrettanto, la berlina proseguì di fianco a loro, e il guidatore si voltò a guardarli. Remi gli scattò una foto con il cellulare. «Ha un'aria familiare», disse mentre Sam avanzava tra i due camion in cerca dell'uscita successiva. Quando la raggiunsero, Sam la imboccò all'ultimo. Il loro inseguitore non ebbe il tempo di cambiare corsia e fu dunque costretto a proseguire sull'autostrada.

Quando Sam frenò e si fermarono, Oliver si svegliò. «Qualcosa non va?»

«Ho sbagliato strada», rispose Sam passando sotto il cavalcavia per prendere l'autostrada nella direzione opposta.

Oliver annuì, si riappoggiò al sedile e si riaddormentò in capo a poco.

«Come mai proprio questa uscita?» domandò Remi. «Non che mi preoccupi, ma ne abbiamo superate altre quattro che avrebbero potuto riportarci sull'autostrada in tempi altrettanto rapidi.»

«Perché la prossima dista più di dieci chilometri. A seconda della velocità a cui viaggia il nostro inseguitore o di quanto sia disposto a starsene fermo in coda nel traffico a cui sta andando incontro, dovremmo aver guadagnato almeno dieci o quindici minuti.»

«Furbo, Fargo.» Remi guardò l'uscita dallo specchietto retrovisore e vide che non la stava imboccando nessun altro. «Pare che siamo al sicuro.»

«Per il momento.»

Remi ingrandì la foto che aveva scattato per vederla meglio. «È uno dei nostri due amici di Pebble Beach.»

« Ci ha seguiti fin qui? »

« Simpatici come siamo, non mi stupisce che tutti siano inesorabilmente attratti da noi. »

Sam rise. « Hai mai pensato che forse dovremmo moderarci un po'? Provare a condurre una vita più sedentaria? »

Remi lo guardò. « Giusto. Fammi sapere quando sei pronto e comincerò a informarmi. Cos'avevi in mente? Giardinaggio? Ricamo? »

« Sono tutti hobby rispettabilissimi. »

« Certo, se piacciono. Ma tu? No, non è nel tuo DNA. »

« Magari paracadutismo o speleologia, allora? »

« Mmm... »

Quando si voltò verso di lei, Sam vide che Remi stava digitando qualcosa sul telefono. « Cosa stai facendo? »

« Mando quella foto a Selma, insieme al video che hai registrato sul treno. Magari riusciremo a scoprire di chi si tratta. Fatto », disse dopo aver premuto il tasto di invio. « Ora, tornando ai tuoi nuovi hobby... »

Superarono diversi paesini circondati da dolci colline verdeggianti punteggiate di cottage, fattorie e pecore sparpagliate qua e là. Quando lasciarono l'autostrada, Oliver si svegliò e rimase stupito di scoprire che erano già quasi arrivati. Indicò il campanile di una chiesa che si stagliava in lontananza. « Chad abita lì. Nella prima via a destra dopo la chiesa. »

Sam imboccò una strada di ciottoli, seguendo le indicazioni di Oliver fino all'officina di Chad.

Oliver gli disse di girare intorno all'edificio. « Lì è più facile parcheggiare. La zia di Chad vive giusto in fondo alla strada. Chad usa la sua vecchia rimessa per le carrozze per lavorare alle sue auto d'epoca. »

Sam svoltò di nuovo e parcheggiò a metà strada tra l'officina di Chad e la rimessa di sua zia. Quando raggiunsero l'officina, scoprirono che le porte erano chiuse. E fuori in effetti era appeso un cartello con scritto CHIUSO.

Oliver indicò con un cenno nella direzione opposta. « Proviamo nell'ufficio. Può darsi che stia facendo una pausa. » Li condusse lungo un sentiero di ghiaia che fiancheggiava l'officina di Chad. « Ecco. Visto? La porta è aperta. »

Fece per entrare, ma Sam tese il braccio e lo fermò. « Aspetta qui », disse estraendo la pistola. Proprio in quel momento Remi notò che lo stipite della porta era scheggiato.

27

Tenendo la pistola puntata verso la porta dell'ufficio, Sam fece segno a Remi di coprirgli le spalle e a Oliver di restare indietro mentre lui controllava all'interno. Si fermò a lato della porta e tese l'orecchio per un momento, ma non sentì nulla.

Gli bastò fare due passi per accorgersi che l'ufficio era stato messo a soqquadro. C'erano una sedia ribaltata, i cassetti aperti e gli schedari svuotati. Un'altra porta conduceva all'officina, dove Sam vide una BMW blu, un modello recente, con la portiera dal lato di guida socchiusa. A parte quel dettaglio, l'auto sembrava intatta. Non si poteva certo dire lo stesso per il carrello degli attrezzi: tutti i cassetti erano spalancati, come pure le ante degli armadietti di metallo lungo una parete.

Poiché però non c'era nessuno, Sam tornò fuori. « Qualcuno cercava qualcosa », disse scostandosi in modo che Remi e Oliver potessero vedere a cosa si riferiva.

« Oh, no... » Sulla porta, Oliver si mise a scuotere la testa. « Chad... »

« Non è qui », lo rassicurò subito Sam.

« Grazie al cielo », disse Oliver.

« Sai per caso che macchina guida? »

Oliver non riusciva a distogliere lo sguardo dal caos che regnava nell'ufficio. « Come? »

« Che macchina ha? »

« Ah, sì. È venuto a Villa Payton su una Renault gialla. Ma so che ha anche un furgone per trasportare le auto. »

Sam raggiunse Remi. « Chiama la polizia », disse sottovoce. « Io vado a vedere se la macchina è parcheggiata da qualche parte nei paraggi. »

Andò all'ingresso e percorse il vicoletto. Trovò effettivamente il furgone, ma non la macchina. « Non hai detto che ha una rimessa? »

Oliver si illuminò. « Ma certo, sarà sicuramente lì. Perché non ci ho pensato prima? »

Fece strada a Sam, fermandosi davanti a un vialetto che conduceva a un garage dietro una casa a due piani. Entrambe le strutture erano a graticcio, con tetti aguzzi di paglia. « La zia di Chad abita qui. Visto che non guida, gli lascia usare la rimessa. »

« La polizia sta arrivando », disse Remi una volta tornata.

Sam provò a tirare il lucchetto appeso alla serratura del garage. « Oliver, forse è meglio se aspetti accanto all'officina. Fammi sapere quando la polizia sarà arrivata. »

Remi osservò il lucchetto, si girò verso Oliver e sorrise. « Ti raggiungo tra un minuto. » Aspettò che Oliver si fosse allontanato e restò di guardia mentre Sam forzava il lucchetto e apriva la porta. Quando premette l'interruttore delle luci, sulle prime Sam non credette ai suoi occhi. Davanti a lui c'era nientemeno che una Rolls-Royce grigia d'epoca.

Remi entrò dopo di lui. « È... »

Appena i suoi occhi si furono abituati alla luce fioca all'interno della rimessa, vide i segni delle saldature e le differenze di colore sulla carrozzeria. « Troppo corta. Forse è una delle prime 20/25 », disse scuotendo la testa.

Remi trovò una cartellina piena di documenti sul banco di lavoro. Alzò dapprima un foglio e poi diversi altri. « Una Franken-Rolls. Assemblata a partire da vari componenti, a quanto pare. Il motore restaurato proviene da un'auto, la carrozzeria da un'altra, e il telaio... be', se sto leggendo correttamente questa ricevuta, è una riproduzione. »

« Adesso sappiamo qual è la specialità di Chad », disse Sam guardando le parti di carrozzeria impilate negli angoli e appese alle pareti insieme ai componenti del motore. « Probabilmente sarebbe in grado di smontare tutto quello che c'è qui dentro e di rimettere insieme un'auto niente male. »

Tornò a concentrarsi sull'auto che Chad stava restaurando. Non la si poteva certo definire un capolavoro. Sulla carrozzeria c'erano chiazze di ruggine, e i sedili avevano chiaramente bisogno di essere rifoderati. Non solo il colore della carrozzeria, ma anche quello dei sedili di pelle consumata era simile a quello della Grey Ghost, tanto che Sam si domandò se anche lì ci fosse lo zampino della Barker Coachworks.

Remi abbassò la cartelletta e si guardò intorno. « Hai anche tu la sensazione che chiunque se ne sia andato da questo posto avesse intenzione di tornare? »

« Assolutamente sì. » Il motore del veicolo era in bella vista, con accanto il carrello degli attrezzi. Sopra il carrello erano appoggiati una tazza piena di caffè e un posacenere, nel quale una sigaretta aveva continuato a bruciare, formando una lunga striscia di cenere. Sam condusse Remi fuori dalla rimessa. « Fammi un favore. Resta con Oliver fino a quando non sarà arrivata la polizia. E riferiscigli quello che abbiamo scoperto. Preferirei non sbandierare ai quattro venti il nostro coinvolgimento. »

« Nessun problema. Cos'hai intenzione di fare? »

« Voglio guardarmi meglio intorno. Qualunque cosa sia successa, Chad è andato via in fretta e furia. Sarebbe interessante capire perché. »

Guardò verso la casa e vide una donna dai capelli bianchi sbirciare fuori dalla finestra. La tenda tornò a coprire il vetro e dopo un attimo la donna aprì la porta sul retro, facendo segno con la mano. « Da questa parte! » Quando Sam e Remi si avvicinarono, il suo sorriso svanì. « Ah, lei non è l'idraulico...? »

« Per la verità mio marito se la cava molto bene con le chiavi inglesi. Gli chieda pure tutto quello che le serve. Io vado da Oliver », disse Remi guardando Sam con un luccichio divertito negli occhi verdi.

Messo con le spalle al muro, Sam sorrise alla signora. « Come posso aiutarla? »

« Ho il tritarifiuti intasato. Speravo proprio che lei fosse l'idraulico. Chad ha detto che ne avrebbe chiamato uno. »

« Quando gliel'ha detto? »

« Be', stamattina, naturalmente. Mi stava dando una mano lui, ma poi è successo qualcosa ed è dovuto andar via. Ha detto che avrebbe chiamato qualcuno. Ma ormai sono passate cinque ore. »

« Lo vede molto spesso? »

« Tutte le mattine. Prima di andare all'officina lavora sempre a quell'auto. Dio solo sa cosa ci trovi di così affascinante in quella vecchia carretta arrugginita. »

Sam la seguì in cucina e vide il secchio mezzo pieno sistemato sotto il sifone aperto. « Cos'è successo? »

« Bucce di patata. Il mio tritarifiuti non le ha apprezzate, come non ha apprezzato il sedano che l'ha intasato la settimana scorsa. »

Sam raccolse la chiave giratubi dal pavimento davanti all'armadietto. « Questi affari non apprezzano nemmeno le bucce di carota. »

La donna sospirò. « Io temo che al mio tritarifiuti non piaccia nulla. Chad continua a ripetermi che dovrei sostituirlo. »

« Sa per caso dov'è andato? » domandò Sam infilandosi sotto il lavandino per togliere le bucce dal sifone.

« Non ne ho idea. Aveva appena finito di allentare il tubo quando ha ricevuto una chiamata. È stato al telefono un paio di minuti ed è corso via. »

« Davvero? » disse Sam svuotando il tubo per poi rimetterlo a posto. « Chissà dov'è andato. »

« Io so soltanto che era di fretta. »

Sam girò la chiave un'ultima volta. « Se ha uno straccio, ci penso io a pulire. »

« Grazie. Molto gentile da parte sua », disse lei prendendone uno dal ripiano. « Ormai faccio fatica ad abbassarmi. »

Sam asciugò l'acqua che era uscita, si alzò e strizzò lo straccio nel lavandino. « Immagino non abbia sentito di cosa stavano parlando, vero? »

« Può sentirlo da sé. C'è un messaggio sulla mia segreteria. Parlavano di spiriti e fantasmi. »

28

«Spiriti e fantasmi?» ripeté Sam mentre lei gli porgeva uno strofinaccio pulito perché si asciugasse le mani.

«È quello che ho sentito. Non volevo origliare. È solo che Chad aveva messo il vivavoce perché stava lavorando sotto il lavandino. Una conversazione molto strana. Quelli all'altro capo hanno detto di sapere che Chad aveva preso il loro spirito e gli hanno ordinato di restituirlo. Lui ha risposto di non sapere di cosa stessero parlando e di avere soltanto un fantasma. Sinceramente non ho idea di cosa significhi. Probabilmente era qualcosa di cui non voleva parlare in mia presenza, dal momento che appena mi ha vista entrare ha preso il telefono e ha tolto il vivavoce.» Gli rivolse un sorriso dispiaciuto. «Me ne sarei andata per lasciargli la sua privacy, ma un attimo dopo si stava già scapicollando fuori dalla porta.»

«Ha detto dove sarebbe andato?»

«No, ma poi mi ha assicurato che avrebbe chiamato un idraulico. A ogni modo non credo che l'abbia fatto, altrimenti a questo punto sarebbe già arrivato, non trova?»

«Direi di sì.» Sam aprì il rubinetto e accese il tritarifiuti. «Come nuovo», disse chiudendo l'acqua e spegnendo l'interruttore.

«Non so proprio come ringraziarla. Quanto le devo?»

«Nulla, è stato un piacere aiutarla.» Con un cenno del capo indicò il telefono fissato alla parete. «Ha detto che Chad le ha lasciato un messaggio?»

«Sì, io ero fuori e la segreteria è partita prima che potessi rispondere.» Premette un pulsante e fece un passo indietro per permettere a Sam di ascoltare.

Sono io. Oliver sta venendo lì e non risponde al telefono. Puoi riferirgli un messaggio? Stanno...

A quel punto si sentì il suono del ricevitore che si alzava.
Chad? Sei tu? Perché parli così piano?

Riferisci questo messaggio a Oliver. Sta venendo lì.

E il mio lavandino? Hai detto che l'avresti sistemato.

Più tardi chiamo un idraulico. Puoi riferire un messaggio a Oliver?

Certo.

Digli di portare la Ghost oppure... devo andare.

Chad?

A quel punto la comunicazione si interrompeva. La donna guardò Sam con un sorriso. « Tutto qui. Molto strano. Non so proprio in che razza di storia possa essersi cacciato. Probabilmente avrà a che vedere con quelle macchine. »

Sam non voleva certo mettere in allarme la donna, ma in quella telefonata Chad era chiaramente agitato. « Ci penso io a riferire il messaggio a Oliver. Le dispiace se lo registro con il cellulare? Così potrà ascoltarlo da sé. »

« Perché, Oliver è qui? »

« Sì, in fondo alla strada, all'officina di Chad. »

« Ah. E c'è anche suo zio con lui? Devo proprio andare a salutarlo. » Puntò dritto verso la porta e la aprì, salvo poi arrestarsi di colpo quando si trovò davanti un'auto della polizia. Sam non si aspettava che reagisse giusto con un'espressione leggermente incuriosita. « La polizia è ancora qui? Credevo se ne fosse già andata. »

« Sa cos'è successo? »

« Stanotte qualcuno si è introdotto nell'officina di Chad. Per fortuna lui era qui da me. Gliel'avevo detto che non era una buona idea restare a vivere là dentro dopo l'ultima volta. » Scuotendo la testa, guardò Remi e Oliver riaccompagnare l'agente alla sua auto e salutarlo con la mano mentre ripartiva. « Un tempo questo era un paesino così tranquillo... »

« Quindi non è la prima volta che qualcuno si introduce nell'officina di Chad? » domandò Sam.

« Era già successo un paio di settimane fa. Probabilmente si tratta soltanto di vandali, visto che non hanno portato via nulla. Eppure... » Fece un sospiro stanco. « Credo che eviterò di dirlo a mia sorella. Continua a ripetermi che dovrei vendere questa casa, ma io non ci penso nemmeno. Mi piace qui. » Con un cenno risoluto, guardò Sam. « Ma lei avrà sicuramente di meglio da fare che starsene qui a dare retta a una vecchia come me... E io ho un lavandino pieno di piatti sporchi da lavare. »

« A quanto pare la polizia era già stata chiamata », spiegò Remi quando Sam li ebbe raggiunti.

« Sì, l'ho saputo », rispose lui prima di far ascoltare a Oliver la registrazione della telefonata. « Per quale motivo Chad crede che la Ghost ce l'abbia tu? »

« Non ne ho idea. Possiamo risentirlo? » Lo ascoltò di nuovo, scuotendo la testa. « Perché mi accusa di avere quell'auto? Sa benissimo che è stata rubata all'esposizione. »

« Forse crede che l'abbia rubata tuo zio e che adesso ce l'abbia tu. Del resto non è ancora stata trovata. »

« Non mi spiego perché dovrebbe... » Si lasciò cadere su una sedia, perplesso. « La situazione sta diventando sempre più complicata di minuto in minuto. Comincio a pentirmi di aver convinto mio zio a rifiutare quell'offerta per Villa Payton e per l'auto. Non sarebbe bastata neanche lontanamente a saldare i suoi debiti, ma quantomeno gli avrebbe risparmiato di finire in prigione. » Sospirò e volse lo sguardo fuori dalla finestra con espressione smarrita.

Sam stava per dire qualcosa che gli risollevasse il morale, ma poi ripensò alle ultime parole di Oliver. « Potresti spiegarmi i dettagli di questa offerta a cui hai accennato? »

« Non ve ne ho già parlato? »

« Sì che ce ne ha parlato », intervenne Remi. « Non hanno voluto vendere per via dei locatari. »

« Questo l'ho capito. Mi interessa sapere se questa offerta per Villa Payton menzionava espressamente anche la Grey Ghost. »

Oliver distolse lo sguardo dalla finestra. « Be', sì. È questo il motivo per cui era così allettante. Ma... è come ha detto Remi. Il potenziale acquirente si è rifiutato di garantirci che i locatari sarebbero potuti restare sulla proprietà. »

Mentre scambiava un'occhiata con Sam, Remi inarcò le sopracciglia in un'espressione interrogativa. « E chi sarebbe il potenziale acquirente? » chiesero all'unisono.

Poiché Oliver parve non sentirli, Sam si accovacciò davanti a lui per costringerlo a prestargli attenzione. « Chi è stato a presentare l'offerta, Oliver? »

« Un parente lontano, a quanto ho capito. »

« Ricordi il suo nome? »

« Cielo, no. Non me ne sono occupato io, ha fatto tutto Allegra. Perché? »

Sam si alzò e guardò Remi, che stava già digitando *parente lontano* sul cellulare. Probabilmente si trattava di un messaggio per Selma. « Potrebbe essere la chiave di tutta questa storia. »

« In che senso? »

« L'improvviso interesse per l'auto, l'offerta e il furto. »

« Ma... questo? » disse Oliver indicando l'officina di Chad messa sottosopra. « Credete che sia tutto collegato? »

« Senza ombra di dubbio. Prova a richiamare Chad. »

Oliver obbedì e sgranò gli occhi quando sentì rispondere all'altro capo. « Chad? Ti stavamo cercando. Dove...? » Restò in ascolto per un momento. « Sì. Okay », disse poi. Dopo aver riattaccato, fissò il telefono per diversi istanti.

« Cos'è successo? » domandò Sam.

« Non sono sicuro di aver capito. Ma Chad ha detto che ci spiegherà tutto al suo arrivo. È questione di minuti. »

29

Non volendo correre rischi, Sam tenne d'occhio la strada stringendo il calcio della pistola mentre aspettavano Chad. Quando finalmente comparve la Renault gialla, si assicurò che a bordo ci fosse soltanto lui e che nessuno lo stesse seguendo. « Sembra che sia solo. »

« Si può sapere cosa sta succedendo? Tua zia ha detto qualcosa riguardo alla Ghost », gli domandò Oliver appena fu sulla porta.

« Credono che ce l'abbia io », rispose Chad.

« Perché? » domandò Sam.

« Non ne ho idea. » Soltanto allora parve accorgersi di Sam e Remi. « E voi chi siete? »

« Amici miei », intervenne Oliver. « Ti ho parlato di loro ieri sera al telefono. Sam e Remi Fargo. »

« Non sapevo che li avresti portati. »

« Perché non avrei dovuto? Stanno dando una mano a me e mio zio. »

« Io... » Guardò il caos intorno a sé. « Be', è la seconda volta. »

« Era già successo? » chiese Sam.

Lui annuì. « Sì, qualche settimana fa, subito dopo che Oliver e suo zio hanno portato qui la Ghost. »

« Hai idea di cosa stessero cercando? » domandò Sam.

« Allora o adesso? »

« Entrambe le volte. »

« Io... immagino fossero interessati alla Ghost. »

« E non era qui? »

Chad scosse la testa. « La tenevo nella rimessa di mia zia. Non l'avrei mai lasciata qui. A casa sua ci sono un allarme e diverse telecamere. Anche nella rimessa. »

« Qui invece no? »

« Sì, ma può darsi che abbia dimenticato di inserire l'allarme, o forse sono riusciti in qualche modo a disattivarlo. »

Sam pensò che la seconda ipotesi fosse la più probabile.

Chad cominciò a raccogliere da terra alcuni dei fogli che erano stati tirati fuori dai cassetti della scrivania, poi si fermò a guardarsi intorno. « Perché... perché mai pensano che ce l'abbia io? La prima volta ho ipotizzato che si trattasse di una bravata, oggi però mi sono dovuto ricredere. »

Guardò i fogli che aveva recuperato da terra con espressione smarrita.

« Vieni qui », disse Remi prendendogli i documenti di mano. « È meglio se ti siedi. Vuoi dell'acqua? »

Lui annuì, si lasciò cadere sulla sedia dietro la scrivania e si guardò intorno. « È assurdo. Perché ridurre il mio ufficio in questo stato? È evidente che l'auto non è qui. »

« Forse cercavano un indirizzo, qualche informazione su dove potresti averla nascosta », suggerì Sam.

« Peccato che io non ce l'abbia. Non ho nemmeno idea di dove sia. »

« Tua zia ha accennato a una telefonata che hai ricevuto mentre eri da lei stamattina », disse Sam.

« Oh, cavolo. » Chad fece per alzarsi. « Le ho detto che avrei chiamato un idraulico. »

Remi tornò con una bottiglia d'acqua che aveva preso dal piccolo frigorifero sotto il bancone. « Se n'è occupato Sam. »

Chad lo guardò. « Io... grazie. »

« Tua zia è rimasta un tantino stupita nel vederti andare via così di corsa. Cos'è successo? »

« Questo tizio ha cominciato ad accusarmi di avere rubato la Ghost. Qualunque cosa gli dicessi, lui rispondeva che se non l'avessi riportata, me ne sarei pentito. » Mentre apriva il tappo della bottiglia, la mano gli tremava così forte che si rovesciò dell'acqua sulle gambe.

« Stai bene? » domandò Remi togliendogli la bottiglia di mano.

« No. » D'un tratto si prese la testa tra le mani e cominciò a singhiozzare.

« Sam... »

Sam gli posò una mano sulla spalla. « Cosa c'è? »

Trascorsero parecchi secondi prima che Chad alzasse lo sguardo. Cercò di riprendere fiato. « Quando ho ricevuto la telefonata di quell'uomo, io... » Inspirò a fondo, sul viso un'espressione frastornata. « Ho sentito l'orologio a cucù di mia madre. Mi stava chiamando da casa sua. »

« Ne sei sicuro? »

Chad annuì. Stavolta, quando Remi gli porse di nuovo la bottiglia, lui bevve parecchi sorsi, poi si asciugò la bocca e gli occhi con il dorso della mano. « Sono andato a controllare. Quando ho visto l'auto parcheggiata davanti a casa sua, ho capito. »

« Capito cosa? » domandò Sam.

« Il tizio che mi ha chiamato. Era lì. Non sono nemmeno riuscito a entrare. Sono così codardo che ho giusto sbirciato attraverso la finestra del cortile laterale. » Guardò Remi con occhi imploranti. « Cosa devo fare? Mia madre non c'entra nulla. » Abbassò di nuovo la testa mentre gli sfuggiva un altro singhiozzo. « È tutta colpa mia. »

Senza dubbio c'era sotto molto più di quanto sapessero. Sam si alzò e con un cenno discreto invitò Remi a prendere in mano la situazione. Del resto con le persone emotivamente scombussolate era molto più brava di lui, e riusciva sempre a farle parlare.

Remi non perse tempo. « Perché credi che sia colpa tua? »

Stavolta Chad guardò Oliver dritto negli occhi. « Non sono l'esperto che credevi. Ho inventato tutto, soltanto per i soldi. Sì, ci so fare con le macchine. Ma tutto quello che so l'ho imparato da Internet. »

« Ma... » Oliver lo fissò per un momento. La sua espressione abbattuta si fece rabbiosa. « Mi avevi assicurato di essere il migliore. Ho visto il tuo sito. Tutte quelle foto, quei premi... »

« Sono di mio zio. »

« Perché? »

Chad si strinse nelle spalle. « Mi avresti portato comunque

quell'auto se avessi saputo che l'unica Rolls-Royce alla quale abbia mai lavorato da solo è quella dentro la rimessa di mia zia? »

« Certo che no. »

« Visto? »

Oliver fece per dire qualcosa, ma Remi lo anticipò. « Devi pur intendertene di auto d'epoca. D'altra parte, la Ghost sei riuscito a rimetterla in moto. »

« Quando c'era ancora mio zio, molti collezionisti gli portavano le loro auto per farle restaurare. Mi ha insegnato tutto ciò che sapeva. Dopo la sua morte nessuno ha mai voluto darmi una possibilità. Così quando ho letto quell'articolo in cui si diceva che i Payton avevano trovato la Grey Ghost, ho messo su un sito e li ho chiamati. Il resto lo sapete. »

Sam si spostò accanto a Remi, sperando di riportare la conversazione sull'argomento originario. « Torniamo a tua madre. La stavano minacciando? »

« No. Ma sono sicuro che chiunque fosse la persona all'altro capo del telefono abbia tutta l'intenzione di farlo. »

« Cosa te lo fa pensare? »

« Anche dopo che gli ho assicurato di non avere la Grey Ghost, ha detto di non sapere cosa farsene delle mie scuse. *Riporta l'auto o preparati ad affrontare le conseguenze.* Il fatto è che non ce l'ho. L'ultima volta che l'ho vista era qui alla mia officina, quando l'abbiamo messa su quel furgone per consegnarla al Motor Show di Londra. Fine della storia. Lo giuro. »

« Be', qualcuno invece pensa che ce l'abbia tu », osservò Sam.

« Sì. E chiunque sia quest'uomo sta bevendo un tè con mia madre come se fosse il suo migliore amico. »

« Se non altro lei non immagina nemmeno cosa stia succedendo in realtà. »

« Così non sei d'aiuto, Sam », bisbigliò Remi. « Come facciamo a portarla fuori di lì? » domandò a voce più alta.

« Chiamiamo la polizia », disse Oliver.

Una possibilità che Sam aveva già valutato e scartato. L'ultima cosa di cui avessero bisogno era un sequestro di persona. O una sparatoria. « La sola certezza che abbiamo è che questi soggetti non si fanno alcuno scrupolo a usare le armi. Non so se me la sento di costringere dei poliziotti di campagna disarmati a vedersela con loro. »

« Cos'altro possiamo fare? » domandò Chad.

« Assaltare il castello e trarla in salvo. »

30

Anzitutto cercarono un'immagine satellitare del paesino in cui abitava la madre di Chad, situato a una quindicina di minuti d'auto da dove si trovavano loro, in direzione nord. Sam e Remi studiarono la mappa mentre Chad descriveva loro il quartiere, indicando il centro di una strada a forma di S. « Il problema principale è che casa sua si trova proprio in mezzo a questa S. Da qualunque direzione si arrivi, dalla finestra del salotto e dalla porta d'ingresso si vede la strada. Se questo tizio dovesse guardare fuori dalla finestra verso destra, vi vedrà arrivare prima che voi vediate lui. L'unico posto che forse potrebbe andare è l'estremità ovest della strada. La siepe che circonda la casa di mia madre fiancheggia anche tutto il vialetto di accesso, e bisogna arrivare fino alla strada per riuscire a vedere quest'angolo in cima alla collina. »

« Tu come hai fatto a guardare dentro senza essere visto? » domandò Sam.

« Dal parco dietro casa. » Fece scorrere il dito su un'area verde parallela alla strada successiva. « Un cancello porta dal parco al suo giardino sul retro. Quel posto è invaso di edera. Sono entrato da lì, ho raggiunto il lato del cortile e ho guardato attraverso la finestra della cucina. L'uomo era seduto in salotto con lo sguardo rivolto verso la strada. Non può nemmeno sospettare dell'esistenza di quel cancello. »

« C'era un uomo soltanto? »

« Sì. »

Sam studiò la mappa per un altro po'. « Dovrebbe funzionare. Remi, tu ti nasconderai in cima alla collina. Io entrerò dal cancello sul retro. Oliver, tu starai nel parco con l'auto pronta a partire. Chad telefonerà all'uomo e lo attirerà fuori. Remi mi farà un segno quando avrà superato la siepe, io mi introdurrò in casa, prenderò tua madre e ce la fileremo.»

«E se l'uomo dovesse portarla fuori con sé?» domandò Chad. «Come ostaggio?»

«Il fatto che tua madre non sappia di essere un ostaggio dimostra che questo tale sta cercando di mantenere un profilo basso. Di certo non vuole attirare l'attenzione sulla sua presenza.»

Non disse però che Remi si sarebbe appostata in cima alla collina con la sua pistola proprio per essere pronta a intervenire in un'eventualità simile. Ma era inutile far preoccupare Chad o Oliver. Perché il piano funzionasse, era fondamentale che entrambi mantenessero la calma. «A te sta bene, Remi?»

«Benissimo», confermò lei dandosi un colpetto sulla fondina dietro la schiena.

«Come facciamo ad attirarlo fuori?» domandò Chad.

«Dovrai soltanto dirgli di essere parcheggiato in fondo alla strada. Lui dovrà necessariamente passare oltre la siepe. Se riesci a farlo arrivare fin lì, non avremo problemi. È tutta questione di convincerlo. Dobbiamo fargli credere che tu abbia davvero l'auto.»

«E come?»

«Anzitutto chiameremo tua madre per farci un'idea della situazione. Sii riluttante. Se ti mostri troppo disponibile a fornirgli tutti i dettagli che ti chiede, potrebbe insospettirsi.» Sam gli diede qualche altra dritta e indicazione, dopodiché Chad fece partire la telefonata e mise il vivavoce. «Cosa vuoi da me?» domandò all'uomo che rispose.

«La Grey Ghost.»

«Perché pensi che ce l'abbia io?»

«Grazie a una fonte affidabile. E poi la tua cara mammina ci ha detto che ci hai lavorato alla tua officina.»

«Evidentemente hai già controllato.»

«Sì, ed evidentemente l'auto non è più lì. Allora, dov'è?»

Chad guardò Sam, che con un cenno del capo lo esortò ad attenersi al copione. «In un posto sicuro. Prima voglio essere certo che mia madre stia bene.»

« Ti faccio parlare con lei. »

Udirono prima un suono ovattato, poi la voce di una donna. « Chad? Sei tu? »

« Sì, sono io, mamma. Stai bene? »

« Che domanda sciocca. Certo che sto bene. I tuoi due amici sono proprio simpatici. Ho mostrato loro il tuo sito e abbiamo parlato di quell'auto di cui ti stai occupando. Quella grigia. Passi di qui con quella, giusto? »

Dopo essersi scambiata uno sguardo con Sam, Remi prese la penna.

« Mamma... »

« Visto? Sta bene. Ti aspetto. Con la Grey Ghost. »

« Sì », disse sua madre in sottofondo. « Ecco come si chiamava. »

Remi scrisse TEMPO e RIMANDARE e indicò il foglietto.

Chad annuì. « Ci vorrà qualche ora. Non ce l'ho qui con me. »

« Finalmente cominci a ragionare », disse l'uomo all'altro capo. « Hai tre ore per portarci l'auto. Altrimenti... »

« Ho bisogno di più... »

L'uomo all'altro capo riattaccò.

« Addio assalto al castello », commentò Remi.

« Già », rispose Sam.

« Perché? » domandò Chad. « Prima hai detto che avrebbe funzionato. »

Oliver li osservò con espressione sgomenta. « So che mi ero detto contrario, ma non vorrete abbandonarla così, vero? »

« No, ma il nostro piano è saltato. Hai sentito tua madre, Chad. Ha parlato di *due* amici. Il fatto che con lei ci sia più di una persona riduce notevolmente le nostre probabilità di successo. »

« Ma siete entrambi armati. Non potete lasciarla lì », disse Oliver.

« Non abbiamo nessuna intenzione di farlo », lo rassicurò Sam. « Ma dopo avere ascoltato questa conversazione, sappiamo con certezza che il piano che avevamo elaborato non funzionerà. »

« Esatto. Ma si dà il caso che io abbia già il piano B perfetto », disse Remi.

31

« È una follia », commentò Oliver quando Remi ebbe finito di illustrare loro il suo piano. « Ci stai praticamente chiedendo di compiere una magia. Non funzionerà mai. »

« È geniale. Sono sicuro che funzionerà », ribatté Sam.

Remi si girò verso Chad. « Stiamo parlando di tua madre. Sei tu a dover prendere la decisione finale. E sei tu l'unico a poter stabilire se abbiamo anche solo una vaga possibilità di farcela. »

Chad restò a fissare lo stesso punto del pavimento per parecchi istanti, chiaramente combattuto. Infine guardò prima Remi e poi Sam. I suoi occhi scuri erano gonfi di preoccupazione. « Non sto dicendo di sì. Devo prima sapere come faremo ad assicurarci che non facciano del male a mia madre. »

« Quella è la parte facile », rispose Sam. « Seguiremo il vecchio piano. Sono più interessati all'auto che a lei. »

« Con la differenza che stavolta abbiamo intenzione di consegnarla davvero », soggiunse Remi.

Con un profondo sospiro, Chad si alzò. « Andiamo a vedere. »

Tutti insieme si avviarono verso la rimessa in cui si trovava la Rolls.

Chad guardò attraverso la finestra, vide sua zia e la salutò con la mano sfoderando un sorriso allegro, salvo poi rabbuiarsi all'istante quando si voltò di nuovo verso di loro. « Vi sarei grato se non diceste nulla a mia zia. Preferirei non farla preoccupare. »

« Terremo la bocca cucita », confermò Sam.

Chad aprì la porta e accese le luci. « A chiunque abbia un minimo di familiarità con le auto d'epoca basterà dare un'occhiata da vicino per capire che non si tratta della Grey Ghost. »

Sam non aveva alcun dubbio. Ma era proprio la sua assurdità

a rendere l'idea di Remi così allettante. Chi avrebbe mai immaginato che potessero cercare di far passare un'auto falsa per l'originale?

« Non si può trasformare l'acqua in vino », borbottò Oliver.

« Può darsi », disse Sam. « Ma se ce la giochiamo bene, non arriveranno mai abbastanza vicini da accorgersi dell'imbroglio. »

« Non sarà necessario », replicò Chad. « Già il profilo è sbagliato, senza contare che l'auto è troppo corta. I parafanghi sono diversi, più diritti di quelli della Ghost. A meno che... » Si guardò intorno, soffermandosi su alcuni parafanghi neri impilati contro la parete. « Potremmo sostituirli con quelli. Un po' di vernice spray... A ogni modo, questa Rolls non ha proprio lo stile della Barker Coachworks. Si vede lontano un miglio. Guardate come sono piatti quegli schienali. »

« Non c'è modo di camuffarli? » chiese Remi.

Lui girò intorno al veicolo, esaminandolo. Dopo un po' aprì la portiera anteriore dal lato del passeggero, salì e si inginocchiò sul sedile. D'un tratto cominciò a strappare il rivestimento in pelle dallo schienale. « Credo che qualcosa si possa fare. »

« Anche se significa ridurre il valore di quest'auto? »

« Be', non stiamo distruggendo la vera Grey Ghost nel tentativo di farla sembrare la 20/25 da due soldi che abbiamo per le mani in realtà. » Diede un colpetto allo schienale del sedile dal quale aveva appena strappato il rivestimento. « Quest'auto è perfetta per trafficare un po' e imparare a restaurare un motore. A parte questo, probabilmente vale di più per ricavare pezzi di ricambio. »

« Di quanto tempo hai bisogno? » domandò Sam.

« Direi almeno un paio d'ore. »

Oliver aveva un'aria alquanto imbronciata. Evidentemente continuava a non andargli giù il fatto che Chad l'avesse imbrogliato per poter lavorare alla Ghost. E sapere che suo zio era rinchiuso in una cella non era certo d'aiuto.

Sam lo prese da parte. « Può anche darsi che all'inizio ti abbia ingannato, ma è evidente che sa quello che fa. »

« Peccato che abbia mentito. »

« Forza, ormai è acqua passata. »

Sentendoli, Remi si rese conto che forse in quel momento l'approccio pratico di Sam non era il modo migliore per convincere Oliver di alcunché. Quel poveretto sembrava invecchiato di dieci anni nell'ultima manciata di giorni, e i profondi solchi impressi sul suo viso non lasciavano spazio a dubbi su quanto fosse provato. Dopo aver saputo che suo zio era in arresto ed essere uscito vivo da quel capannone soltanto per un pelo, aveva bisogno di un po' più di delicatezza. O se non altro di sentirsi dire che non sarebbe stato in prima linea. Remi gli posò la mano sul braccio e gli rivolse un sorriso dolce. « Chad è davvero dispiaciuto. A ogni modo, se ci pensi, è riuscito a rimettere in sesto la Grey Ghost e a soddisfare le tue aspettative. Nessuno ha avuto di che lamentarsi quando Chad ha contribuito a trasformarla nel gioiellino che è, non trovi? »

« Sì. »

« E alla fine è questo ciò che conta, no? »

« Se ha mentito sulle sue competenze, come faccio a sapere che non è coinvolto nel furto? »

Sam seguì l'esempio di Remi. « Credi davvero che metterebbe in pericolo la vita di sua madre? » Gettò un'occhiata a Chad, che stava prendendo i parafanghi dalla parete per camuffare la Franken-Rolls. « Io l'ho appena conosciuto, ma l'istinto mi dice che è il genere di persona che va fiera del suo lavoro e vuole solo fare la cosa giusta. Se superiamo quest'ultimo ostacolo, arriveremo molto più vicini a scoprire chi è stato a rubare la Ghost. »

« Proprio così », confermò Remi. « E a quel punto, avremo anche molte più probabilità di riuscire a scagionare tuo zio. »

« Lo pensi davvero? »

« Sì. »

« E non dimentichiamo che Chad è una risorsa preziosa. A prescindere dall'esperienza che ha inventato di avere, sa il fatto suo. Comunque, se vuoi tirarti indietro, non te lo impediremo... »

Remi vide che Oliver cominciava a vacillare. « La scelta è tua, ma abbiamo bisogno che Chad sia dei nostri. »

« E anche tuo zio ha bisogno che Chad sia dei nostri », aggiunse Sam.

Oliver prese un respiro profondo, poi annuì, senza distogliere lo sguardo da Chad e dall'auto. « Mi fido del vostro giudizio. Proviamoci. »

32

Nell'officina c'era un forte odore di vernice spray. Mentre Remi dava gli ultimi ritocchi a uno dei parafanghi, Sam pensò che per fortuna l'odore non avrebbe rappresentato un problema, visto che la consegna sarebbe avvenuta all'aperto. Tuttavia la questione più importante era il profilo dell'auto, e due ore più tardi Sam strizzò gli occhi cercando di immaginare che effetto avrebbe fatto sotto il sole. Stabilì con soddisfazione che la linea assomigliava almeno vagamente a quella della Grey Ghost.

Da vicino era tutto un altro paio di maniche. Benché coperte da uno strato di vernice grigia, le saldature sui nuovi parafanghi erano evidenti. Le parti cromate erano state tirate a lucido, le macchie di ruggine tamponate con la vernice. E ora gli schienali dei sedili, sia quello anteriore che quello posteriore, formavano un arco simile a quello della Grey Ghost. Sorprendentemente non si notava il minimo stacco tra la pelle e l'imbottitura fissate al supporto con il nastro adesivo e il vecchio rivestimento.

Poiché non erano riusciti a trovare il colore esatto, Remi aveva spruzzato della vernice di un blu leggermente più scuro sia sulla pelle screpolata che sul nastro adesivo che teneva insieme tutto quanto. « Se non altro adesso i sedili non sembrano più così consunti », disse buttando la bomboletta vuota nella spazzatura.

Oliver, impegnato a lucidare uno dei fari anteriori, alzò la testa. « Speriamo non notino la differenza di colore. »

« Se il piano di Remi funzionerà, non avrà importanza. Non si avvicineranno così tanto all'auto... Quanto manca? » domandò Sam.

Chad sollevò il cannello ossidrico. « Un'ultima saldatura sul parafango anteriore sinistro. Ma ci serve tempo per far asciugare la vernice. Se toccano i sedili, siamo fregati. »

« Come ho detto, non abbiamo intenzione di farli avvicinare. »

« E come pensate di fare a impedire che vedano bene la macchina? »

« Se scegliamo l'orario giusto, il sole si troverà proprio alle spalle dell'auto e li abbaglierà », rispose Remi.

Mentre Chad finiva di saldare, Remi gli chiese cosa aveva bisogno che facessero. Alla fine Chad guardò l'orologio. « Basta così. Dobbiamo caricarla sul furgone e coprirla con un telo. »

Dal momento che il loro piano era cambiato e non richiedeva più la presenza di un tiratore in cima alla collina, Sam e Remi lanciarono una moneta per stabilire chi di loro si sarebbe introdotto in casa dal retro per portare fuori la madre di Chad. Remi perse. « È sbagliato che voglia vedere le loro facce quando capiranno che l'auto non è la Ghost? »

« Non vorrei rovinarti il divertimento, ma spero proprio che a quel punto non saremo più nei paraggi da un pezzo », rispose Sam.

Mentre lui saliva sul furgone accanto a Chad, Remi si mise al volante della loro auto a noleggio accompagnata da Oliver. I quattro si incontrarono sulla strada accanto al parco, dove alcuni ragazzini stavano giocando a rugby. Sam e Remi indossarono gli auricolari Bluetooth e lui la chiamò al telefono.

« Pronta? »

Lei si batté la mano sulla pistola infilata nella fondina dietro la camicia, poi osservò il muro tappezzato di edera. « Dov'è esattamente questo cancello? » domandò a Chad.

« Lo vedi il ragazzino con la maglietta gialla? Proprio dietro di lui. »

« Trovato. Il cancello si vede da dentro casa? »

« No, bisognerebbe aprirsi un varco in mezzo a tutta quella vegetazione. »

« Oliver, tu resta qui vicino alla macchina », disse Sam. « Tieniti pronto a partire appena Remi uscirà con la madre di Chad. »

« Ricevuto. »

Mentre tornava al furgone con Chad, Sam gli ripeté cos'avrebbe dovuto dire durante la telefonata a casa di sua madre. « Io e Remi rimarremo in contatto per telefono per tutto il tempo. Dobbiamo attirare quei due uomini fuori di casa e in cima alla collina prima che il sole tramonti. »

« Credi che funzionerà? »

C'erano moltissime variabili che avrebbero potuto pregiudicare la riuscita del piano, ma Sam non aveva alcuna intenzione di farne parola con lui. In quel momento era essenziale che Chad escludesse a priori la possibilità che qualcosa andasse storto. « Senza dubbio. »

Tornati a bordo, svoltarono l'angolo, e Sam disse a Chad di parcheggiare in un punto in cui nessuno avrebbe potuto vederli. Aspettarono che il sole calasse appena al di sopra del furgone, poi superarono la casa all'angolo e si fermarono in maniera che il pianale e la finta Ghost coperta dal telo gettassero una lunga ombra sul selciato. Se tutto fosse andato secondo i piani, chiunque li avesse guardati dall'ingresso della casa di Chad sarebbe riuscito a distinguere soltanto la sagoma del veicolo. « Allenta il telo dal tuo lato e telefona. Qualunque cosa succeda, ricorda che dobbiamo farli uscire entrambi di casa per permettere a Remi di portare via tua madre. »

« E se dovessero vederti? »

« Saranno concentrati sull'auto. Io sarò nell'abitacolo con il finestrino aperto a guardarti le spalle. Non dimenticare che avranno il sole negli occhi. »

Chad scese, sganciò il telo, lo sollevò e si mise davanti alla portiera dal lato del guidatore. Fece partire la telefonata e alzò il volume dell'altoparlante in modo che potesse ascoltare anche Sam. « La Grey Ghost è qui », disse quando la voce all'altro capo rispose.

« Dove? Davanti a casa di tua madre ci sono soltanto le nostre macchine. »

« Guarda verso la collina. »

33

Dopo una manciata di secondi, un uomo uscì di casa. Teneva il cellulare appoggiato all'orecchio con una mano, mentre l'altra era infilata nella tasca destra della giacca, probabilmente stretta intorno a una pistola. Guardò verso la cima della collina, strizzò gli occhi per via della luce del sole e poi si girò di nuovo verso la casa. « Frank! Vieni qui! » Un secondo uomo lo raggiunse, affiancato dalla madre di Chad. Guardò a sua volta verso di loro, riparandosi gli occhi con la mano sinistra, prima di rivolgersi all'uomo al telefono. « Portate quel furgone più vicino », disse.

Sam diede un colpetto sulla spalla di Chad per ricordargli che era lui a dover rispondere. « No », ribatté Chad con decisione. « Anzitutto fate rientrare mia madre in casa. Poi venite in cima alla collina. L'auto sarà tutta vostra. »

L'uomo ebbe un attimo di esitazione. « Sarà meglio che tu non stia cercando di fregarci. »

« Voglio soltanto che mia madre sia al sicuro. »

L'uomo disse qualcosa al suo compagno, che a sua volta disse qualcosa alla madre di Chad. Lei sulle prime parve restia ad andarsene, ma alla fine tornò dentro casa.

« Remi, sta arrivando », disse Sam sottovoce.

« La aspetto. »

Appena la donna ebbe chiuso la porta d'ingresso, il secondo uomo rimise il telefono in tasca e scese i gradini, raggiungendo la strada. Erano quasi a metà della salita quando Remi disse: « Abbiamo un problemino. La madre di Chad crede che lui stia venendo qui. Non vuole andarsene senza di lui ».

Fantastico. Sam osservò i due uomini. In meno di un minuto sarebbero stati abbastanza vicini da scoprire l'imbroglio. Peggio ancora, per strada c'erano parecchi ragazzini. « Non abbiamo pensato a un piano C», le disse. «Portala fuori di lì prima che siano abbastanza vicini da vedere l'auto.»

«Ci provo.»

«E io cosa faccio?» bisbigliò Chad.

«Consegna loro le chiavi del furgone, se necessario. Dobbiamo far guadagnare tempo a Remi.»

Sam guardò Chad tendere entrambe le mani e far dondolare le chiavi del veicolo in modo che i due uomini potessero vederle. Loro si fermarono, e uno dei due estrasse la pistola. «Con chi stai parlando?»

«Voglio soltanto mia madre», esclamò lui. «La macchina è vostra», disse lanciando loro le chiavi.

«Prendile, Bruno», ordinò l'altro. «Io chiamo Colton per dirgli che abbiamo la Ghost.»

Sam uscì dall'altra portiera, facendosi strada verso il retro del furgone.

«Sam?» disse la voce sommessa di Remi attraverso l'auricolare.

«Finora tutto bene. Qualsiasi cosa debba fare per portare sua madre fuori di lì, falla.»

«È con noi. Stiamo uscendo.»

Sam sbirciò da sotto la finta Ghost e vide i due uomini risalire la collina a passo deciso. Quello a sinistra, Bruno, si fermò a fissare l'auto. «Ma che...»

«Cosa c'è?» domandò Frank.

«Quella non è la Grey Ghost!» Bruno estrasse la pistola, pronto a girarsi verso la casa.

Sam afferrò la sua Smith & Wesson, girò intorno al furgone per portarsi dal lato di Chad e puntò l'arma verso i due uomini. Per nessuna ragione al mondo avrebbe permesso che provassero anche solo ad avvicinarsi a sua moglie. Stava già per premere il grilletto quando vide due bambine giocare alla campana ai piedi della collina.

Proprio sulla sua linea di tiro.

«Giochi mai a rugby, Chad?» domandò Sam reinfilando la pistola nella fondina.

«Sì.»

«Allora preparati...» Saltò sul pianale e prese un lembo del telo. «Ehi, Bruno! Hai dimenticato qualcosa», gridò.

I due uomini armati si voltarono a guardarlo. Sam scaraventò il telo verso Bruno e balzò giù, sfruttando il corpo robusto dell'altro uomo per attutire l'impatto della caduta.

In quello stesso istante Chad si avventò contro il suo compagno e gli diede una spallata al petto.

Si ritrovarono tutti per terra. Bruno era ancora frastornato, e Sam ne approfittò per afferrarlo per le spalle, sollevarlo e scaraventarlo di nuovo sull'asfalto, costringendolo a lasciare la presa sulla pistola, che cadde a qualche passo di distanza. Accanto a sé, Sam vide Chad lottare con il secondo uomo, e soltanto allora capì che entrambi stavano cercando di impossessarsi dell'altra pistola. Chad la teneva per la canna e cercava di allontanarla da sé. Era chiaramente in svantaggio.

Bruno si voltò, vide la scena e individuò la pistola per terra, a meno di mezzo metro da sé. Sam non aveva alcuna speranza di riuscire ad afferrare quell'arma o la pistola che teneva nella fondina senza lasciarlo andare. Bruno lo guardò con un sorriso beffardo. «Di' pure addio al tuo amico.»

«Non credo proprio», replicò Sam sferrandogli una gomitata in pieno viso. Si tuffò verso l'arma e sparò all'aggressore di Chad. Il rimbombo che gli riempì le orecchie riuscì quasi a soffocare il grido dell'altro uomo e lo stridore di gomme che seguì. Con la coda dell'occhio, Sam vide il luccichio di una lama.

Mentre Bruno rotolava fino a mettersi in ginocchio, pronto a scagliarsi contro di lui con il pugnale, Remi balzò giù dall'auto e impugnò la Sig con entrambe le mani. «Lascia quel coltello», ordinò.

Tenendo la lama a una quindicina di centimetri dalla gola di Sam, Bruno osservò lo spazio di circa dieci metri tra sé e Remi. «Ti ho già vista sparare. Credi davvero di potermi colpire da così lontano?»

Remi fece fuoco. Il coltello volò via dalla mano di Bruno e cadde rumorosamente sulla strada. «Suppongo di no», replicò lei avvicinandosi.

Bruno alzò entrambe le mani e sul suo viso si dipinse un'espressione di rispetto misto a paura. A qualche metro di distanza, il suo compagno si contorceva a terra, lamentandosi e stringendosi il braccio. Chad era riuscito a disarmarlo, e adesso stava arretrando con la mano scossa da un tremito incontrollabile.

« Hai chiamato la polizia? » domandò Sam a Remi.

« Sarà qui da un momento all'altro. » Lei continuò a tenere d'occhio Bruno e il suo compagno. « Avresti mai immaginato di ritrovare qui i nostri amici di Pebble Beach? »

« A quanto pare non sanno che non siamo noi ad avere la Grey Ghost », disse Sam prendendo l'altra pistola dalle mani di Chad.

Puntò l'arma contro Bruno, ed era sul punto di domandargli per chi lavorassero quando all'improvviso la madre di Chad scese dall'auto. Suo figlio cercò di fermarla, ma lei gli schiaffeggiò le mani. « Lasciami andare, Chad. Si può sapere che diamine ti è preso? »

« Mamma... »

Vedendo Sam e Remi tenere sotto tiro i due uomini, la donna si arrestò di colpo. « Perché questi signori stanno puntando delle pistole contro i tuoi amici? »

« Non sono miei amici, mamma. Sono criminali. »

« Sciocchezze! » Si piazzò tra Remi e i due delinquenti. « Abbiamo preso il tè insieme. Abbassi quell'arma, fanciulla. »

« Mamma! » Chad corse verso sua madre e la trascinò indietro. Scorgendo una possibilità di fuga, i due uomini si rimisero in piedi e si precipitarono giù per la discesa.

Remi lì seguì attraverso il mirino. « Non sarebbe difficile farli fuori tutti e due. »

« Lasciali andare », disse Sam vedendo le due bambine che fino a poco prima stavano giocando alla campana in fondo alla strada. Adesso avevano smesso e li stavano fissando, sicuramente domandandosi cosa stesse succedendo. « Ho come la sensazione che avremo altre occasioni. »

Remi abbassò la pistola ma non la rinfoderò finché non vide i due uomini saltare a bordo delle loro auto e allontanarsi nella direzione opposta con uno stridore di pneumatici. Quando se ne furono andati, Remi raccolse il coltello e se lo rigirò tra le mani.

« Non puoi proprio fare a meno di prendere in giro i cattivi, eh? » disse Sam quando Remi tornò all'auto. Aveva chiesto a Oliver di aprire il bagagliaio in modo da poter svuotare e mettere via le pistole dei due uomini.

« È divertente. »

« Per te, forse. Quel coltello era molto più vicino alla mia testa che non alla tua. »

« Oh, non fare così, Fargo », disse lei rimettendo la pistola nella fondina. « Al mio posto ti saresti comportato esattamente allo stesso modo. Anzi, come mai li hai risparmiati? »

Lui indicò con un cenno le bambine in fondo alla strada, che sembravano essersi riprese dallo shock e stavano correndo verso casa.

Nemmeno Remi, esperta tiratrice qual era, si sarebbe azzardata a sparare un colpo simile. Dietro il bersaglio infatti non c'era nient'altro che la casa vuota di Chad. Remi gettò il coltello nel bagagliaio e lo chiuse. « Ora che il divertimento è finito, immagino sia il caso di sparire dalla circolazione prima che qualcuno chiami davvero la polizia. »

« E questo lo chiamate divertimento? » intervenne Oliver.

La madre di Chad si piazzò le mani sui fianchi. « Qualcuno mi farebbe il favore di spiegarmi cosa sta succedendo? »

34

« Mamma, tu e papà state cercando di derubare zio Albert? »

Allegra ebbe un tuffo al cuore quando vide Trevor davanti a sé con il diario in mano. Sapeva da sempre che era un ragazzo sveglio. Tuttavia sperava che non avrebbe impiegato così poco a mettere insieme i tasselli. E per di più, proprio in quel momento arrivò Dex. Dapprima li osservò, poi gli cadde lo sguardo sull'oggetto tra le mani di Trevor.

Allegra cercò di mettersi tra loro, ma il suo ex marito afferrò il diario e lo sbatté in faccia a Trevor. « Vuoi accusarmi di qualcosa? Allora vieni a parlare con me anziché frignare con tua madre. » Dex portò il volume all'indietro, pronto a colpirlo di nuovo.

« Basta! » disse Allegra strappandogli il diario di mano.

« Non è successo niente, mamma. » Trevor evitò il suo sguardo mentre si toccava la guancia arrossata. « Va tutto bene. »

« Visto? » disse Dex riprendendosi il libro e mettendoselo sottobraccio. Poi prese una bottiglia di birra dal frigorifero. « Lo vizi troppo. »

« Avevi promesso di non fargli del male. »

Dex la guardò di traverso. « Sì, e tu avevi promesso di fare in modo che non si immischiasse nei miei affari. Ma non mi pare ci sia riuscita, no? »

Come aveva fatto ad andare tutto così storto? Evidentemente Allegra non avrebbe mai dovuto aprire la porta quel giorno in cui Dex si era presentato di punto in bianco sulla sua veranda alcuni mesi prima, assicurandole di essere cambiato. Lei era stata così stupida da credergli quando le aveva detto di voler instaurare un rapporto con il figlio, ma erano tutte menzogne. E non aveva nemmeno dato peso alle motivazioni assurde che aveva addotto per spiegare il suo interesse per la Grey Ghost e per la storia della famiglia Payton. Soltanto quando le aveva raccontato di essere stato minacciato da un certo Arthur Oren – sostenendo che se Allegra avesse chiamato la polizia quell'uomo l'avrebbe ucciso – lei aveva cominciato a insospettirsi. Ma quando aveva capito cosa stava succedendo e per quale motivo Dex avesse trascorso le settimane successive recitando la parte del padre perfetto per Trevor, ormai era troppo tardi.

Allegra aveva cercato di fermarlo, ma Dex le aveva fatto notare quant'era felice Trevor con lui a casa. Non voleva garantire un futuro al ragazzo? Per farlo doveva solo assicurarsi che suo zio esponesse la Grey Ghost al salone automobilistico in modo da incrementarne il valore. Cosa c'era di tanto terribile? Dopotutto suo zio avrebbe comunque dovuto vendere l'auto per salvare Villa Payton.

E lei, ingenuamente, si era bevuta tutto quanto.

Nemmeno dopo il furto dell'auto e l'arresto di suo zio per omicidio si era resa conto davvero di quanto Dex fosse coinvolto. Del resto era stato lui a portarle i documenti da far firmare a Oliver per trasferire la proprietà di Villa Payton in modo che potessero assumere il migliore avvocato sulla piazza. Era stato così disponibile, così premuroso. Se i Fargo non fossero arrivati per tempo, Oliver avrebbe firmato di buon grado.

Solo dopo che i Fargo avevano ingaggiato un altro legale Allegra si era presa il tempo di leggere per bene il documento che le aveva dato Dex. I lividi di quando aveva espresso i suoi sospetti su chi si celasse dietro il furto della Ghost non erano ancora guariti del tutto.

Quello poteva anche accettarlo.

Ma non l'aveva mai nemmeno sfiorata il pensiero che Dex potesse minacciare di uccidere Trevor se lei non avesse continuato a collaborare.

A quel punto Allegra era piombata nella disperazione più totale, ritrovandosi sempre più invischiata nell'imbroglio di Dex. Era stata così sciocca da credere che Dex avrebbe tolto il disturbo una volta raggiunto il suo scopo, e che quindi non c'era alcun bisogno di mettere a parte suo figlio di ciò che stava succedendo.

L'importante era proteggere Trevor.

Allegra guardò suo figlio, che aveva aperto il frigorifero dando loro la schiena e stava impiegando un tempo decisamente eccessivo a scegliere cosa prendere tra le tre cose di numero che conteneva. In qualche maniera Allegra avrebbe risolto la situazione. Non doveva fare altro che portarlo fuori da quella casa. «Trevor, devi andare via di qui. Fatti ospitare da uno dei tuoi amici.»

«Non andrà da nessuna parte», intervenne Dex.

«Subito», ordinò lei con la voce che in genere riservava a *ti conviene obbedire*. «Potrai tornare a casa quando tuo padre se ne sarà andato. Io me la caverò.»

Trevor chiuse il frigorifero e si girò verso di lei, la faccia ancora arrossata. Il suo sguardo impaurito le disse che non le credeva. Trevor aveva visto alcuni dei suoi lividi.

A lei non importava. «Vai via.»

Trevor cominciò ad allontanarsi a poco a poco, ed era quasi fuori dalla cucina quando Dex posò la birra sul tavolo, estrasse una pistola e la puntò contro di lei. «Forse non sono stato abbastanza chiaro. Trevor non andrà da nessuna parte.»

Lui si arrestò di colpo, sbiancando.

Allegra non avrebbe potuto muoversi nemmeno se avesse voluto. Il cuore le rimbombava nelle orecchie mentre guardava la canna della pistola di Dex. Fino a quel momento l'aveva tenuta nascosta.

I secondi scorrevano mentre lei cercava freneticamente di riflettere sul da farsi.

«Mamma?»

L'espressione che riempì gli occhi di Trevor mentre si rendeva conto di che razza di mostro fosse suo padre le spezzò il cuore. Il cervello di Allegra prese a girare a tutta velocità. Se si trovavano in quel pasticcio, era soltanto perché lei aveva cercato di proteggere Trevor. Doveva concentrarsi sulla sicurezza di suo figlio. Pensare a qualsiasi altra cosa era fuori discussione.

«Va bene», disse con tutta la calma che riuscì a mettere insieme. «Tuo padre non farà del male a nessuno. Vero?» domandò facendo del suo meglio per concentrarsi su Dex e non sull'arma che stringeva.

Negli occhi di Dex non c'era traccia di emozione mentre la osservava.

E quello la spaventò più di tutto il resto.

« Lasciate che vi spieghi come andranno le cose da qui in avanti », disse Dex. « Per tutta la prossima settimana ce ne staremo belli comodi sul divano. » Con la pistola fece segno a Trevor e Allegra di spostarsi in salotto. Quando si furono seduti entrambi, lui prese posto sulla poltrona. « Uno di voi due starà sempre con me. Se cercherete di giocarmi qualche tiro o se ve ne andrete senza tornare, ucciderò l'altro. » Scrollò le spalle e bevve un lungo sorso di birra. « Non sarebbe la prima volta che tolgo di mezzo qualcuno. »

Non fargli capire che hai paura, si disse Allegra augurandosi che Trevor seguisse il suo esempio. Era un ragazzo intelligente, lo era sempre stato. Ormai sapeva bene che il miglior modo per tenere calmo suo padre era non piangere, non mostrarsi spaventato e non gridare. In caso contrario, lui avrebbe alzato le mani.

Come promesso, da quel momento Dex volle avere sempre sott'occhio almeno uno di loro. Se Allegra usciva dalla stanza, lui puntava la pistola contro Trevor. E allo stesso modo, se era Trevor a uscire, la pistola era puntata contro di lei. Trascorsero quella notte tutti e tre nella stessa stanza. Lei e Trevor dormirono per terra, mentre Dex spinse il materasso contro la porta in modo che non potessero fuggire.

A incuterle più paura in tutta quella situazione era stata la minaccia di Dex: se qualcuno avesse cercato di trarli in salvo, prima avrebbe ucciso Trevor e poi si sarebbe suicidato, condannando Allegra a una vita di sofferenza. Certa che fosse serissimo, Allegra obbedì ai suoi ordini, sapendo che la sua unica speranza era collaborare e aspettare.

Ormai aveva perso la cognizione del tempo mentre se ne stavano tutti e tre in salotto, lei e Trevor sul divano a fingere di guardare la partita e Dex sulla poltrona a bere una birra e a cercare di decifrare il diario.

Quando qualcuno bussò alla porta, Allegra sussultò, rischiando di rovesciare il bicchiere d'acqua. Strinse la mano di Trevor nella sua e pregò che non fiatasse.

35

Dex posò il diario sul tavolo, estrasse la pistola e andò alla porta per guardare dallo spioncino. Si voltò verso Allegra e si portò un dito alle labbra.

Udirono bussare una seconda volta. « Allegra? Sento la televisione. So che è in casa. Non me ne andrò finché non avremo parlato », disse una voce maschile.

Con la pistola, Dex le fece segno di andare alla porta.

Lei posò il bicchiere sul tavolo e lo raggiunse.

« Scopri cosa vuole e sbarazzati di lui », sussurrò Dex.

« Chi è? » chiese lei senza aprire.

« Bill Snyder. L'investigatore privato. Lavoro per l'avvocato di suo zio. Ho qualche domanda da farle. Sul caso di suo zio. »

« Le spiacerebbe tornare un'altra volta? Non mi sento bene. »

« Ci vorrà soltanto qualche minuto. Se potesse aprirmi... »

Allegra guardò Dex.

Lui restò in silenzio a lungo prima di chinarsi a parlare. « Non farti venire strane idee, altrimenti potrai dire addio per sempre a Trevor », sussurrò.

Allegra annuì e lui indietreggiò, facendo segno a Trevor di precederlo in corridoio fino allo studio, poi chiuse la porta alle loro spalle.

Prendendo un respiro profondo, Allegra disse a se stessa che era del tutto ragionevole che quell'investigatore privato volesse parlarle. Suo zio era in carcere per omicidio, dopotutto. Stampandosi un sorriso sulle labbra, aprì la porta. « Signor Snyder, come posso aiutarla? »

Allegra si sforzò di bloccargli la visuale, ma lui la superava di tutta la testa. « Posso entrare? »

« Preferirei di no. »

Lui guardò il soggiorno alle sue spalle. «Suppongo che la governante di suo zio l'abbia chiamata.»

«La signora Beckett? Forse non ero in casa. Perché, è successo qualcosa?»

«La governante ricorda di averla vista prendere un libro dalla biblioteca l'ultima volta che è stata a Villa Payton. Ha pensato che potesse trattarsi del diario che stava cercando suo fratello. Abbiamo ragione di credere che potrebbe essere utile per chiarire il caso di suo zio.»

Allegra impiegò un momento a elaborare le parole dell'investigatore. Non riusciva a pensare ad altro che a Dex chiuso nello studio con una pistola puntata contro suo figlio.

Concentrati. Respira. Mostrati interessata.

«Il diario? Cosa può mai avere a che fare con mio zio?»

«Naturalmente non ne siamo certi, ma a suo fratello sembra che quel volume contenesse alcuni riferimenti all'auto rubata.»

«Ma è stato scritto più di un secolo fa. Che importanza potrebbe mai avere?»

«È quello che speriamo di scoprire. Ecco perché Mrs Beckett ha detto che l'avrebbe chiamata per avvertirla della mia visita.» Si spostò da parte e guardò qualcosa alle sue spalle. «Deduco sia questo il motivo per cui ha il diario sul tavolo. Sapeva che sarei passato a prenderlo.»

Allegra si rese conto che se si fosse opposta, il fatto che quel libro fosse in mano sua sarebbe parso ancora più sospetto, ma non poteva lasciare nulla di intentato. «Io... be', speravo di poterlo tenere per qualche giorno. L'ho portato a casa per farlo leggere a mio figlio. Da quando è andato a vivere con mio zio si è molto appassionato alla storia dei visconti.»

«Credevo che a Villa Payton abitassero soltanto suo zio e Oliver.»

«Oh, è stato qualche anno fa. Quando io e mio marito stavamo divorziando. Mi è parso che fosse meglio così.»

«Dev'essergli piaciuto moltissimo vivere alla villa. È una splendida proprietà.»

«Sì, Trevor adorava stare dallo zio», disse Allegra rimpiangendo di non avergli permesso di rimanere là come avrebbe voluto, anziché costringerlo a tornare a casa in nome di uno stupido desiderio materno di averlo accanto a sé. In quel momento, però, doveva assolutamente mandare via quell'uomo da casa sua, e il prima possibile. « Ha detto di avere qualche domanda da farmi. Di cosa si tratta? »

« Anzitutto mi servirebbe il diario. Per le indagini. »

Dex avrebbe protestato, ma c'era ben poco che Allegra potesse fare. Era evidente che l'investigatore non se ne sarebbe andato a mani vuote. « C'è altro? » chiese Allegra andando a prendere il diario e porgendoglielo.

Lui si infilò il libriccino nella tasca davanti del completo. « In effetti sì. Suo fratello ha accennato a un'offerta di acquisto per la proprietà e ha detto che lei avrebbe potuto fornirci informazioni sull'identità del potenziale acquirente. »

« Al momento non ricordo come si chiamasse. »

« Secondo suo fratello si trattava di un parente lontano. »

« Mi pare fosse un qualche cugino dei visconti di parecchie generazioni fa. Se ha un biglietto, le darò un colpo di telefono in caso dovesse venirmi in mente », aggiunse nel tentativo di liquidarlo. « Adesso sono troppo stanca per pensare. »

« Certo », rispose lui mettendosi la mano nella tasca della giacca. Prese un astuccio d'oro dal quale tirò fuori un bigliettino. « Che lei ricordi è mai venuto qualcuno a farle domande su suo zio o sulla Grey Ghost prima dell'esposizione automobilistica? O ha visto qualcuno a Villa Payton? Qualcuno che non aveva ragione di essere lì? »

Per la verità sì, ma non aveva alcuna intenzione di dirglielo. « Domande sull'auto? Sinceramente non ho prestato molta attenzione. È stato Oliver a occuparsi di tutto quanto. »

« E qui invece? »

« Qui a casa mia? No, ci siamo solo io e mio figlio. »

« Vivete qui da soli? »

« Sì. »

« Quanti anni ha suo figlio? » domandò l'investigatore privato porgendole finalmente il biglietto da visita.

« Sedici. »

« È a casa adesso? »

« No, sono sola. Perché? »

« Curiosità. Vedo che i Toffees difendono il pareggio. » Quando fu evidente che Allegra non sapeva minimamente di cosa stesse parlando, indicò con un cenno la televisione.

« Oh, giusto. La accendo più che altro come sottofondo. »

Lui le rivolse un sorriso cordiale, la ringraziò per l'aiuto e se ne andò.

Appena chiuse la porta e girò la chiave, Dex uscì dallo studio spingendo Trevor davanti a sé per poi costringerlo a sedersi sul divano. Guardò il tavolo e scoccò ad Allegra un'occhiata rabbiosa, d'accusa, mentre lei si sedeva accanto al figlio. « Gli hai consegnato il diario? »

« Cos'avrei dovuto fare? È venuto qui perché Mrs Beckett mi ha visto prenderlo. »

« Avresti dovuto sbarazzarti di lui. »

« È quello che ho fatto. Se di tanto in tanto mi avessi lasciato rispondere al telefono di casa, avrei potuto parlare con lei e sapere in anticipo che sarebbe passato. Come potevo immaginare che gli interessasse proprio quel diario? »

« Non che ci serva », disse Dex guardando Trevor. « A quanto pare hai capito tutto. Dimmi cosa c'è scritto nel diario. »

Trevor non rispose, e Dex gli puntò contro la pistola.

Allegra posò lentamente la mano su quella di Trevor, sentendo le sue dita tremare sotto le proprie. Gliele strinse in un gesto rassicurante e prese un respiro per cercare di farsi forza. « Trev, digli quello che vuole sapere. »

« Loro... ecco... trovano un ragazzino che credono possa avere assistito alla rapina al treno. »

« Continua », disse Dex. « Cos'altro hai letto? »

36

Diario di Jonathon Payton,
quinto visconte Wellswick

1906

Mi rifiutavo di credere che mio cugino Reginald potesse essere coinvolto nella rapina al treno. Ero certo che il ragazzino si fosse sbagliato e che Isaac Bell non fosse l'investigatore brillante che mi era parso all'inizio. Eppure eravamo lì nel suo hotel, con un ragazzino certo che fosse stato proprio mio cugino a uccidere l'investigatore e i due macchinisti. Io non desideravo altro che andarmene di lì, ma sapevo che l'unico modo per dimostrare l'innocenza di mio cugino era aiutare Mr Bell nelle indagini. Mentre continuavo ad aggrapparmi alla mia ferma convinzione, provai un grande sollievo quando lui disse che anzitutto avremmo dovuto trovare un modo per dare un'occhiata ai libri mastri dell'orfanotrofio senza attirare l'attenzione...

« Ci serve un diversivo », dichiarò Isaac. « Se riusciremo a distrarre il direttore, potrò introdurmi nel suo ufficio per esaminare quei registri. »

« Posso dare una mano », disse una vocina dalla stanza accanto.

Io e Isaac ci voltammo a guardare Toby, che adesso era seduto sul letto. Vedendo che le sue guance avevano riacquistato un po' di colore, mi augurai che non avesse la febbre, ma che si trattasse soltanto dell'effetto del sostanzioso pasto che aveva consumato.

« In che modo? » domandò Isaac.

« Posso farvi entrare. » Con quelle parole si guadagnò tutta l'attenzione di Isaac. « Sono già scappato diverse volte per cercare mia madre. Potreste dire di avermi trovato per strada e di avermi riaccompagnato lì. »

Fu esattamente ciò che facemmo, ma non prima che Isaac avesse dato istruzioni a me e Toby su come comportarci al nostro arrivo. Mise bene in chiaro che non potevamo sapere se il direttore fosse in qualche modo invischiato in tutta quella faccenda, e che quindi non potevamo andare semplicemente da lui a chiedergli di farci vedere i libri contabili senza che si insospettisse.

Vicino all'orfanotrofio ci separammo. Isaac andò a cercare un modo di entrare dal retro, mentre io mi presentai all'ingresso con il ragazzino e chiesi di poter parlare con il direttore. Lui, un uomo dai capelli grigi, non ebbe alcuna difficoltà a credere che Toby fosse fuggito, e si limitò ad arruffargli la chioma. « Forza, sbrigati. Vai a lezione. » Il suo sorriso sembrava forzato. « È stato molto gentile da parte vostra fare una deviazione per riportarci il ragazzo... » Guardò Toby come se d'un tratto avesse scordato come si chiamava, sempre che l'avesse mai saputo. Poi si schiarì la gola e sorrise. « Sì, be', ci siamo molto preoccupati quando abbiamo scoperto che non era più qui. »

Dal piano di sopra giunse un gran tonfo. Il direttore guardò il soffitto strizzando gli occhi. « Con permesso. »

« Gradirei vedere la classe », mi affrettai a dire.

« Magari un'altra volta. » Sopra le nostre teste risuonò un tonfo ancora più forte del primo. « Ho del lavoro da sbrigare, e a quanto pare anche dei ratti a cui dare la caccia. »

Restai paralizzato. La verità era che non avevo mai tenuto testa a nessuno. Né a mio padre, né a Reginald né a nessun altro. Tuttavia immaginai Isaac che cercava di introdursi nel suo ufficio, e ciò che aveva detto sul conto del direttore prese a riecheggiarmi in testa. Quando lui fece per allontanarsi, gli sbarrai la strada. « Non... non le ho concesso di andarsene. »

Nei suoi occhi si avvicendarono sconcerto e sospetto. « Dubito che vostro padre approverebbe una simile intromissione. »

Quella di invocare il nome di mio padre era una tattica cui ricorreva spesso anche Reginald. Persino in quel momento il mio primo istinto fu di indietreggiare di un passo e scusarmi come avevo sempre fatto, per timore che mio padre venisse a sapere come mi ero comportato. « Intromissione? » ripetei sforzandomi di assumere un tono offeso. « Volete che andiamo a chiamare mio padre per sentire il suo parere?» aggiunsi pur sapendo che non avrei mai dato seguito alla mia minaccia, in caso avesse accettato.

Le sopracciglia dell'uomo schizzarono in alto. Con mio stupore, però, si girò e mi fece strada lungo il corridoio, aprendomi personalmente la porta della classe.

Seduti ai banchi c'erano almeno quindici ragazzini che ascoltavano con attenzione l'insegnante, intenta a recitare l'alfabeto e a scrivere ogni lettera alla lavagna. I capelli castani, raccolti all'indietro con un nastro nero, le arrivavano sotto le spalle. Quando si voltò per rivolgersi alla classe e ci vide sulla porta, restai incantato dalla sua bellezza. I suoi occhi azzurri incontrarono i miei, e per parecchi secondi non fui in grado di muovermi.

Avrei voluto che tutti gli altri sparissero per poter parlare senza interruzioni con quella splendida creatura, ma mentre la guardavo tutto il coraggio che ero riuscito a mettere insieme per affrontare il direttore svanì nel nulla.

Mi costrinsi a voltare la testa e intravidi il giovane Toby seduto in fondo alla classe, concentrato sulla sua lavagnetta. La sua presenza mi fece tornare in mente il motivo per cui ci trovavamo lì: distrarre il direttore in modo che Isaac potesse accedere ai libri mastri. Mi guardai intorno in cerca di qualcosa da usare come pretesto per catturare l'attenzione del direttore e impedirgli di recarsi nel suo ufficio. Poi ebbi un'idea. «Signorina, posso chiedervi come mai non ci sono fanciulle in questa classe?»

La donna rivolse uno sguardo al direttore, che d'un tratto parve ricordare quale fosse il suo ruolo e fece le presentazioni. «Chiedo scusa. Mr Payton, consentitemi di presentarvi Miss Lydia Atwater.»

Lei fece un inchino e annuì.

«Miss Atwater, come mai non ci sono fanciulle in questa classe?» insistei.

«È una domanda che mi pongo dal mio primo giorno di lavoro qui.»

Mi voltai verso il direttore in attesa di una risposta.

«Riteniamo che insegnare alle fanciulle a lavorare in cucina e nel retrocucina le prepari meglio ad affrontare la vita fuori dall'orfanotrofio.»

Miss Atwater prese un respiro profondo mentre le sue guance si tingevano di un rosa che per altro le donava molto, tuttavia non disse nulla. Non che fosse necessario, giacché riuscii chiaramente a leggerle negli occhi ciò che pensava.

Imbaldanzito dalla sua presenza, ripresi a parlare. « Le giovani che vivono qui non sono serve. Sono bambine. Pretendo che comincino da subito a seguire le lezioni. E portate qualcosa da mangiare a questi allievi. Come possono sperare di imparare qualcosa se sono distratti dai morsi della fame? »

Lui mi fissò, sbigottito.

« Non avete sentito cosa vi ho ordinato? »

« Subito, signore. » E uscì in tutta fretta dalla classe.

Avvertii vagamente su di me lo sguardo ora ammirato dei bambini. Eppure avevo occhi soltanto per Miss Atwater. Avrei voluto avvicinarla, intrattenere una semplice conversazione con lei, ma tutte le mie insicurezze, lascito di un'infanzia con un padre dispotico come il mio, ebbero la meglio. « Spero mi perdonerete per avervi interrotta, Miss Atwater. »

Lei sorrise. « Ci avete reso un ottimo servizio. »

Sarei rimasto lì per sempre. Mi sarebbe piaciuto invitarla a fare una passeggiata con me, ad accompagnarmi da qualche parte, ovunque, benché sapessi che mio padre non avrebbe mai approvato una relazione simile. Il figlio di un visconte con un'istitutrice? No, non avrebbe mai potuto accettarlo.

E io non mi ero mai opposto al suo volere.

Consapevole delle quindici paia d'occhi puntate su di me, feci un inchino. « Miss Atwater. »

Lei rispose con una piccola riverenza. « Signore. »

Mi domandai se avrei mai avuto il coraggio di rivolgerle di nuovo la parola.

Resistendo alla tentazione di voltarmi, mi costrinsi a uscire dalla classe salvo poi arrestarmi di colpo quando vidi mio cugino in corridoio. Stava venendo verso di me.

Appena mi scorse, i suoi passi si fecero incerti e sul suo viso comparve un'espressione stupita. « Payton, vecchio mio. Cosa ci fai qui? »

Poiché su due piedi non mi sovvenne alcuna spiegazione plau-

sibile, cercai di impedirgli di guardare in classe, e dunque di vedere il giovane Toby, mentre dicevo a me stesso che io e Reginald eravamo cresciuti insieme. Mio cugino non era un assassino.

Non poteva esserlo.

Quando mi voltai, vidi Miss Atwater proseguire la sua lezione sull'alfabeto.

Reginald seguì il mio sguardo e scoppiò a ridere. « Vorrei proprio vedere la faccia di tuo padre quando scoprirà che il suo disciplinato figlio nonché erede si è innamorato di una comune istitutrice. Con ogni probabilità lo manderai al Creatore prima del tempo. »

Mi resi conto che Reginald mi aveva appena servito su un piatto d'argento la scusa perfetta per giustificare la mia presenza. Trascinai mio cugino lontano dalla porta. « Non lo dirai a mio padre, vero? »

« Tranquillo, il tuo segreto è al sicuro con me. »

« E tu cosa ci fai qui? »

« Ho dimenticato i guanti quando siamo venuti a controllare i libri mastri qualche giorno fa. Ho pensato di passare a recuperarli. » E fece per andarsene.

Temendo che potesse imbattersi in Isaac e intuire che sospettavamo fosse stato lui a sottrarre i fondi all'orfanotrofio, gli bloccai la strada.

Quando vidi un'ombra di diffidenza sul viso di Reginald, capii di dovermi inventare qualcosa, e in fretta.

37

Chad sembrava ancora un tantino sotto shock dopo il salvataggio di sua madre, ma dietro consiglio di Sam e Remi convinse lei e sua zia a trascorrere qualche giorno sulla costa. La zia di Chad li invitò a trasferirsi a casa sua mentre lei non c'era. « So che il tuo amico mi ha sistemato il tritarifiuti intasato », disse a Chad mentre lui le portava la valigia al piano terra. « Ma vorrei proprio che venisse un idraulico a dare un'occhiata come si deve. » Sorrise a Sam, che era in fondo alle scale. « Senza offesa, giovanotto. »

« Ci mancherebbe. »

Con un cenno deciso del capo, lei si rivolse di nuovo al nipote. « Ricordati di bagnare l'orto. Non vorrei trovare tutte le verdure morte al mio ritorno. » Poi gli tirò l'orlo della camicia. « E infilati questa nei pantaloni. Come speri di fare a trovare una giovane donna se vai in giro conciato così? Mia sorella non ti ha insegnato a vestirti? »

Leggermente imbarazzato, Chad la accompagnò fuori dalla porta. Sua madre era già a bordo del taxi, e quando anche sua zia l'ebbe raggiunta, lui tornò dentro casa. « Siete certi che saranno più al sicuro laggiù? » domandò guardando il taxi allontanarsi fuori dalla finestra.

« Assolutamente sì », rispose Sam mentre il cellulare di Oliver squillava. « Più saranno lontane da noi, meglio sarà. Almeno finché non avremo capito chi si cela dietro tutta questa faccenda. »

Oliver, che era seduto al tavolo della cucina, rispose al telefono e fece segno a Sam di raggiungerlo. « Non so per l'esattezza quando torneremo a Manchester... » Premette un tasto e appoggiò il telefono sul tavolo. « È Bill Snyder, l'investigatore privato consigliatoci da David Cooke », spiegò.

« Chi è David Cooke? » domandò Chad.

« L'avvocato di suo zio », bisbigliò Remi.

« È in vivavoce, Mr Snyder », disse Oliver. « Qui con me ci sono i Fargo. »

« Cercherò di essere breve. Ieri ho fatto una chiacchierata con sua sorella. In effetti il diario l'aveva lei. Seppur con un po' di riluttanza, alla fine me l'ha consegnato. »

« Il diario mancante? » domandò Oliver.

« Esatto. Mi sono preso la libertà di leggere qualche pagina per assicurarmi che fosse proprio quello. Parla di un ragazzino che ha assistito a un omicidio, di un investigatore americano di nome Isaac Bell che ha aiutato il visconte... »

« È proprio quello. »

Sam e Remi si sedettero accanto a Oliver. « Ha notato qualcos'altro che potrebbe spiegare l'improvviso interesse per la Grey Ghost? »

« Nelle poche pagine che ho letto non mi è balzato all'occhio nulla in particolare », rispose Bill. « Purtroppo non ho avuto molto tempo, dal momento che dovevo rispettare l'orario limite per la spedizione. Mi è parso di capire che voleste farlo recapitare alla vostra ricercatrice. Dovrebbe riceverlo domani. »

« Peccato », commentò Oliver. « Speravo potessimo dare un'occhiata anche noi. Per vedere se fosse emerso qualcosa. »

« È fortunato », rispose Bill. « La mia segretaria ha fatto una scansione completa. Le manderò una copia digitale appena possibile. »

« Se potesse farla avere anche a Remi gliene sarei grato », intervenne Sam.

« Mr Payton? Ho bisogno della sua autorizzazione », disse Bill.

« Certo. Anzi, se potesse mettere sempre i Fargo in copia conoscenza, mi farebbe un favore. »

« Molto bene. C'è anche qualcos'altro che credo dovrebbe sapere, Mr Payton », aggiunse Bill. « Ho avuto la sensazione che sua sorella stesse nascondendo qualcosa. »

« Sì, a volte è un po' strana. Non mi preoccuperei più di tanto. »

« Sarà, ma quando mi ha spiegato come mai avesse lei il diario, be' la motivazione mi è parsa un po'... sospetta. Naturalmente il fatto che l'abbia preso proprio adesso può essere una semplice coincidenza. Ha detto che voleva farlo leggere a suo figlio.»

Mentre Oliver si appoggiava allo schienale, la sua espressione si addolcì. «Trevor è proprio un bravo ragazzo. Ha vissuto con noi per un po' mentre lei affrontava il divorzio. La spiegazione di Allegra è plausibile. Non ha idea di quante volte le abbia detto che Trevor dovrebbe leggere quei diari. Dopotutto sarà lui a ereditare il titolo di visconte, a meno che io non incontri una donna e metta su famiglia. Ma attualmente mi sembra una possibilità alquanto remota.»

Remi scambiò un'occhiata con Sam. Anche per lei il fatto che Allegra avesse preso il diario proprio in quel momento, mentre loro zio era in arresto e indagato per omicidio, era decisamente sospetto. «Come ha detto lei stesso, potrebbe essere una coincidenza», disse Sam, non tanto perché credesse che l'istinto del detective si sbagliasse, quanto per Oliver.

«Forse», rispose Bill. «Ma c'è dell'altro. Sono stato da lei a metà pomeriggio, in una splendida giornata di sole. Oltre ad avere le tende completamente tirate, Allegra non ha voluto farmi entrare. Sia chiaro, forse si è comportata così perché era da sola con uno sconosciuto sulla porta. Ma è stato proprio il fatto che abbia detto di essere sola a farmi trovare insolito il suo atteggiamento.»

«Come mai?» domandò Remi, convinta che un investigatore esperto come Bill Snyder dovesse avere dei buoni motivi per farsi un'opinione simile.

«La televisione era accesa su un canale che trasmetteva una partita di calcio. Quando ho commentato il punteggio, ho capito chiaramente che Allegra non sapeva proprio di cosa stessi parlando.»

Oliver rise. «Non faccio alcuna fatica a crederle. Ad Allegra non è mai interessato lo sport.»

«C'era anche una bottiglia di birra aperta sul tavolo.»

Il sorriso di Oliver svanì.

«Cosa c'è?» domandò Sam vedendolo fissare il cellulare.

« Comincio a chiedermi se tutta questa storia abbia davvero a che fare con mio zio. L'ex marito di Allegra, Dex, è rispuntato dal nulla qualche mese fa per cercare di convincerla a tornare con lui. È un uomo dal comportamento alquanto riprovevole, il genere di persona che si fa viva soltanto quando ha bisogno di soldi. Anzi, è a causa sua che Trevor è venuto a stare da noi nel periodo in cui stavano divorziando. »

« Definisca meglio *riprovevole* », disse l'investigatore.

« Allegra non si è mai confidata con me, e nemmeno Trevor ha mai accennato a qualcosa del genere, ma abbiamo sempre sospettato che Dex fosse violento con lei. Se adesso Dex è a casa sua, non mi stupisce affatto che Allegra abbia cercato di nasconderglielo. Sa benissimo cosa penso del suo ex marito, e di sicuro temeva che lei potesse dirmi che era lì. »

« Potrebbe essere una spiegazione », commentò Bill.

Sam non se la sentiva di escludere il possibile coinvolgimento di qualcun altro che fosse vicino alla famiglia. « L'istinto cosa le dice? »

« Be', poiché Allegra sa che sono in contatto diretto con suo fratello, questa relazione passata con un uomo violento potrebbe senz'altro spiegare il modo in cui si è comportata. Soprattutto se non vuole far sapere a Oliver che sono tornati insieme. Purtroppo non sarebbe la prima volta che vedo accadere qualcosa di simile. »

Quando Remi posò con disinvoltura la mano sopra quella di Sam, lui recepì immediatamente il messaggio. Durante quella breve telefonata, i solchi scavati dalla preoccupazione sul viso di Oliver sembravano essere diventati ancora più profondi. Come se avesse bisogno di altri pensieri, oltre all'arresto dello zio. « So che è molto preso con questa indagine », disse Sam. « Ma non è che per caso potremmo chiederle di tenere d'occhio anche Allegra e Trevor? »

« Non vorrei intromettermi più di quanto sia autorizzato a fare, Mr Fargo », rispose Bill. « Del resto questa vicenda potrebbe non avere nulla a che vedere con il caso di Albert Payton... »

« Siamo disposti a farci carico di tutti i costi aggiuntivi », disse Sam. « Credo che dormiremo tutti sonni più tranquilli sapendo che Allegra e Trevor non sono abbandonati a loro stessi. »

« Va bene, ci penso io, Mr Fargo. Se non c'è altro, tornerei al lavoro. »

Oliver parve sollevato al termine della telefonata. « Non so come potremo mai ripagarvi per tutto ciò che state facendo. »

« Non ce ne sarà bisogno. Siete membri della famiglia. Voi fareste lo stesso, ne sono certa », disse Remi.

« Esatto », convenne Sam mentre il suo telefono vibrava sul tavolo. « Se ci sarà qualcuno a occuparsi di tua sorella e Trevor, noi potremo concentrarci su come aiutare al meglio tuo zio. » Quando guardò il display, scoprì con stupore frammisto ad apprensione che si trattava di una videochiamata di Selma. In California erano passate da poco le due del mattino.

E alle due del mattino non arrivavano mai buone notizie.

38

« Tutto bene? » domandò Sam con voce tranquilla, non volendo mettere Remi in allarme. Non era passato molto tempo da quando qualcuno aveva cercato di aggredirli a Gold Fish Point e per poco non aveva distrutto la loro casa. Benché si fossero ripresi dal trauma e avessero rimesso la casa a nuovo, trasformandola in una fortezza pressoché inespugnabile, Sam continuava a temere che potesse capitare di nuovo, e sapeva che lo stesso valeva per Remi. Glielo lesse negli occhi mentre aspettava la risposta di Selma.

« Sì, Mr Fargo », disse lei guardandolo da sopra la montatura scura degli occhiali. Mentre la faccia di Selma riempiva lo schermo, sullo sfondo intravidero Lazlo. « Stiamo solo facendo l'ennesima tirata notturna. Stavamo indagando sulla possibilità che Isaac Bell avesse ricevuto una 40/50. Se così fosse stato, però, non risulta che l'abbia spedita in America. E non abbiamo nemmeno trovato nulla che attesti un'eventuale vendita in Inghilterra. »

« È anche possibile che l'abbia regalata », aggiunse Lazlo sporgendosi in avanti per rientrare nell'inquadratura. « A quanto pare era molto facoltoso. »

« Naturalmente stiamo dando per scontato che l'auto donatagli da Rolls e Royce come ricompensa per aver contribuito a ritrovare la Grey Ghost fosse una 40/50. È possibile che si trattasse di un altro modello? » domandò Selma.

Oliver non avrebbe saputo dirlo. « Perché, fa differenza? »

« Potrebbe », rispose Selma.

« Ora che ci penso, sono partito dal presupposto che fosse una 40/50 soltanto perché era il modello che fu regalato alla mia famiglia. È però altamente probabile che Rolls e Royce gli abbiano regalato un'auto diversa. Magari una 30 hp. Soprattutto considerato che all'epoca le 40/50 erano ancora prototipi. »

« Se siamo fortunati sarà scritto nel diario », disse Sam. « Dovresti riceverlo domani. »

« L'avete trovato? »

« Sì, ce l'aveva Allegra. »

Selma inarcò le sopracciglia ma evitò di commentare. « Daremo un'occhiata quando arriverà », si limitò a dire. « Tuttavia non è questo il motivo per cui vi abbiamo chiamati. »

« Vi ascoltiamo », disse Remi.

« Nel corso delle nostre ricerche ci siamo imbattuti in un forum sulle Rolls-Royce in cui si diceva che una delle primissime Silver Ghost della storia sarebbe stata venduta all'asta da qualche parte in Italia. E questa voce ha cominciato a circolare proprio quando è stata rubata la Grey Ghost. »

« Voglio sperare che abbiate ristretto un tantino il campo. L'Italia è grande », osservò Sam.

« Purtroppo no. Come ho detto, si tratta soltanto di una voce, ma abbastanza interessante da far sì che ne parlino in molti. Abbiamo pensato valesse la pena di approfondire la questione. Così ho mandato un'e-mail alla vostra amica Georgia Bockoven per sapere se avesse sentito qualcosa. »

« Ottima idea », disse Remi. Un tempo Georgia e suo marito John giravano il mondo fotografando auto e scrivendo articoli per la rivista *Sports Car Market.* Ormai da tempo si erano ritirati in Italia, sulle colline del Chianti, dove avevano comprato una villa e una piccola azienda vinicola che avevano trasformato in un bed & breakfast. Tuttavia bazzicavano ancora il mondo delle auto. « Ti ha risposto? »

« Ho appena ricevuto una sua e-mail. E vi ho subito telefonato. Badate bene, Georgia dice di averlo saputo dall'amico di un amico di un amico. In altre parole, l'informazione è da prendere con le pinze. »

« Va bene », disse Sam. « Di che si tratta? »

« A quanto pare questa persona sa di un intermediario in Italia che vende gioielli e opere d'arte di alto livello. Di solito nomi noti. Fabergé, Rembrandt, Bierstadt. Ma di tanto in tanto gli è anche capitato di vendere auto d'epoca. »

« Arte su ruote », disse Remi ripetendo l'espressione usata da Sam a Pebble Beach.

« Una descrizione calzante », commentò Lazlo.

« Si dice che a volte questo intermediario si conceda qualche incursione nel settore delle opere d'arte rare rubate. Georgia ci sta già lavorando sul suo fronte, e noi sul nostro. »

« Quindi potrebbe esserci una nuova asta? » domandò Sam.

« Se le voci sono attendibili, dovrebbe tenersi questo fine settimana. Una delle molte cose che non sappiamo è quale auto sarà messa in vendita. »

Sam calcolò quanto tempo fosse trascorso dal furto della Ghost. Abbastanza da far sì che potesse essere venduta a un'asta segreta?

« È davvero possibile rivendere un'auto rubata così in fretta? » domandò Remi.

« Sì, è possibile », disse Sam.

« Ed è anche possibile che chiunque sia stato a rubarla, l'abbia fatto proprio a questo scopo. Venderla », aggiunse Selma.

« Esatto », disse Lazlo. « Nel mondo del crimine è la norma. Qualcuno che dispone di soldi a sufficienza piazza un ordine e l'intermediario facilita il furto. Le cifre che circolano sono astronomiche, e in genere l'oggetto venduto sparisce per sempre dalla circolazione. »

Selma riprese la parola. « Il fatto che l'asta segreta sia prevista per questo fine settimana e che a quanto pare stia per arrivare sul mercato una 40/50 d'epoca merita di essere approfondito. Se doveste avere intenzione di farlo, Georgia mi ha chiesto di dirvi che alla sua villa sarete i benvenuti. »

« Grazie di avere indagato. C'è altro? » domandò Sam.

« Mi domandavo se foste riusciti a consegnare la finta Ghost per salvare la madre di Chad. »

« Be', è stata una delle idee più brillanti di Remi. Diciamo però che abbiamo avuto momenti migliori », rispose Sam.

Remi rise. « Abbiamo rischiato di dover essere salvati dalla donna che abbiamo tratto in salvo. »

« Ma un risvolto positivo c'è », disse Sam. « Ora che lei e sua sorella sono al sicuro e lontane da qui, nulla ci impedisce di metterci a cercare sul serio la Ghost scomparsa. Scopri tutto il possibile su questo intermediario. Credo che una capatina in Italia non possa guastare. Mi piacerebbe conoscerlo meglio. » Guardò Oliver e Chad. « Se volete venire con noi, il vostro aiuto ci farà senz'altro comodo. »

Oliver sgranò gli occhi. « Non penserete che qualcuno che commercia in beni rubati vi apra semplicemente la porta e accetti di mostrarvi l'auto, vero? »

« Forse no. Ma se da quelle parti c'è qualcuno che sa dove si trova la Ghost, di certo non aspetteremo un invito. »

39

Remi era talmente immersa nella lettura del diario sul suo tablet che si accorse di essere stata in volo per ben due ore e mezzo soltanto quando cominciarono la discesa verso l'aeroporto di Ciampino. Fuori faceva così caldo che l'asfalto sembrava punteggiato di pozzanghere, e il sole splendeva in tutta la sua potenza mentre il jet dei Fargo atterrava e rullava verso l'hangar che avevano affittato in vista del loro soggiorno italiano. Dopo aver superato la dogana e il controllo passaporti, Sam, Remi, Oliver e Chad recuperarono l'auto a noleggio. Per le due ore che impiegarono a raggiungere la villa, furono grati di aver scelto una vettura con l'aria condizionata.

Quando arrivarono, Remi osservò i numerosi ettari di vigne intorno a loro e il lungo e sinuoso vialetto ombreggiato grazie agli alti platani che lo fiancheggiavano su entrambi i lati. In cima alla collina, un grosso cancello in ferro battuto si aprì. Mentre scendevano dall'auto, Georgia uscì su una veranda dal pavimento in terracotta. Era una donna alta, con i capelli scuri tagliati corti, e indossava un morbido abito di lino bianco.

« Remi, cara! Come sono felice di vederti! » Le diede un bacio su ciascuna guancia e poi si rivolse a Sam. « E tu non hai perso un briciolo del tuo fascino. »

« Sei incantevole come il giorno in cui ci siamo conosciuti, Georgia. Davvero, non invecchi mai », disse Sam.

« Sei un ottimo bugiardo. » Georgia sorrise mentre Sam le presentava Chad e Oliver. « Il nipote del visconte », disse lei stringendo la mano di Oliver. « Se ho ben capito, tu e Sam siete parenti. »

« Cugini », confermò Oliver.

Georgia si voltò verso Sam con espressione divertita. « A saperlo, avrei organizzato una festa in grande stile. »

« Cugini molto lontani », specificò Sam.

« Non farti abbindolare, Georgia », disse Remi. « Sam è soltanto il cinquecentesimo o giù di lì nella linea di successione al trono. »

Georgia scoppiò in una risata e li invitò a entrare. « Sarai diventato insopportabile, Sam. »

« Sto cercando di non montarmi la testa », rispose lui guardando incuriosito dentro casa. « Dov'è John? »

« A fare il vino. È un lavoro infinito. Tra un po' dovrebbe raggiungerci. »

La casa era fresca, rivestita con le stesse piastrelle in terracotta della veranda. Mentre li accompagnava alle loro stanze, Georgia si fermò per un momento. « Se avessi saputo prima che sareste venuti, avrei annullato la prenotazione del gruppo che arriverà nel fine settimana. Mi dispiace che dobbiate andarvene così in fretta. »

« Nessun problema », la rassicurò Remi.

Georgia sorrise. « Vorrei poter dire che non ci sarà nessun problema nemmeno per me. Si dà il caso che i miei ospiti siano studenti universitari in vacanza. L'anno scorso hanno alloggiato da un mio amico, che però quest'anno non aveva posto. Pare che siano chiassosi ma anche molto beneducati. Il vantaggio è che dormono fino a tardi, quindi almeno di mattina c'è sempre silenzio. » Li condusse al piano di sopra. « Se dovesse servirvi una sistemazione anche dopo questo fine settimana, ho altri amici che si sono messi nel ramo dell'ospitalità. Non avrò difficoltà a trovarvi un bel posticino in cui alloggiare. »

« Se siamo fortunati, ci basteranno un paio di giorni per scoprire ciò che ci interessa. »

Sul viso di Georgia passò un'ombra di preoccupazione. « Non ho speranza di convincervi a rinunciare a questa ricerca, vero? Ho sentito dire che questo intermediario può essere pericoloso. Corre voce che abbia legami con la mafia. »

« Dobbiamo quantomeno indagare », rispose Sam.

Georgia sorrise cupamente. « Spero proprio che cambierete idea. A ogni modo, sono felice di poter fare quattro chiacchiere. Avete programmi per cena? »

« No, siamo liberi. »

« Allora vi aspetto in veranda verso le otto, così avrete tutto il tempo di darvi una rinfrescata. Non vedo l'ora di farvi assaggiare il nostro Chianti. »

Mentre gli uomini visitavano le cantine sotto la casa, Remi raggiunse Georgia nella speranza di poter parlare un po' con la sua vecchia amica. La veranda era affacciata sui vigneti che avevano visto arrivando, e in quel momento il sole della sera tingeva le dolci colline di un bagliore dorato. Un lieve vento soffiava tra le viti, facendone frusciare le ampie foglie.

Remi sospirò. « Dev'essere meraviglioso poter ammirare questo spettacolo tutte le sere. Un po' ti invidio, sai? »

« C'è poco da invidiare. Per la verità stiamo valutando di vendere. »

« Perché? Credevo adorassi questo posto. »

« Certo, come si può non adorarlo? Purtroppo però è una di quelle idee perfette solo sulla carta. In realtà gestire una piccola azienda vinicola non è così redditizio come speravamo. Neanche lontanamente. Ecco perché abbiamo ripiegato sul bed & breakfast. »

Quando Remi guardò Georgia, vide la preoccupazione dentro i suoi occhi. « Se hai bisogno di aiuto, non devi fare altro che dircelo. »

Georgia scrollò leggermente le spalle e sorrise. « Ci sono cose peggiori di essere poveri. Come non vedere una buona amica per anni. Vieni, siediti. » Condusse Remi a un tavolo con il ripiano di vetro intorno al quale erano disposte diverse sedie di vimini, poi prese una bottiglia di prosecco da un secchiello pieno di ghiaccio, la aprì e riempì due bicchieri. « Forza, raccontami di quest'auto che state cercando di rintracciare. Ha tutta l'aria di essere una storia avvincente. »

« Io la definirei più che altro frustrante », rispose Remi. « Ce l'hanno rubata praticamente sotto il naso. »

« Sì, Selma me l'ha detto. E non avete idea di chi sia stato? »

« Non ancora. Immagino che il tuo amico misterioso non ti abbia dato altre informazioni sull'asta segreta. »

« A dire il vero pare che se ne terrà un'altra, stavolta a Milano, anche se non sono affatto sicura che si tratti di quello che cercate. Qualcuno ha avuto la brillante idea di combinare auto e alta moda e di vendere biglietti a prezzi da capogiro. A farmi pensare che potreste trovare quello che vi interessa è un arrivo dell'ultimo minuto che sta facendo parlare parecchio di sé. Una Rolls mai vista sul mercato. È stato specificato soltanto che si tratta di un 'primo modello', non di una versione moderna. Ho due accrediti stampa che vi consentiranno di entrare per dare un'occhiata da vicino alle auto. »

« Per quando è prevista quest'asta? »

« Per questo fine settimana », disse Georgia. « Non ho ancora avuto altre notizie sull'altra. So che è soltanto su invito. Tutto riservatissimo, niente biglietti, niente stampa. Ci sarà una Rolls anche lì, ma l'evento si terrà vicino a Roma. »

« Anno di fabbricazione? »

« Una delle prime 40/50, a quanto ho sentito. » Quando Georgia si appoggiò ai cuscini con i motivi floreali, la sedia di vimini cigolò sotto il suo peso. « Come ho detto a Selma, il mio contatto è l'amico di un amico di un amico. Anzi, forse c'è di mezzo anche un altro amico. Una specie di mediatore, se così si può dire. È tutto molto segreto, il che significa che con ogni probabilità nessuno immagina che le richieste di informazioni arrivino da me. Non è stato facile far credere al mio contatto che l'auto vi interessa per una collezione molto privata. Una di quelle che ufficialmente non esistono nemmeno. » Guardò Remi e sorrise. « Spero non ti dispiaccia se ho dipinto te e Sam come investitori non esattamente gradevoli. »

« Sono sicura che non avremo problemi a convivere con una reputazione non proprio impeccabile, se ci aprirà le porte di questo evento. »

« Lo immaginavo. Allora, che altre novità ci sono? Vedo che tu e Sam siete rimasti i soliti giramondo. Non sentite il bisogno di fermarvi e mettere su famiglia? »

Remi rise mentre cercava di immaginare lei e Sam sistemarsi con un bambino. « Diciamo soltanto che non intendiamo farlo nell'immediato. Abbiamo ancora tutto il tempo per pensarci in futuro. »

« Dico sul serio. Sono preoccupata per voi, Remi. Una parte di me spera che questa persona non richiami. E se vi succedesse qualcosa? C'è un motivo se si dice che la vita può cambiare in un attimo. »

Remi posò la mano sul braccio dell'amica. « Stiamo sempre molto attenti. E poi conosci Sam. Non mi metterebbe mai in pericolo. »

Georgia alzò lo sguardo e vide John salire i gradini del giardino, seguito da Oliver, Chad e Sam, che aveva in mano due bottiglie di Chianti. « Eccolo qui il tuo impavido marito. »

Sam posò le bottiglie sul tavolo, si sedette accanto a Remi e le accarezzò la schiena. « Di cosa stavate parlando? O forse è meglio che non lo sappia? »

Proprio allora il telefono di Georgia squillò, e lei si sporse in avanti per controllare il numero sul display, rischiando di rovesciare il bicchiere. « È lui. »

« Lui chi? » domandò Sam mentre Oliver e Chad prendevano posto sulle sedie restanti e John stappava una bottiglia di vino.

« Il suo contatto », sussurrò Remi. « Per le auto. »

Con un gesto, Georgia li invitò a fare silenzio e rispose. Parlava italiano talmente a raffica che Remi fece fatica a tenerle dietro, poi però passò all'inglese. « Sono qui con me. Glielo chiedo. » Georgia tolse l'audio alla telefonata. « Dice che c'è un amico disposto a incontrarvi in un luogo pubblico ma non troppo affollato, se riuscite ad andare a Roma. »

« Remi? » domandò Sam.

Lei conosceva il ristorante perfetto. « Chiedigli se conosce l'Hostaria Antica Roma sulla via Appia. »

Georgia riferì. « Ottimo. *Ciao.* » E riattaccò. « Vi aspetta domani a mezzogiorno. »

« Domani? Ma così non riusciremo ad andare all'altra asta », fece notare Remi.

« Un'altra asta? » domandò Sam.

« A Milano », rispose Georgia spiegandogli dell'evento.

« È un vero peccato che non possediamo il dono dell'ubiquità », disse Sam.

« Potremmo andarci io e Oliver a Milano », propose Chad.

« Se non dovessimo trovare nulla di interessante, almeno non avrete sprecato tempo. »

Remi guardò Oliver, che stava stringendo con forza i braccioli della sedia. Quel poveretto sembrava sul punto di darsela a gambe, e lei non poteva certo biasimarlo. « A te sta bene? » domandò.

Lui prese un respiro profondo e raddrizzò le spalle. « Se servirà ad aiutare mio zio, allora sì. »

« Direi che l'itinerario di domani è deciso », concluse Sam.

40

I primi raggi del sole cominciavano a insinuarsi attraverso la finestra mentre Arthur Oren guardava suo figlio di nemmeno due anni strisciare sotto il tavolo per recuperare un mattoncino di plastica. Un giorno Arthur Junior avrebbe ereditato tutto, sia ciò che Oren aveva accumulato negli anni, accrescendo il proprio patrimonio, sia ciò che di lì a poco avrebbe portato via al ramo Payton della famiglia.

Il piccolo prese il mattoncino rosso acceso, guardò il padre con i suoi occhioni, si mise l'angolo del giocattolo in bocca e farfugliò qualcosa di incomprensibile. L'onnipresente bambinaia si chinò e gli tolse il giocattolo di bocca. « No, AJ. »

« Non morirà certo per un po' di sporco », disse Oren citando una delle frasi preferite di sua madre.

« Sì, signore », rispose lei per poi distrarre AJ con un orsacchiotto di peluche.

Il bimbo si mise subito a gattonare in quella direzione e allungò la mano. « Oscio. »

« Orso », lo corresse lei.

« Oscio », insisté il bambino mentre il telefono squillava.

Sullo schermo comparve il numero di Bruno.

Oren fece segno alla bambinaia di portare via AJ. Appena la porta si chiuse, sollevò il ricevitore. « Allora, ce l'avete? »

« Non era la Ghost. »

« Come sarebbe a dire non era la Ghost? Non avete controllato? »

« Hanno usato un trucco per imbrogliarci. »

Mentre i secondi ticchettavano sull'orologio appeso alla parete alle sue spalle, Oren restò immobile, augurandosi di aver capito male. Ma il lungo silenzio all'altro capo gli disse che aveva capito benissimo. « Cos'è successo? » Ascoltò Bruno raccontargli i dettagli, e appena sentì menzionare i Fargo, montò su tutte le furie. « Com'è possibile che quei due riescano a immischiarsi nei miei affari in continuazione? »

« Non crederai che siano stati loro a rubare la Ghost, vero? »

Lui ci pensò su. « Dubito che si sarebbero presi la briga di assemblare un falso, se così fosse. »

« Perché? È tutta una questione di soldi. Ci fregano, si tengono l'auto e noi restiamo a bocca asciutta. »

Ma Oren era abbastanza informato sui Fargo da poter escludere con certezza quella possibilità. « Sono troppo altruisti. Non metterebbero mai in pericolo la vita di qualcuno soltanto per dei beni materiali. Se non altro possiamo eliminarli dalla lista dei sospettati. »

« Allora non penserai che ce l'abbia Colton? »

« Certo che no. » Arthur fece girare la sedia e controllò l'orologio alla parete. Colton sarebbe arrivato da un momento all'altro. « Vai a controllare di nuovo a Villa Payton. Ci sono un sacco di fienili inutilizzati. Dopotutto l'auto è stata trovata proprio in una di quelle strutture. Può darsi che sia lì. »

« Non riuscirò ad andarci prima di domani », disse Bruno. « Ho dovuto portare Frank a farsi suturare il braccio. In un posto in cui curano le ferite da arma da fuoco senza fare domande. »

« Fallo e basta », disse cominciando a distinguere un rumore di passi fuori dalla porta. Subito dopo sentì bussare. « Devo andare. »

Riappoggiò il telefono sul supporto proprio mentre Colton entrava, schivando i mattoncini rossi e blu sparpagliati sul pavimento.

« Qui non si fuma », disse Oren quando Colton fece per tirare fuori una sigaretta. « Non con mio figlio in casa. »

« Di solito non sta con la tua ex? » domandò lui reinfilando la sigaretta nel pacchetto.

« È in viaggio. »

Colton scostò una sedia e con il piede tolse di mezzo i mattoncini davanti a sé prima di prendere posto. « Deduco che il tentativo di recuperare l'auto non sia andato a buon fine. »

« Purtroppo no », rispose Oren pensando all'insinuazione di Bruno di poco prima. Possibile che dietro il furto della Ghost si celasse davvero Colton? L'idea che la persona che aveva pagato per rubarla potesse averla rubata una seconda volta di nascosto... be', era assurda. « Si è scoperto che l'auto era un falso. »

« Credi che l'abbia presa quel meccanico? »

« Alquanto improbabile, direi. Anche stavolta si sono immischiati i Fargo, e dubito fortemente che metterebbero in pericolo la vita di qualcuno per un'auto, a prescindere da quanto possa valere. »

Colton, che stava guardando i giocattoli sparsi per la stanza con un'espressione che rasentava il disgusto, d'un tratto alzò la testa. « Come sarebbe a dire che si sono immischiati i Fargo? »

« I miei uomini si sono piazzati a casa della madre del meccanico. Per mettergli pressione. »

« Sei impazzito? »

« Ha funzionato. »

« Ah sì? Non mi risulta che tu abbia l'auto. Ti è andata bene che nessuno abbia chiamato la polizia. » Colton allungò la gamba e diede inavvertitamente un calcio a uno dei mattoncini ai suoi piedi. Il cubo di plastica rossa rotolò sul pavimento e finì davanti alla sedia di Oren. « Un'altra mossa così stupida, e tuo figlio verrà a trovarti in prigione. Sempre che la tua ex moglie gli permetta anche solo di avvicinarsi a te. »

« Mi stai minacciando? »

« Nemmeno per sogno. Dal momento che sei tu a pagarmi, è nel mio interesse assicurarmi che tu non finisca al fresco. »

« I miei uomini erano certi che fosse il meccanico ad avere l'auto. Avevano prove attendibili. »

« Attendibili? Da quale fonte provenivano? »

« Allegra. »

Colton inarcò leggermente le sopracciglia. « La sorella di Oliver? Interessante. E per caso ti ha dato questa informazione di sua spontanea iniziativa, dal nulla? »

« Certo che no. L'ho chiamata e gliel'ho chiesto. Evidentemente si sbagliava. Ma sul momento la sua ipotesi sembrava ragionevole. Dopotutto quel Chad aveva aiutato Albert e Oliver a preparare l'auto per l'esposizione di Londra. »

Sovrappensiero, Colton allungò la mano per prendere il pacchetto di sigarette, poi ricordò il divieto di fumare e la abbassò. « Ti è mai parso che Allegra fosse un po' troppo ansiosa di aiutarti? »

« Sono stato io a chiederle il suo parere su chi potesse essere stato. »

« E il suo ex marito? »

« Se non fosse stato per lui non saremmo mai nemmeno riusciti a mettere le mani sulla Ghost. E poi è soltanto un piccolo criminale. Dubito che disponga dei mezzi per compiere un'impresa del genere. »

« Ne sei sicuro? »

In quel momento Oren non era sicuro di nulla se non di un pensiero che lo assillava: era Colton ad avere tutti i vantaggi possibili in quella faccenda. Benché Bruno avesse suggerito il contrario, Oren si rese conto di non potersi fidare di nessuno all'infuori di se stesso. « Tanto per cominciare, Allegra non guida nemmeno. In secondo luogo, a meno che di punto in bianco non si sia trovata a sguazzare nell'oro, difficilmente avrebbe avuto i fondi necessari per commissionare il furto della Ghost. Terzo, credi davvero che potrebbe aver bypassato in qualche modo i tuoi sistemi di sicurezza? Lascia pure perdere l'ultima domanda. Evidentemente qualcuno ci è riuscito. »

« Non c'era nulla che non andasse nei miei sistemi di sicurezza. »

« Qualche difetto, e anche grosso, doveva pur esserci, se consideriamo che la Ghost era nel tuo magazzino e adesso non c'è più. »

« Troveremo il responsabile del furto. Puoi contarci. Anzi, ho già un'ottima pista in Italia. »

« Spiegati meglio. »

« È appena spuntata sul mercato una Silver Ghost che sarà messa all'asta. Un evento riservato a una clientela molto selezionata. »

« Credi che in realtà possa trattarsi della Grey Ghost? »

«Non possiamo esserne certi. Ma la tempistica è molto sospetta. Se c'è anche una sola possibilità che si tratti della Ghost, dovrai mettere le mani su quel veicolo prima che Oliver o i Fargo vengano a sapere della sua esistenza. Non vorrai vedertela con loro, no?»

Su quel punto erano d'accordo. Il fatto che Oliver fosse riuscito a convincere i Fargo a schierarsi dalla sua parte e ad aiutarlo a salvare la proprietà di suo zio era una vera seccatura. Per essere uno che non era mai parso interessato né a sposarsi né a mettere al mondo un erede, quell'Oliver era alquanto sentimentale, visto che stava proteggendo la proprietà di suo zio pur non avendo nessuno a cui lasciarla se non il figlio di Allegra. «Vorrei tanto che potessimo mettere fine alla relazione di Oliver con i Fargo. Le loro continue intromissioni mi stanno costando tempo e denaro.»

«Credi che abbiano capito come mai ti interessa tanto la Ghost?»

«Fa differenza?»

«Potrebbe. Forse se trovassimo la Ghost e la restituissimo a Payton, toglierebbero il disturbo.»

«Ma certo, diamo pure un'auto che vale milioni di dollari all'uomo che sto cercando di mandare sul lastrico da un anno intero a questa parte. Davvero geniale. Hai altri piani scintillanti di cui non sono ancora al corrente?»

«Non ho detto che devi restituirgliela tutta intera.»

«Hai perso il lume della ragione?» replicò Oren domandandosi se non fosse il caso di riprendere in considerazione la possibilità che fosse stato Colton ad architettare il secondo furto della Ghost. «Soltanto un idiota danneggerebbe di proposito un'auto da decine di milioni di dollari.»

«Non potresti comunque venderla alla luce del sole.»

«Forse no, ma ci sono un mucchio di acquirenti che sarebbero disposti a concludere l'affare in privato soltanto per poter avere quell'auto nella loro collezione. Non è per questo che in Italia si terrà l'asta per la Ghost di cui ti è giunta voce?»

Colton si limitò a puntargli addosso i suoi occhi scuri e inespressivi.

Quell'uomo lo mandava proprio su tutte le furie. « Restituire la Grey Ghost è fuori discussione. Voglio recuperarla. Punto. » Oren si appoggiò allo schienale e cercò di calmarsi. « Torniamo ai Fargo. Preferirei saperli morti. Come pensi di procedere? »

« Come ho già detto, uccidendoli non faremmo altro che attirare attenzione indesiderata. C'è un modo molto migliore per tenerli alla larga dai tuoi affari. Fidati, più avanti, quando saranno ritrovati i loro corpi, nessuno si stupirà nel sentire la storia di quei due giovani esponenti dell'alta società un tempo facoltosi che si sono tolti la vita. Si dà il caso che abbia già iniziato a mettere in atto il mio piano. »

« Sono tutto orecchi... »

41

Diario di Jonathon Payton,
quinto visconte Wellswick

1906

Continuavo a nutrire la speranza che mio cugino fosse innocente. E tuttavia non avevo il coraggio di lasciarlo passare. Come avrei fatto a spiegare la presenza di Isaac Bell nell'ufficio del direttore? E quel ragazzino, Toby? Non potevo permettere che Reginald lo vedesse.

Ero consapevole di sembrare improvvisamente uscito di senno mentre me ne stavo lì come un allocco con la lingua incollata al palato. Quando vidi un'espressione seccata sul viso di Reggie, mi resi vagamente conto della voce melodiosa di Miss Atwater che recitava l'alfabeto in classe.

Non c'era dubbio: mi ero innamorato.

Un anno prima mio padre aveva organizzato un incontro ufficiale con un'ereditiera di suo gradimento, con la quale sperava mi sarei presto fidanzato. Basti dire che adesso quella giovane donna era la moglie di Reginald, il quale secondo mio padre l'aveva corteggiata soltanto a causa del mio interesse nei suoi confronti. In realtà io ero felice per Reginald. Io e lei non eravamo proprio fatti l'uno per l'altra.

Miss Atwater invece... era diversa, e una parte di me era restia a usarla come pretesto per giustificare la mia presenza lì. Non l'avrei nemmeno fatto se la lieve irritazione di Reggie non avesse cominciato a trasformarsi in sospetto.

« So di essere stato sconsiderato », dissi a Reginald. « Ma sono tornato nella speranza di rivedere Miss Atwater, e adesso mi sento uno

stupido. Non si è nemmeno accorta di me la prima volta che siamo stati qui.» Forse perché non mi aveva proprio visto. Cercai di trascinare via Reggie. *«Per favore, non guardare in classe, potrebbe vederci. Accompagnami fuori.»*

«Perché vuoi uscire?» domandò Reginald guardando proprio nella classe alle mie spalle.

Gli afferrai il braccio e lo condussi lungo il corridoio e poi fuori dalla porta. «Per trovare il coraggio di chiederle se mi concederebbe un appuntamento.»

Mi misi a camminare davanti alla carrozza, fingendo – macché, non stavo affatto fingendo – di essere così infatuato da aver bisogno d'aiuto per trovare le parole da dire a Miss Atwater.

Reginald era divertito e al tempo stesso un po' seccato. «È un'insegnante. E per giunta un po' in là con gli anni. Credi davvero che non rimarrebbe lusingata dalle tue attenzioni?»

Ignorai il suo giudizio su Miss Atwater, che ai miei occhi invece era perfetta. «E se dovesse dire di no?»

«Puoi dichiarare le tue intenzioni e rischiare di andare incontro alla collera di tuo padre oppure tornare a essere il codardo che sei sempre stato e non scoprire mai cosa potrebbe succedere.»

Rispetto a me, Reginald era sempre stato più coraggioso, più forte, più veloce, più intelligente. Da bambino spesso mi facevo da parte e lasciavo che fosse lui ad assumere il comando. Calarmi di nuovo in quel ruolo mi fu facile, perché avevo bisogno che Reginald restasse là fuori, lontano dall'ufficio del direttore, eppure le sue parole mi fecero male, poiché erano vere. Avevo sempre permesso a mio padre di calpestare i miei interessi. E anche quelli di Reginald. Dunque ero molto serio mentre gli chiedevo dritte su come avvicinare Miss Atwater. «Come faccio?»

Prima che Reginald avesse il tempo di rispondere, Isaac Bell sbucò da dietro l'angolo. Camminando a grandi passi, non degnò di uno sguardo né me né mio cugino finché non ci fu vicinissimo, e anche allora si limitò a sollevare il cappello e a proseguire come se non mi avesse mai visto in vita sua.

Per mia fortuna, proprio in quel momento Miss Atwater comparve in cima alle scale, catturando la nostra attenzione. «Signore?» disse.

Perso nei suoi occhi azzurri, impiegai un po' prima di rendermi conto che si stava rivolgendo a me. « Chiedo scusa? »

« Volevo ringraziarvi. Per aver insistito affinché anche le bambine partecipassero alle lezioni. »

Reginald mi gettò un'occhiata furtiva.

« È stato un piacere », risposi, entusiasta al pensiero che avesse ritenuto opportuno venire a cercarmi.

Miss Atwater accennò un piccolo inchino, pronta ad andarsene.

« Miss Atwater? »

Lei si voltò e mi guardò con un'espressione carica di attesa alla quale non ero preparato. « È meglio che torni dai miei allievi », disse dopo un silenzio gonfio di imbarazzo.

« Mi concedereste di venire a farvi visita? Ne sarei onorato. » Avevo parlato a precipizio.

« Con assoluto piacere », rispose tuttavia lei con un sorriso timido.

La mia felicità alla prospettiva di rivedere Miss Atwater era smorzata dalla mia riluttanza ad accettare l'idea che mio cugino fosse il colpevole del furto della Grey Ghost.

Isaac Bell continuava a credere che Reginald avesse architettato il furto mentre lavoravamo entrambi per la Rolls-Royce Limited.

Se era andata davvero così, Reginald era anche l'uomo con il viso coperto che aveva fermato il treno e ucciso macchinista e frenatore? Che avesse sottratto fondi all'orfanotrofio potevo anche crederlo, soprattutto dopo che Isaac aveva appurato, con tanto di prove, che i registri contabili erano stati manomessi. Del resto lo si sarebbe potuto considerare il gesto avventato di un uomo sommerso di debiti da gioco. Rubare soldi era un conto, ma uccidere? Soltanto per consentire il furto dei componenti del motore che sarebbero serviti a Mr Rolls e Mr Royce per ultimare la Silver Ghost in modo da poterla esporre all'Olympia Motor Show in seguito al furto della Grey Ghost?

Per quanto assurdo potesse sembrare, non osai farne parola con mio padre, considerato che le sue condizioni di salute non erano delle migliori. Cercai di togliermi quei pensieri dalla testa almeno per quella sera, dal momento che sarei uscito con Miss Atwater, e mi sforzai anche di ignorare lo strano modo in cui il mio cuore palpitava ogni volta che pensavo a lei.

Cenammo e andammo a vedere un'operetta. Fu una serata piacevole per entrambi, tanto che Miss Atwater mi concesse un altro appuntamento. Poiché volevamo ritardare il più possibile la fine della serata, congedai il vetturino e decisi di accompagnarla a casa a piedi. Miss Atwater abitava nel cottage dei custodi sul retro dell'orfanotrofio con suo fratello e la moglie. Mentre passeggiavamo sul marciapiede, avvertii una presenza alle mie spalle, ma quando mi voltai non vidi nulla. Buio e niente più.

«Qualcosa non va?» domandò lei.

Il bastone con l'impugnatura di ottone di mio padre mi diede coraggio, e volendo proteggere Miss Atwater da qualsiasi pericolo, mi feci forza. «Aspettate qui. Mi ci vorrà soltanto un momento.»

La lasciai all'angolo con la certezza che l'espressione nei suoi occhi azzurri fosse di ferma fiducia in me. Voltandomi, strinsi il massiccio bastone e tornai sui miei passi nella speranza di scoprire l'origine del mio disagio. Qualunque cosa fosse stata a catturare la mia attenzione, non vidi nulla di sospetto, e mi rimproverai per il mio nervosismo. Mi convinsi che i rumori che avevo sentito erano soltanto frutto della mia immaginazione. «Non era nulla», dissi voltandomi di nuovo verso di lei.

La strada però era deserta.

Corsi all'angolo e mi guardai freneticamente intorno, osservando i binari e domandandomi se Miss Atwater potesse averli attraversati per tornare all'orfanotrofio. «Miss Atwater?» chiamai.

Udii un fruscio, ma prima ancora di potermi voltare avvertii una fitta di dolore alla testa. Qualcuno mi aveva colpito.

42

L'indomani mattina Chad e Oliver presero un treno che li avrebbe portati a nord, a Milano, mentre Sam e Remi si diressero verso Roma per incontrare il contatto di Georgia. Dopo quasi tre ore di viaggio, Sam imboccò la via Appia Antica, e la loro auto cominciò a risalire la collina sobbalzando sull'acciottolato. In origine il ristorante del loro amico si trovava tra gli antichi colombari, ma da qualche tempo si era trasferito, pur restando sempre sulla stessa via. I Fargo non avevano ancora avuto occasione di vedere il nuovo locale, e Remi era curiosa di scoprire se avrebbe avuto altrettanto carattere.

Dopo circa cinque chilometri cominciò a profilarsi il mausoleo di Cecilia Metella, costruito nel I secolo avanti Cristo, la cui torre si affacciava proprio sul giardino del nuovo ristorante. Parcheggiarono e si incamminarono lungo il vialetto di ghiaia, fermandosi di colpo quando un uomo alto dai capelli scuri con una bottiglia di spumante dentro un secchiello del ghiaccio uscì a tutta velocità dalla porta della cucina.

« *Scusi* », disse l'uomo. Stava per passare oltre, ma poi i loro sguardi si incrociarono. « Remi! Sam! Aspettate qui, torno subito », aggiunse poi in inglese con un forte accento italiano. Paolo Magnanimi si diresse verso il giardino, dove i clienti sedevano intorno a tavoli coperti da tovaglie bianche, alcuni sistemati sotto grossi ombrelloni bianchi e altri all'ombra degli alberi.

Quando tornò, strinse la mano a Sam e lo abbracciò per poi baciare Remi su entrambe le guance. « Mi ha fatto proprio piacere vedere i vostri nomi sull'elenco delle prenotazioni. »

« Non ci vediamo da un'eternità. Non hai idea di quanto mi sia mancato il tuo tiramisù », disse Remi.

« Perché, io no? » replicò Paolo con una risata.

« Questo è sottinteso. »

« Venite. Il vostro tavolo è pronto. » Li condusse a un tavolo appartato dal lato opposto del giardino, che in realtà era più simile a un parco. Le rovine di pietra che lo circondavano erano orlate di rose nei toni del rosa. Paolo scostò una sedia per far accomodare Remi mentre Sam si sedeva accanto a lei dando la schiena al muro. Dopo i convenevoli, Paolo andò a servire gli altri clienti.

Dopo tre quarti d'ora, poiché il contatto di Georgia non si era ancora fatto vedere né sentire, Sam e Remi decisero di ordinare. Avevano appena finito di pranzare quando finalmente arrivò.

Si presentò come Luca. Indossava un completo su misura e una camicia bianca inamidata con il colletto slacciato. Doveva avere poco meno di cinquant'anni, i capelli castani spruzzati di grigio. « Speravo di riuscire ad arrivare prima », disse prendendo posto accanto a Sam mentre i suoi occhi scuri guizzavano avanti e indietro per controllare le persone intorno a loro. « Ho provato a contattarvi al cellulare ma non ci sono riuscito. A ogni modo mi è stato detto che non ve ne sareste andati senza prima aver parlato con me, quindi sono venuto il prima possibile. »

« Non si preoccupi », disse Sam. « L'importante è che adesso sia qui. Perché non mangia un boccone? »

« Mi piacerebbe, ma devo proprio scappare. »

« Si trattenga almeno per il tiramisù », replicò Remi. « Si fidi, è il migliore di tutta Roma. »

Proprio in quel momento Paolo arrivò con una terza porzione di dessert, che mise davanti a Luca, prima di prendere la carta di credito di Sam. Luca ne mangiò un boccone e fece tanto d'occhi. « Caspita, è ottimo. » In capo a poco finì tutto il tiramisù, dopodiché si appoggiò allo schienale con un sospiro, grato che Paolo avesse portato anche un caffè. « Devo proprio essermi perso un pranzo squisito. »

Sam riportò la conversazione sull'argomento originario. « Stando alla nostra amica, lei dispone di informazioni su un'imminente asta per uno dei primissimi modelli della Rolls-Royce Silver Ghost. »

« Vi prego di non volermene, ma mi sono preso la libertà di

fare qualche ricerca su Internet sul vostro conto. Avete l'aria di essere persone per bene, diversamente da quelle che in genere partecipano a questo tipo di eventi. A loro non importa granché di sapere da dove arrivi un'auto o di restituire qualcosa di rubato ai legittimi proprietari. Anzi, pur di ottenere ciò che vogliono, alcuni di loro non si farebbero meno scrupoli a uccidere di quanti non se ne facciano a tirare fuori il libretto degli assegni. »

« Siamo molto prudenti », lo rassicurò Sam. « Le auto sono accompagnate da qualche documento? »

« Non in questo caso. Meno documenti ci sono, meglio è. Il successo dell'asta dipende dall'assoluto anonimato degli acquirenti e dei venditori. L'intermediario che gestisce queste transazioni non rivelerebbe la loro identità per nessuna ragione al mondo. Qui si fa sul serio, come si suol dire. »

« Come facciamo a metterci in contatto con l'intermediario? »

Luca osservò Sam come se stesse valutando cosa dire. « Sono diecimila euro in contanti, in pezzi da venti, soltanto per entrare. Questo per chi è in possesso di un invito, che posso procurarvi per altri diecimila euro. Io li preferisco in banconote da cento. Sono più facili da trasportare. »

« È una bella somma », commentò Sam.

« Prendere o lasciare. »

« Prendiamo. Dove ci incontriamo? »

« Se avete carta e penna... »

Mentre Remi glieli porgeva, Paolo si avvicinò e sussurrò qualcosa all'orecchio di Sam. « Torno subito », disse Sam. Paolo sorrise e restò un poco in disparte mentre Sam si voltava verso Luca. « A che ora? » domandò.

« Alle nove e mezzo. L'asta comincia alle dieci. »

« A dopo allora. »

« L'indirizzo », disse Luca restituendo a Remi carta e penna. « Grazie per il tiramisù. A più tardi. Con i contanti. » Spinse indietro la sedia e si alzò. « In caso non ve l'abbia già detto, è richiesto l'abito da sera. »

« Diecimila euro? » disse Remi dopo che se ne fu andato.

« Neanche tanti, se ci permetteranno di procurarci le informazioni che ci servono », disse Sam mentre Paolo tornava, stavolta con una macchinetta in mano. Mostrò a Sam la ricevuta che aveva stampato. « Rifiutata? » disse Sam. Porse a Paolo un'altra carta di credito. Rifiutata anche quella, così come quella di Remi.

Paolo li guardò con un sorriso dispiaciuto. « Certe volte questi affari fanno i difficili. »

« Non preoccuparti. Ci sarà qualche problema informatico. » Sam pagò in contanti.

« Sarà meglio chiamare Selma », disse Remi tirando fuori il cellulare. « Se c'è qualcuno che può capire cosa sta succedendo, quel qualcuno è lei. » Ma non riuscì a prendere la linea. « Sbaglio o Luca ha detto di non essere riuscito a contattarci? Forse siamo troppo lontani dal centro. Prova tu, Sam. »

Lui ottenne lo stesso risultato. « Scusa davvero se ti disturbo, Paolo. Potrei usare il tuo telefono? »

« Ma certo. Venite. »

Sam e Remi lo seguirono dall'altra parte del giardino. Remi aspettò fuori mentre Paolo accompagnava Sam al telefono per poi andare a occuparsi dei suoi clienti. Sam tornò circa cinque minuti più tardi con un'espressione che non tradiva assolutamente nulla. Sarebbe stato un diplomatico perfetto.

Paolo lo vide e lo raggiunse. « Tutto bene? »

« Sì, solo un po' di confusione in banca. Per fortuna avevo contanti a sufficienza per pagare il pranzo. »

Remi abbracciò Paolo. « Era tutto squisito, come sempre del resto. E il nuovo locale è davvero incantevole. » Aspettò che non fossero più a portata d'orecchio prima di rivolgersi a Sam. « Allora, hai capito cosa sta succedendo? »

« Neanche lontanamente. Sono stato al telefono per tutto il tempo con la società che ha emesso una delle carte di credito. L'impiegata mi ha informato che ho disdetto quella carta circa un'ora fa. Io le ho garantito di non averlo fatto. »

« E lei non ti ha creduto? »

« Peggio, non ha creduto che fossi il titolare. »

« Com'è possibile? »

« Non saprei. Non sono riuscito a raggiungere né Selma né Lazlo. Il telefono è sempre occupato. »

Mentre si dirigevano verso l'auto, Remi prese il suo cellulare sperando che stavolta ci fosse campo. « È assurdo. Prima funzionavano benissimo. » Si girò verso Sam. « E come sarebbe a dire che trovi sempre occupato? C'è l'avviso di chiamata... »

« Appunto. »

« Che cosa diavolo sta succedendo? »

« È ora di scoprirlo. »

43

Sam sbloccò le portiere e aprì quella di Remi per farla salire prima di prendere posto dietro il volante. Avviò il motore e accese l'aria condizionata al massimo. Quando furono in viaggio, passarono in rassegna tutti i possibili motivi per cui le loro carte potevano essere state respinte.

Benché la situazione non fosse esattamente la stessa, non poterono non pensare a Oliver e suo zio, che di punto in bianco si erano trovati senza il becco di un quattrino e si erano visti costretti a vendere i loro possedimenti e a mettere sul mercato Villa Payton. Mentre Oliver aveva dato per scontato che suo zio fosse in qualche modo responsabile, ora Sam cominciava a vedere le cose sotto una luce diversa. « Vorrei non doverlo dire, Remi, ma trovo una sola spiegazione per quello che sta succedendo. »

« Sarebbe...? domandò lei continuando a inclinare il telefono in tutte le direzioni in cerca del segnale.

« Conti congelati, accesso a soldi e carte di credito negato. Ti dice nulla? »

Lei alzò la testa, allarmata. « Credi che qualcuno abbia hackerato i nostri conti? Siamo davvero così vulnerabili? »

« In questo momento il problema principale è che siamo senza fondi in un Paese straniero. Se abbiamo davvero subito un attacco di questo tipo, per sbloccare la situazione potrebbero volerci giorni o addirittura settimane. »

Superato il momento di panico, Remi assunse un'espressione determinata. « Se ci hanno presi di mira, significa che siamo sulla strada giusta. »

« O forse soltanto che qualcuno vuole impedirci di continuare ad aiutare i Payton. »

« O entrambe le cose. Dobbiamo assolutamente parlare con Selma. »

« E se non riuscissimo a metterci in contatto con lei? Dobbiamo partecipare a quell'asta. Ci servono i contanti. »

« E i vestiti adatti a un evento formale. »

« Io propongo di fare un salto all'aeroporto per recuperare dal jet i soldi, il telefono satellitare e dei vestiti che ci consentano di entrare all'asta. Dopodiché vedremo di capirci qualcosa di più. »

Arrivati all'aeroporto, scoprirono con sgomento che il loro aereo era chiuso in un hangar e che del loro equipaggio non c'era traccia. Poco dopo arrivò un addetto alla sicurezza in uniforme. Senza dire una parola, il giovanotto si piazzò alle spalle di un'impiegata dai capelli scuri che, titubante, comunicò loro che il jet era stato messo sotto chiave per mancato pagamento e che non avrebbero potuto accedervi finché non avessero versato il dovuto.

« Come sarebbe a dire? È stato pagato tutto prima ancora che arrivassimo », replicò Sam.

« Mi dispiace, Mr Fargo, ma il suo contratto è stato sospeso e gli addebiti sulla carta di credito sono stati annullati. Quando abbiamo cercato di contattarla per telefono, non abbiamo ricevuto risposta. Non potevamo fare altrimenti. A meno che non sia qui per pagare, naturalmente. »

Impossibile, dal momento che né lui né Remi possedevano una carta di credito funzionante. « Non è che per caso potremmo salire sull'aereo? »

« Purtroppo non dipende da me. »

« Ci procureremo i soldi quando avrò la certezza che l'aereo è al sicuro. E anche il mio equipaggio », disse Sam.

« Non vi siete sentiti? Il pilota ci ha assicurato che vi avrebbe telefonato per chiarire tutta questa faccenda. »

Sam e Remi si scambiarono uno sguardo carico di preoccupazione. « Potrebbe almeno mostrarci l'aereo? Come facciamo a sapere che è ancora qui? » domandò Sam.

Il giovane addetto alla sicurezza fece un passo avanti. « Sono desolato, Mr Fargo, ma finché non avrete pagato, lei e sua moglie non potrete trattenervi oltre. Vi saremmo grati se lasciaste l'aeroporto con discrezione. »

Sam non conosceva le leggi italiane. Che il sequestro del loro jet fosse la procedura standard per i casi di mancato pagamento o che fosse una trovata di chi aveva hackerato i loro conti, in quel momento non faceva grande differenza: il fatto di non poter accedere all'aereo rendeva tutto molto più complicato. Il che, con ogni probabilità, era esattamente lo scopo di quella mossa.

Esclusa la possibilità di prendere d'assalto l'hangar, visto il numero di guardie armate che presidiavano l'aeroporto, Sam ringraziò i due per il loro tempo. Mentre si voltavano per andarsene, Remi gli appoggiò una mano sul braccio. « E le mie medicine? »

L'espressione di Remi era così sincera e vulnerabile che anche Sam rischiò di credere che sua moglie avrebbe rischiato di morire senza le sue medicine. Si girò verso l'addetto alla sicurezza e fece del suo meglio per mostrarsi preoccupato per le sue condizioni di salute. « Potrebbe almeno accompagnare a bordo mia moglie per farle recuperare le sue medicine? »

La guardia scrutò prima Remi e poi la donna dietro il bancone, che gli rivolse un piccolo cenno del capo. « Assicurati soltanto che non porti via nient'altro », disse.

« Mi aspetti qui, vado a prendere il cart. »

Quando tornò a bordo del suo veicolo elettrico, Sam si accinse a seguire Remi, ma la donna alzò la mano. « Signore, lei dovrà attendere qui. Sto già facendo uno strappo alle regole consentendo a sua moglie di andare sull'aereo. La prego, non mi faccia perdere il lavoro. »

Attraversando la sala dal pavimento di linoleum grigio, Sam raggiunse una fila di sedili e si mise ad aspettare. Quando Remi e l'addetto alla sicurezza tornarono un quarto d'ora più tardi, lei portava quella che sembrava una sciarpa di seta nera abilmente avvolta intorno al collo.

« *Grazie* », disse Remi in italiano prima di prendere Sam per il braccio e di allontanarsi insieme a lui.

Sam osservò il lunghissimo foulard intorno alle sue spalle e notò l'etichetta di Valentino che spuntava da una delle pieghe. « Niente smoking? O almeno una cravatta nera? »

« Un vestito attillato e il telefono satellitare sono tutto ciò che sono riuscita a portare via senza farmi vedere. Nella cassetta degli spiccioli non c'era nulla. »

« Speriamo che l'abbiano svuotata i membri dell'equipaggio. Se non altro avranno di che sopravvivere per i prossimi giorni. Le loro carte di credito si appoggiano sul nostro stesso conto. »

« Dove credi che siano? »

« In qualche hotel con l'aria condizionata a bere prosecco e a cercare di contattare Selma per sistemare la faccenda. Esattamente quello che dobbiamo fare anche noi il prima possibile. »

« Cosa, bere prosecco? »

« Benché sia la parte più allettante del piano, temo sia meglio rimandare a quando avremo capito cosa sta succedendo. »

Appena misero piede fuori dall'edificio climatizzato per aspettare la navetta che li avrebbe riportati al parcheggio, la calura li investì con tutta la sua forza. « Non capisco », disse Remi dopo che furono saliti in macchina. Si tolse il vestito dal collo e lo lanciò sul sedile posteriore. « Com'è potuto accadere? »

« Che differenza fa? » Quando Sam uscì in retromarcia dal posteggio e girò il volante, gli pneumatici stridettero sul cemento. « Noi andiamo comunque avanti per la nostra strada. »

Pagò il parcheggio, aspettò che l'addetto alla cassa gli facesse segno di passare e si immise nel traffico, notando una Mercedes nera proprio dietro di loro. Cambiò corsia. La Mercedes fece altrettanto. « È ora di vedere se quel telefono satellitare funziona. »

Remi lo accese e cercò di fare una telefonata. « Niente. »

Ovvio. Chiunque si celasse dietro tutta quella storia non aveva trascurato alcun dettaglio. Si trattava senza ombra di dubbio di professionisti, magari con esperienza militare o di antiterrorismo. Sam accelerò per superare un furgone. La Mercedes lo imitò. Controllando lo specchietto retrovisore, Sam riuscì giusto a distinguere la sagoma dell'uomo alla guida, di cui riconobbe i capelli a spazzola. « Apri il vano portaoggetti e prendi la pistola. Abbiamo compagnia. »

44

I tentativi di Sam di seminare la Mercedes furono mandati a monte dalla comparsa, sempre dietro di loro, di una seconda Mercedes, stavolta blu scuro. Le due auto procedevano a velocità costante.

Remi posò la pistola nella console centrale e si spostò sul sedile per cercare di capire chi fossero i loro inseguitori. « È lo stesso uomo che ci ha seguiti da Villa Payton alla casa della madre di Chad. »

Lui rallentò nella speranza di riuscire ad avere una visuale migliore. Quando guardò nello specchietto, riconobbe la faccia rubiconda di Bruno. Premette di nuovo l'acceleratore. « Sai cosa c'è di affascinante in tutta questa storia? »

« Affascinante? Non è certo l'aggettivo con cui descriverei l'esperienza di trovarsi sul lastrico di punto in bianco e con soggetti loschi alle calcagna. »

« Che ne dici di 'interessante'? »

« Molto meglio », rispose lei controllando lo specchietto laterale.

« Qualcuno blocca i nostri conti, noi andiamo all'aeroporto e loro sono lì ad aspettarci. »

« Io non lo trovo né affascinante né interessante, ma solo inquietante. »

« Sapevano che saremmo andati all'aeroporto. Del resto il nostro jet è lì. Hanno dovuto soltanto appostarsi nel parcheggio e aspettare che cadessimo dritti tra le loro braccia. »

Remi si voltò a guardarlo. « Stai cercando di dirmi qualcosa o vuoi soltanto farmi notare che siamo nei guai? »

« Se hanno hackerato i nostri conti, i nostri telefoni, le nostre carte di credito, significa che hanno potuto seguire tutti i nostri spostamenti attraverso le nostre spese. Quando abbiamo cercato di usare le carte di credito al ristorante di Paolo, sapevano esattamente dove ci trovavamo.»

«E allora perché non hanno cominciato a seguirci da lì?»

«È proprio quello che mi stavo domandando. Se dovessi tirare a indovinare, l'attacco informatico è molto recente.» Controllò gli specchietti. Le due auto gli tenevano dietro, ma mantenendosi a distanza. «Se ho ragione, non avrebbero avuto tempo a sufficienza per arrivare al ristorante.»

Lei lo guardò. «Era logico supporre che da lì saremmo andati all'aeroporto per recuperare dal jet ciò di cui avevamo bisogno.»

«Esatto.»

«Va bene, la tua teoria è quasi perfetta. Ma in che modo dovrebbe esserci d'aiuto?»

«Dobbiamo elaborare un nuovo piano. Quando ci saremo sbarazzati di loro, dovremo capire come renderci irrintracciabili.»

«Sam, ti ricordo che siamo al verde. Più che altro dovremo capire come sopravvivere.»

Sam pensò a quanto gli era rimasto nel portafoglio dopo aver pagato il pranzo. «Abbiamo duecento euro, non siamo proprio al verde.»

«Peccato che con questi duecento euro dobbiamo trovare qualcosa da indossare per una serata alla quale bisogna dare l'impressione di potersi permettere di partecipare. La festa e l'asta sono eventi formali. Con un solo vestito in due, dovremo tirare a sorte per decidere chi sarà a indossarlo.»

«Temo che un abito di seta nera non faccia propriamente al caso mio.»

«A maggior ragione se è senza maniche.»

Sam cambiò di nuovo corsia. «Al momento è l'ultimo dei nostri problemi. Non abbiamo nemmeno i diecimila euro per entrare, figurarsi gli altri diecimila che ha chiesto Luca per procurarci l'invito.» Si voltò verso Remi e poi tornò a concentrarsi sulla strada, tenendo d'occhio le due auto che li seguivano. «Non ti sembra strano che si mantengano a distanza?

Non si preoccupano nemmeno di avvicinarsi o di accelerare quando acceleriamo noi. »

« Sì che mi sembra strano. Soprattutto considerato come sei riuscito a fregarli mentre lasciavamo Manchester. Stanno sicuramente seguendo i nostri spostamenti in qualche modo. »

« Forse attraverso i nostri cellulari. »

Remi si assicurò che fossero spenti entrambi. Benché Sam stesse facendo del suo meglio per seminarle, le due auto restarono a distanza di sicurezza.

« Tornare da Georgia è fuori discussione. Li porteremmo dritti a casa sua », osservò Remi.

Ovviamente aveva ragione. « A quanto pare siamo un passo indietro. È ora di invertire le parti. »

Diede gas, lasciò l'autostrada e la riprese subito nella direzione opposta per poi imboccare l'uscita successiva e percorrere un lungo tratto di strada. Era certo che non potessero avere più nessuno alle costole, eppure poco dopo notò un'auto. Dapprima era così lontana da sembrare giusto un puntino, ma poi cominciò ad avvicinarsi, finché nello specchietto retrovisore non comparve la Mercedes blu. Di quella nera di Bruno non c'era traccia. Tuttavia le manovre elusive di Sam avrebbero dovuto funzionare con entrambe le auto, non con una soltanto. « Adesso sappiamo che non si tratta dei cellulari... Che abbiano piazzato un dispositivo di localizzazione sulla macchina mentre eravamo all'aeroporto? »

Remi picchiettò le dita sul carrello della sua arma. « Potrei forargli una gomma. »

« Non sono certo che sarebbe d'aiuto. L'auto di Bruno è ancora nei paraggi. Se davvero hanno messo sulla nostra un dispositivo di localizzazione... »

« Se non altro lo rallenteremo. Meglio un inseguitore di due. »

Sam osservò la stretta strada che si snodava ai piedi delle basse colline tutt'intorno e i dolci pendii coperti d'erba seccata dal sole. Erano in aperta campagna e non si vedeva nemmeno l'ombra di una casa. Per la verità non c'era nemmeno nessuno per strada oltre a loro. Nessuno spettatore innocente che potesse rimanere ferito, nessun testimone e nessun poliziotto. « Se dobbiamo farlo, questo è il momento giusto. »

Mentre Remi si pettinava i capelli rossi con le dita per poi raccoglierli in una coda di cavallo, nei suoi occhi verdi si accese un luccichio felino e trepidante. Abbassò il finestrino e si girò, con lo sguardo rivolto verso lo schienale del sedile. Strinse la Sig nella mano sinistra e la appoggiò alla base del finestrino aperto. « Quando vuoi sono pronta, Fargo », disse mentre il vento entrava frusciando nell'abitacolo.

Sam sollevò il piede dal gas, rallentando in vista di una curva. La Mercedes blu guadagnò terreno. Quando cercò di affiancarli, Sam si spostò verso il centro della strada per non lasciarle spazio a sufficienza, poi accelerò e uscì dalla curva. « Preparati », disse. « Davanti a noi c'è un rettilineo. » Premette sull'acceleratore.

Remi si sporse dal finestrino con i capelli che le svolazzavano in faccia e prese la mira. Impegnato com'era ad aumentare la velocità per tenere la Mercedes a distanza, Sam proprio non si accorse della buca. Remi sparò nell'attimo esatto in cui la prese.

« Non potevi avvertirmi? » esclamò constatando di aver mancato il bersaglio.

« Scusa! » Sam strinse il volante e imboccò un'altra curva, al termine della quale si rese conto, troppo tardi, che trovarsi in aperta campagna aveva anche uno svantaggio: la manutenzione delle strade lasciava a desiderare. Le ruote sussultavano sull'asfalto irregolare, dando a Sam e Remi scossoni a non finire. Davanti a loro si profilò uno stretto ponte, seguito da una brusca curva. « Magari aspettiamo di aver superato questo tratto », gridò Sam.

« Così che gusto c'è? » Il sorriso sulle labbra di Remi diventò ancora più risoluto mentre Sam puntava verso il ponte. La Mercedes si stava avvicinando. Quando il suo riflesso riempì lo specchietto laterale, Remi prese la mira.

Pam! Pam!

All'improvviso la Mercedes blu uscì dalla carreggiata e girò su se stessa in una nuvola di polvere, finendo a sbattere contro il parapetto del ponte. Si inclinò su due ruote, restò sospesa per un secondo e poi rotolò giù dal fianco della collina.

« Ben fatto, signora Fargo. »

« Grazie. »

Sam si portò sul ciglio della strada. Lui e Remi guardarono fuori dal finestrino e videro l'auto accartocciata a una brutta angolatura in fondo alla scarpata.

« Credi che sia sopravvissuto? » domandò Remi.

« Se aveva la cintura allacciata, sì. » E infatti là sotto qualcosa si mosse: era il guidatore che cercava di aprire la portiera.

Remi fece un sospiro seccato. « Con tutte le volte che hanno cercato di farci fuori, non è giusto che io abbia potuto soltanto forargli una gomma. »

Sam ripartì e proseguì lungo la strada. « I cadaveri con fori di proiettile tendono ad attirare i poliziotti come mosche. Preferirei evitare di trascorrere ore e ore in una stanza per gli interrogatori a spiegare per quale motivo ce ne andiamo in giro armati in un Paese in cui è vietato. »

« Giusta osservazione. »

Sam controllò lo specchietto e vide il sole riflettersi sul tetto di un'elegante auto nera a un paio di chilometri di distanza. « A quanto pare Bruno ci ha trovati. Sarà meglio sparire di qui prima che ci raggiunga. »

45

Tenendo d'occhio lo specchietto retrovisore, Remi vide che la Mercedes nera continuava a seguirli a distanza di sicurezza. Benché Sam avesse fatto ricorso a tutti i trucchi che aveva appreso alla DARPA, con grande frustrazione di entrambi non era ancora riuscito a seminarla. A un certo punto Remi aprì il tettuccio per controllare il cielo. « Bene, almeno sappiamo che non si tratta di un elicottero. »

« Sei sicura che i nostri telefoni siano spenti? »

« Sicurissima. » Lei ricontrollò comunque sia i cellulari che il telefono satellitare. « È come se avessi tre mattoni nella mia Hermès. »

« Be', dei mattoni potrebbero sempre tornarci utili. »

« I telefoni a ogni modo non sono. »

« Te l'ho detto, devono aver piazzato un dispositivo di localizzazione sulla macchina quando eravamo all'aeroporto. »

Remi tamburellò le dita sul guardamano della semiautomatica che teneva appoggiata sulla coscia. « Se ha funzionato una volta... »

« Non sfidiamo la sorte. »

« Sei proprio un guastafeste », replicò Remi rimanendo concentrata sullo specchietto laterale.

Sam controllò lo schermo del navigatore sul cruscotto. « Al momento il meglio che possiamo fare è cercare un posto in cui parcheggiare e guadagnare tempo a sufficienza per trovare il dispositivo. »

Man mano che si avvicinavano al centro, le strade diventavano sempre più trafficate. I tassisti, che cambiavano continuamente corsia nella fretta di arrivare a destinazione per recuperare il cliente successivo, sembravano prendere le regole stradali più che altro come linee guida, scatenando un vero e proprio concerto di clacson. Le altre auto si muovevano a passo di lumaca.

Se non altro Remi ebbe tutto il tempo di cercare un posto in cui potessero fermarsi, senza mai perdere di vista la Mercedes di Bruno, che continuava a procedere tre auto dietro di loro.

« Hai trovato qualcosa? » domandò Sam tentando in tutti i modi di distanziare Bruno almeno della lunghezza di un'altra auto.

Remi studiò lo schermo del navigatore e usò la levetta per rimpicciolire l'immagine alla ricerca di una zona adeguata. Le cadde l'occhio su Piazza del Popolo e sulle tre strade che da essa si dipartivano come un tridente. Proprio lì dietro si trovava Piazza di Spagna, che lei conosceva piuttosto bene.

Indicò la mappa. « Hai presente quella stradina vicino al Tridente dove parcheggiamo quando veniamo a fare compere? »

« Vuoi dire quando *vieni* a fare compere », la corresse lui gettando un'occhiata allo schermo. « Mi dispiace, ma non mi dice niente. Temo non sia registrata nella mia banca dati. »

« Divertente, Fargo. Mi hai aspettata lì diverse volte. È in fondo a quella via con l'enoteca che ti piace tanto. »

« Quella sì che me la ricordo. Qual è il piano? »

« Anzitutto parcheggiamo, dopodiché farò in modo che Bruno scenda dall'auto e mi segua. Nel frattempo tu cercherai il dispositivo di localizzazione. »

« Preferirei che inseguisse me. »

« Ma è probabile che pensi a me come alla preda più facile. Una volta individuato il dispositivo, verrai a prendermi, sperando che Bruno non mi abbia ancora raggiunta. »

Lui la guardò con un sopracciglio rossiccio inarcato. « Come sarebbe a dire *sperando*? »

« Sto solo cercando di essere d'aiuto, Fargo. Del resto sei stato tu a non volere che lo uccidessi. Se vuoi ancora evitare la polizia... »

« Dove ti recupero? »

« In cima alla scalinata di Piazza di Spagna. »

Sam guardò la mappa sullo schermo, ci pensò su per un momento e annuì.

Quando furono a un paio di strade di distanza da Piazza del Popolo, Sam sfrecciò lungo una vietta, accostò e parcheggiò in uno spazio striminzito. Remi vide la Mercedes nera posteggiare in fondo alla strada mentre lei e Sam si incamminavano a passo svelto nella direzione opposta per poi entrare nell'enoteca all'angolo. Il vantaggio, e al tempo stesso lo svantaggio, di quel locale era l'assenza di porte. Il fatto che fosse completamente aperto e affacciato su entrambe le strade avrebbe consentito a Sam e Remi di vedere chiunque arrivasse sia da una direzione che dall'altra. Dando le spalle all'ingresso, Sam prese una bottiglia sottile contenente un liquido giallo chiaro e finse di leggere l'etichetta. Remi restò di guardia e vide Bruno balzare giù dalla sua auto e precipitarsi verso di loro.

« Sta arrivando », disse, accorgendosi soltanto allora che Sam aveva in mano una bottiglia di limoncello. « Cerca di non dimenticare il motivo per cui siamo qui. »

« Chi, io? » sogghignò lui.

Remi uscì e si guardò rapidamente intorno. Si stupì quando vide Bruno fermarsi di colpo a metà della via e scrutare le strade affollate in cerca di loro due. Non sapendo bene che direzione avessero preso, tornò alla loro auto a noleggio, evidentemente intenzionato ad aspettare lì il loro ritorno.

Remi si sistemò meglio la borsa sulla spalla, sentendo tutto il peso dei tre telefoni e rimpiangendo di non avere avuto l'accortezza di lasciarli in macchina. Mentre guardava Bruno appoggiarsi al muro davanti alla loro auto con tutta la calma del mondo, si rese conto che ormai era troppo tardi per farlo.

Le cose non stavano andando secondo i piani.

« C'è qualche problema? » domandò Sam da dentro l'enoteca.

Remi fece un sospiro seccato. « A quanto pare ha deciso di aspettarci. »

I secondi diventarono minuti.

« Non vuole proprio saperne di schiodarsi di lì », disse.

« Sa che prima o poi dovremo tornare alla macchina. » Sam riappoggiò la bottiglia di limoncello sulla mensola, si mise accanto a Remi e guardò da sopra la sua spalla. « Potresti sempre andare là fuori e fingere di esserti persa. »

« Sì, dovrebbe funzionare. Ci vediamo in cima alla scalinata, Fargo. » Gli stampò un bacio sulle labbra e uscì sul marciapiede, inclinando la testa all'indietro come se stesse cercando il nome della via sul fianco dell'edificio. Con la coda dell'occhio vide Bruno guardare dritto davanti a sé, le braccia incrociate. Remi si spostò verso il centro della strada, girando su se stessa per dare l'impressione di essersi persa, ma Bruno restò piantato accanto alla loro auto come una statua romana, senza accennare minimamente a voltarsi verso di lei.

In preda alla frustrazione, Remi passò davanti all'ingresso dell'enoteca e ignorò il ghigno di Sam, che la stava osservando da dentro. « Non sei d'aiuto, Fargo. »

« Magari se dessi un po' più nell'occhio... »

Aveva ragione. Remi fece del suo meglio per sembrare un capriolo davanti ai fari di un'auto mentre fissava Bruno e gridava: « Sam! È lì! Scappa! »

Udendo la sua voce, Bruno alzò la testa. Nell'attimo esatto in cui vide Remi, si allontanò dal muro e partì di corsa verso di lei.

46

Remi aspettò un paio di secondi in più del dovuto per assicurarsi che Bruno la vedesse svoltare l'angolo. Restando al centro della strada in modo che non potesse perderla di vista, superò a passo svelto i turisti che guardavano con occhi sognanti le vetrine delle boutique di lusso. Raggiunse finalmente la piazza e svoltò a sinistra verso la Fontana della Barcaccia. Soltanto allora si rese conto che sarebbe stato ancora più rischioso ritrovarsi inghiottita dalle centinaia di turisti che passeggiavano intorno alla fontana a forma di barca, accalcandosi proprio verso i gradini che lei doveva raggiungere. Se Bruno non fosse riuscito a individuarla tra la folla, con ogni probabilità sarebbe tornato all'auto, e quindi da Sam.

In qualche modo Remi doveva far sì che le restasse abbastanza vicino da riuscire a seguirla. Tuttavia appena trovò un passaggio libero si formò una calca che le bloccò la strada. Demoralizzata, Remi si appoggiò al parapetto della fontana, fingendo di essere senza fiato, e aspettò che Bruno la raggiungesse. Quando lui la vide, Remi sobbalzò e cercò di sembrare spaventata mentre si dirigeva a tutta velocità verso la scalinata. I centotrentacinque gradini costruiti nel 1723 conducevano alla Chiesa della Trinità dei Monti e alla via parallela, dove Remi sperava che Sam la stesse già aspettando.

Emerse dalla folla e attraversò la piazza, guardandosi indietro per essere sicura che Bruno l'avesse vista. Stavolta non c'erano dubbi. Seguendola, Bruno diede una spallata a una donna armata di macchina fotografica che era malauguratamente finita sulla sua traiettoria, e ignorò le sue grida mentre la superava di corsa nel tentativo di raggiungere Remi, che aveva già cominciato a salire la scalinata dal lato destro. Quando fu all'incirca a metà, Remi si voltò e vide che Bruno stava guadagnando terreno. La borsa con i cellulari e la Sig Sauer pesava come l'ancora di una nave. Issandosela sulla spalla sinistra per far riposare la destra, proseguì, ma si rese conto che la stanchezza la stava facendo rallentare.

Quando scrutò i gradini sopra di sé, capì che non sarebbe stato facile aprirsi un varco fino in cima. Tutti si spostavano di qua e di là, oppure si sedevano di punto in bianco proprio davanti a lei, mettendosi in posa per una foto con i due campanili gemelli della chiesa alle spalle. Nessuno badava minimamente a lei, che dunque si vedeva costretta a mutare rotta ogni volta che qualcuno, cellulare o macchina fotografica alla mano, cambiava posizione per ottenere lo scatto perfetto.

Remi aveva i quadricipiti in fiamme quando arrivò in cima. Un venditore le allungò una bottiglietta d'acqua coperta di gocce di condensa. Completamente senza fiato, Remi non riuscì nemmeno a rifiutare. Voltandosi, vide che Bruno era una ventina di gradini dietro di lei. Benché stesse rallentando a sua volta, era ancora troppo vicino per i suoi gusti.

Considerato che la via davanti alla chiesa era a senso unico, Sam sarebbe necessariamente dovuto arrivare da via Sistina, quella a destra di Remi. Dopodiché avrebbe avuto due possibilità: proseguire dritto oltre la chiesa, lasciandosi la scalinata di Piazza di Spagna sulla sinistra, oppure fare una brusca curva per spostarsi su via Gregoriana, che l'avrebbe riportato nella direzione da cui era venuto. Certa che sarebbe rimasto su via Sistina, Remi si diresse immediatamente da quella parte. Ma mentre scrutava la strada, senza vedere né lui né la loro auto, si rese conto di aver commesso un madornale errore di calcolo. Spostarsi a Roma a bordo di un veicolo poteva essere un incubo, soprattutto nei pressi delle zone più turistiche. Impossibile dire quanto avrebbe dovuto aspettare.

Le serviva un posto in cui nascondersi. Ansimante e troppo esausta per continuare a correre, si infilò nella rientranza di un negozio, sperando che Bruno passasse oltre. Premette la schiena contro il muro, e quando si chinò, la borsa le scivolò dalla spalla. Talmente stanca da non riuscire a fare alcunché oltre ad afferrare i manici, la lasciò appoggiata per terra mentre cercava di riempirsi i polmoni d'aria e aspettava. Dopo quella che le parve un'eternità, notò un'ombra per terra davanti a sé e, al di sopra dei battiti del cuore che le rimbombavano nelle orecchie, riuscì a distinguere un suono di respiri affannosi. Quando alzò lo sguardo, vide che Bruno le stava sbarrando la strada.

Erano bloccati lì, in un'impasse. Sulle prime Remi sperava ancora che Sam arrivasse da un momento all'altro, ma con il trascorrere del tempo, capì di doversela cavare da sola.

« Fregata », riuscì a dire Bruno mentre prendeva fiato, grondante di sudore ma con un'espressione di trionfo stampata in faccia. Fece un passo verso di lei.

Remi scagliò la borsa verso l'alto e lo colpì in pieno alla mascella. I telefoni e la pistola produssero un sonoro tonfo. Lui arretrò, barcollando, e restò a fissarla per un attimo con aria incredula. Remi colse l'occasione per assestargli un calcio alle parti basse. Mentre lui si accasciava con un grido di dolore, lei lo scavalcò. « Ride bene chi ride ultimo », disse.

47

Sam arrivò proprio mentre Remi sbucava da un passaggio tra due edifici. Diede un colpo di clacson, si allungò e aprì la portiera dal lato del passeggero. « Com'è andata? » domandò.

Infilandosi nell'abitacolo, lei lanciò la borsa per terra e si asciugò il sudore dalla fronte. « Non ricordavo che i gradini fossero così tanti. » Prese un respiro profondo, poi si girò verso Sam. « L'hai trovato? »

Lui indicò la console centrale. Nel portabottiglie c'era un piccolo dispositivo di localizzazione magnetico, ora senza batteria. « Era nascosto nel paraurti. »

« Al tuo posto l'avrei messo sul retro di un'auto della polizia. »

« Ci ho pensato anch'io in effetti », rispose lui mentre Remi chiudeva gli occhi, ancora affannata. « Ma potrebbe tornarci utile. Se dovessimo avere bisogno di farci seguire, ci basterà reinserire la batteria. »

Sam vide il venditore di bottigliette d'acqua in cima alla scalinata. Frenò e continuò ad avanzare lentamente, abbassando il finestrino quando l'ebbe raggiunto. « Ne prendo una. »

« Un euro », rispose lui alzando la bottiglia gocciolante.

« Un euro? » ripeté Remi indignata. « Posso benissimo aspettare. »

Sam la ignorò e tirò fuori una moneta dalla tasca. « *Grazie* », disse prendendo la bottiglietta ghiacciata e porgendola alla moglie. « Non sono io quello che si è appena fatto trecento gradini di corsa. »

« Sono meno della metà, e poi siamo al verde, in caso te ne fossi dimenticato. » Sollevò la bottiglietta. « A ogni modo ti amo per questa. »

Sam controllò gli specchietti e vide Bruno rimettersi in piedi, seppur a fatica. « È ora di filarcela. Il nostro amico si sta riprendendo », disse guardandolo chinarsi con le mani sulle ginocchia come se fosse sul punto di vomitare.

Remi si voltò di nuovo. « Mmm. Temo di non averlo colpito abbastanza forte. » Svitò il tappo della bottiglia e bevve un lungo sorso. « Hai idea di come faremo a intrufolarci a quell'asta senza i soldi per entrare? »

« Pensavo di presentarci e basta. »

« E cosa pensi che otterremo? Se anche riuscissimo a convincere Luca a farci entrare senza i soldi, si tratta di un evento formale. O devo forse ricordarti che i tuoi vestiti eleganti sono in ostaggio insieme al nostro aereo? »

« Posso assicurarti che saremo in nero, se è così importante. »

Mentre Remi si appoggiava allo schienale e si allacciava la cintura, sulle sue labbra spuntò un sorriso malizioso. « È proprio questo che amo di te, Fargo. Anche in brache di tela, sai sempre come far divertire una ragazza. »

Erano appena passate le nove quando arrivarono alla villa dell'intermediario in cima a una collina fuori Roma. Avevano impiegato circa un'ora a raggiungerla, e poiché mancava almeno un'altra mezz'ora all'appuntamento con Luca, contavano di riuscire quantomeno ad abbozzare un piano.

« Non mi stupisce che chieda certe cifre per entrare », commentò Remi mentre Sam procedeva sulla strada tutta curve. La villa, grande quanto un palazzo, occupava l'intera cima della collina, e la città di Roma si estendeva in lontananza ai suoi piedi. Il sole di fine estate si stava abbassando dietro l'orizzonte, tingendo il cielo di un tenue bagliore grigio-dorato. A giudicare dal numero di auto parcheggiate nello spiazzo di ghiaia sul lato meridionale della proprietà, gran parte degli invitati doveva essere già arrivata. Due giovanotti in abito scuro erano appoggiati a una navetta elettrica vicino al cancello. Uno dei due disse qualcosa e l'altro scoppiò a ridere, ma entrambi si ricomposero appena notarono l'auto di Sam e Remi.

Il più giovane li raggiunse, si chinò verso il finestrino dal lato del guidatore e spostò lo sguardo da Sam a Remi, soffermandosi sui loro vestiti. Prima che potesse commentare, Sam indicò Remi e disse: «*Addetti al catering*».

Con un sorriso d'intesa, il giovanotto indicò a sinistra e li invitò a presentarsi all'addetto alla sicurezza al cancello sul retro.

«*Grazie*», disse Sam.

«*Addetti al catering*?» gli fece eco Remi mentre Sam si dirigeva verso il retro della villa salvo poi accostare appena i due autisti ripresero a parlare.

Le auto erano almeno una cinquantina. Sam notò con un certo sollievo che oltre a essere in pendenza rispetto alla villa, il parcheggio era anche circondato da oleandri. I rigogliosi arbusti, alcuni con fiori bianchi e altri con fiori rosa, erano abbastanza alti da offrire un po' di riparo. Sam afferrò lo zaino e tirò fuori un binocolo. Quando si furono accovacciati entrambi dietro uno degli oleandri, Remi tenne d'occhio il parcheggio mentre Sam studiava meglio la villa.

Intorno a tutto l'edificio, che sorgeva proprio sulla sommità della collina, correva un alto muro sormontato da frammenti di vetro. La navetta lasciava gli ospiti davanti a un cancello presidiato da alcune guardie. Da lì, due rampe di scale conducevano alla porta. Dalla sua postazione Sam non vedeva il cancello sul retro, ma stando all'autista della navetta, anche quello era sorvegliato. Forse avrebbero potuto sfruttare i numerosi platani centenari che si ergevano come sentinelle su quel lato del muro per passare dall'altra parte, ma in quel momento Sam non aveva idea di quanto potesse essere utile.

Remi gli gettò un'occhiata. «Non sarebbe male avere un elicottero ora come ora. Magari insieme a un piccolo esercito.»

«Abbiamo due pistole», disse Sam. «Dovremo farcele bastare. Cosa ne pensi di sfoderare le tue doti di attrice per convincere quei due a lasciarti passare? Credi sia fattibile?»

Remi osservò la coppia che era appena arrivata sulla porta. L'uomo, in smoking, porse l'invito all'addetto alla sicurezza. «Dipende. Qual è la fase successiva del piano?»

«Che una volta entrata trovi un modo per far entrare anche me.»

« Geniale, Fargo. Speravo in qualcosa di un po' più specifico. »

Lui abbassò il binocolo. « In un posto così grande, ci serve una piccola ricognizione all'interno per capire come muoverci. »

« Ti rendi conto che siamo vestiti come ladri? »

« Il tuo abito non è più sul sedile posteriore della macchina? »

« L'abito sì, ma come la mettiamo con le scarpe? »

« Abbaglierai tutti con la tua bellezza », rispose Sam. « Chi credi possa accorgersi di cosa porti ai piedi? »

« Fatta eccezione per tutte le donne presenti? »

« A meno che non siano armate, non sono loro a preoccuparmi. Fidati di me, Remi. Ti ho vista con quel vestito addosso. Dentro quella villa non ci sarà un solo uomo che baderà alle tue scarpe. »

« Vuoi davvero che vada là dentro soltanto con questo misero piano? »

« Non ti ho sposata soltanto per la tua bellezza. Quella era soltanto un gradito extra. »

48

Lavorando per i Fargo da anni, Selma Wondrash si era ormai abituata non solo alle loro richieste talvolta strane, ma anche a fare vere e proprie maratone di lavoro, durante le quali non riusciva a prendersi un giorno o una serata libera per intere settimane. Per di più, che si fossero offerti di dare una mano in un'operazione di ricerca e salvataggio o che fossero sulle tracce di un tesoro perduto, nella maggior parte dei casi i Fargo avevano bisogno di poterla raggiungere ventiquattr'ore su ventiquattro. Lo stipendio da capogiro con cui la ricompensavano non faceva molta differenza per Selma, se non per il fatto che le dava la certezza di poter smettere di lavorare in qualsiasi momento senza doversi preoccupare di come tirare avanti. La verità era che avrebbe fatto tutto ciò che faceva anche gratis. Per lei i Fargo erano più membri della famiglia che datori di lavoro, e Selma sapeva che valeva lo stesso anche per loro. Ecco perché l'improvvisa impossibilità di contattarli la preoccupava. Forse era perché aveva vent'anni in più di loro, ma ipotizzava fosse così che dovevano sentirsi i genitori quando non riuscivano a raggiungere i figli al telefono e non sapevano dove fossero.

La parte più difficile dell'attesa erano le immagini non richieste che le affollavano la mente, mostrandole tutte le cose orribili che potevano essere capitate, soprattutto nel mondo dei Fargo. Era quello il motivo per cui Selma stava tamburellando le dita sul ripiano della scrivania con lo sguardo fisso sul telefono.

Lazlo era seduto accanto a lei, alla propria scrivania. « Chiameranno. Lo sai come fanno quando sono nel bel mezzo di qualcosa. Di solito della giungla o di qualche isola deserta. »

« Peccato che siano in Italia, dove non ci crederai, ma di giungle e isole deserte non c'è nemmeno l'ombra. E hanno intenzione di imbucarsi a un evento probabilmente organizzato da mafiosi che gestiscono un giro di ricettazione di opere d'arte. »

« Pane per i loro denti », disse Lazlo. « Sai meglio di me che vanno pazzi per queste cose. Non ho idea del perché, ma è così. »

« E se non stessero chiamando perché è successo qualcosa? Con le auto a noleggio che hanno distrutto potremmo aprire una rivendita di usato. Quei due hanno rischiato la pelle così tante volte che ho dovuto cominciare a tingermi i capelli. »

Lazlo guardò i capelli corti ritti sulla sua testa. « Mi piace il risultato. Quelle ciocche blu e rosa... »

Sentendosi avvampare, Selma si voltò e finse di concentrarsi sul diario mancante che le aveva fatto recapitare l'avvocato di Albert, come se d'un tratto temesse di perdere il segno. Non era da molto che Lazlo lavorava a tempo pieno per i Fargo come crittografo e ricercatore. Ripensandoci, Selma si rese conto che lei e Lazlo, rispettivamente una stacanovista e un ex alcolista, erano stati piuttosto bravi a sopportarsi a vicenda.

A un certo punto lei aveva cominciato a essere più rilassata e lui a essere certo di aver chiuso per sempre con l'alcol.

Naturalmente poco dopo avevano scoperto di trovarsi bene insieme. A Selma piaceva l'umorismo pungente di Lazlo, e a lui piaceva l'etica del lavoro di Selma. Soprattutto, a entrambi piacevano i Fargo. Secondo Selma, era quella la base per una relazione professionale soddisfacente.

Negli ultimi tempi, però, stava scoprendo che in Lazlo c'era molto di più di quanto si notasse a un primo sguardo. Si era preso la briga di informarsi sul compianto marito di Selma, che era stato un pilota collaudatore dell'Air Force. Sapeva che preferiva le mele Pink Lady alle Fuji. E quando le cose si mettevano male e Selma era talmente presa dalle ricerche che le veniva voglia di fare man bassa di snack nella dispensa al piano di sopra anziché consumare un vero pasto, lui si metteva ai fornelli per assicurarsi che mangiasse qualcosa di salutare.

Non era certo il miglior cuoco del mondo, ma aveva comprato un libro di cucina ungherese, e i suoi tentativi di preparare gulash, involtini di cavolo e pollo alla paprika con gnocchetti erano davvero adorabili, benché tendesse a stracuocere tutto quanto.

Selma si arrischiò a lanciargli un'occhiata. Fu grata di scoprire che non la stava guardando, e si augurò che non avesse notato il suo imbarazzo. A Lazlo tuttavia non era sfuggita la sua improvvisa attenzione.

« So benissimo cosa vuoi », disse senza alzare lo sguardo dai fogli sulla sua scrivania.

Selma era talmente stupita che per un momento restò senza parole e si domandò se anziché leggere la sua copia del diario del visconte, Lazlo non le avesse letto nel pensiero. Stavolta non poté nascondere in alcun modo di essere arrossita. « Non so proprio a cosa ti riferisci », disse cercando di concentrarsi sul libro.

« Stai morendo dalla voglia di chiamare i Fargo », rispose lui guardando con intenzione il telefono. « Mentre io sono piuttosto certo che saranno loro a chiamare se dovessero avere bisogno di qualcosa, tu stai fissando la stessa pagina di quel diario da un'eternità. È evidente che non riuscirai a concentrarti finché non avrai preso in mano quel telefono. » Le lanciò uno sguardo veloce, salvo poi voltarsi a guardarla una seconda volta. « Non ti starà venendo la febbre, vero? »

Allungò la mano per posargliela sulla fronte. « In effetti sei un po' calda. »

« Sto bene », rispose lei scostando la sedia in preda a un urgente bisogno di allontanarsi da lui. Infilò un foglietto nel diario come segnalibro, prese il ricevitore e selezionò il numero rapido associato al telefono di Sam. Nulla. Nemmeno un bip. Premette il tasto di richiamata, ma non sentì nemmeno il segnale di libero. « Credo che il telefono non funzioni. »

Lazlo prese il telefono sulla sua scrivania e ottenne lo stesso risultato. « Direi che questo spiega come mai non li abbiamo sentiti. Chiamo la compagnia telefonica per chiedere che mandino un tecnico. »

Il sollievo che Selma provò nello scoprire che c'era una spiegazione ragionevole si dissolse quando si accorsero che non funzionavano nemmeno i cellulari.

Lazlo stava fissando lo schermo del suo iPhone in attesa che partisse la chiamata. « Strana coincidenza, non trovi? »

« Più che altro, la definirei sospetta », rispose lei girandosi verso il computer e rendendosi conto che non avevano nemmeno la connessione Internet. « Se si trattasse soltanto del telefono fisso e di Internet, potrei quasi credere che sia un problema di linee telefoniche. Ma anche i cellulari? »

« Non crederai che qualcuno sia riuscito ad accedere ai contratti dei Fargo? »

« Spero di no », disse Selma. Ma dopo aver fatto un salto dal vicino della casa accanto per telefonare ai Fargo, di nuovo senza riuscirci, e dopo aver cercato di far uscire un tecnico a sistemare le linee, non ebbero più alcun dubbio. Non solo qualcuno aveva bloccato tutti i contratti intestati ai Fargo, ma stava anche impedendo loro di accedervi.

Selma chiamò poi la banca e scoprì che anche lì era stato tutto congelato.

Nonostante la preoccupazione al pensiero che i Fargo fossero là fuori senza denaro e senza alcuna possibilità di contattarli, Selma sapeva anche che i suoi datori di lavoro erano pieni di risorse. I Fargo avrebbero trovato un modo di farsi vivi. Non aveva alcun dubbio. E quando l'avessero fatto, avrebbero voluto risposte sul passato della Grey Ghost. Pronta a procedere con le ricerche, Selma si sedette per leggere il diario rubato, ma scoprì che il segnalibro era scivolato fuori. « Possibile che mi vada tutto storto? » imprecò sfogliando le pagine.

« Posso? » Lazlo le prese il diario di mano, e poco dopo trovò il punto in cui Selma si era interrotta.

49

Diario di Jonathon Payton,
quinto visconte Wellswick

1906

Mi svegliai con un dolore lancinante alla testa e la vaga sensazione di essere osservato. Aprii a fatica un occhio, accorgendomi che tutto quanto intorno a me era avvolto dal chiarore della luna. Mi sforzai di ricordare come avessi fatto a finire per terra accanto a un mucchio di spazzatura sul retro di chissà quale taverna.

Una voce sopra di me mi fece sussultare. Alzai lo sguardo e non vidi altro che la sagoma di qualcosa di grosso e tondo. Una mucca con le ali. No, un uomo con le mani sui fianchi.

Nella luce fioca che proveniva da una porta aperta, mi resi conto che si trattava dell'oste, il quale mi stava fissando con espressione severa...

« Io... non so proprio come abbia fatto a finire qui », balbettai.

« Una pinta di troppo, oserei dire. »

« È proprio questo il punto. Non ricordo di aver bevuto nient'altro che un bicchiere di vino a cena. »

Dal borbottio con cui mi rispose, dedussi che l'oste non mi credeva. Nel frattempo mi misi a sedere e cercai di ricordare le circostanze che mi avevano portato lì...

Avevo cenato con Miss Atwater.

Quando provai ad alzarmi in piedi, fui sopraffatto da un'ondata di vertigini.

« Non lo reggete proprio l'alcol, eh? » disse l'uomo, tenendomi perché non cadessi.

Meglio non mettersi a discutere.

« Fortuna che ho sentito il trambusto qua fuori », proseguì arretrando di un passo quando capì che ero abbastanza saldo sui piedi.

Mi guardai intorno sforzandomi di ricordare cosa fosse successo. La vista del bastone con l'impugnatura di ottone di mio padre infilato nel mucchio di immondizia accanto a noi portò con sé il vago ricordo di qualcuno che mi chiamava sua signoria per poi scaraventarmi a terra. Mi voltai verso l'oste. « Grazie del vostro aiuto. »

« Un gentiluomo come voi dovrebbe quantomeno offrire una ricompensa a chi gli ha salvato la pelle. » Allungò una mano, in attesa. « Quei brutti ceffi avrebbero potuto sgozzarvi se non fossi arrivato per tempo. Correndo a mia volta un grande rischio, se posso permettermi. »

Poiché gli ero effettivamente grato per il suo intervento, mi infilai la mano nel taschino portamonete e mi stupii di trovarvi ancora tutti i miei soldi. Il mio sollievo cedette però il passo alla paura quando mi tornò in mente che Miss Atwater era scomparsa. « Avete visto una donna con loro? Qualcuno ha per caso parlato di una donna? »

« Non saprei. »

« Avete detto che qui fuori c'è stato del trambusto. Riflettete bene, cos'avete sentito? »

Vedendo un'ombra di sospetto passargli sul viso, tirai fuori diverse monete. « Ditemi esattamente cos'avete sentito. »

Lui osservò prima il denaro e poi me. « Uno ha detto che voi avete un debole per una certa signorina Water o qualcosa del genere. Gli altri due hanno riso. »

Fui investito da una nuova ondata di nausea al pensiero di Miss Atwater, spaventata e sola chissà dove. « Hanno detto altro? »

« Dopo avervi scaricato qui dietro, si sono dati appuntamento da lì a quaranta o cinquanta minuti. »

« Siete sicuro che si riferissero a un orario? Non poteva trattarsi di qualcos'altro? »

L'uomo mi guardò come se fosse una domanda assurda. « Non saprei. Ma quando mi hanno visto arrivare, il primo uomo ha detto agli altri di lasciarvi pure lì, perché voi in ogni caso non avreste avuto il fegato di seguirli. »

Fosse stato soltanto per la Grey Ghost o per l'agognato motore della 40/50, mi sarei accontentato di chiamare una guardia notturna e chiudere lì la faccenda. Ma sapere che avevano rapito una donna innocente come Miss Atwater mi spronò ad agire. Sapevo tuttavia di non potermi mettere sulle loro tracce da solo. « Devo far recapitare un messaggio a qualcuno. »

L'uomo prese le monete dal palmo della mia mano e si voltò per tornare nella taverna, tenendosi bene al largo dal cumulo di rifiuti. « Incredibile come i ricconi pensino sempre che abbia un mucchio di tempo da perdere. Io ho un locale che mi aspetta. »

« Vi pagherò il doppio di quello che vi ho già dato. »

Lui si fermò sulla porta e si voltò a guardarmi. « Datemi il triplo e manderò un ragazzo a riferire il messaggio. »

« E il triplo sia. Il messaggio è per Mr Isaac Bell, al Midland Hotel. Dite che Miss Atwater è stata rapita e che lo aspetto... » Dove? Per quel che ne sapevo, quegli uomini non avevano detto dove si sarebbero incontrati. Tuttavia, se davvero dietro tutta quella faccenda si celava Reggie, c'era un solo posto in cui sarebbe potuto andare. « Alla rimessa di mio padre. Fate recapitare lo stesso messaggio a Byron, Lord Ryderton. » Gli comunicai l'indirizzo.

L'oste borbottò qualcosa sugli uomini che non reggevano l'alcol e cominciò a incamminarsi.

Con lo stomaco sottosopra per l'odore dei rifiuti e la botta alla testa, presi il bastone di mio padre dal cumulo di immondizia e mi riempii i polmoni d'aria fresca mentre cercavo di recuperare l'equilibrio. « Quaranta o cinquanta minuti... »

No, non parlavano affatto di un orario, anche se di certo quei criminali non avevano idea di quale fosse il riferimento nascosto.

Pensai alla rimessa di mio padre domandandomi come avesse fatto a venirmi in mente soltanto allora. Forse perché fino a poco prima mi ero rifiutato di credere che fosse stato davvero Reginald a rubare la Grey Ghost. Ma adesso che sapevo com'erano andate le cose, ero anche certo che l'auto non potesse essere nascosta altrove.

Tuttavia l'auto rubata era l'ultima delle mie preoccupazioni.

Miss Atwater...

Nel quarto d'ora che impiegai a schiarirmi le idee, trovare la giusta direzione e raggiungere la rimessa, pregai che non fosse troppo tardi.

50

Remi aspettò che la campagna italiana fosse avvolta nell'oscurità prima di cambiarsi sul sedile posteriore dell'auto. Una volta scesa, si lisciò l'abito di seta sulle gambe e si sistemò la profonda scollatura a cuore decorata da un minuscolo fiocchetto di Swarovski, un connubio perfetto tra semplicità ed eleganza.

Sam si lasciò sfuggire un fischio quando la vide. « Avevo ragione, sei stupenda. »

« Già, dalla testa ai piedi. » Quello splendido abito lungo era fatto per essere indossato con i tacchi. Remi sollevò l'orlo, scoprendo le scarpe da trekking nere con le stringhe.

« Te l'ho detto, nessuno ti guarderà i piedi. Vai là dentro con tutta la sicurezza di cui sei capace. »

« Augurami buona fortuna. » Gli diede un bacio e controllò che nessuno li stesse guardando prima di dirigersi verso il veicolo con cui le guardie accompagnavano gli ospiti dal parcheggio all'ingresso della villa. Sam aveva ragione. Nessuno badò ai suoi piedi. Tuttavia lungo il tragitto Remi si curò di tenere le scarpe nascoste sotto l'abito. La navetta si fermò davanti a un ampio viottolo rivestito di piastrelle di terracotta, fiancheggiato su entrambi i lati da cipressi in vaso equamente distanziati. Percorrendolo si arrivava alla prima rampa di scale scavata nel fianco della collina e a una terrazza con panche di pietra disposte lungo la balaustra in travertino, forse perché gli ospiti potessero fare una sosta prima di affrontare la seconda nonché più lunga rampa di scale che conduceva alle imponenti porte aperte da cui sarebbero finalmente entrati nella villa.

Remi percorse il vialetto, fermandosi poi in fondo alle scale a osservare alcuni ospiti sulla terrazza. Restò sconcertata nel vedere Luca seduto su una delle panchine a fumare una sigaretta in attesa di lei e Sam. Sfoderare il suo fascino per imbucarsi alla serata era un conto, passare davanti a Luca era tutto un altro paio di maniche.

« Si è persa? »

Voltandosi, Remi vide un uomo che sembrava essere sbucato dal nulla. Da com'era vestito, escluse che potesse trattarsi di un addetto alla sicurezza. Indossava una giacca dal taglio impeccabile, e la lucidità del tessuto diceva chiaramente che i soldi, per lui, non erano un problema. Benché i suoi capelli castani cominciassero a essere screziati di grigio, Remi ipotizzò che avesse poco meno di quarant'anni. La stava osservando con un misto di curiosità e sospetto, pressoché le stesse sensazioni che provava anche lei.

L'istinto le suggerì che la presenza di un'americana a quell'evento sarebbe decisamente balzata all'occhio. « *Parla italiano?* » domandò quindi.

« No, mi dispiace. Soltanto inglese. »

Remi alzò la testa e vide che Luca la stava guardando. Non sapendo se avrebbe dato l'allarme o preteso i suoi soldi, si spostò dietro uno dei cipressi.

L'uomo accanto a lei parve accorgersene. « Perché non prende l'ascensore? » propose indicando alla propria sinistra, dove Remi vide la stretta porta di un ascensore scavato nella roccia e alcuni vasi di cipressi sparpagliati qua e là nel tentativo di camuffarlo. « Si fa prima », commentò premendo il pulsante. La porta si aprì con un lieve fruscio, e lui tese il braccio per evitare che si richiudesse subito dopo.

« *Grazie* », disse Remi con un sorriso. « Molto gentile », aggiunse poi in inglese, ma con un forte accento italiano.

Salì sull'ascensore e aspettò che l'uomo togliesse la mano dalla fotocellula. Lui però attese un momento con lo sguardo rivolto verso il vialetto. Un uomo più giovane in abito grigio e senza cravatta, con il colletto della camicia slacciato e una valigetta sottile nella mano destra, li raggiunse di corsa.

« Sei in ritardo », disse l'uomo accanto a lei.

« Scusa. Ho sbagliato strada. » Gli porse la valigetta e se ne andò senza aggiungere una sola parola.

Dei tre piani sul pannello di controllo, l'ultimo si poteva selezionare soltanto con una chiave. L'uomo premette il pulsante per il primo e, dopo un momento, l'ascensore cominciò a salire. Quando la porta si aprì, lui mise di nuovo la mano davanti alla fotocellula per far passare Remi.

Grata che l'uomo sembrasse avere fretta, lei si fece da parte in modo che, scendendo dall'ascensore, potesse superarla. Quando lei mormorò un «*grazie*», lui le rivolse un cenno educato e si diresse a passo deciso verso le porte d'ingresso, le dita ben strette intorno alla maniglia della valigetta.

Purtroppo Luca, che Remi sperava con tutta se stessa di evitare, aveva effettivamente notato la sua presenza, e adesso stava salendo i gradini due per volta. Le sbarrò la strada, dando le spalle alla villa. «Dove crede di andare?»

«A cercare mio marito», disse lei a bassa voce. «È salito con i soldi una decina di minuti fa. Io mi sono rotta il tacco della scarpa e sono dovuta tornare alla macchina per cambiarmi», disse sollevando l'abito per mostrargli i piedi.

«Vuole farmi credere che suo marito l'ha lasciata tornare alla macchina da sola?»

«Temevamo di non riuscire a incontrarla, considerato che eravamo in ritardo. Quando me ne sono andata era proprio qui, accanto all'ascensore. L'avrà sicuramente visto, se ci stava aspettando.»

Luca studiò la sua espressione come se stesse cercando di stabilire fino a che punto potesse fidarsi. «Non stavo guardando l'ascensore», disse infine.

«È possibile che sia riuscito a entrare anche senza di lei?»

Lui si voltò verso la porta, guardò alle spalle dell'uomo che controllava gli inviti e poi si girò a osservare il parcheggio, dove alcuni ritardatari si stavano dirigendo dalle loro auto alla navetta. Remi seguì il suo sguardo, felice che Sam fosse ben nascosto dietro gli oleandri. «Sì, è possibile», confermò lui.

«Andiamo a controllare. Dev'essere qui da qualche parte.» Si avviò verso la porta. Luca ebbe un attimo di esitazione, ma poi la seguì e porse il suo invito alla guardia, che lo controllò e fece loro segno di entrare.

Quello che sembrava l'ingresso della villa era in realtà una grande veranda dalla quale si godeva di uno splendido panorama, con le dolci colline tutt'intorno e le luci di Roma in lontananza. Alla loro sinistra si trovava una cucina a vista nella quale gli addetti al catering si stavano dando un gran daffare. Alla loro destra, invece, un'ampia scala di travertino conduceva a quelli che dovevano essere gli alloggi principali, disposti a U intorno alla veranda. A quel piano, numerose porte davano su un grosso balcone affacciato sulla veranda di quello inferiore. Purtroppo non sarebbe stato facile cercare di individuare il miglior punto d'accesso tra tutte quelle possibilità.

Remi e Luca si allontanarono dall'ingresso. Lui si mise a cercare Sam con lo sguardo, mentre lei fece soltanto finta. Le conversazioni che sentì in sottofondo erano le stesse di tutti gli altri eventi di raccolta fondi a cui aveva partecipato in vita sua. Il valore di un certo titolo, chi indossava l'abito di quale stilista, chi stava divorziando da chi. L'unico argomento su cui non sentì pronunciare una sola parola erano le auto, d'epoca o meno.

Le parve strano, fino a quando non le venne in mente che con ogni probabilità quella serata era soltanto una pratica copertura per un'asta di auto rubate.

Stava per domandare a Luca se fosse effettivamente così quando vide l'uomo con cui aveva condiviso la corsa in ascensore dirigersi verso le scale con la sicurezza di chi sapeva dov'era diretto. Si fermò soltanto quando due uomini in abiti costosi con il fisico da giocatori di football gli sbarrarono la strada. Remi non aveva idea di cosa avesse detto o mostrato loro, ma i due si fecero immediatamente da parte per lasciarlo passare.

« Chi è quel tale che sta salendo? » domandò Remi.

Luca guardò nella direzione indicata da Remi. « Probabilmente uno degli acquirenti. Soltanto loro hanno accesso a quella parte della villa. È tutto prestabilito. »

La porta in cima alle scale si aprì, e l'uomo varcò la soglia. Prima che la porta si richiudesse, Remi vide un'altra guardia, stavolta un uomo biondo con il pizzetto, perquisire la giacca e le tasche dell'uomo per verificare che non fosse armato. « Prestabilito? Come sarebbe a dire? »

Lui distolse lo sguardo così in fretta che Remi si insospettì.

Gli si piazzò davanti in modo da costringerlo a guardarla. « Come avrebbe fatto a far entrare Sam se è tutto prestabilito? »

« Ecco... non l'avrei fatto. La verità è che nemmeno io ho accesso all'asta. Più in là di così non sono mai arrivato. »

« Davvero credeva che sarebbe riuscito a intascare i nostri soldi e a farla franca? »

L'espressione colpevole sul suo viso disse a Remi tutto ciò che aveva bisogno di sapere.

« Credo proprio che possiamo chiudere qui il nostro affare », disse Remi.

« Mi dovete ancora i soldi per l'ingresso. »

Nei parecchi secondi che trascorsero, Remi si sforzò di tenere a bada la collera. Prese un respiro per calmarsi e si protese in avanti. « Sono proprio curiosa di vedere come farà a riscuoterli », sussurrò minacciosa.

Lui restò di sasso. Remi prese un calice di champagne dal vassoio di un cameriere che passava di lì e resisté alla tentazione di rovesciarlo addosso a Luca. Si diresse invece verso la balaustra affacciata sull'enorme prato ben curato. L'alto muro decorato a stucco che lo circondava era coperto da una distesa di frammenti di vetro dall'aria letale che riflettevano la luce della luna.

51

Nascosto dietro gli oleandri, Sam esaminò con il binocolo le sei finestre a tutta parete del maestoso edificio. Ciascuna dava su un balconcino grande quel tanto che bastava per ospitare due cipressi in vaso. Gli unici addetti alla sicurezza da quel lato della proprietà erano i due giovanotti che accompagnavano gli invitati alla villa e le guardie sulla porta. Sam scrutò il muro alto tre metri che correva lungo il perimetro della tenuta, senza però vedere alcuna guardia all'esterno. C'erano tuttavia due telecamere fissate in alto agli angoli dell'edificio, una rivolta verso l'ingresso principale e l'altra verso il retro. Sam cercò una telecamera che puntasse verso il lato meridionale del muro, ma non la trovò. I casi erano due: o era nascosta dietro la linea degli alberi che crescevano vicino al muro, oppure era stata ritenuta superflua, dal momento che c'era già quell'alto muro disseminato di frammenti di vetro.

Uno scricchiolio di passi poco distante disse a Sam che Remi stava tornando. Sua moglie attraversò lo spiazzo di ghiaia, si fece strada tra le auto parcheggiate e raggiunse Sam dietro gli oleandri.

A lui bastò uno sguardo per capire che qualcosa non era andato secondo i piani. « Cos'è successo? » domandò mentre Remi si accovacciava accanto a lui.

« Credo che Georgia dovrà cancellare quell'amico dell'amico dall'elenco delle persone a cui mandare gli auguri di Natale. » Poi gli raccontò tutto.

Sam fece una risatina.

« Cosa c'è di tanto divertente? »

« Tutta questa storia è così ironica... Se non avessimo subito quell'attacco hacker, Luca sarebbe riuscito a derubarci. »

Le labbra di Remi si schiusero in un sorriso.

« Cos'hai scoperto? »

« La serata è indubbiamente una copertura. Per permettere a certi acquirenti danarosi di entrare senza attirare l'attenzione. »

« Hai idea di dove vadano una volta dentro? »

« Sono spariti dietro una porta nell'ala sud. Non sono riuscita a scoprire altro. Nessuno entra senza superare accurati controlli di sicurezza. Tutti gli altri invitati sono al piano di sotto, in veranda. »

Ecco spiegato per quale motivo, fatta eccezione per alcune finestre dell'ala sud, quasi tutta la villa era buia. Sam osservò il secondo piano. Dietro la quarta finestra gli parve di scorgere una luce fioca. Pensò che dovesse trattarsi di una lampada molto piccola o che la luce filtrasse da un'altra stanza attraverso la porta aperta.

Porse il binocolo a Remi. « Guarda. La vedi la luce che arriva da quella finestra? Al secondo piano. Potrebbe essere quella la stanza in cui sono entrati? »

Remi regolò la messa a fuoco. « Non posso dirlo con certezza. Grosso modo è lì che si trovava la porta oltre la quale ho visto sparire il tizio dell'ascensore. Ma ci sono molte finestre a quel piano, Sam. E io ero dal lato opposto. »

« C'è solo un modo per scoprirlo. Andrò a dare un'occhiata di persona. »

« A cosa pensi che servirà? »

« Forse a niente. Però potrei avere fortuna. Non lo saprò finché non sarò là sopra. »

« Finché non *saremo* là sopra. »

« Mi dispiace, Remi, ma non hai l'abbigliamento adatto. »

Lei abbassò il binocolo e guardò Sam con espressione leggermente seccata. « Dammi due minuti e sarà perfetto. »

La verità era che Sam aveva un brutto presentimento riguardo a quel posto, e non soltanto perché Luca aveva cercato di imbrogliarli. Forse il motivo era solo l'enorme quantità di soldi che circolava là dentro, eppure gli sforzi dell'intermediario di mantenere segreta quell'asta avvaloravano la teoria che le auto fossero di provenienza quantomeno dubbia. « Qualcuno deve rimanere di guardia. »

« Lanciamo una moneta. Chi vince resta qui. »

A Sam stava bene, a patto che fosse Remi a perdere. Prese una moneta dalla tasca e la lanciò. La luce della luna si riverberò sulla superficie di ottone opaco mentre la moneta girava nell'aria. « Cosa scegli? » domandò Sam dopo averla ripresa.

« Testa. »

Sam aprì il palmo e constatò a bocca aperta che Remi aveva vinto. Tuttavia nel tempo che Remi impiegò a cambiarsi d'abito, lui cambiò idea. Remi fece per prendere lo zaino e la fune arrotolata, ma lui la batté sul tempo. Avevano imparato anni addietro a fidarsi l'uno dell'istinto dell'altra, e quello evidentemente era uno dei momenti in cui era il caso di farlo. « Ho un brutto presentimento. Vado io. »

« È per questo che verrò con te », replicò lei. « Se dovesse succederti qualcosa, voglio essere presente. »

« Bene », disse lui mettendosi lo zaino in spalla. « Ma se qualcosa dovesse andare storto, promettimi che tornerai alla macchina e sparirai di qui. »

« Parola di scout. »

52

Sam strinse forte un'estremità della fune, lanciò la parte arrotolata oltre il ramo di un platano e la fermò prima che toccasse terra dall'altro lato. Dopo aver dato qualche strattone alla fune per appurare se il ramo avrebbe retto il suo peso, guardò Remi. « Se vuoi tirarti indietro, o adesso o mai più. »

« Stai perdendo tempo, Fargo. »

Lui si arrampicò sull'albero aggrappandosi ai rami per mantenere l'equilibrio mentre avanzava su quello più grosso, attento agli spessi frammenti di vetro lunghi e appuntiti che scintillavano sotto di lui come un minaccioso mosaico di pugnali colorati.

Remi lo seguì, recuperando la fune e arrotolandola man mano. Quando l'ebbe raggiunto, Sam si mise la fune in spalla e si fece strada sull'albero fino ad arrivare al ramo parallelo al balcone. Valutò la distanza. Tra la balaustra e la parte più spessa del ramo c'era uno spazio di almeno un metro e mezzo.

A patto di non sbilanciarsi, avrebbe potuto farcela tranquillamente. Non era quello il problema. A preoccuparlo era la possibilità che la balaustra di pietra non fosse ben ancorata alla base del balcone e che non sostenesse il suo peso. L'impatto del suo salto, seguito da quello di Remi, avrebbe avuto conseguenze catastrofiche se il muro fosse stato danneggiato dalla muffa o in altro modo.

« Forse è il caso che vada io per prima », sussurrò Remi.

Erano a più di cinque metri da terra. Se quel balcone era destinato a crollare, Sam non avrebbe certo permesso che lo facesse sotto il peso di Remi. « Andrà tutto bene. » Sam lo sperava.

Appena prima che saltasse, Remi gli afferrò il braccio. « Abbiamo compagnia », bisbigliò.

Con la coda dell'occhio, Sam vide due addetti alla sicurezza in uniforme nera sbucare da dietro l'angolo e dirigersi verso l'albero su cui si trovavano. Non fosse stato per Remi, probabilmente Sam li avrebbe visti soltanto quando fosse stato a mezz'aria. Poiché ormai era troppo tardi per nascondersi, rimase ad aspettare dov'era nella speranza che non alzassero lo sguardo. Malauguratamente i due uomini decisero di fermarsi proprio sotto l'albero. Il più alto dei due tirò fuori un pacchetto di sigarette e ne offrì una a quello più basso.

« *Grazie* », disse l'altro accettando. Diede un lungo tiro mentre il suo collega avvicinava l'accendino alla sigaretta. Quando aspirò a sua volta, la fiamma gli illuminò il viso. Tuttavia anziché proseguire, i due uomini restarono lì a parlare sottovoce. Il fumo saliva lentamente verso Sam, che cercava di mantenersi in equilibrio, sforzandosi di assomigliare il più possibile a un albero a dispetto della sua natura di essere umano e aggrappandosi ai rami sopra di sé. Se non altro Remi era in parte nascosta in un incavo formato dai rami dietro di lui.

Quando una folata di vento fece frusciare le foglie, Sam si ritrovò avvolto da una nuvola di polline e fumo. Rendendosi conto che stava per starnutire, cercò di placare il prurito storcendo la faccia e il naso. Poiché non funzionò, lasciò andare uno dei rami e si portò lentamente la mano verso la faccia per stringersi le narici. Il prurito svanì.

Non i due uomini, che se ne stavano ancora lì a fumare con calma e a ridere. Poi, finalmente, la prima guardia lasciò cadere la sigaretta nell'erba e la spense con il piede. L'altra diede l'ultimo tiro e fece altrettanto, dopodiché i due si allontanarono per proseguire il loro giro di pattuglia.

Quando furono spariti dietro l'angolo opposto, Sam aspettò qualche secondo per essere certo che fossero abbastanza lontani. Poi saltò. Si aggrappò alla balaustra in travertino e si issò sul balcone. Remi lo seguì con la sua consueta grazia felina, e Sam le prese le mani per aiutarla a salire.

Sul balcone c'era spazio a malapena per i due cipressi in vaso ai lati della finestra. Sam cercò indizi evidenti della presenza di un allarme, ma non ne trovò. Naturalmente c'era un solo modo per scoprire con certezza se ci fosse o meno, e quel modo era aprire la finestra. Con la festa in pieno svolgimento e l'asta segreta, se a quel piano c'era un allarme poteva anche darsi che non fosse inserito. Sam guardò attraverso la finestra, e oltre la tenda scostata riuscì a vedere la stanza buia.

« È una camera da letto », sussurrò.

« Faremo prima se ci dividiamo. »

Remi aveva ragione, ma quel brutto presentimento continuava a tormentarlo. Non valeva la pena di ignorare il suo istinto soltanto per risparmiare tempo. « Restiamo insieme. »

Per fortuna tra un balcone e l'altro c'era giusto uno spazio di mezzo metro, e Sam tenne Remi per mano mentre lei passava dall'altra parte. Aveva appena scavalcato la balaustra di pietra per sedersi sul bordo quando all'interno si accese una luce che illuminò tutto il balcone. Prima che Remi potesse muoversi, dalla finestra giunse un rumore inequivocabile: qualcuno la stava aprendo.

53

Remi si immobilizzò mentre la finestra a tutta parete si apriva. Gettò un'occhiata a Sam, che si spostò in fretta dietro il cipresso sul balcone accanto, premendo la schiena contro la parete. Quando con un cenno Remi gli fece capire di voler tornare da lui, Sam scosse la testa.

C'era ben poco che Remi potesse fare se non aspettare e sperare che chiunque avesse aperto la finestra non avesse intenzione di uscire e guardarsi intorno. Bloccata tra il cipresso in vaso e la balaustra, arretrò fino a sentire le appuntite decorazioni in stucco del muro contro la schiena. Nel frattempo il battito del suo cuore le rimbombava talmente forte nelle orecchie che fece non poca fatica a distinguere le voci all'interno. « Chiedo scusa », disse un uomo. « La stanza dovrebbe rinfrescarsi in fretta, comunque. »

Quando capì che non sarebbero usciti, Remi si avvicinò a poco a poco al cipresso e alla finestra aperta, e sbirciando attraverso i rami spinosi riuscì a vedere l'interno della stanza. Due uomini, entrambi in abito scuro, erano accanto a un enorme scrittoio in mogano con la schiena rivolta verso la finestra. « Diceva di aver già predisposto tutto per l'auto, giusto? » domandò uno. Si trattava senza ombra di dubbio dell'intermediario che aveva organizzato l'asta.

« Intendo riportarla nel Regno Unito », rispose l'altro. « Ma avrei una domanda. Poiché non ho idea di come abbia fatto a procurarsi l'auto per quest'asta... »

« Teniamo molto all'anonimato sia dei nostri venditori che dei nostri acquirenti. »

« E io lo apprezzo profondamente. Ma non mi riferivo a questo. »

« Chiedo scusa, signor Wrent. Cosa voleva sapere? »

« Non metto in dubbio che, come mi ha garantito, questa sia effettivamente la 40/50 alla quale sono interessato. Mi domandavo se ci fossero informazioni sul primo proprietario dell'auto. Foto, documenti rinvenuti a bordo? Qualunque cosa possa contribuire a dimostrarne la provenienza. »

« È la stessa auto. Per altro non so a cosa potrebbero servire eventuali documenti. Saprà sicuramente che quest'auto non può essere venduta sul mercato come se niente fosse. »

« Certo. E non ho alcuna intenzione di venderla. »

« Posso domandarle cos'ha questo veicolo di tanto speciale? »

« Sono un appassionato di storia. Per questo sono interessato a tutto ciò che potrebbe essere anche solo vagamente utile per ricostruire il passato del veicolo. »

« Sarà nostra cura farle avere tutto ciò che abbiamo. »

« Grazie. »

Un barbagianni scese in picchiata dal tetto e passò davanti alla finestra. Le sue ampie ali attirarono l'attenzione di entrambi gli uomini. Remi indietreggiò e riuscì a intravedere la faccia dell'acquirente mentre i due si voltavano a guardare.

Era l'uomo dell'ascensore.

« C'è altro che desidera sapere? » domandò l'intermediario.

« Dove si trova l'auto? Speravo di poterla vedere di persona prima del mio volo di rientro, anziché sobbarcarmi un altro viaggio. »

« Purtroppo è in un deposito fuori Parigi. La contatteremo per comunicarle l'indirizzo quando il trasferimento bancario sarà effettuato e avremo i fondi sul nostro conto. »

« Non prima? »

« Capirà senz'altro la mia posizione, *signor* Wrent. Non dubito che lei sia un uomo di parola, ma le merci di cui mi occupo non attirano propriamente una clientela scelta. Ritengo più sicuro per tutte le parti coinvolte attendere che i fondi siano trasferiti prima di rendere noto l'indirizzo. »

« E lei capirà senz'altro la *mia* posizione. Non ho intenzione di trasferire i fondi finché non sarò in possesso dell'auto. »

« Le propongo un compromesso. » L'intermediario aprì un cassetto dello scrittoio, tirò fuori una penna e scrisse qualcosa su un blocchetto. « Dal momento che sia io che lei possiamo fare ben poco prima di lunedì, qui ci sono l'indirizzo e il numero di telefono del mio ufficio di Parigi. Ci incontreremo lì. Lei trasferirà il denaro, e io la porterò personalmente all'auto. Badi però che questo accordo potrebbe ritardare di qualche ora il suo rientro. L'auto si trova in un deposito sicuro allo scalo merci. »

« Lunedì a che ora? »

« Alle undici potrebbe andar bene? »

« Non avrò molto margine, ma dovrei farcela. »

« A lunedì, allora. » Remi udì lo scricchiolio della sedia mentre lui si alzava, seguito dal suono dei passi di entrambi sulle piastrelle. « Spero mi perdonerà, ma devo farmi vedere dai miei invitati. »

« Ci mancherebbe altro. »

Remi si riavvicinò al cipresso e scrutò attraverso le foglie mentre l'intermediario accompagnava l'altro uomo alla porta. « Lunedì lo vedrà da sé. Come faccio con tutti i miei clienti, le garantisco personalmente che le consegnerò il veicolo che lei desiderava acquistare. Finora non c'è nessuno che non sia rimasto del tutto soddisfatto, gliel'assicuro. »

« Allora attendo la sua chiamata. »

« È un piacere fare affari con lei, *signor* Wrent. »

« Il piacere è mio, Mr Rossi. »

Lorenzo Rossi lasciò la porta aperta, tornò allo scrittoio e tirò fuori qualcosa dalla tasca. Remi riuscì a capire che si trattava di una chiave prima di arretrare di nuovo mentre lui si sedeva e faceva scricchiolare un'altra volta la sedia sotto il suo peso.

Qualche attimo dopo, il massiccio addetto alla sicurezza con il pizzetto entrò nella stanza. « Dovresti essere soddisfatto del prezzo che ha pagato. Quell'auto soltanto ti farà guadagnare molto di più di tutte le altre di stasera messe insieme », disse in italiano.

« Sono *molto* soddisfatto », confermò Lorenzo. « E curioso. C'è solo un motivo per cui qualcuno dovrebbe essere disposto a fare un'offerta così alta: assicurarsi che nessuno si azzardi a fare una controfferta. »

« Ha detto come mai tiene tanto a quella vettura? »

« Gli piace la storia », rispose Lorenzo. « Ha chiesto se ci siano documenti in grado di confermare la provenienza dell'auto e vuole assolutamente vederla prima di effettuare il pagamento. Tra questo e la sua offerta, come avrei potuto non incuriosirmi? »

« Forse dovremmo dare un'altra occhiata all'auto prima di consegnargliela. »

« Buona idea. » Rossi fece un sospiro stanco. « È ora che vada a recitare la parte del padrone di casa. »

D'un tratto l'altro uomo si arrestò, si voltò e si diresse verso il balcone per chiudere la finestra. Il suo braccio arrivò così vicino a Remi da permetterle di vedere le righine grigio chiaro sulla manica dell'abito. Trattenne il respiro. Se avesse gettato un solo sguardo nella sua direzione, quell'uomo non avrebbe potuto non vederla, dall'altro lato del cipresso.

54

Sam alzò la Smith & Wesson e la puntò verso il balcone adiacente al suo quando vide il braccio dell'uomo sbucare dalla finestra e avvicinarsi pericolosamente alla testa di sua moglie. Esercitò una leggera pressione sul grilletto, pronto a intervenire se mai fosse successo l'impensabile.

« Lascia pure aperto », esclamò una voce. « Tornerò a mettere via le quote di partecipazione dopo aver fatto il giro di sotto. Altrimenti qui si rischia di soffocare. »

Quando il braccio sparì all'interno, Sam tolse il dito dal grilletto. Il suo respiro tornò regolare, ora che Remi non era più in pericolo immediato. Dopo un attimo, sua moglie lo guardò. « Se ne sono andati », disse sottovoce.

Lui uscì dal suo nascondiglio e controllò che sotto di loro non ci fosse nessuno prima di raggiungerla sull'altro balcone.

« Dovrai accontentarti del riassunto », disse Remi. « L'asta è senza dubbio quella giusta. L'intermediario ha venduto l'auto a qualcuno, ma non ho capito bene il nome dell'acquirente. L'auto rimarrà nascosta da qualche parte a Parigi finché non arriveranno i soldi. Non hanno parlato espressamente della Grey Ghost, ma solo di una 40/50. »

« Hanno detto se torneranno qui? »

« Sì, dopo aver salutato gli invitati al piano di sotto. »

Sam guardò dentro l'ufficio ora buio. « Diamo un'occhiata veloce prima che tornino. »

Entrò con la pistola spianata, per assicurarsi che non ci fosse nessuno, e Remi lo seguì. Anzitutto Sam controllò la porta, davanti alla quale si fermò per intercettare eventuali segni di movimento all'esterno. Tutto taceva.

« Credo che l'abbia chiusa », sussurrò Remi. « Almeno così mi è parso. »

Lui provò a girare il pomello, che in effetti era bloccato. Per loro era un vantaggio, dal momento che avrebbero sentito la chiave infilarsi nella serratura. Sam tornò alla finestra e guardò fuori, dove la luce della luna illuminava il balcone. Degli addetti alla sicurezza che avevano visto prima non c'era traccia. L'ultima cosa di cui Sam e Remi avessero bisogno era che qualche guardia si svegliasse di punto in bianco e, notando una luce fioca nell'ufficio del suo datore di lavoro, pensasse che vi si fossero introdotti dei ladri. Sam tirò le tende, tornò accanto a Remi e si sfilò lo zaino dalle spalle, prendendo una torcia a LED molto sottile e porgendogliela. Essendo stata lei a vedere e sentire cos'era successo lì dentro, era più logico che fosse lei a ispezionare la stanza. « Io sto di guardia. »

Remi cominciò a rovistare nei cassetti dello scrittoio, uno dei quali era chiuso a chiave. Non impiegò molto a forzare la serratura. Dopo aver tirato fuori alcuni fogli e avervi dato una scorsa, cercò di risistemarli come li aveva trovati.

Sam udì un rumore di passi in corridoio. Sollevò la mano e puntò la pistola verso la porta. Remi si interruppe e lo guardò. Lui restò concentrato sulla sottile linea di luce alla base della porta. Un'ombra la oscurò per un momento, poi però passò oltre. Sam fece un segno a Remi, che si allontanò dallo scrittoio per esaminare gli scaffali alle sue spalle. « Nulla », sussurrò. « Se qui dentro c'è qualche indizio su dove si trova... »

Si erano già trattenuti più a lungo del dovuto; rimanere oltre non sarebbe stato assennato e avrebbe significato sfidare la sorte. « Basta. Dobbiamo uscire di qui. »

Remi annuì. Mentre Sam si voltava di nuovo verso la porta, Remi passò lentamente in rassegna la stanza, prese il blocchetto, strappò diversi fogli e se li infilò in tasca. Poi il suo sguardo si posò sul telefono. D'un tratto prese il ricevitore e digitò un numero.

« Cosa stai facendo? »

« Provo a chiamare Selma. » Rimase in ascolto per un momento prima di riattaccare. « Occupato. »

« Di nuovo? » A Sam la cosa non piaceva.

« Deve pur esserci un modo di contattarla. »

Se avevano subito un attacco hacker, tutte le informazioni su Selma, compreso il suo numero di cellulare e quello del telefono di casa loro, erano compromesse. Selma figurava su tutti i documenti bancari dei Fargo in quanto loro delegata. Ma avrebbero avuto tempo più tardi per pensarci. Udendo alcune voci in corridoio, Sam indicò la finestra. Remi annuì e cominciò a incamminarsi in quella direzione. All'improvviso si fermò e osservò i libri disposti su uno scaffale dietro lo scrittoio. Qualcosa doveva averla colpita, visto che cominciò a toccarli e a spingerli. Un lieve schiocco, ed ecco aprirsi un pannello segreto. « Sam... Credo di aver trovato le quote di partecipazione di cui Rossi ha detto di doversi occupare. »

Tenendo la pistola puntata verso la porta, Sam indietreggiò fino a raggiungere Remi e guardò lo scomparto nascosto. Sullo scaffale all'interno, la piccola torcia azzurra di Remi stava illuminando mucchietti di banconote da venti euro legate insieme.

Piuttosto irresponsabile lasciare dei soldi in un posto in cui chiunque avrebbe potuto prenderli.

Sam e Remi si trovarono di fronte a un dilemma. Erano molto fieri della loro onestà. Per loro rubare qualcosa che apparteneva a qualcun altro era fuori discussione.

Ma poiché avevano subito quell'attacco hacker e d'un tratto non avevano accesso a nessunissima somma di denaro, quella scoperta era incredibilmente allettante.

Si scambiarono un'occhiata, entrambi pronti a tirarsi indietro. « Però potrebbero farci proprio comodo in questo momento... » disse Remi.

« Può darsi, ma è anche un ottimo modo per mandare qualcuno su tutte le furie. »

« Stiamo parlando di un intermediario che vende auto rubate. Chi vuoi che chiami? La polizia? »

« Giusto. » Sam le porse lo zaino.

Lei lo aprì, prese qualche mucchietto di banconote e lo cacciò all'interno.

Stavano correndo un grosso rischio. Qualcuno si sarebbe sicuramente accorto che mancavano dei soldi.

Sam udì dei passi in corridoio. La sottile striscia di luce sotto la porta fu oscurata da un'ombra che stavolta non aveva alcuna intenzione di passare oltre.

Con l'arma puntata in direzione della porta, Sam cominciò a indietreggiare verso la finestra. Allungò la mano dietro di sé e aprì la tenda. « Remi », bisbigliò mentre qualcuno inseriva la chiave nella serratura.

Lei chiuse prima il pannello e poi la cerniera dello zaino, che lanciò a Sam. Andò subito verso la finestra, e appena mise piede sul balcone, la porta si aprì ed entrò l'intermediario.

Da come l'uomo fissò Sam, sembrava non riuscire a credere che ci fosse qualcuno nel suo ufficio. I suoi occhi si posarono per un istante sul pannello nascosto ora chiuso e poi sulla pistola di Sam. « Sicurezza! »

55

« Sicurezza! » gridò di nuovo l'intermediario, così forte che la sua voce risuonò anche fuori dalla finestra.

Sam raggiunse il balcone adiacente. Quando fu di fianco a Remi, valutò la distanza che li separava dal ramo e dal terreno sotto di loro, rispettivamente un paio di metri e poi altri cinque. « Dopo di te », disse prendendo la mano di Remi e aiutandola a salire sulla balaustra di pietra. Lei saltò con l'agilità di una ginnasta, atterrò sul grosso ramo e barcollò leggermente prima di aggrapparsi ai rami sopra la sua testa per mantenere l'equilibrio. Si diresse rapida verso il tronco dell'albero.

L'intermediario stava gridando di essere stato derubato. Sam si infilò la pistola nella fondina, saltò prima sulla balaustra e poi sul ramo proprio mentre due addetti alla sicurezza uscivano di corsa sul balcone. Remi, che aveva già sfoderato la pistola, fece fuoco. Il vaso del cipresso di sinistra esplose, e il povero sempreverde cadde di traverso sul balcone mentre le due guardie si ritiravano dentro. Una di loro si arrischiò di nuovo a uscire.

Pam!

Remi fece fuori l'altro vaso. Sparò contro la balaustra per tenere in scacco le guardie mentre Sam si faceva strada tra i rami dell'albero. Quando l'ebbe raggiunta, le prese la pistola di mano e le diede in cambio la fune. Lei se la mise in spalla, e mentre si manteneva in equilibrio nell'incavo formato dai rami dell'albero, udì gridare sotto di sé. I due addetti alla sorveglianza del perimetro arrivarono a tutta velocità da dietro l'angolo. Uno di loro scrutava le file di alberi con la pistola puntata verso l'alto. Sam circondò il tronco con il braccio sinistro, si sporse in fuori e sparò nel prato ai loro piedi. Davanti a quell'esplosione di erba e terra, i due uomini arretrarono con un balzo. Spostando il peso, Sam sparò al balcone. Sfruttò lo slancio per girare su se stesso fino a ritrovarsi dal lato opposto del tronco.

Remi aveva legato la fune intorno al ramo ed era già a metà della discesa. Quando le guardie sul balcone spararono contro i rami più grossi dell'albero, facendo schizzare schegge di legno e linfa in tutte le direzioni, Sam si accovacciò. Remi scese a terra con un balzo. Sam le lanciò la pistola, afferrò la fune e poi saltò a sua volta mentre una seconda raffica di spari colpiva l'albero.

Arrivato a terra, la prese per mano e insieme corsero verso gli oleandri. Si nascosero dietro l'auto, dopodiché Sam si alzò quel tanto che bastava per guardare attraverso il finestrino. Gli invitati sulla terrazza vicino all'ingresso si stavano sporgendo dalla balaustra nel tentativo di capire cosa stesse succedendo. L'addetto alla sicurezza cercava di farli allontanare e di mandarli verso la porta.

I due giovanotti del servizio navetta erano impegnati a scrutare il parcheggio. Alcune auto stavano cominciando a dirigersi lentamente verso di loro. Uno dei due indicò la prima auto e disse qualcosa che Sam non riuscì a sentire. L'altro annuì e si fece incontro all'auto. Guardò dentro l'abitacolo con una mano sul fianco, probabilmente appoggiata sulla pistola sotto la giacca. Fece segno al guidatore di procedere, ma poi fermò la seconda auto.

« Quanto tempo pensi di impiegare a rimetterti quell'abito? » domandò Sam.

Remi guardò gli uomini che controllavano i veicoli in uscita. « Sarò abbastanza rapida. »

Restando china, aprì la portiera posteriore e salì in macchina. Nel frattempo Sam prese posto dietro il volante e avviò il motore, sperando che i due giovani addetti alla sicurezza fossero così presi a controllare l'interno dei veicoli da non accorgersi che loro stavano sbucando da dietro gli oleandri.

Guardò nello specchietto e vide Remi togliersi la maglietta e infilarsi il vestito per poi abbassarselo sui fianchi. « Pronta. »

« I capelli. »

Lei li liberò dall'elastico e se li gonfiò un po'. « Vai, James. »

Sam cominciò lentamente ad avanzare. Uno dei due uomini

si diresse verso di loro e guardò dentro. Osservò prima Sam e poi il sedile vuoto del passeggero. « *Signorina* », chiamò Sam.

Remi abbassò il finestrino e si sporse in fuori, attirando immediatamente l'attenzione del giovanotto su di sé. « *Scusi* », disse in un italiano impeccabile e del tutto privo di accento. « Quelli che ho sentito erano colpi di arma da fuoco? Non sono in pericolo, vero? »

« No, no », la rassicurò l'uomo. « Erano solo spari di avvertimento per spaventare i lupi che ogni tanto scendono dalle colline. »

« Oh, che paura », commentò Remi portandosi la mano alla gola. « Siete molto coraggiosi a stare qua fuori. »

« Non è nulla », disse lui arretrando e rilassandosi. Dopodiché fece segno a Sam di passare pure oltre il cancello in ferro battuto.

Con lo sguardo fisso sulla strada davanti a sé, Sam procedette. Dopodiché dallo specchietto retrovisore vide il secondo uomo appoggiarsi una mano sull'orecchio, evidentemente per ascoltare un messaggio trasmessogli via radio. Gridò qualcosa al suo collega, e subito dopo entrambi si precipitarono fuori dal cancello per cercare di raggiungerli.

« Cosa c'è? » domandò Remi mentre Sam premeva l'acceleratore.

« Devono appena aver capito chi siamo. » I due uomini sfoderarono le pistole mentre li inseguivano. « Stai giù! »

Vedendoli prendere la mira, Sam fece una brusca sterzata a sinistra. Due fiammate squarciarono il buio, seguite da un tintinnio sordo quando uno dei proiettili colpì l'auto.

Con l'acceleratore premuto a tavoletta e il motore che ruggiva, Sam risalì la collina a tutta velocità, e quando fu in cima si ritrovò abbagliato dai fari di un'auto che puntava dritto verso di loro.

56

Accecato dai fari del veicolo che stava sopraggiungendo dalla direzione opposta, Sam pestò il piede sul freno e sterzò bruscamente a destra, facendo slittare il retro dell'auto. Un odore acre di gomma bruciata riempì l'abitacolo per poi dissolversi mentre scendevano a tutto gas dall'altro lato della collina. Dallo specchietto, Sam vide le luci posteriori dell'altra auto svanire sul versante opposto. Almeno per il momento sembrava che non li stesse seguendo nessuno.

« Remi? »

Nessuna risposta all'infuori del fruscio del vento che entrava dal suo finestrino aperto.

« Remi! »

La mano di sua moglie spuntò dallo spazio tra i sedili, seguita poco dopo dal resto del suo corpo. « Scusa. Mi ci è voluto un momento per reinfilarmi il cuore nel petto. »

« Per quella manciata di secondi di guida sportiva? »

« I dieci secondi più lunghi della mia vita. »

« Meno di cinque. » Sam gettò uno sguardo allo zaino per terra davanti al sedile del passeggero e a Remi nello specchietto. « Hai idea di quanto sei riuscita a rubare a quell'intermediario? »

« Ho fatto in tempo a prendere soltanto tre mucchietti di banconote. Da mille euro ciascuno. »

« Tremila euro in più di quanti ne avessimo fino a poche ore fa. »

« Ci riprendiamo l'aereo? »

« Con quello che costa il carburante? Non andremo molto lontano. Io propongo di trovare un hotel economico per stanotte e riorganizzarci domattina. »

*

Trovare un hotel economico senza una carta di credito valida si rivelò più difficile del previsto.

Remi si lasciò sfuggire un sospiro frustrato. « Dobbiamo chiamare Georgia. Ha detto di avere alcuni amici che gestiscono a loro volta dei bed & breakfast. »

« È mezzanotte passata. Un po' tardi per scovare un telefono funzionante, no? »

Remi sorrise. « Siamo in Italia. Ci basterà scegliere un'attrazione turistica per trovare qualcuno con un cellulare. »

Sam controllò la mappa sul cruscotto e svoltò a sinistra. Dopo cinque minuti o poco più, in lontananza si stagliarono gli archi illuminati del Colosseo. Parcheggiarono e si incamminarono lungo la discesa. Persino a quell'ora la strada di fronte all'anfiteatro era affollata di turisti, e si dava il caso che quasi tutti stessero usando il cellulare come macchina fotografica.

I primi tentativi di farsi prestare un telefono ricevettero come risposta sguardi insospettiti, a maggior ragione quando Sam offrì in cambio del denaro.

Remi scrutò la folla. « Aspettami un attimo. » Attraversò la strada di ciottoli per raggiungere un gruppo di ragazzi sui vent'anni che si divertivano scattandosi selfie con il Colosseo sullo sfondo.

Appena Remi si avvicinò, i quattro ragazzi si interruppero e si concentrarono su di lei e sulle sue parole. D'un tratto Remi si trovò davanti ben quattro cellulari tra cui scegliere. Cinque minuti più tardi tornò con un indirizzo scritto su un foglietto. « Un vero colpo di fortuna! Uno degli amici di Georgia ha un appartamento vicino alla Fontana di Trevi. Non ha problemi con i pagamenti in contanti e ha disponibilità per i prossimi due giorni. »

L'appartamento non era semplicemente vicino alla fontana, ma proprio adiacente sia al celebre monumento che a Piazza di Trevi, ancora brulicante di turisti che si godevano l'aria mite della sera ormai tarda.

Marco Verzino li accolse all'ingresso e li condusse su per le scale fino al quarto e ultimo piano, dove aprì la porta dell'appartamento all'angolo. « Fa caldo », disse aprendo le finestre a tutta parete, una delle quali affacciava proprio sulla Fontana di Trevi. La stanza si riempì subito di aria fresca, del gorgoglio dell'acqua e delle voci delle persone che si aggiravano per la piazza. Per qualche ragione la folla sotto di loro esultò. Quando Sam e Remi guardarono giù, videro un uomo e una donna abbracciarsi davanti alla fontana tra gli applausi dei presenti.

«C'è sempre così tanta gente qui?» domandò Remi dopo avere osservato la scena per un momento.

Marco scoppiò a ridere. «D'estate Roma non dorme. Le prime ore del mattino sono un po' più tranquille, ma qualche turista in giro c'è sempre.» Prese un telecomando dal tavolino. «Se il rumore è troppo, chiudete pure la finestra. Tutte le camere sono dotate di aria condizionata.»

A dire il vero le voci si perdevano nel suono della fontana, e Sam e Remi dormirono benissimo. L'indomani, in tarda mattinata, comprarono due telefoni prepagati e una matita molto morbida, poi tornarono all'appartamento. Remi prese il blocco che aveva portato via dall'ufficio dell'intermediario e vi sfregò leggermente la punta della matita, tenendola inclinata. In capo a poco cominciò a comparire un indirizzo.

Sam cercò di telefonare a casa. Senza successo. «Selma e Lazlo sono ancora irraggiungibili.»

«Se non altro adesso sappiamo dove dovremo andare una volta arrivati a Parigi», disse Remi alzando lo sguardo dal foglio e osservando il telefono nella mano di Sam. «Ormai Selma e Lazlo avranno capito che abbiamo subito un attacco informatico.»

«Probabilmente avranno cercato di chiamare casa di Georgia. Era lì che eravamo diretti l'ultima volta che ci siamo sentiti.»

Telefonarono a Georgia e scoprirono che Selma non si era ancora fatta viva. «Selma sa il fatto suo. Sono sicura che presto si metterà in contatto con me.»

«Quando lo farà, potresti darle i nostri nuovi numeri di cellulare e chiederle di chiamarci appena possibile?»

«Certo. Volete che mandi anche un messaggio a Chad e a Oliver con i vostri nuovi numeri?»

« No, no », rispose subito Sam.

« Come mai? Qualcosa non va? »

L'ultima cosa che Remi desiderasse era far preoccupare l'amica senza motivo. « Dove sono adesso? »

« Stanno aspettando il treno. Ho dato loro l'indirizzo di Marco e li ho lasciati alla stazione circa un'ora fa. Perché? »

« I telefoni », spiegò Sam. « Se hanno hackerato i nostri, è possibile che abbiano fatto lo stesso anche con quelli di Oliver e Chad, per seguire i loro spostamenti. C'è il rischio che portino i nostri nemici dritto da noi. »

57

Selma aprì gli occhi, cercando di dissipare la nebbia che le avvolgeva il cervello mentre Lazlo entrava in ufficio con un sacchetto del loro fornitore di servizi wireless.

« È arrivata la tecnologia », disse sollevando il sacchetto.

Selma impiegò un momento a rendersi conto di essersi addormentata sulla poltrona reclinabile con il diario sulle gambe. Vi aveva già dato una rapida scorsa, e adesso lo stava leggendo una seconda volta nella speranza di scoprire se e cosa ci fosse di tanto importante in ciò che vi era scritto. « Ti prego, dimmi che hai avuto notizie dei Fargo. »

« Non ancora. Ma mi sono procurato due cellulari funzionanti non associati ai contratti dei Fargo. Potremo usarli come hotspot per collegarci a Internet con i portatili. »

« Siamo ancora senza connessione? »

« Sì, il contratto è stato chiuso, e la povera ragazza che ha cercato di aiutarmi non riusciva più a raccapezzarsi. » Porse il sacchetto a Selma. « Ho fatto prima ad aprire un nuovo contratto e comprare dei cellulari che non a cercare di sbloccare la situazione. Immagino che con le banche non ti sia andata meglio, giusto? »

« La buona notizia è che ciò che non è stato congelato attraverso questo atto di manomissione sono riuscita a congelarlo io mentre le banche tentano di sistemare le cose. » Tirò fuori uno dei telefoni e andò alla scrivania per recuperare il numero di Georgia. « La cattiva notizia è che i Fargo continueranno a non avere accesso ai lori soldi. »

« Di sicuro qualcuno si sta dando da fare per risolvere questa faccenda, no? »

« Il loro gestore finanziario personale ha parlato con la divisione sicurezza informatica dell'FBI. Apriranno un'indagine.

Non che questo serva in qualche modo a riempire le tasche dei Fargo. »

« Io non mi preoccuperei troppo. In una maniera o nell'altra, riescono sempre a cavarsela. »

Selma si sedette alla scrivania e fece partire la telefonata, mettendo il vivavoce. « Speriamo che Georgia abbia idea di dove si trovano. »

« Selma », disse Georgia quando rispose. « Che tempismo. Ho appena parlato al telefono con Remi. Stanno tutti bene. »

« Grazie al cielo », disse Selma mentre Lazlo avvicinava una sedia e prendeva posto accanto a lei. Nonostante la rassicurazione di Georgia, Selma non si sarebbe rilassata finché non avesse parlato personalmente con i Fargo. « Abbiamo subito un attacco hacker. Roba grossa. »

« Sono giunti anche loro alla stessa conclusione. Stamattina hanno comprato dei cellulari nuovi. Se ha una penna, le lascio i loro numeri e l'indirizzo dell'appartamento in cui stanno alloggiando temporaneamente. »

« Ha idea di quanto pensano di trattenersi a Roma? » domandò Selma dopo aver preso nota.

« Sinceramente no. Stanno aspettando che Chad e Oliver li raggiungano. Ma li chiami subito. So che sono ansiosi di sentirla. »

Selma chiamò il primo numero. Fu Sam a rispondere.

« Mr Fargo... » disse lei, quasi sopraffatta dal sollievo nel sentire la sua voce.

« Stiamo bene, Selma. Tu e Lazlo invece? »

« Di certo non ci annoiamo. Stiamo cercando di sistemare le cose. Com'è andata l'asta? »

« Senza ombra di dubbio siamo finiti nel posto giusto », disse Sam. « Resta in linea. Ti faccio parlare con Remi. Ha alcuni nomi da darti. »

« L'intermediario si chiama Lorenzo Rossi », disse Remi. « Non ho capito bene il nome dell'acquirente. Qualcosa di simile a Warren. O forse Borden. »

Selma gettò un'occhiata a Lazlo, che prese all'istante il blocco giallo tappezzato di appunti di Selma. « Di cognome? » domandò lei.

« Non lo so », rispose Remi. « L'intermediario aveva un forte accento, e io stavo origliando dall'esterno, non certo l'ideale. »

« Nel diario compare un certo Reginald Oren », disse Selma. « Era il cugino di Jonathon Payton, il figlio del visconte. »

« Oren », ripeté Sam. « Sbaglio o Oliver ha parlato di un lontano parente di nome Oren che ha fatto un'offerta per Villa Payton? »

« Proprio così. E pare che Allegra l'abbia rifiutata. »

Selma cerchiò il nome sui suoi appunti. « Un elemento del tutto nuovo su cui concentrare le nostre ricerche. Fu proprio questo Reginald Oren a rubare la Grey Ghost all'epoca. Il suo nome compare parecchie volte in tutto il diario. »

« Interessante », disse Remi. « Io non ho ancora finito di leggerlo. »

« Hai scoperto qualcos'altro? » domandò Sam a Selma.

« Io e Lazlo lo stiamo ricontrollando per verificare di non esserci persi nulla. »

« Noi lo leggeremo con più attenzione in un secondo momento », disse Remi. « Appena Chad e Oliver saranno tornati, partiremo per Parigi. Crediamo che la Grey Ghost si trovi lì. »

« A Parigi? Ricapitoliamo: l'auto è stata rubata a Londra, spedita a Parigi e venduta in Italia. E adesso questo parente di nome Oren è riapparso dal nulla per comprarla? »

« Da un intermediario di alto livello », aggiunse Remi.

« Possibile che si sia trattato di un affare su commissione? » chiese Selma. « Forse Oren voleva mettere le mani sull'auto e ha pagato qualcuno che la rubasse. »

« Non è escluso », disse Sam. « Ma chiunque sia stato a rubare la Grey Ghost al Motor Show di Londra, doveva essere in possesso di informazioni non esattamente pubbliche sia sulla Ghost che sulla famiglia Payton. Era tutto organizzato con troppa precisione perché potesse trattarsi di un furto improvvisato. »

« Un lavoro dall'interno, quindi? »

« Direi proprio di sì. Resta solo da capire chi sia ad avere un legame così stretto con la famiglia. »

« L'ex marito di Allegra », disse subito Remi. « L'investigatore assunto dall'avvocato ha avuto la sensazione che Allegra gli stesse nascondendo qualcosa, e Oliver sospettava che l'ex marito potesse essere lì con lei. »

« Non so come si chiami, ma è senz'altro possibile che dietro questa faccenda ci sia lui », aggiunse Sam.

« Sentirò l'investigatore », disse Selma. « Tornando a Parigi, come siete messi sul fronte soldi? »

« Bene. Remi è riuscita a rubare qualche migliaio di euro all'intermediario. »

Lazlo sorrise. « Sospetto che non abbia gradito. »

« Purtroppo le sue guardie se la sono presa con la nostra auto. »

« Avete intenzione di restituirla all'agenzia di autonoleggio in Italia? » domandò Selma a Sam.

« Considerando la nostra situazione economica, credo che per noi sia più conveniente andare a Parigi in macchina. E anche più sicuro. Devo soltanto capire come camuffare quei fori di proiettile in modo che diano un po' meno nell'occhio. Se dovessero fermarci, non sarebbe il massimo dover spiegare da dove arrivano. »

« Nastro adesivo », intervenne Lazlo. « Assicurati soltanto che sia dello stesso colore dell'auto. »

« Fatemi sapere dove la lascerete alla fine », disse Selma a Sam. « Quando le carte di credito torneranno a funzionare, lo comunicherò all'agenzia di autonoleggio. E alla compagnia di assicurazioni. E l'aereo? »

« Lo tengono sotto chiave a Ciampino. L'equipaggio si è preso gli spiccioli e probabilmente sta aspettando di avere tue notizie. »

« Lo aggiungeremo all'elenco di cose da fare », disse Selma. « Avete idea di dove andrete una volta a Parigi? »

Remi lesse l'indirizzo dal blocco. « Prova a vedere se trovi qualche nesso tra Lorenzo Rossi e questo posto. A quanto ho capito non ha intenzione di consegnare la Ghost prima di aver ricevuto i soldi. »

« Controlla anche eventuali indirizzi nei pressi della costa », intervenne Sam. « Se si occupa di ricettazione di merci rubate in altri Paesi, in particolare nel Regno Unito, dovrà avere una base di appoggio vicino alle principali aree di spedizione. Per farle entrare e uscire in tempi rapidi. »

« Ci mettiamo subito al lavoro », confermò Selma.

« Grazie. E in caso non l'avessi ancora detto, siamo felici di avervi sentiti. Ci siamo preoccupati molto quando abbiamo scoperto di non riuscire a metterci in contatto con voi. »

« *Voi* vi siete preoccupati? » Selma si abbandonò contro lo schienale della sedia e guardò Lazlo. « Avreste dovuto vedere noi. »

Lazlo scoppiò in una risata sarcastica e prese la mano di Selma, stringendola come a volerla rassicurare. « Il peggio è stato non poter ordinare il pranzo a domicilio. A ogni modo abbiamo saccheggiato la cassaforte. Ci servivano contanti. »

« È bello sapere che state bene entrambi. A presto », disse Remi.

Quando ebbero riattaccato, Selma trasse un profondo sospiro e si rese conto che Lazlo si sentiva proprio come lei: infinitamente sollevato, dopo aver saputo che i Fargo stavano bene. Trascorsero parecchi secondi prima che si accorgessero di essere ancora mano nella mano.

Lasciando la presa, si guardarono con espressione imbarazzata e si spostarono verso le relative scrivanie.

« Bene, allora », disse Lazlo. « Provo a dare un colpo di telefono alla banca per vedere se hanno fatto progressi. »

Selma prese il libriccino. « Sarà meglio se mi rimetto a leggere il diario. Sono proprio curiosa di scoprire se alla fine Jonathon Payton riesce o meno a salvare Miss Atwater. »

58

Diario di Jonathon Payton,
quinto visconte Wellswick

1906

Furono i quindici minuti più lunghi della mia vita. Speravo con tutto me stesso che Miss Atwater non fosse ferita, ma al tempo stesso sapevo che doveva essere oltremodo spaventata. Svoltando l'angolo, vidi che la rimessa di mio padre era buia, e mi domandai se non avessi frainteso tutto quanto. Se ci fosse stato qualcuno, dietro le finestre avrei dovuto vedere almeno una luce, no?

Sul chi vive, mi accovacciai dietro un basso muro di mattoni e avanzai. Qualcosa si mosse nel buio davanti a me. Sulla porta del garage c'erano due uomini. Uno era di vedetta, l'altro stava forzando la serratura.

Sentii il legno grattare mentre aprivano la grossa porta. Dentro la rimessa, la luce della luna si rifletté sulla carrozzeria grigia della Rolls-Royce scomparsa.

Stringendo forte l'impugnatura del bastone, restai a osservare gli uomini per alcuni secondi. Grazie al cielo erano soltanto due ladri.

Mi avviai verso di loro.

« Fossi in te non lo farei. »

Mi voltai, stupito di trovarmi davanti mio cugino. « Reggie. Perché...? » Soltanto allora mi accorsi della pistola puntata contro di me. Mi resi conto che fino a quel momento, pur di fronte a una prova schiacciante come la presenza di quell'auto nella nostra rimessa, mi ero aggrappato alla convinzione che Reginald fosse innocente.

Non mi spiegavo proprio per quale motivo potesse avere rubato quell'auto. Sicuramente sapeva che con il furto e il danno che esso avrebbe arrecato all'azienda, avremmo dovuto dire addio a tutto il denaro che avevamo investito. A preoccuparmi non era tanto la prospettiva di perdere il mio patrimonio, ma il destino delle famiglie che vivevano sulla nostra proprietà e che si sarebbero ritrovate senza una casa. E i bambini dell'orfanotrofio, che non avrebbero più avuto un tetto sulla testa...

«Io... io non capisco», dissi.

«Non hai mai capito.» Reggie fece un passo avanti e arricciò il naso in un'espressione disgustata quando sentì l'odore di rifiuti che mi impregnava ancora i vestiti. Indicò la rimessa con un cenno del capo. «Dentro. Ti conosco. So che detesti le sceneggiate.»

La conferma che dietro quel furto si celasse proprio mio cugino fu un duro colpo. «Mi fidavo di te...»

Sulle labbra di Reggie spuntò un sorriso freddo. «Chi è causa del suo mal pianga se stesso. Se fossi stato furbo, saresti rimasto in mezzo a quella montagna d'immondizia a farti una bella dormita. Ti saresti svegliato soltanto povero, non morto. Ma ormai è troppo tardi.» Con la pistola indicò il garage. «Sbrigati. Preferirei non essere io a spararti, ma non mi farò scrupoli se sarà necessario.»

«Dov'è Miss Atwater?»

«Al sicuro. Per il momento. Ma ti garantisco che se non collabori, sarà la prima a rimetterci la pelle.»

Reggie alzò la pistola, e io cominciai a dirigermi verso la rimessa. I due uomini di Reggie, entrambi armati di coltello, erano appostati dietro la porta.

Strinsi con forza il bastone di mio padre, terrorizzato non solo al pensiero di ciò che avrebbero fatto a me, ma anche di ciò che sarebbe potuto succedere a Miss Atwater. «Perché?» domandai di nuovo mentre Reggie mi faceva segno di entrare.

«Tu cosa ne pensi? Hai sempre avuto tutto, tu. E io? Niente. Ho sempre sognato di farti capire cosa si prova.»

«Ma non ti abbiamo fatto mancare nulla.»

«Tuo padre mi odia. E ha odiato mio padre fino al giorno della sua morte.»

« Ti sbagli. »

« Eddie! » chiamò Reggie spingendomi dentro la rimessa.

Ancora frastornato dal colpo alla testa che aveva subito prima, incespicai in avanti. Un uomo robusto con una cicatrice slabbrata sulla guancia mi afferrò e mi scaraventò a terra. Il bastone di mio padre mi volò di mano. Prima che potessi recuperarlo, l'uomo con la cicatrice si abbassò e mi conficcò il ginocchio nella schiena. « Mac », esclamò.

L'altro uomo, che ipotizzai essere Mac, lanciò una corda spessa, che mi atterrò vicino alla faccia sollevando una nuvola di polvere. Eddie mi legò le mani dietro la schiena e mi avvolse l'estremità della corda ai piedi, strattonandomeli all'indietro. Quando ebbe finito, si raddrizzò e mi guardò con un'espressione carica di disgusto, poi mi sferrò un calcio all'addome.

« Basta », intervenne Reggie. Un rumore di zoccoli catturò la sua attenzione. « È arrivato il carro », disse gettando un'occhiata fuori dalla porta.

Mac e Eddie si allontanarono da me per andare ad aprire il portello. Reggie prese la lanterna da terra e quando uscì la luce disegnò ombre tremolanti sui ciottoli davanti alla rimessa. « Tirate fuori la cassa. E prestate attenzione », disse ai due uomini.

« Dove vuoi che la mettiamo? » domandò Eddie.

« Sulla Grey Ghost. Dovrebbe essere abbastanza al sicuro. »

I due uomini estrassero una piccola cassa da sotto un telo. Qualunque cosa contenesse doveva essere pesante, vista la fatica che fecero a sollevarla.

Solo quando la lanterna di Reggie illuminò lo stemma reale in foglia d'oro all'esterno della cassa capii di cosa si trattava. « La rapina al treno, Reggie. Tu? »

Mio cugino parve sorpreso. « Credi non sia capace di un'impresa così ardita? È sempre stato un tuo problema. »

Si avvicinò alla Grey Ghost e si fece da parte mentre Eddie e Mac arrivavano con la cassa. « Entro domani sera, quando avrò consegnato la 40/50 al mio acquirente, l'investimento di tuo padre nella Rolls-Royce Limited non varrà più nulla. E con i soldi che mi frutterà la rapina, sarò abbastanza ricco da ricomprare Villa Payton e tutte le terre che tuo padre ha rubato al mio. Quello che non farò sarà sperperare i miei soldi con quelle istituzioni benefiche che ti piace tanto finanziare. »

« Ma i bambini... »

« L'orfanotrofio messo in piedi da tuo padre sarà il primo di cui mi sbarazzerò. »

« Finlay! » gridò Reggie al vetturino. « Ci serve una mano! »

Quello assicurò le redini dei cavalli, balzò giù dal carro per tirare fuori una rampa da sotto il pianale e poi risalì per girare l'argano. Estrasse tutta la fune e lanciò l'estremità a Eddie mentre mio cugino si spostava dall'altra parte del mezzo. La luce della lampada si rifletteva sulla vernice grigia e lucida.

Eddie assicurò la fune al telaio della Ghost e Finlay cominciò a tirare.

« Ma quest'auto non funziona? » domandò Finlay mentre Eddie e Mac la spingevano verso il carro. « Perché non la portiamo fuori di qui guidandola normalmente? »

« E rischiare di essere fermati? » replicò Reggie. « Non essere sciocco. Se una guardia notturna dovesse sentire il motore avviarsi, potrebbe venire a ficcanasare. Caricatela sul carro, infilateci dentro la cassa e copritela con il telo prima che qualcuno la veda. »

Quando l'auto fu al sicuro sul carro, Reggie restò in disparte a guardare mentre Eddie e Mac sollevavano la cassa e la portavano sulla rampa. Era così pesante che Eddie perse la presa e la cassa cadde rumorosamente sul pianale del carro.

Udendo un tintinnio di metallo, cercai di immaginare quale tesoro potesse mai contenere una cassa di proprietà della famiglia reale. Oro e gioielli, forse.

« Cosa vuoi che facciamo con tuo cugino? » domandò Eddie quando ebbero finito di caricare la cassa.

« Uccidetelo, ovvio. » La voce di mio cugino era così fredda che un brivido mi corse lungo la schiena. « Ma senza far rumore. »

Eddie si voltò a guardarmi come se stesse valutando il modo migliore per sbarazzarsi di me. Quando si rigirò per aiutare i suoi uomini a coprire l'auto con il telo, mi spostai per cercare di raggiungere il mio bastone, che era atterrato da qualche parte alle mie spalle. Riuscii a toccarlo con la punta delle dita e a premere il pulsante per estrarre il pugnale nascosto nell'asta. Poi però udii un leggero fruscio di passi.

Quando mi girai, con la coda dell'occhio vidi uno sprazzo di bianco. Qualcuno mi strappò via il bastone, estrasse il pugnale dall'impugnatura e mi coprì la bocca con una mano.

59

Arthur Oren superò i controlli di sicurezza all'aeroporto e si diresse verso la sala VIP in attesa del volo di rientro per il Regno Unito. Fosse stato per lui, sarebbe andato subito a Parigi per prendere personalmente possesso dell'auto anziché aspettare fino a lunedì.

Il video che aveva visto prima di presentare la sua offerta aveva dissipato ogni possibile dubbio. Si trattava per certo della Grey Ghost. Eppure non gli andava giù di aver dovuto sborsare un prezzo così esorbitante per recuperare l'auto che aveva rubato lui stesso. E ancor di più gli faceva rabbia dover aspettare che il trasferimento bancario fosse completato prima di poterla vedere con i suoi occhi.

Ma ormai era soltanto questione di un paio di giorni, dopodiché la Ghost sarebbe tornata al sicuro nel Regno Unito. Allora, finalmente, avrebbe scoperto i segreti che celava.

Sempre che non si mettessero di mezzo i Fargo...

Il telefono nella sua tasca prese a squillare. Colton.

Era ora.

« Hai ricevuto il mio messaggio? »

« Sì », rispose Colton.

« Sono stati i Fargo a introdursi nell'ufficio di Rossi, vero? »

« Stando alla descrizione che mi è stata fornita, sì. Ti mando un fermo immagine. Proviene dalle riprese delle telecamere di sicurezza. »

Quando dal suo telefono giunse un bip, Oren aprì il messaggio e vide la foto sgranata di un uomo e una donna che si arrampicavano sui balconi della villa di Rossi. « Quindi sappiamo per certo che i Fargo sono stati lì. La vera domanda è: cosa stai facendo per assicurarti che non interferiscano di nuovo con i nostri piani? »

« Tanto per cominciare abbiamo messo sotto controllo i cellulari di Oliver e del meccanico. »

« Non erano a Milano? »

« Stanno tornando verso sud, probabilmente per incontrarsi con i Fargo. Quando lo faranno, saremo pronti a occuparci di loro. »

« Se ti fossi occupato di loro quando ti ho chiesto di farlo, adesso non staremmo intrattenendo questa conversazione. »

Colton si schiarì la gola. « Come ho detto, Payton e il meccanico sono diretti a sud. Con ogni probabilità sono a bordo di un treno per Roma. Bruno e uno degli uomini di Rossi li seguiranno in modo da stanare i Fargo. »

« A Roma? » Due donne entrarono nella sala VIP trascinandosi dietro piccoli bagagli a rotelle. « È sempre affollatissima. Credi davvero di riuscire a fare qualcosa? »

« Ti garantisco che il posto non fa la minima differenza. »

« Li voglio... » Avvertendo su di sé lo sguardo delle due donne, Oren si fermò prima di pronunciare la parola *morti*. Si sforzò di tendere le labbra in un sorriso e abbassò la voce mentre le donne si sedevano a qualche metro di distanza. « Fai soltanto in modo di portare a termine il lavoro. Ne ho abbastanza di aspettare. »

Riattaccò e guardò meglio l'immagine della telecamera di sicurezza della villa di Rossi che Colton gli aveva inviato poco prima. Benché l'immagine fosse buia e tutt'altro che nitida, la vista del viso della donna gli scatenò un brivido.

Non può essere...

La donna dell'ascensore? Ma non parlava inglese. Il suo accento era impeccabile. Stava... stava forse fingendo di essere italiana?

Quando si rese conto di averla avuta così vicina, i suoi pensieri presero a vorticare a tutta velocità. Non era abituato a quel senso di panico, men che meno a perdere il controllo. Avrebbe voluto scaraventare il telefono dall'altra parte della sala, distruggere qualcosa, qualsiasi cosa.

Vedendo però le due donne che lo osservavano, si costrinse a fare un gran respiro per tranquillizzarsi. Doveva soltanto riesaminare la situazione. Se nella vita aveva fatto tanta strada, non era stato certo perché aveva permesso alle emozioni di prendere il sopravvento.

La colpa era soltanto sua. Gli tornarono in mente le foto contenute nel fascicolo iniziale sui Fargo inviatogli da Colton. Lo aprì e le riguardò. La verità era che non vi aveva prestato grande attenzione. Perché mai avrebbe dovuto importargli di sapere che aspetto avesse la moglie viziata di un multimilionario? Come poteva immaginare che Remi Fargo fosse qualcosa di più di una donna con un bel viso e una buona mira?

Restò a fissare la foto per qualche altro secondo, infuriandosi per non averla riconosciuta quando l'aveva avuta proprio accanto a sé fuori dalla villa di Rossi. Naturalmente in quel momento aveva altri pensieri per la testa, come accaparrarsi la Grey Ghost prima che qualcun altro facesse un'offerta.

Era una magra consolazione, e a ogni modo ormai c'era ben poco che potesse fare. Benché lo mandasse su tutte le furie il fatto che Colton si fosse lasciato sfuggire di nuovo i Fargo, Oren sapeva che era meglio non esprimere troppo apertamente il suo disappunto. Che gli piacesse o meno, aveva bisogno di Colton. Questo naturalmente non significava che fosse disposto a fargli fare ciò che credeva. Oren aveva incaricato Bruno di tenere d'occhio gli uomini di Colton, che di conseguenza non avrebbero potuto fare nulla senza che lui lo venisse a sapere.

Purtroppo nel loro ramo non ci si poteva mai fidare di nessuno. Quando Oren avesse scoperto chi era stato a rubargli la Grey Ghost sotto il naso, gliel'avrebbe fatta pagare molto cara.

Per il momento, però, il suo problema più grosso erano i Fargo. La foto di Remi sul balcone lo preoccupava più di quanto fosse disposto ad ammettere. Non gli piaceva neanche un po' che fossero riusciti ad arrivargli così vicini senza che lui se ne accorgesse.

Oren sarebbe stato molto meglio quando i Fargo fossero usciti di scena una volta per tutte.

60

Remi raggiunse Sam alla finestra aperta. Da sotto i due cavalli che conducevano Nettuno sulla sua carrozza a forma di conchiglia si levava una leggera bruma, cui il sole del primo mattino conferiva una tenue sfumatura argentata e luccicante. Il mormorio dell'acqua non solo infondeva tranquillità, ma riusciva quasi a coprire le voci dei moltissimi radunati sulla piazza sotto lo sguardo attento di due carabinieri che avevano parcheggiato le loro autopattuglie non lontano da lì. Durante il giorno le forze dell'ordine sembravano essere presenze fisse da quelle parti.

« Chissà quante denunce raccolgono tutti i giorni. Borseggiatori, bambini smarriti tra la folla... »

Dal momento che Sam non rispose, Remi seguì la traiettoria del suo sguardo e vide che era perso nei suoi pensieri. « Sam? »

« Scusa. Stavo cercando di capire come faremo ad andarcene di qui, nel caso in cui qualcuno stia pedinando Oliver e Chad. »

« Non penserai che arriveranno da Piazza di Trevi, vero? »

« Ne dubito. I taxi in genere lasciano tutti vicino all'ingresso del nostro edificio. » Si spostò alla finestra alla loro sinistra, che era rivolta verso nord. Remi lo seguì. Trovandosi al quarto piano, vedevano chiaramente la stradina di ciottoli che conduceva alla strada principale. Nei pochi secondi che restarono affacciati, arrivarono due taxi da cui scesero alcuni passeggeri venuti a vedere la fontana. « Dobbiamo trovare un modo per darci rapidamente alla fuga. Non vorremo certo restare intrappolati quassù, se qualcuno dovesse vedere Oliver e Chad suonare il campanello all'ingresso. »

« Forse saremo fortunati e scopriremo che non hanno nessuno alle costole. »

« Improbabile. Bruno e i suoi non hanno altro modo per rintracciarci. »

« Peccato non aver potuto infilare i telefoni di Chad e Oliver nelle tasche di qualcun altro come abbiamo fatto quella volta al Castle Rising a King's Lynn. »

« Con la differenza che là eravamo noi a seguire qualcun altro... » Sam lasciò la frase in sospeso mentre osservava il taxi allontanarsi con un nuovo cliente a bordo. « Ripensandoci, la tua idea non è poi così male. »

« Quale, quella di infilare i telefoni nelle tasche di qualcuno? »

« Sì, per la precisione nelle nostre. »

« Vuoi che ci seguano? »

« Il piano è questo. Almeno per cominciare. Parigi dista quindici ore di macchina da qui. Faremo in modo che seguano i telefoni per qualche ora. Quando si accorgeranno che non siamo più a Roma, spero che avremo già coperto metà del viaggio per la Francia. »

Dopo meno di un'ora da quando Sam aveva illustrato a Remi il suo piano, arrivò un taxi che lasciò Chad e Oliver nella piazza con la chiesetta dall'altro lato della strada. Purtroppo Bruno e il suo nuovo collega, un biondo che non avevano mai visto prima, si fermarono poco dietro la chiesa, dal lato opposto della strada rispetto a quello previsto da Sam, impedendo a lui e Remi di raggiungere l'auto che avevano parcheggiato dietro l'angolo. Sam scrutò la piazza affollata con preoccupazione. « Avremo bisogno di distrarli per arrivare alla macchina. »

« Ci penso io », disse Remi tirando fuori il cellulare. Chiamò il numero di emergenza e disse che davanti all'edificio di fronte alla chiesa di Santa Maria in Trivio c'erano due uomini armati. « Parlavano di aprire il fuoco sulla piazza della fontana. Ho intravisto delle armi sotto le loro giacche. »

Due minuti più tardi, i carabinieri di guardia alla fontana svoltarono l'angolo e guardarono verso Bruno e il suo socio. D'un tratto, quando si rese conto che gli agenti stavano guardando proprio loro, Bruno si immobilizzò.

« Sì, sono quei due », disse Remi alla donna al telefono. Uno degli agenti si portò la mano all'orecchio per sistemarsi l'auricolare e ascoltare le indicazioni all'altro capo. Quando il compagno di Bruno si voltò per darsi alla fuga, i due agenti lo abbrancarono. Bruno però corse nella direzione opposta.

« Fuori uno. Ce ne resta un altro », commentò Sam mentre Remi chiudeva la telefonata. « Bel lavoro. Tu vai a recuperare la macchina, io vado a prendere Oliver e Chad prima che Bruno li raggiunga. »

Remi tornò con la macchina dopo qualche minuto, constatando con piacere che di Bruno non c'era nemmeno l'ombra.

« Tempismo perfetto », disse Sam prendendo posto sul sedile del passeggero mentre Oliver e Chad salivano sul retro. Remi si diresse verso la stazione ferroviaria di Roma Termini. Quando furono arrivati, Sam prese i cellulari di Oliver e Chad, entrò e tornò poco dopo. « Uno partirà per l'Austria, l'altro per la Germania. »

« Per un po' Bruno dovrebbe avere il suo bel da fare. »

Sam aprì il vano portaoggetti e tirò fuori il dispositivo di localizzazione che gli uomini di Oren avevano nascosto a bordo della loro auto a noleggio. « Potrebbe essere una buona idea riattivare questo aggeggio prima di partire. »

« Non credi che Bruno si insospettirà vedendolo riaccendersi di punto in bianco? »

« Può darsi. Ma questi affari sono progettati per spegnersi in assenza di movimento, in modo da non consumare inutilmente la batteria. E quale posto migliore per riaccenderlo se non quello in cui i telefoni sono stati rilevati per l'ultima volta? »

« Sì, ma dove pensi di piazzarlo? » domandò Remi. Sam indicò con un cenno il terminal degli autobus, e Remi sorrise. « Ti recupero dall'altro lato? »

« A tra poco. »

Sam attraversò la strada a passo svelto, finse che gli fosse caduto qualcosa accanto a un autobus diretto a Napoli e nascose il dispositivo sotto il paraurti.

« Perché darsi tanta pena? » domandò Oliver quando Sam tornò a bordo.

« Per creare confusione. I vostri telefoni sono qui. Se Bruno li sta ancora localizzando, finirà a cercarvi alla stazione dei treni. E se siamo davvero fortunati, il dispositivo che ho piazzato sotto il paraurti di quell'autobus renderà la situazione ancora più nebulosa. Napoli dista parecchio da Parigi. »

« Anche Roma », disse Remi. « Sarà meglio mettersi in viaggio. »

61

Sam si offrì volontario per il primo turno di guida e, salvo qualche sosta per rifocillarsi e fare rifornimento, tirarono dritto fino a Parigi, dove arrivarono poco dopo le due del mattino. Poiché continuavano ad avere a disposizione soltanto contanti, fu di nuovo Georgia ad aiutarli, trovando loro una sistemazione in un quartiere popolare del ventesimo *arrondissement.* L'appartamento era al secondo piano, e sporgendosi a sinistra dalla finestra della cucina si riusciva persino a intravedere la Torre Eiffel.

L'indomani, a mattina inoltrata, quando Oliver e Chad tornarono dopo essere andati a fare la spesa per una colazione tardiva, Sam era seduto in cucina a osservare una cartina dell'Europa.

Remi portò al tavolo due tazze di caffè e si sedette accanto a lui. « E se Lorenzo Rossi avesse mentito riguardo all'indirizzo? »

« Credi che non si fidi di Oren? » rispose Sam.

« Esatto. Come facciamo a essere sicuri che la Ghost sia davvero a Parigi? »

« Non possiamo. Tuttavia non è certo un veicolo che si può nascondere con tanta facilità. Trasportarlo è piuttosto rischioso. Dobbiamo usare la logica. »

Sam studiò la mappa per cercare di individuare i possibili percorsi. « Se sapessimo come ha fatto a lasciare il Regno Unito, potremmo concentrare le nostre ricerche su una zona più circoscritta. »

« Qual è il luogo più indicato per nascondere queste merci di provenienza non propriamente lecita? »

« Direi che deve trattarsi di un posto comodo non solo da raggiungere, ma anche per spedire le merci in questione dopo la vendita. Secondo me possiamo tranquillamente partire dal presupposto che la Ghost abbia lasciato Londra a bordo di un camion. Poi chissà.»

«Di solito i camion passano attraverso il Tunnel della Manica», disse Remi. «Dal Motor Show di Londra, è il modo più vicino e più rapido per lasciare il Paese.»

Oliver, che stava affettando il pane fresco, alzò lo sguardo dal tagliere. «Ma la polizia è stata avvertita subito. L'investigatore mi ha assicurato che anzitutto avrebbero controllato i camion e i container diretti in Francia. Il tunnel sarà stato il primo posto che hanno messo sotto sorveglianza. È anche il più facile da tenere d'occhio.»

Sam tracciò una X sul percorso dell'Eurostar da Londra, poi cerchiò la città di Dover. «Giusto. Sarebbe stato meno rischioso fare arrivare la Ghost in uno dei principali porti di spedizione, dove un container in più non avrebbe attirato l'attenzione di nessuno.»

«Un posto in cui un camion potrebbe passare inosservato è sicuramente Calais. Lì c'è sempre parecchio movimento», suggerì Chad portando in tavola le mele tagliate e l'uva. «Ci sono andato diverse volte con il traghetto.»

«Sì, anch'io punterei su Calais», confermò Sam. «Ma dobbiamo ancora trovare la struttura di cui si sta servendo Rossi, altrimenti sarà come cercare...»

«Un ago in un pagliaio?» concluse Remi al posto suo.

«Proprio così. Dubito che Rossi abbia un sito in cui grida ai quattro venti dove tiene le sue merci rubate.»

«Naturalmente stiamo ipotizzando che si serva di un magazzino di sua proprietà», fece notare Remi.

«Parliamo di merci di grande valore e di un'attività ad alto rischio. Non credo proprio che Rossi si affidi a qualcun altro.»

«Quindi come facciamo a trovarlo?» domandò Chad.

«Oggi è domenica. Il giorno perfetto per una capatina sul posto.»

«E se tentassimo un'operazione notturna? Cosa ne pensi, Remi?»

«Io direi di cominciare con una ricognizione veloce con la

luce del giorno per farci un'idea di cosa ci aspetta, poi potremo decidere. »

Nel tardo pomeriggio raggiunsero l'indirizzo dell'ufficio di Rossi e parcheggiarono dall'altro lato della strada. Sam non impiegò molto a capire che entrare con il favore del buio non sarebbe stato facile come credevano. Poiché si trovava in quartiere finanziario, l'edificio era dotato di un sofisticato sistema di sicurezza, e per giunta al primo piano c'era una banca.

« Addio al nostro progetto », commentò Sam. « Quella banca garantisce a Rossi un tipo di protezione che non potrebbe procurarsi in nessun altro modo. »

Remi sfoderò un sorriso scherzoso. « Immagino che fingere di essere dipendenti della società di spedizioni di Oren venuti per un'ispezione preliminare dell'auto sia troppo sfacciato, giusto? »

« Soltanto un po'. »

Oliver parve sollevato di vedere che stavano desistendo dal proposito di introdursi nell'ufficio. « Quindi non torneremo stasera? »

« No. » Sam scrutò la facciata dell'edificio di quattro piani. Gli uffici di Rossi si trovavano al terzo. « Introdurci di nascosto in un edificio che ospita la sede di una banca ci frutterebbe con ogni probabilità qualche anno al fresco. Non possiamo fare altro che tornare domattina in orario lavorativo. »

« Per la precisione, hanno appuntamento alle undici », disse Remi.

« Se vogliamo entrare lì dentro, è la nostra unica possibilità. »

Tornarono l'indomani mattina alle otto. La banca aveva un ingresso dedicato nella hall. Per accedere all'ascensore, chi non era cliente della banca doveva presentarsi a un addetto alla sicurezza.

Dopo avere osservato varie persone entrare e uscire dalle porte, Sam e Remi si scambiarono un'occhiata. « Sai cosa mi ricorda questo posto? » disse Sam.

« Quella volta a Madrid...? »

Sam sorrise. « Credo che abbiamo un piano. »

62

Allegra e Trevor restarono quasi tutto il tempo sul divano, fianco a fianco, a fissare la televisione. Per quanto si sforzasse, Allegra non riusciva proprio a concentrarsi sulla trama del film, tuttavia notò con piacere che Trevor rideva sempre al momento giusto. Non si spiegava come fosse possibile, ma almeno lui riusciva a rilassarsi. La resilienza degli adolescenti. Allegra si augurò che Trevor non rimanesse segnato per tutta la vita da quella faccenda, quando fosse riuscita a trovare un modo di uscirne.

Il cuore le sussultò nel petto quando sentì bussare alla porta. Dex si alzò per andare a vedere chi fosse, pronto a estrarre la pistola che teneva infilata nell'elastico dei pantaloni. Allegra strinse la mano di Trevor come a ricordargli di non fare rumore, di non aprire bocca.

Non che fosse necessario.

Il livido che Dex gli aveva procurato sulla guancia colpendolo con il diario stava giusto cominciando a sbiadire e a tingersi di giallo ai margini. Per evitare di fissarlo, Allegra osservò Dex attraversare la stanza, guardare fuori dallo spioncino e aprire la porta. Quando Frank fu entrato, Dex controllò la strada in entrambe le direzioni. Appurato che non c'era nessuno, richiuse la porta a chiave. «Era ora.»

Frank era un omone dalle spalle larghe, e aveva ancora il braccio destro bendato e sorretto da un tutore. Era rimasto ferito durante uno scontro a fuoco con i Fargo. Peccato che non l'avessero fatto secco, pensò Allegra mentre Frank scrutava lei e Trevor. «Ancora qui?» le disse.

Lei lo ignorò, continuando a fissare la televisione. Trevor fece lo stesso.

«Vuoi una birra?» gli domandò Dex.

«E qualcosa da mangiare.»

Dex guardò Allegra e indicò la cucina con un cenno del capo.

Lei si alzò all'istante. « Preparo il pranzo per tutti. Vieni a darmi una mano, Trev. » Quando Dex parve sul punto di protestare, lei lo anticipò. « Dove credi che possa scappare? »

« Vai », concesse Dex.

Trevor la seguì. Mentre lui tirava fuori pane, marmellata e burro, lei aprì una bottiglia di birra per Frank e una per Dex. « Se abbassa la guardia, scappa », sussurrò a Trevor.

« Non ti lascerò qui da sola, mamma. »

« Sei... »

« Di cosa state parlando voi due? » gridò Dex.

« Zitto », disse sottovoce Allegra prima di portare le bottiglie a Dex e Frank. « Stiamo vedendo di mettere insieme qualcosa da mangiare. Pane, burro e marmellata va bene? »

« Se non avete altro... » disse Frank, che nel frattempo si era lasciato cadere sul divano e aveva appoggiato i piedi sul tavolino.

Dex le prese la birra di mano. « Prepara dei sandwich al formaggio. »

« Il formaggio è finito. »

« La marmellata andrà bene », intervenne Frank.

« Non per me », replicò Dex. Non era un amante dei dolci. « Cos'altro c'è in casa? »

« Niente. Né per cena né per colazione. Non credevo che Frank sarebbe tornato così presto. »

« Per la miseria, Dex. Vuoi farli morire di fame? Manda uno di loro a fare la spesa. »

« Non mi fido. »

« Mi offrirei di andarci io, ma con questo braccio... » Frank indicò il tutore bianco.

Dex bevve un lungo sorso di birra. « Allora moriremo di fame. »

« Potresti andare tu a comprare qualcosa », disse Allegra a Dex.

Lui la guardò stringendo gli occhi.

« C'è qui Frank. Ci sorveglierà lui », gli fece notare.

« Per me non c'è problema », disse Frank.

Dex posò la bottiglia sul tavolo come se ci stesse pensando su. « Sì, va bene. Se dovessero cercare di combinare qualcosa... »

Frank si passò il dito indice davanti alla gola, e Allegra fu grata che Trevor non fosse lì.

« Preparo la lista della spesa », disse.

Dieci minuti più tardi, Dex se n'era andato. Allegra trasse il suo primo sospiro di sollievo da quando era cominciato quell'incubo, ma poi vide Frank appoggiare la mano sul calcio della pistola nella fondina. « Un altro panino? » offrì.

« Preferisco aspettare. »

« Una birra? »

« Volentieri. »

Allegra fece segno a Trevor di restare al tavolo della cucina mentre lei apriva un'altra birra e la portava a Frank. « Per quanto tempo dovremo restare qui? » domandò.

Lui prese la bottiglia senza distogliere lo sguardo dalla televisione. « Finché non avremo recuperato l'auto e scoperto cosa nasconde. Voglio dire, chi poteva immaginarlo? »

« Immaginare cosa? »

« Che ci fosse un tesoro da qualche parte. »

« Sull'auto? »

« Già, da non credere. Possibile che in tutto questo tempo non l'abbia trovato nessuno? »

« Com'è avvenuto il furto? »

« Una rapina a un treno a inizio Novecento. »

« Mi riferivo all'auto. Alla Grey Ghost. »

Frank inarcò le sopracciglia. « Stai scherzando, vero? »

Allegra avrebbe voluto dirgli che non c'era proprio nulla su cui poter scherzare in tutta quella situazione, ma preferì non farlo arrabbiare. Con l'espressione più calma che le riuscì, prese la bottiglia mezza vuota di Dex e la portò in cucina per poi voltarsi a guardare Frank. « Io so come è stata rubata a mio zio. » Del resto, Allegra aveva svolto un ruolo piccolo ma significativo in quel reato. Ma aveva avuto scelta? « Mi domandavo come fosse stata rubata al tuo capo. »

« Come sarebbe a dire? Davvero non lo sai? » Frank la fissò scuotendo la testa. « Da non credere. »

A poco a poco, Allegra cominciò a prendere coscienza di com'erano andate le cose. « Tu e... Dex. »

« Chi altri? »

« Siete impazziti? E se il vostro capo dovesse scoprirlo? »

« Come? »

« Io... non lo so. » Non si capacitava di essere stata così stupida. Serrò la bocca e fece finta di mettere ordine. Andò al tavolino e spostò il telecomando della televisione accanto a una rivista, alzando nel frattempo il volume, poi riprese il piatto vuoto di Frank e lo riportò in cucina. « Trevor, aiutami a lavare i piatti. »

Lui scostò la sedia dal tavolo e si alzò.

Allegra aprì l'acqua al massimo e la lasciò scorrere. « Credi di farcela a uscire dalla finestra al piano di sopra? » Dal momento che la manovella era stata rimossa, la finestra si apriva soltanto di una manciata di centimetri, ma Allegra era sicura che esercitando un po' di pressione, Trevor sarebbe riuscito a crearsi un passaggio sufficientemente largo. Del resto il telaio era vecchio, di alluminio. « Prendi un paio di lenzuoli dall'armadio della biancheria e annodali insieme. »

« Non ho nessuna intenzione di lasciarti qui. »

« Devi farlo », sussurrò lei voltandosi verso il soggiorno. Frank era concentrato sulla televisione. « Tuo padre ha aiutato a rubare l'auto di zio Albert all'uomo che l'aveva rubata per primo. Quando questa persona lo scoprirà, manderà qualcuno a uccidere sia lui che noi. Sempre che... » Stava per dire di nuovo « tuo padre », ma si fermò nel rendersi conto di quanto suonasse orribile. Come se fosse più colpa di Trevor che sua.

E invece la colpa era sua, sua e di nessun altro.

« Dex è uno squilibrato. Quando questa storia sarà finita e avrà ottenuto ciò che vuole, ci ucciderà. Io voglio solo... » Si asciugò qualche lacrima. « Per favore, vai via. Lega insieme un paio di lenzuoli. Posso sopportare tutto, ma non il pensiero che possa succedere qualcosa a te. Per favore. »

« E se invece succedesse qualcosa a te? » bisbigliò lui di rimando. « Come farò io ad andare avanti? »

« Pensando al mio amore. Ti vorrò bene per sempre. Ti basterà ricordarlo ogni singolo giorno. »

« Mamma... » Gli occhi gli si riempirono di lacrime.

« Per favore... per favore, Trev. »

Lui annuì e lei lo abbracciò, meravigliandosi di quanto fosse cresciuto. Sentì il calore del suo corpo e il battito del suo cuore quando lui le premette la testa contro il petto. Temendo che non l'avrebbe mai più rivisto, Allegra cercò di imprimersi nella mente quel momento e ogni dettaglio di suo figlio. Alla fine lo allontanò da sé. « Sbrigati. »

63

Frank entrò proprio mentre Allegra si voltava verso il lavandino. « Cosa sta succedendo qui? »

« Trevor non si sente bene. Gli ho detto di andare a riposare. »

« C'è altra birra? »

« No, mi spiace, ma l'ho messa sulla lista della spesa. »

Lui borbottò qualcosa e tornò in soggiorno, stavolta sedendosi sulla poltrona di Dex per guardare la televisione.

Grata che tende e persiane fossero chiuse, Allegra tornò a sistemare i piatti negli armadietti, cercando di fare abbastanza chiasso da coprire eventuali rumori provenienti dal piano di sopra.

Venti minuti più tardi, mentre finiva di pulire il lavandino, le parve di sentire russare. Restò paralizzata. Quando dal soggiorno giunse di nuovo lo stesso suono, Allegra chiuse l'acqua e non si mosse per diversi secondi. Rieccolo...

Alla terza volta, guardò la porta sul retro. Dava su un piccolo patio con un fazzoletto d'erba. Da bambino Trevor passava molto tempo a giocare là fuori. Allegra avrebbe dovuto scavalcare la staccionata che separava la sua proprietà da quella dei vicini e fuggire da quella parte. Una volta trovato Trevor, avrebbero potuto cercare aiuto.

In realtà non sapeva nemmeno se sarebbe riuscita a scavalcare la staccionata. Ma non poteva lasciare nulla di intentato. Cominciò a spostarsi a poco a poco verso il tavolo della cucina. Non doveva fare altro che girarvi intorno e aprire la porta...

Se Frank si fosse svegliato, dalla poltrona avrebbe visto la porta sul retro.

E se fosse stata una trappola?

Allegra prese uno strofinaccio, si asciugò le mani e si diresse con disinvoltura verso il soggiorno per dare un'occhiata.

Frank aveva la testa inclinata all'indietro, gli occhi chiusi e la bocca aperta.

I secondi passavano.

Lentamente, Allegra cominciò a indietreggiare verso il tavolo della cucina. Poteva farcela. Altri tre passi.

Due.

Uno.

Proprio mentre allungava la mano verso la maniglia, la porta d'ingresso si spalancò. Lei abbassò subito il braccio e si voltò. Dex entrò con due sacchetti della spesa. Quando si accorse che Allegra era vicina alla porta sul retro, sul suo viso passò un'ombra di sospetto.

« Dov'è Trevor? » chiese Dex.

Frank si svegliò di soprassalto. « Che diavolo...? »

Allegra si ritrovò con il cuore in gola. Dex la fissò dritto negli occhi mentre raggiungeva il tavolo come una furia e vi lasciava cadere i due sacchetti, uno dei quali si rovesciò di lato. Una cipolla gialla rotolò sul ripiano di legno scuro e poi per terra.

« Trevor! » gridò Dex.

I battiti del cuore di Allegra scandivano ogni attimo di silenzio.

Se n'era andato.

Allegra avrebbe voluto piangere da tanto era sollevata, anche quando Dex estrasse la pistola e gliela puntò contro. Si domandò se sarebbe stato doloroso, ma in realtà non le importava.

Trevor sarebbe stato al sicuro.

« Te la farò pagare. » Dex alzò la canna verso di lei.

« Sono qui! » In cima alle scale, Trevor fulminò Dex con lo sguardo. « Vuoi sparare a qualcuno? Forza, fai pure. I vicini sentiranno e chiameranno aiuto. Provaci. »

« Chiudi il becco e scendi », ordinò Dex. « Aiuta tua madre con la spesa. »

Le ginocchia di Allegra presero a tremare. Lei si aggrappò a una sedia, appoggiandosi allo schienale. Scoppiò in lacrime, non perché Dex era stato sul punto di ucciderla, ma perché Trevor non se n'era mai andato. Come aveva potuto farle una cosa simile? Perché?

Perché non le aveva dato ascolto?

Suo figlio cominciò a scendere le scale con un'espressione di collera allo stato puro, e per un momento Allegra si domandò se non fosse arrabbiato con lei. Poi però, mentre passava davanti a Dex dandogli le spalle, mimò con la bocca: « Scusa ».

Allegra gli prese la mano, sforzandosi di sorridergli. Lui la circondò con un braccio. « Non ti lascerò. Mai », sussurrò quando fu certo che i due uomini non potessero vederli.

Quella sera nel cuore di Allegra si aprì una crepa. Dopo cena, lei e Trevor restarono seduti al tavolo mentre Frank e Dex guardavano la televisione e bevevano birra, purtroppo in quantità del tutto insufficienti a ubriacarsi. L'alcol non stava facendo altro che sciogliere loro la lingua. A un certo punto, Frank alzò la birra. « Quale che sia questo tesoro, di sicuro non può essere nascosto su quell'auto », dichiarò.

« Probabilmente hai ragione. Altrimenti a questo punto qualcuno l'avrebbe già trovato, no? »

« Proprio quello che pensavo. La vera domanda è: come facciamo noi a trovarlo? »

« Dev'esserci qualche indizio in quel diario. »

« Quello che non hai più? »

« Te l'ho detto, non ci serve. Mio figlio ha la memoria di un computer. Qualsiasi cosa legga, se la ricorda, te l'assicuro. Trev, vieni qui », gridò.

Preoccupato, Trevor guardò Allegra. « Non ho idea di dove sia nascosto il tesoro », gridò lui di rimando.

Allegra avrebbe preferito che Trevor se ne fosse andato quel pomeriggio, tuttavia si rese conto che era cresciuto, che si era assunto la responsabilità di qualcosa in cui credeva. Di lei. Sorrise, cercando di trasmettergli la poca forza che le era rimasta così che potesse combattere a sua volta quella battaglia. « Raccontagli quello che hai letto. Almeno saranno contenti. »

Controvoglia, Trevor si alzò e andò in soggiorno. « Da dove volete che cominci? »

« Dov'eravamo rimasti? » domandò Dex.

Frank vuotò la sua birra e appoggiò la bottiglia sul tavolo. « A quando quel Payton viene catturato, mi pare. Vorrebbe usare il pugnale nascosto per filarsela, ma qualcuno glielo porta via. »

64

Diario di Jonathon Payton,
quinto visconte Wellswick

1906

Ogni speranza sembrava perduta mentre aspettavo che la lama si conficcasse nella mia schiena. Immaginare la morte non mi aveva mai spaventato come in quel momento. Trascorsero pochissimi istanti, nei quali tuttavia mi vorticarono in testa innumerevoli pensieri. Le atrocità commesse da mio cugino e il fatto che fosse lui il responsabile di quella rapina... Pensai ai poveri macchinisti e all'investigatore, che avevano perso la vita per mano sua. Pensai a Miss Atwater e pregai che riuscisse in qualche modo a fuggire, a mettersi in salvo.

Per tutto il tempo mi preparai a sentire il pugnale abbattersi su di me. Anziché essere sopraffatto dal dolore, però, mi accorsi che la lama stava tagliando la fune.

« Non muovetevi », mi sussurrò all'orecchio una voce. Il mio cuore batteva così all'impazzata che la udii a malapena. La misteriosa figura mi lasciò ricadere la fune sui polsi e scomparve nell'ombra.

Reggie tornò nella rimessa, e quando vide che avevo mani e piedi slegati, mi guardò stringendo le palpebre. « Come hai fatto? »

Mi sforzai di non voltarmi. « Cosa? Reggie... »

Mio cugino tenne la lanterna sospesa nell'aria, il viso contratto in un'espressione feroce. « Reginald. Ho sempre odiato 'Reggie'. »

« Per favore, tu non sei così. Pensa a tua moglie. A tuo figlio. »

« È esattamente a loro che sto pensando. » Si raddrizzò e guardò dietro di sé. La Grey Ghost era sul pianale del carro. « Eddie, Mac,

lasciate perdere l'auto e sbarazzatevi di mio cugino. Fate in modo che sembri un incidente. Finlay, tu prendi le redini. È ora di andare.»

«Reg... Reginald! Non farlo. Ti prego!»

Reggie mi ignorò, Eddie invece saltò giù dal retro del carro e si incamminò verso di me estraendo un coltello dalla cintura. Mac lo seguì mentre mio cugino continuava a reggere la lanterna. La luce tremolante si rifletté sulla fredda lama d'acciaio quando Eddie sollevò il coltello, pronto a colpire.

«Due contro uno?» disse una voce alle mie spalle. «Non è corretto.»

Mac e Eddie si arrestarono di colpo e si guardarono intorno nel tentativo di stabilire da dove provenisse la voce.

«Chi va là?» domandò Reggie alzando un altro po' la lanterna e scrutando la rimessa.

«Il mio nome è Isaac Bell.» Mr Bell uscì allo scoperto e venne verso di noi, piazzandosi tra me e i miei aspiranti assassini. Vestito di bianco da capo a piedi, stringeva il bastone con l'impugnatura di ottone di mio padre. La lama nascosta era scomparsa di nuovo nella guaina. Lui guardò Reggie prima di concentrarsi su Mac e Eddie. «E voi siete in arresto per la rapina al treno.»

Lo sgomento sui volti di Eddie e Mac durò soltanto pochi istanti, dopodiché entrambi scoppiarono a ridere.

Eddie puntò il pugnale contro Mr Bell. «Ci avete seguiti fin qui da New York, vero? Tutto solo? Voi siete proprio un tipo strambo.» Fece un passo avanti.

Isaac Bell gli sbarrò la strada con il bastone di mio padre. «Mi dispiace, non posso proprio permettervelo.»

Tenendo il coltello in una mano, Eddie afferrò l'estremità del bastone con l'altra e se ne servì per attirare Isaac verso di sé. Il ghigno rabbioso che gli spuntò sulle labbra deformò la cicatrice sulla sua guancia. «Prima vi taglierò la gola, e poi vi ficcherò dentro questo bel bastone decorato.»

«Vi piacerebbe, eh?» disse Isaac prima di fare un mezzo passo indietro.

Eddie strinse la presa sul bastone.

Vedendo Isaac che faceva scorrere la mano sinistra lungo l'asta e serrava le dita della destra sull'impugnatura, immaginavo che avrebbe estratto la lama. Invece no. Si chinò, portò il bastone in avanti e investì in pieno Eddie con una spallata. Il coltello gli volò via di mano e lui scivolò sul pavimento di legno. Mentre Eddie incespicava all'indietro, Isaac brandì il bastone e colpì Mac al petto con la massiccia impugnatura, facendolo cadere in ginocchio.

Reggie puntò la pistola contro l'investigatore, che si girò su se stesso, agitò di nuovo il bastone e gli tolse la pistola di mano.

Mio cugino tentò di raccoglierla, ma Isaac la allontanò con un calcio, poi gli sferrò una bastonata alla schiena e lo mandò a sbattere contro Mac.

I tre uomini cercarono comunque di scagliarsi contro di lui. Isaac però premette il fermo del bastone ed estrasse il pugnale nascosto nell'impugnatura. « Forse non sono stato sufficientemente chiaro », disse spingendo la punta della lama contro la gola di Mac e fermandosi soltanto quando vide uscire una goccia di sangue. « Siete in arresto. » Uno scalpiccio di zoccoli in avvicinamento catturò la loro attenzione. Isaac fu l'unico a non voltarsi e a rimanere concentrato sui tre uomini. « Prendete la pistola, Payton! »

Appena afferrai l'arma e la puntai contro di loro, mio cugino si precipitò verso la porta.

« Ma... Reggie? » Riconobbi la voce del mio amico Byron. Doveva aver ricevuto il mio messaggio. « Dov'è Payton? »

Reggie saltò sul carro. « Via! Via! »

Finlay fece schioccare le redini.

Il carro avanzò di scatto, e le ruote cigolarono sotto il peso del carico.

« Stanno scappando », gridai a Byron che smontava perplesso da cavallo.

Isaac valutò in fretta la situazione. « Tenete d'occhio questi due, Payton. E non esitate a sparare, se necessario. » Corse fuori, afferrò le redini del cavallo di Byron, montò in sella e partì a tutta velocità al seguito del carro.

Io tenni la pistola puntata contro i due, lo stomaco sottosopra al pensiero che fosse tutto nelle mie mani. Quello non ero io. Ero l'ultima persona al mondo che avrebbe potuto comportarsi da eroe. Tuttavia mi resi conto che se uno di quei due avesse tentato di darsi alla fuga, avrei dovuto scegliere tra fare fuoco e lasciarli andare. E io non volevo nessuno sulla coscienza. Il mio sguardo si posò sulla fune. « Byron, dobbiamo legarli. In fretta. Subito! »

« Io... »

« Ora! » ordinai prima che il coraggio mi venisse meno.

Byron annuì, afferrò la fune che fino a poco prima mi aveva tenuto mani e piedi legati e la avvolse ai loro polsi. Certo che non sarebbe stato sufficiente, dissi a Byron di legargliela anche intorno ai fianchi, in modo da bloccarli schiena contro schiena.

« Cos'hanno fatto, in nome di Dio? » domandò Byron.

« Hanno rapinato un treno. »

Byron si voltò a guardarmi senza riuscire a mascherare lo stupore. « La rapina in cui quei macchinisti... » Sbiancò. « ... sono stati assassinati? »

« Vai a chiamare un guardiano notturno. E chiedigli di portare aiuto. »

Byron si alzò e osservò i due uomini, che si stavano dimenando per cercare di liberarsi. « Credi sia il caso che ti lasci qui da solo? »

Per la verità era l'ultima cosa che desiderassi. Ma non avendo scelta, ostentai una spavalderia che mi era completamente estranea. « Non voglio uccidere nessuno, ma se dovessero provare a darsi alla fuga, non mi farò scrupoli. »

I due uomini si immobilizzarono e, uno dopo l'altro, mi guardarono. La pistola nella mia mano tremava.

Byron annuì. « Torno tra poco. »

Quando se ne fu andato, calò un silenzio che mi colmò di terrore. Pensai a Miss Atwater. Se io mi sentivo così, come doveva sentirsi lei? « Cos'avete fatto a Miss Atwater? »

Entrambi si rifiutarono di rispondere.

« Dov'è? »

L'uomo di nome Mac scoppiò in una risata sprezzante. « Sei solo. Tuo cugino ci ha detto che sei un codardo. Sappiamo che hai paura della tua stessa ombra. Lasciaci andare e saremo clementi con te. »

Quelle parole mi fecero avvampare di rabbia, non soltanto perché Reggie aveva parlato di me con quei criminali, ma anche perché erano vere. Non ero altro che un vigliacco.

Gettai un'occhiata al pugnale sul bastone di mio padre. Ripensai al modo in cui Mr Bell l'aveva usato contro Mac, riuscendo a sottometterlo. Naturalmente ci era riuscito soprattutto grazie all'abilità con cui l'aveva brandito poco prima, ma ero piuttosto certo che sarei stato in grado di puntarlo alla gola di qualcuno, se non altro.

Mantenendomi a debita distanza, girai intorno ai due uomini e raccolsi il pugnale, poi mi avvicinai, minacciandoli sia con la lama che con la pistola. Mi tremavano entrambe le mani. « Dov'è Miss Atwater? »

I due tennero lo sguardo fisso davanti a sé.

Vincendo la mia vigliaccheria, guardai la cicatrice di Eddie e gli premetti la punta della lama contro l'altra guancia. « Se non vuoi che questa diventi uguale all'altra, dimmi quello che voglio sapere », ordinai sforzandomi di suonare minaccioso quanto Mr Bell.

« Tu sei matto come tuo cugino. »

« Dov'è lei? » tuonai. La mano mi tremava così forte che lo tagliai, facendo uscire una goccia di sangue. Soltanto due giorni prima mi sarei ritratto, inorridendo, ma in quel momento immaginai Miss Atwater, impaurita e sola, e premetti ancora di più. « Dov'è? »

« Non lo sappiamo », disse Mac.

Aumentai la pressione contro la guancia di Eddie.

Lui sgranò gli occhi in un'espressione stupita, forse anche spaventata. « Ha detto che l'avrebbe portata al cottage della viscontessa madre. »

Sconvolto, scostai la lama. Si trattava del cottage di mia nonna, rimasto disabitato finché non vi si era trasferito Reggie con sua moglie e suo figlio. Prima che potessi chiedere altro, Byron tornò con due guardie notturne. Quando ebbero portato via i due uomini, io e Byron restammo ad aspettare Mr Bell. E proprio quando stavo per abbandonare ogni speranza, udii il ticchettio degli zoccoli dei cavalli e il cigolio delle ruote del carro.

Mr Bell era alla guida, con il cavallo di Byron al seguito. Bell lanciò le redini a Byron, sollevò Reggie dal pianale e lo depositò ai miei piedi. Con le mani legate dietro la schiena, mio cugino stava riprendendo conoscenza. Doveva essere svenuto.

« Dov'è l'altro uomo? » domandai.

« Il vetturino? Temo che non ce l'abbia fatta. Non era particolarmente sveglio. Che fine hanno fatto i due che ho lasciato qui? »

« Li hanno portati via due guardie notturne. » Gli dissi ciò che avevo scoperto su Miss Atwater.

« Bene », rispose lui mentre Reggie si guardava intorno.

« E adesso? » domandai.

Isaac afferrò Reggie per le spalle e lo fece sedere con la schiena contro un banco di lavoro. « Adesso scopriremo chi è stato a ingaggiare vostro cugino. »

« Non capisco. »

« Sospetto che vostro cugino fosse soltanto una pedina nelle mani di qualcuno che ha deciso di rovinare la Rolls-Royce e che ha sfruttato il legame di vostro cugino con voi e con l'azienda per rubare la 40/50. »

Le sue parole mi lasciarono di stucco, poiché, se erano vere, anch'io ero una pedina.

« Non tutto è perduto, Payton », disse Mr Bell notando la mia espressione. Si dà il caso che gli scacchi siano una delle mie specialità. »

Reggie gli scoccò un'occhiata truce. « Non aspettatevi aiuto da me. »

Isaac Bell si limitò a guardarlo, liquidandolo con un sorriso. Mi condusse alla porta e mi parlò a bassa voce. « Continuerò a interrogarlo. Voglio proprio sapere che fine ha fatto il resto del denaro rubato durante quella rapina al treno. »

« Non era nella cassa? » domandai. « Li ho visti caricarla sul carro. »

« Manca almeno la metà. Direi mezzo milione. Sicuramente è stato nascosto da qualche parte. »

« Allora cosa conteneva la cassa? »

« Componenti di motore, per ultimare la Silver Ghost. »

Fino a quel momento non mi ero reso conto di quanto fosse subdolo il piano di Reginald. Senza la Grey Ghost e senza componenti di riserva, la Rolls-Royce non sarebbe mai riuscita a ultimare la Silver Ghost in tempo per l'Olympia Motor Show. L'ennesimo colpo basso all'azienda nella quale avevamo investito tutto. Se non fosse stato per Mr Bell, il tentativo di Reggie di rovinare la Rolls-Royce sarebbe riuscito.

Sul punto di andarmene, rivolsi a mio cugino un ultimo sguardo e vidi che aveva un sorrisino compiaciuto sulle labbra. « Tu sai dov'è il denaro, vero? »

Si fece scuro in volto, e il suo sorriso si trasformò in un ghigno crudele. « Dal momento che mi hai aiutato a nasconderlo, sei mio complice. »

« Non ho fatto nulla di simile. »

« Se lo pensi davvero sei proprio un ingenuo. »

Inorridendo al solo pensiero, cominciai ad arrovellarmi per capire se davvero potessi avere inconsciamente preso parte ai suoi ignobili piani. Ma poiché non mi sovveniva nulla, guardai Mr Bell in cerca di aiuto.

« Forse è meglio che ora vi preoccupiate di Miss Atwater », suggerì Mr Bell.

« E lui? » domandai indicando Reggie con un cenno del capo.

« Come ho detto, vostro cugino è soltanto una parte dell'equazione. Mi servirò di lui per scoprire chi si cela in realtà dietro il furto della Grey Ghost. »

Reggie storse la faccia in un'espressione che trasudava trionfo e odio al tempo stesso. « Probabilmente non sono stato chiaro. Non ho nessuna intenzione di collaborare. »

« Fortuna vuole che non abbia bisogno della vostra collaborazione. » Il sorriso di Bell aveva un che di perfido. « Per la verità non ho nemmeno bisogno che siate cosciente. »

65

Il piano era semplice. Una volta dentro l'ufficio, Remi avrebbe escogitato un modo per trovare l'indirizzo del deposito in cui era nascosta la Grey Ghost mentre Sam stava di vedetta. Oliver e Chad avrebbero aspettato in macchina, pronti a recuperare i Fargo e a sparire rapidamente dalla circolazione.

In quel momento Chad stava cercando un parcheggio adatto e non troppo lontano. Seduta con Oliver e Sam su una panchina all'ombra di un castagno, Remi era impegnata a raccogliere informazioni relative al settore dell'import/export sul suo cellulare. Se qualcuno dall'ufficio di Rossi dall'altra parte della strada avesse guardato fuori, avrebbe fatto fatica a vederli dietro la fila di moto parcheggiate davanti a loro.

Oliver scrutò le finestre. « Siete sicuri che sia una buona idea? Le guardie nella hall sono armate. »

« Sì, ma lavorano per la banca », rispose Sam. « Dopo quello che è successo alla villa, mi preoccupa di più quello che Remi potrebbe trovare di sopra, negli uffici di Rossi. »

Oliver si spostò nervosamente sulla panchina. « Un motivo in più per non entrare. »

« Andrà tutto bene. Remi è un vero talento quando deve fingere di essere ciò che non è. »

Lei alzò lo sguardo dal telefono. « Se volevi farmi un complimento, sappi che non ci sei riuscito, Fargo. »

Lui si sporse verso Oliver. « Ci sa davvero fare con i sotterfugi. E anche con le operazioni segrete », sussurrò in modo da farsi sentire.

« Così va meglio », rispose Remi prima di tornare a concentrarsi sul cellulare.

« E se qualcosa dovesse andare storto? » domandò Oliver. « È già abbastanza difficile accettare che mio zio sia in carcere per un reato che non ha commesso. Se succedesse qualcosa a uno di voi due, non potrei mai perdonarmelo. »

« Ce la caveremo », lo rassicurò Sam. « L'importante è che tu e Chad vi teniate pronti con la macchina. Potremmo avere bisogno di tagliare la corda in tempi rapidi. »

Chad li raggiunse dopo qualche minuto. « Finalmente ho trovato un parcheggio. » Indicò la via fiancheggiata di alberi. « Alla pasticceria all'angolo. Più vicino non c'era proprio posto. »

« Nessun problema », disse Sam.

Remi lasciò cadere il cellulare nella borsa e si alzò. « Credo di sapere tutto il necessario. »

Quelle parole non servirono certo a tranquillizzare Oliver, anzi. « Ma hai dato giusto una scorsa veloce. »

« Ha un'ottima memoria », disse Sam prima di voltarsi verso Remi. « Pronta? »

Lei lo baciò. « A presto. »

Remi sorrise all'addetto alla sicurezza e disse di avere un appuntamento alla società di export management di Rossi. Lui la guardò e poi la fece entrare nella hall. « Terzo piano », disse.

Remi salì in ascensore ed entrò negli uffici della società di spedizioni con espressione severa e con la testa inclinata all'angolazione giusta per dare l'impressione di essere una donna piuttosto arrogante, abituata a ricevere attenzione immediata. « Mr Rossi, per favore », disse alla ragazza sui vent'anni con i capelli biondi in una coda di cavallo dietro il banco della reception.

« Lei è...? »

« Rebecca Longstreet. Il mio avvocato americano dovrebbe aver chiamato per fissare un appuntamento. So di aver dato poco preavviso, ma rimarrò in Francia soltanto fino a stasera. »

« Di cosa si tratta? »

« SRF Import/Export. »

Remi si portò con passo deciso al centro dell'ufficio e lo esaminò attentamente. « Chi è il responsabile qui? »

« Monsieur Marchand. »

Remi si limitò a fissarla.

La receptionist sembrava confusa. « Ha bisogno di parlare con lui? »

« Se non mi sta aspettando, forse è meglio che veda di rimediare », disse Remi.

« Certo. Un momento. » La ragazza si alzò, bussò alla porta dietro di sé, la aprì e sparì dall'altra parte. Tornò dopo un momento. « Monsieur Marchand può dedicarle cinque minuti », disse tenendo la porta aperta a Remi.

Mentre Remi entrava, un uomo corpulento sulla cinquantina spinse indietro la sedia e si alzò con un largo sorriso, porgendole la mano. « Mademoiselle Longstreet. Prego, venga. Si accomodi. Posso offrirle qualcosa da bere? »

« No, grazie. »

Lui girò intorno alla scrivania e scostò la sedia in modo che Remi potesse accomodarsi. « A cosa devo il piacere? »

« A un piccolo screzio con il direttore della logistica cui mi appoggiavo. E alla necessità immediata di sostituirla. »

« Qual è il volume gestito dalla sua azienda, Mademoiselle? »

« Una ventina di container in meno al mese rispetto all'anno scorso. Ma mi auguro che il volume raddoppi una volta accelerato il processo di trasporto. » Remi si schiarì la gola, fece per parlare e sorrise. « A dire il vero forse è meglio che accetti la sua offerta di bere qualcosa. »

« Certo. Un momento. »

Quando Monsieur Marchand uscì dalla porta, Remi vide un armadietto basso nell'angolo accanto alla finestra con sopra una pila di documenti. Lo raggiunse in fretta e guardò fuori dalle tende aperte, scorgendo la Senna tra gli edifici dall'altra parte della strada. Abbassò lo sguardo e scostò i fogli con le dita, leggendo velocemente gli indirizzi. Soltanto da quel piccolo plico di carte scoprì che Rossi aveva due magazzini a Calais e uno a Bruxelles. Se non fosse riuscita a restringere il campo in qualche modo, non avrebbero avuto alcuna speranza di arrivare in tempo per impedire a Oren di impossessarsi della Ghost. Prima che potesse cercare qualche informazione in più, Marchand tornò con la sua acqua. Quando la vide accanto all'armadietto, si fermò di colpo.

Lei indicò con un cenno fuori dalla finestra. « Stavo ammirando la vista sul fiume. »

« Sì, sono pochi a non restarne incantati », disse lui gettando a malapena uno sguardo in quella direzione. « La sua Perrier. Chiedo scusa, ma non abbiamo bicchieri. »

« *Merci.* La bottiglia andrà benissimo », disse lei prendendola.

« Stava dicendo, riguardo alla sua azienda? »

« Sì, le stavo accennando alla leggera flessione degli ultimi tempi », rispose lei girando il tappo per rompere il sigillo. Dalla bottiglia si levò uno sfrigolio sommesso. « Ma spero di riuscire a invertire la tendenza. »

« Mi perdonerà se le sembro indiscreto, ma per sapere se possiamo essere un partner adatto per la sua azienda, devo avere un'idea dei volumi che... »

« Ipotizzando che il vostro magazzino possa gestire un carico di trenta o quaranta container al mese... » attaccò lei citando ciò che aveva letto quella mattina riguardo alla ditta che aveva preso a modello. Marchand si sporse in avanti con aria interessata quando sentì quel numero. Remi bevve un sorso d'acqua e aspettò che le sue parole andassero a segno prima di riprendere a parlare. « Ci sono porti che utilizzate con più frequenza rispetto ad altri? Se fossero gli stessi a cui ci appoggiamo noi, sarebbe più semplice trasferire le nostre spedizioni alle vostre strutture. »

« Tutto dipende da luogo di partenza e destinazione del carico », rispose Marchand.

« Cosa mi dice di Calais? »

« Uno dei porti di cui ci serviamo maggiormente. Le dispiace se le chiedo per quale motivo sta cercando una nuova logistica? »

« Come le ho detto, c'è stato un piccolo screzio con la nostra vecchia logistica, cui si somma il desiderio di trasferire la mia attività a Parigi. Non che procederei senza prima essermi debitamente informata sulla nuova società, sia chiaro. »

« Godiamo di un'ottima reputazione. La sua attività sarebbe in buone mani. Naturalmente vorrei che Monsieur Rossi le desse il benvenuto di persona. Fortuna vuole che sia qui proprio oggi. Capita molto di rado. Solitamente lavora dalla nostra sede di Roma, ma ha appuntamento con un cliente in tarda mattinata. Anzi, per la verità dovrebbe arrivare da un momento all'altro. »

Non era certo ciò che Remi sperava di sentire. Rossi sarebbe arrivato molto prima di quanto si aspettasse. Rendendosi conto di dover mettere a punto un piano alternativo, e in fretta, prese il telefono e aprì il calendario. « Potrebbe non essere così semplice... Mi lasci fare una telefonata per verificare se posso disdire un appuntamento. » Si girò verso la finestra fingendosi di nuovo interessata alla vista e telefonò a Sam. « Sono Rebecca. Riguardo a quell'appuntamento di questa mattina... C'è qualche possibilità di posticiparlo? La persona che speravo di incontrare, Monsieur Rossi, sta arrivando proprio in questo momento. »

« Se è su quella BMW nera che si è appena fermata lì davanti, allora no », disse Sam.

Remi scrutò la strada e vide un'auto nera parcheggiata in seconda fila con le quattro frecce accese proprio sotto di lei. L'autista aprì la portiera posteriore dal lato del passeggero, dalla quale scesero due uomini in abito elegante. Certamente vedere soltanto la loro testa dal terzo piano era diverso dal vederli in faccia, ma considerato che uno era scuro di capelli e l'altro biondo, Remi non poté non pensare all'uomo che aveva sparato dal balcone di Rossi. Con ogni probabilità, lui e la sua guardia del corpo erano appena arrivati.

66

Essendoci un ascensore soltanto, l'arrivo di Rossi implicava che per Remi sarebbe stato tutt'altro che facile uscire senza essere vista. « Hai all'incirca tre minuti. L'ho appena visto entrare nell'edificio », disse Sam dall'altro capo del telefono.

« Accidenti », rispose Remi pensando che fosse davvero un peccato aver fatto tutta quella strada e arrivare a tanto così dall'informazione di cui avevano bisogno. Si voltò a guardare Marchand, che la stava osservando con espressione incuriosita, e gli rivolse un sorriso mortificato prima di girarsi di nuovo verso la finestra. Quando le tende ricaddero sul davanzale dietro la sedia, seppe esattamente cosa fare. « Se non posso disdire l'appuntamento, allora informali pure che sto arrivando. E per quanto riguarda quel problema che speravamo di risolvere con il personale, non interrompete il dialogo. L'importante è che io ne resti fuori. »

Seguì un momento di silenzio. A Remi venne il dubbio di essere stata troppo sottile, ma poi Sam rispose: « Ricevuto ».

Remi guardò Marchand mentre abbassava il telefono. « Sono desolata, ma non mi è proprio possibile spostare questo appuntamento. Non è che per caso Monsieur Rossi sarà qui anche nel pomeriggio? Se così fosse, potrei tornare più tardi. »

« Dovrei chiederglielo », disse Marchand. « Mi dispiacerebbe molto se non riuscisse a incontrarlo. »

Remi si girò verso la finestra e si appoggiò al davanzale. « Spero proprio di farcela. Che vista splendida », disse spingendo il telefono nell'angolo destro del davanzale, sotto la tenda, prima di voltarsi di nuovo verso Marchand con un sorriso sulle labbra. « Mi scusi se me ne vado così in fretta. »

« Mademoiselle, mi auguro di rivederla presto. »

« Molto presto, spero. »

Lui le diede il suo biglietto e lei se ne andò. Il lungo corridoio era deserto. Remi si diresse verso l'ascensore e vide che stava salendo. Se Rossi era là sopra, non sarebbe mai riuscita a raggiungere le scale senza essere vista. Mentre cercava con lo sguardo una porta dietro cui potersi nascondere, notò l'allarme antincendio sulla parete accanto a sé. Lo fece scattare e proseguì a passo svelto verso le scale. Dopo un istante, sopra la sua testa cominciò a risuonare un trillo elettronico acuto seguito da uno scampanellio metallico. Mentre l'allarme riecheggiava a tutto volume, si aprirono parecchie porte e tutti si riversarono fuori dai loro uffici, formando una barriera tra Remi e l'ascensore, che si stava aprendo proprio in quel momento. Quando Remi raggiunse le scale, vide Rossi dirigersi a grandi passi verso l'ufficio di Marchand, evidentemente infastidito da tutto quel trambusto. Remi corse giù per le scale e, arrivata al piano terra, uscì nel vicolo.

Sam la stava aspettando all'angolo. « Un piano B davvero geniale », le disse porgendole il proprio telefono.

« Ha funzionato? »

« Mi stai domandando se ho sentito l'allarme? In tal caso sì. Dopodiché non so », rispose mentre un'auto li affiancava. Dietro il volante c'era Chad, con Oliver al posto del passeggero.

Sam e Remi salirono dietro. Mentre Chad si immetteva nel traffico e svoltava a sinistra, allontanandosi dalla banca, Remi controllò che il microfono fosse spento e si avvicinò il telefono all'orecchio. L'allarme continuò a suonare per qualche altro secondo, poi finalmente tacque.

« Torna indietro », disse Sam a Chad. « Quando Rossi se ne andrà, seguiremo la sua auto. »

Remi diede un colpetto sul braccio a Sam e si portò il dito alle labbra mentre un uomo cominciava a parlare in italiano. « È Rossi », disse Remi. « Sta parlando con la sua guardia del corpo. » E infatti, quando si fermarono in fondo alla via della banca, videro che la guardia del corpo era al cellulare. « Rossi sta dicendo che scenderà tra poco... Adesso sta imprecando perché Marchand non è ancora nel suo ufficio per via dell'allarme. Come non detto, è appena entrato. »

I due uomini cominciarono a parlare in francese, più lentamente, e Remi mise il vivavoce in modo che tutti potessero sentire.

« Dov'eri finito? » domandò Rossi a Marchand.

« Dovevo assicurarmi che i dipendenti prendessero parte all'esercitazione antincendio. »

« Suzette mi ha accennato a una visita. »

Remi alzò il volume. Era curiosa di sapere se Marchand avrebbe parlato a Rossi di lei. « Sì, una richiesta relativa ai nostri servizi di spedizione. »

« Non abbiamo tempo per queste cose. Hai predisposto tutto per la spedizione del container? »

« Certo. Come hai richiesto. » Ci fu un momento di silenzio prima che Marchand riprendesse a parlare. « Te ne vai già? E Monsieur Oren? Credo voglia che sia tu personalmente a mostrargli... »

« C'è stato un cambio di programma. Chiamami quando starà arrivando. »

La voce lontana della segretaria salutò Rossi, dopodiché udirono un gran sospiro.

Remi osservò il telefono. « Marchand è silenziosissimo, adesso che Rossi se n'è andato. »

« Si starà mangiando le mani per l'affare sfumato con la tua azienda. »

« Forse l'ho fatto sembrare troppo allettante. » Una manciata di minuti più tardi, Rossi uscì dall'edificio, ma anziché salire in macchina, rivolse un cenno all'autista e si allontanò a piedi con la sua guardia del corpo.

Remi si voltò verso Sam. « Forse allora la Ghost è davvero qui a Parigi. »

« Ero pronto a scommettere gli ultimi soldi che ci sono rimasti che fosse a Calais », disse Sam slacciandosi la cintura. Si sporse tra i sedili per parlare con Oliver e Chad. « Apri il bagagliaio, Chad. Io e Remi li seguiremo. Voi tenete la macchina e aspettateci all'appartamento. Ci rivediamo lì stasera. Appena scopriremo dove siamo diretti, vi manderemo un messaggio. »

« E se dovesse succedervi qualcosa? » domandò Oliver.

Sam aprì il portafoglio per controllare quanti soldi avessero. Poco più di mille euro. Ne diede metà a Oliver. « Siamo quasi a corto di contanti. Se non ci sentite entro domattina, contattate Selma e tornate a Manchester. »

« Non sarebbe più semplice se restassimo tutti insieme? » ribatté Oliver con il viso segnato dalla preoccupazione. « Guardate cos'è successo a Roma. »

« Ve la caverete benissimo. » Remi gli strinse la spalla. « Ormai siete professionisti del settore. »

Lui rispose con un sorriso titubante. « Posso chiedervi un favore? Fate in modo che non vi capiti nulla. »

« Volentieri », disse Remi con un largo sorriso, mettendosi la borsa in spalla prima di scendere dall'auto.

Dopo che Sam ebbe preso lo zaino dal bagagliaio, si misero alle costole di Rossi e della sua guardia del corpo.

Poco più avanti di loro, i due uomini svoltarono a destra. Sam e Remi si guardarono mentre acceleravano il passo per tenergli dietro. « Bella pensata quella del telefono. Ti ho mai detto quanto sei brillante? » domandò lui mentre giravano a loro volta l'angolo per ritrovarsi in una piazza affollata da centinaia di turisti.

« Non così brillante, a quanto pare. Li abbiamo persi. »

67

Remi si guardò intorno. C'erano una miriade di negozi e ristoranti in cui Rossi e la sua guardia del corpo potevano essere scomparsi.

« La metropolitana », disse Sam.

« Non mi sembrano tipi da mezzi pubblici. »

« Ma nemmeno i classici turisti. »

Aveva ragione.

Scesero le scale, comprarono due biglietti e guardarono i due tunnel che portavano alle diverse banchine con i vari treni.

Sam studiò le opzioni sul cartello e controllò l'elenco dei collegamenti. « Da questa parte », disse conducendo Remi verso sinistra.

« Spero tu abbia scelto bene, Fargo », disse lei mentre un ascensore li conduceva nelle viscere della metropolitana parigina.

« Ho mai sbagliato? »

« Be', c'è stata quella volta... »

Quando scesero dall'ascensore, Sam la strattonò improvvisamente di lato. « Sono qui davanti, a meno di cinque metri da noi. »

Lei vide Rossi e la sua guardia svoltare a sinistra sotto un'arcata che portava alla banchina. Sam prese la mano della moglie e la condusse oltre una prima e una seconda arcata per imboccare poi quella che avevano appena superato i due uomini. Quando un altoparlante annunciò l'arrivo del treno, i Fargo si fermarono sulla banchina. Poi, vedendo i due uomini salire a bordo, si infilarono nell'ultimo vagone.

Remi trovò un sedile libero. « Come hai fatto a capirlo? La metropolitana... »

« È il modo più veloce per raggiungere la stazione ferroviaria dall'ufficio di Rossi. Ha pensato bene di mandare Oren in macchina, mentre lui ha optato per il treno così da avere almeno un'ora e mezzo di anticipo. Il tempo necessario per esaminare a dovere l'auto prima dell'arrivo di Oren.»

«Sono davvero colpita, Fargo.»

Quando raggiunsero la Gare du Nord, Sam e Remi seguirono Rossi e la sua guardia del corpo tra la folla e scoprirono che anziché verso la biglietteria, si stavano dirigendo verso il binario per Calais. Dovevano aver comprato i biglietti online.

Sam diede a Remi il portafoglio. «Li tengo d'occhio io.»

La coda per i biglietti avanzava lentamente, sebbene Remi avesse scelto quella più breve. C'era ancora una persona prima di lei, e mancavano meno di cinque minuti alla partenza del treno per Calais. La donna davanti a Remi stava ponendo una sfilza di domande su come avrebbe dovuto comportarsi con il bagaglio quando fosse stata a bordo.

Remi guardò i secondi scorrere implacabili sull'orologio. Preoccupata, si sporse in avanti. «Le manca molto? Rischio di perdere il treno.»

La donna si voltò a guardarla, evidentemente seccata. «Se non le dispiace, è il mio turno.»

«Chiedo scusa», disse Remi giungendo le mani. «Ho appena saputo che mio padre è stato portato in ospedale. Potrebbe non farcela.»

La donna non batté ciglio.

«E il suo cane è chiuso in casa, senza nessuno che possa prendersi cura di lui.»

«Perché non l'ha detto subito?» La donna si fece da parte e lasciò passare Remi.

Allo sportello, Remi comprò i biglietti appoggiando sul banco l'importo esatto in contanti e si precipitò al binario mentre la voce della donna risuonava alle sue spalle. «Spero che il cane stia bene!»

Poiché tutti i passeggeri erano già saliti, il binario era quasi deserto quando arrivò. Di Sam non c'era traccia. Un lieve segnale acustico informò Remi che le porte non sarebbero rimaste aperte ancora per molto. Dopo essersi guardata intorno un'ultima volta, salì proprio mentre le porte si chiudevano. Sam le andò incontro dal vagone accanto mentre Remi si faceva strada oltre i passeggeri impegnati a sistemare i bagagli sopra i sedili.

« Non ero sicuro che ce l'avresti fatta », disse Sam.

« Se è per questo nemmeno io. »

I loro posti erano nell'ultimissimo vagone di seconda classe. Con il telefono di Sam, Remi scrisse a Oliver e Chad dov'erano diretti e disse loro che si sarebbero fatti vivi se avessero trovato la Ghost. Quando telefonò a Selma, scattò subito la segreteria. Remi lasciò un messaggio.

Selma richiamò dopo circa un minuto. « Chiedo scusa, signora Fargo, stavo usando il telefono come hotspot per collegarmi a Internet. Non abbiamo ancora sistemato proprio tutto, ma entro un paio di giorni al massimo dovremmo avere un conto corrente utilizzabile. »

« Mi fa piacere », disse Remi. « Stiamo andando a Calais. »

« Avete una pista sulla Ghost? »

« È quello che speriamo. A breve sapremo qualcosa di più. »

« Chiedile dell'investigatore », sussurrò Sam sporgendosi verso di lei.

« Sam vuole sapere se hai sentito Bill Snyder riguardo al caso di Albert. »

« L'ho chiamato per dargli i nostri nuovi numeri di telefono », disse Selma. « A suo avviso questa faccenda dell'attacco hacker rafforza la tesi che Albert sia stato incastrato. »

« Se non altro è una buona notizia. Ci sono novità riguardo alla sorella di Oliver? » A Remi parve di udire un sospiro di frustrazione all'altro capo del telefono. « Sta bene, vero? »

« Snyder l'ha vista sulla porta, quindi è certo che stia bene. Ma in casa non c'è molto movimento. Non si vede nessuno all'infuori dell'ex marito di Allegra e di un altro uomo che è passato di lì un paio di volte. Corrisponde alla descrizione del tale a cui ha sparato Sam quando avete usato la finta Ghost per salvare la madre di Chad. »

« Frank. »

« Può darsi. In questo momento Snyder teme che se cercasse di stabilire un contatto, l'ex marito di Allegra potrebbe usare lei e il figlio come ostaggi. È piuttosto certo che entrambi gli uomini siano armati. »

Remi riferì l'informazione a Sam.

« Possiamo fare ben poco oltre ad avere fiducia in Snyder. Saprà sicuramente gestire la situazione al meglio », disse lui.

68

Allegra aprì il rubinetto e riempì il lavandino mentre Trevor sparecchiava la tavola. Quando andò ad appoggiare le stoviglie sul ripiano della cucina, le sue dita indugiarono accanto al coltello da macellaio con il manico nero sul tagliere.

« No », sussurrò Allegra allontanandogli la mano.

« Perché no? Dormo a meno di un metro da lui. »

Non avrebbe permesso a Trevor di mettere in atto il piano sconclusionato di uccidere suo padre per poi trovarsi a convivere con il senso di colpa per il resto della sua vita. « Perché l'ho detto io. »

« Dobbiamo fare qualcosa. »

« Lo faremo. »

Lui si voltò, ma Allegra fece comunque in tempo a vederlo sporgere il mento in fuori in un'espressione ostinata.

« Devi fidarti di me, Trev. »

Lui si rifiutò di guardarla mentre usciva dalla stanza.

« Trev? » Allegra chiuse l'acqua, pronta a seguirlo, ma poi si accorse che Dex la stava osservando. Non volendo dargli motivo di sospettare che avessero parlato di qualcosa di diverso dai piatti sporchi, prese le bottiglie vuote dal tavolo e le portò in cucina come se quello fosse stato il suo intento sin dall'inizio.

Tempo addietro, quando Dex le aveva messo le mani addosso per la prima volta, era sicura di poterlo cambiare. Non aveva mai considerato la possibilità di essere lei a dover cambiare.

Guardandosi indietro si rese conto che l'unico motivo per cui aveva trovato la forza di lasciare Dex era stata la paura che cominciasse a sfogare la sua violenza su Trevor anziché su di lei. E da quel momento si era sempre sentita colpevole per non aver saputo dare a Trevor una vita perfetta, perché forse, pensava, negandogli la possibilità di vedere suo padre lo stava privando di qualcosa di fondamentale. Era del tutto sopraffatta da quel senso di colpa quando Dex si era presentato alla sua porta dopo tanto tempo. Allegra aveva pensato che se avesse permesso a Trevor di vederlo, soltanto per poco, sarebbe stato sufficiente. A un certo punto Dex se ne sarebbe andato, e loro avrebbero potuto continuare a vivere la loro vita.

Non l'aveva mai nemmeno sfiorata il pensiero che Dex potesse coinvolgerli in qualcosa di tanto orribile. Come aveva potuto essere così ingenua?

Lasciò cadere le bottiglie nella spazzatura e aprì di nuovo il rubinetto, osservando il coltello con i pezzettini di cipolla ormai secca attaccati alla lama. Non le importava di cosa sarebbe potuto succedere a lei. Si sarebbe assicurata che suo figlio uscisse da quella porta sano e salvo.

Se voleva che Dex abbassasse la guardia, in qualche modo doveva fargli credere di essere dalla sua parte.

Poi ebbe un'illuminazione improvvisa, e prima ancora che avesse finito di lavare i piatti, il suo piano aveva preso forma. Afferrò lo strofinaccio e si asciugò le mani. Un tempo il motivo a scacchi bianchi e blu aveva un bel colore acceso, ma ormai era macchiato e sbiadito dal troppo uso. « Ci serve il detersivo per il bucato », disse andando in soggiorno, dove Dex stava guardando la televisione.

« Può aspettare », disse lui senza guardarla.

« Quanto? Noi... »

Lui la guardò di traverso. « Sul serio? È questo che ti preoccupa? »

« Per la verità no », rispose lei. « Io... ho sentito qualcosa. »

« Cosa? »

« L'altra mattina », disse lei abbassando la voce. Dex era concentrato sullo schermo, e dalla sua espressione Allegra capì che la stava ascoltando soltanto con mezzo orecchio. « Credevo fossi al telefono con qualcuno. E invece era Frank, che parlava di te con non so chi. »

Lui distolse lo sguardo dal televisore e si voltò verso di lei. L'irritazione sul suo viso cedette il passo al sospetto, alla diffidenza. « Sputa il rospo. »

« Ecco... » La sua determinazione cominciò a vacillare, e Allegra fu grata di essersi portata dietro lo strofinaccio, con il quale si coprì le mani tremanti. Controllò la scala per assicurarsi che Trevor non si fosse nascosto lì. « L'ho sentito dire alla persona all'altro capo che si sarebbe occupato di te appena fosse riuscito a fare in modo che togliessi di mezzo me e Trevor. »

Dex scrollò leggermente la testa e si rimise a guardare la televisione. « Torna in cucina. »

Fallo insospettire, disse Allegra a se stessa. Doveva convincerlo di essere dalla sua parte. « Mi hai sentita? Vuole che tu ci tolga di mezzo. Dopodiché ti volterà le spalle e si occuperà di te. Sai bene cosa significa... »

Dex strinse i braccioli della poltrona e trafisse Allegra con lo sguardo. « Sì, che mi darà la mia parte dei soldi della Ghost. »

« Ti ha messo contro la tua stessa famiglia. Trevor è tuo figlio. »

« Davvero? Non la pensavi così quando hai preteso il divorzio e ottenuto la sua custodia. Non mi hai mai nemmeno permesso di vederlo. E guarda com'è adesso. Talmente viziato che preferisce starsene tutto il tempo rintanato di sopra invece di sedersi qui con me a guardare la tele. Se dovesse succedergli qualcosa, la colpa sarà tua, non mia. »

Il nodo allo stomaco di Allegra si strinse ancora di più, rischiando di paralizzarla. Dex non amava niente e nessuno all'infuori di se stesso. Nemmeno suo figlio. Trevor era soltanto un danno collaterale nel piano di vendetta di Dex nei suoi confronti. Tuttavia, con una limpidezza cristallina, Allegra si rese conto di aver dimenticato qual era l'unico modo per far sì che Dex indirizzasse la sua rabbia altrove: metterlo al centro dell'attenzione. Scrollando le spalle come se niente fosse, si avviò verso la cucina. « Credevo soltanto ti interessasse sapere cos'altro ha detto sul tuo conto. »

« Cosa? »

« Non so proprio con chi stesse parlando, ma Frank ha detto che ti stava usando soltanto per mettere le mani sul diario. » Si stupì della facilità con cui aveva mentito. Non volendo ancora arrischiarsi a guardarlo, continuò a fissare lo strofinaccio mentre aspettava che le parole andassero a segno.

« Che altro? » domandò Dex.

« Ti ha definito una palla al piede di cui si sarebbe sbarazzato appena possibile. » Alla fine trovò il coraggio di guardarlo. « Poi non lo so. Non... Il resto non l'ho sentito. »

L'espressione di Dex si indurì. Lui la fissò, cominciando ad ansimare. « Una palla al piede, eh? »

« Così ha detto », confermò Allegra con un sorriso dispiaciuto. « Ho solo pensato che dovessi saperlo perché... Ecco, ho un'idea. »

« Per quale motivo dovrei fidarmi di te? »

« Perché non farei mai nulla che possa danneggiare mio figlio. »

La televisione continuava a mormorare in sottofondo. Le risate registrate suonavano tristi e cupe mentre Dex le teneva gli occhi puntati addosso e tamburellava le dita sul bracciolo della poltrona. Alla fine, dopo quelli che ad Allegra parvero i secondi più lunghi della sua vita, annuì. « Sentiamo. »

« Chiederemo a Trevor di trascrivere il contenuto del diario, o almeno quello che ricorda. »

« Perché prendersi il disturbo? Quelle due volte in croce che ci siamo seduti insieme davanti al diario non abbiamo scoperto niente di utile. Non c'era nessun riferimento a un tesoro nascosto, sbaglio? »

« No, nessun riferimento esplicito. Ma tu ne sai più di me. Stavo soltanto cercando di dare una mano. » Scrollò lo strofinaccio e tornò in cucina.

Dopo qualche secondo, Dex la raggiunse. « Cosa intendi con riferimento esplicito? »

Allegra prese un piatto dallo scolapiatti e prima di parlare si mise ad asciugarlo. Non voleva mostrarsi né troppo smaniosa né troppo interessata. « Io e mio fratello abbiamo letto quel diario parecchie volte da ragazzi. » Quando si voltò a guardare Dex, vide che pendeva dalle sue labbra. « Recitavamo addirittura le parti. Fidati. Se quel tesoro fosse stato menzionato chiaramente, l'avremmo trovato. »

« Allora perché tutti lo stanno cercando? »

« Semplice. Il tesoro scomparso dopo la rapina al treno non fu mai trovato, e quel mio antenato raccontò l'accaduto nel diario. A rubarlo fu suo cugino. Arthur Oren è un discendente diretto di quel cugino, e adesso lo sta cercando. Chissà quali storie si sono tramandate nella sua famiglia. È piuttosto evidente, non trovi? Se Arthur Oren è convinto che la risposta sia contenuta in quel diario, dev'essere così. »

« Un diario che non abbiamo. Dubito che quei Fargo passeranno a portarcelo di loro spontanea iniziativa. »

« Hai sicuramente ragione », disse lei sistemando il piatto asciugato nella credenza prima di prenderne un altro. « Ma noi abbiamo la cosa che gli si avvicina di più: Trevor. » Lanciò un'occhiata a Dex e abbozzò un sorriso, felice di vedere che si stava bevendo ogni sua parola. « Quindi anziché farlo sedere a raccontarci quello che ha letto, glielo faremo scrivere. »

« A che scopo? »

« Se anche Frank dovesse riuscire a procurarsi il diario dai Fargo, avremo, anzi avrai, un vantaggio. E sveglio com'è Trevor, se c'è qualcosa da scoprire... »

« Lo scoprirà. »

« Esatto », disse lei passando lo strofinaccio su un altro piatto.

« Peccato che abbia già riferito quello che ha letto a Frank. »

Lei indicò con un cenno il bidone della spazzatura, traboccante di bottiglie vuote. « Con tutta la birra che si è scolato e gli antidolorifici, credi che ricordi anche solo un decimo di quello che gli ha detto Trevor? »

Dex restò in silenzio per parecchi secondi, probabilmente perché anche lui aveva bevuto. « Quanto pensi che impiegherà? »

« Se usa il computer, circa una giornata. »

« Trev! » gridò Dex. « Vieni qui. »

Trevor scese le scale lentamente, rifiutandosi di guardare Dex e tenendo invece lo sguardo fisso su sua madre per tutto il tempo. « Sono stanco. »

« Lo so », disse lei. « Ma abbiamo bisogno del tuo aiuto... Io ho bisogno del tuo aiuto », aggiunse per cercare di farlo collaborare, nella speranza che leggesse tra le righe. « Credi di poter riscrivere quello che ricordi del diario in modo che possiamo leggerlo? »

Lui posò lo sguardo su suo padre e poi di nuovo su di lei. « Prima devo dormire un po'. Sono troppo frastornato adesso. Mi sento ko. »

« Non c'è bisogno che scriva tutto », disse Allegra sapendo che l'indomani mattina Dex avrebbe potuto cambiare idea, se non gli avesse dato qualcosa. Portò Trevor nello studio e lo fece sedere alla scrivania in modo che non potesse rifiutare. « Soltanto un capitolo. »

Accese il computer e si mise a trafficare intorno alla scrivania come soltanto una madre può fare. Tolse di mezzo le bollette e tamburellò il dito su un biglietto da visita infilato nell'angolo del sottomano. Era quello che le aveva lasciato l'investigatore quando si era presentato alla sua porta per prendere il diario. « Puoi farlo », disse dolcemente. « So che puoi farlo. »

Una volta aperto il programma di videoscrittura, Trevor allungò le dita sulla tastiera e cominciò a scrivere.

Quando Dex entrò nello studio, Allegra coprì il biglietto con la mano e guardò cosa stava digitando Trevor. Rendendosi conto che aveva cominciato dal primo capitolo, gli suggerì di partire da un punto successivo.

« Credevo volessimo tutto quanto », disse Dex.

« Sì, certo. Ma se ricominciamo da dove ti sei addormentato quel pomeriggio, scoprirai prima come finisce la storia. Jonathon Payton stava andando a cercare Miss Atwater dopo il suo rapimento e l'investigatore voleva costringere Reginald Oren ad aiutarlo a catturare il mandante del furto. »

« Comincia da lì », disse Dex.

Trevor staccò le dita dalla tastiera. « Non riesco a concentrarmi se mi state con il fiato sul collo in questo modo. »

Con sollievo di Allegra, Dex lasciò la stanza. Lei lo seguì e ascoltò riconoscente il ticchettio dei tasti, benché temesse di essere stata troppo sottile. Chissà se Trevor aveva capito cosa gli stava chiedendo di fare in realtà. Poteva soltanto sperarlo.

69

Diario di Jonathon Payton,
quinto visconte Wellswick

1906

Mi precipitai a casa in sella al cavallo di Byron. Non avrei creduto che Miss Atwater fosse davvero lì finché non l'avessi vista con i miei occhi. Quando raggiunsi Villa Payton, consegnai il cavallo al nostro custode, corsi dentro e andai subito sul retro, attraversando il giardino fino al cottage della viscontessa madre. Una volta lì, spalancai la porta. La moglie e il figlio di Reggie erano andati a trovare la madre di lei, dunque provai un certo stupore – frammisto a speranza – nel vedere una luce accesa. E poi eccola lì, davanti a me. Miss Atwater stava strimpellando il pianoforte.

« Siete ferita? » domandai quando ebbi ripreso fiato.

Lei si alzò con espressione confusa e al tempo stesso meravigliata. « No, certo che no. Ero soltanto preoccupata per voi. Vostro cugino è passato a prendermi in carrozza dicendo che l'avevate mandato voi poiché temevate per la mia incolumità. Ha detto anche che voi eravate andato a chiamare un guardiano notturno. »

« Mio cugino? »

« Sì. Era davvero mortificato e ha insistito perché restassi qui fino a quando uno di voi due non fosse tornato. »

« E voi non siete ferita? »

« Cosa sarebbe mai potuto capitarmi qui, mentre cercavo di intrattenermi nell'attesa del vostro ritorno? Questo pianoforte ha assoluto bisogno di essere accordato. Molti tasti delle ottave più basse non suonano nemmeno. »

Era tutto così assurdo che mi venne voglia di ridere.

E forse l'avrei anche fatto, non fosse stato che Miss Atwater parve rendersi conto che qualcosa non andava. « Ditemi, cos'è che vi turba tanto? »

« Nulla. »

« Qualcosa c'è », replicò lei. « Ve lo leggo negli occhi. »

Valutai di proteggerla dai fatti, non perché la considerassi troppo delicata per sopportarli, ma perché desideravo tanto rivederla e avevo paura che potesse respingermi una volta scoperta l'orribile verità. Tuttavia non volevo che tra noi ci fossero menzogne. « È stato mio cugino ad architettare la rapina al treno. Ed è stato lui a uccidere i macchinisti e l'investigatore. »

Mentre le parole mi uscivano di bocca come un fiume in piena, un'espressione inorridita offuscò gli occhi di Miss Atwater. « No... » disse scuotendo la testa.

Temendo che dopo le mie rivelazioni mi avrebbe voltato le spalle per sempre, mi scusai.

Lei restò in silenzio per parecchi istanti prima di parlare. « Vostro cugino mi ha mentito, quando ha detto che alcuni uomini vi stavano seguendo? »

« No. Ma a seguirmi erano nientemeno che i suoi uomini. Mi hanno colpito alla testa, facendomi perdere i sensi. Quando mi sono risvegliato... sono riuscito a chiamare aiuto. A quel punto però voi non c'eravate più... » Il solo ricordo mi scatenò una fitta di dolore. La ignorai e condussi Miss Atwater allo sgabello del pianoforte perché potesse sedersi.

« Ho viaggiato sulla stessa carrozza di quel folle? »

« Non avete idea di quanto me ne rammarichi », dissi di nuovo. « Se potessi cambiare ciò che è stato, lo farei. »

Lei si portò la mano alla bocca coprendosi le labbra tremanti. Poi d'un tratto mi prese la mano, invitandomi a sedermi accanto a sé. « E voi siete venuto a cercarmi? »

« Ero preoccupato. »

« Avete corso un grande rischio. »

« Non mi importava. Non desideravo altro che trovarvi. »

« Mr Payton... »

« Jonathon. »

« Jonathon... » La sua voce divenne quasi un sussurro, come se

stesse provando a pronunciare il mio nome per la prima volta, per sentire come suonava.

« Miss Atwater? » chiesi, dal momento che aveva smesso di parlare.

« Non vorrete certo lasciare che Mr Bell affronti vostro cugino da solo? »

« Io... non ci avevo pensato. Avevo bisogno di vedere con i miei occhi che eravate sana e salva. »

« E lo sono. Ma Mr Bell... »

La preoccupazione di Miss Atwater mi fece aprire gli occhi. Mi resi conto che Isaac Bell era là fuori a causa di mio cugino. « Gli devo il mio aiuto », dichiarai alzandomi. « Vi riaccompagnerò a casa, dopodiché andrò dritto da lui. »

Anche Miss Atwater si alzò. « Credo che dovreste andare subito da Mr Bell. Io verrò con voi. »

« Non potete. E se dovesse capitarvi qualcosa? »

Lei inarcò le sopracciglia scure, e l'espressione sul suo viso si fece risoluta. « Vi prego, non mi considerate troppo sfacciata, ma voi mi avete rubato il cuore. Se dovesse succedervi qualcosa proprio adesso che ci siamo incontrati, non potrei mai perdonarmelo. »

In quel momento capii che se quello fosse stato il mio ultimo giorno sulla Terra, avrei voluto trascorrerlo con lei. « Miss Atwater », dissi porgendole la mano.

Lei la strinse forte nella sua. « Mr Payton. »

Quando arrivammo alla rimessa a bordo della carrozza di mio padre, Isaac Bell accettò la presenza di Miss Atwater senza protestare. Dopotutto era dotato di un'intelligenza straordinaria. Byron, dal canto suo, restò un tantino sbalordito, ma si ricompose in fretta. Poi Mr Bell ci illustrò il suo piano. Miss Atwater gettò un'occhiata a mio cugino, legato e imbavagliato con la schiena contro il muro. « E lui? » domandò a Bell.

« Lui sarà sulla carrozza, dove voi e Payton dovrete sorvegliarlo. È importante che non vi veda nessuno. Byron impersonerà il vostro vetturino. »

Preoccupato al pensiero che Miss Atwater dovesse stare tanto vicina a un assassino, sperai di far cambiare idea a Mr Bell.

« C'è un motivo per cui non lo stiamo consegnando subito alle autorità? »

« Potremmo avere ancora bisogno di lui », rispose Bell. « È sempre possibile che qualcosa vada storto. »

70

Quando Arthur Oren fu davanti all'ufficio di Lorenzo Rossi a Parigi, il suo umore migliorò sensibilmente. Mentre l'ascensore lo portava al terzo piano e la receptionist annunciava il suo arrivo, nulla poteva scalfire il suo senso di trionfo. Finalmente tutto ciò che aveva pianificato con tanta cura cominciava a dare frutti.

« Monsieur Marchand la sta aspettando », disse la receptionist una volta tornata.

« Credevo mi avrebbe ricevuto Lorenzo Rossi. »

Prima che lei potesse rispondere, un uomo di mezza età in evidente sovrappeso uscì dalla porta alle spalle della receptionist e tese la mano in segno di saluto. « Monsieur Oren. Lieto di conoscerla. »

Oren gli strinse la mano e guardò l'ufficio vuoto dietro di lui. « Dov'è Rossi? »

« Sta andando a Calais per assicurarsi che il suo ordine sia pronto per essere spedito. Faccio chiamare subito un'auto. » Marchand indicò il suo ufficio con una mano. « Prego, venga, si accomodi. Desidera un caffè o qualcos'altro da bere nel frattempo? »

« No, grazie », disse Oren mentre Marchand prendeva posto dietro l'imponente scrittoio di mogano. Oren si sedette sulla poltrona di pelle accanto alla finestra. « Avevo capito che io e Rossi ci saremmo incontrati qui per andare sul posto insieme. »

« Il signor Rossi le porge le sue scuse. Ha ritenuto necessario verificare che fosse tutto pronto per la spedizione. Naturalmente la accompagnerò io stesso al magazzino appena il trasferimento sarà effettuato. »

« Gli accordi erano altri », disse Oren sforzandosi di mantenere la calma. Era stato imbrogliato già una volta, con il risultato che qualcuno aveva rubato l'auto nientemeno che dal suo magazzino. Di quel furto si sarebbe occupato quando avesse scoperto chi era il responsabile. Stavolta però non aveva alcuna intenzione di perdere di vista l'auto. « Il trasferimento sarà effettuato quando avrò visto il veicolo con i miei occhi e appurato che si tratta di quello descritto. Fino ad allora, il denaro rimarrà sul mio conto. »

Marchand rivolse un'occhiata alla receptionist seduta alla sua scrivania di là dalla porta aperta, poi posò di nuovo lo sguardo su Oren. « Monsieur Rossi gode di un'ottima reputazione. » La sua voce era tesa, nervosa. « Se dice di avere l'auto, significa che ce l'ha. Insinuare che non sia così... »

« Denota prudenza e senso degli affari », replicò Oren. « Forse però è il caso che le spieghi per quale motivo sto adottando queste precauzioni. Quest'auto è stata rubata dal mio magazzino meno di una settimana fa. Si dà dunque il caso che stia pagando una grossa somma per farmi restituire qualcosa che mi appartiene di diritto. »

« Cerchi di capire, Monsieur Rossi sta soltanto facendo da intermediario. Non ha nulla a che vedere con il resto. »

« Benché rispetti la sua posizione, il fatto che non stia rispettando i termini del nostro accordo mi offende. »

« Quali termini? »

« Avrei acquistato l'auto solo a condizione di vederla prima di persona. In seguito Rossi avrebbe ricevuto i soldi. Questo è l'ordine che avevamo stabilito. Ma se non è in grado di attenersi agli accordi, posso benissimo andarmene », disse pur non avendo alcuna intenzione di farlo.

Marchand lo fissò per parecchi secondi. « Vuole che lo chiami per comunicargli le sue richieste? » farfugliò poi.

« Sì. Resto in attesa. » Poiché Marchand non accennava a prendere il telefono, Oren si alzò. « Se preferisce può spiegargli come mai me ne sono andato. »

« Monsieur, non c'è motivo di avere tanta fretta. È solo che non mi sono mai imbattuto in qualcuno che abbia messo in dubbio la parola di Lorenzo Rossi. Semplicemente non si fa. »

« Io invece lo sto facendo. »

«La prego, si sieda», disse lui prendendo il telefono e premendo un tasto. «Lo chiamo subito.»

Mentre tornava alla sedia, Oren vide un oggetto rettangolare scuro e compatto spuntare da sotto la tenda di destra. La scostò e scoprì che si trattava di un cellulare. Quando premette il tasto al centro, lo schermo si illuminò. Oren cercò di andare oltre la schermata iniziale, ma il telefono era bloccato. «È suo?» domandò a Marchand.

«No.»

«Un posto piuttosto strano in cui tenere un telefono, non è d'accordo?»

«Deve averlo dimenticato la signora che... Ah, Monsieur Rossi.» Alzò un dito e cominciò a parlare in francese, una lingua che Oren non conosceva. Sentì però pronunciare il proprio nome, e ipotizzò che Marchand stesse riferendo a Rossi che era lì e pretendeva di vedere l'auto. Quello non lo preoccupava. Il cellulare però... dimenticato da una signora. «Quale signora?» volle sapere.

Perplesso, Marchand interruppe la conversazione con Rossi. «Scusi?»

«Ha detto che è stata una signora a lasciare qui il telefono. Chi era?»

«Una donna venuta a chiedere informazioni riguardo ai nostri servizi di spedizione. Deve avere appoggiato lì il cellulare mentre ammirava il panorama.»

Oren guardò fuori dalla finestra. A suo parere quella di cui si godeva da lì era soltanto una banale vista del fiume tra gli edifici. Nulla di così mozzafiato da dimenticare un telefono. Il sospetto che si insinuò in lui mentre afferrava il dispositivo fomentò la rabbia che l'aveva già assalito a causa di quell'ulteriore rallentamento nel recupero della Grey Ghost. Stava pensando a quella signora Fargo che si era introdotta nella villa di Rossi la sera dell'asta. Di sicuro era stata lì per cercare di scoprire dove si trovasse la Ghost. «Mi faccia parlare con Rossi.»

«Monsieur Oren vorrebbe parlarle», disse Marchand al telefono prima di premere un tasto sul ricevitore. «Metto il vivavoce.»

Oren si avvicinò allo scrittoio. « Quando era qui nel suo ufficio questa mattina ha menzionato espressamente l'indirizzo del magazzino? »

« Perché vuole saperlo? » domandò Rossi.

« Credo che Remi Fargo sia stata qui. Ha lasciato un telefono. Se dovessi tirare a indovinare, allo scopo di origliare tutto ciò che veniva detto nell'ufficio del suo direttore. »

« Marchand », intervenne la voce brusca di Rossi. « Potresti spiegarmi di cosa sta parlando? »

« Prima è venuta una donna. Cercava qualcuno che gestisse le sue spedizioni. Monsieur Oren sembra preoccupato della sua visita. »

« E non hai pensato che fosse il caso di dirmelo? »

« L'ho fatto, se ben ricordi. Non sapevo tuttavia che avrei dovuto sospettare di chiunque venisse a chiedere informazioni sui nostri servizi. Del resto gestiamo anche un'attività in regola qui. »

All'altro capo del telefono ci fu un momento di silenzio. Oren immaginò Rossi fumare di rabbia al pensiero che i Fargo l'avessero fregato per l'ennesima volta. Alla fine Rossi riprese a parlare. « L'idea che possano essere riusciti a scoprire l'indirizzo da me o dal mio direttore è assurda. »

« Nient'affatto », replicò Oren. « Glielo chiedo di nuovo. Ha menzionato l'indirizzo del magazzino? »

« No, al massimo avranno sentito che eravamo diretti lì. Nessun indirizzo. E poiché sono appena arrivato e ho visto l'auto con i miei occhi, mi sento di assicurarle che i suoi timori sono infondati. »

Per quanto Oren volesse credergli, l'esperienza gli aveva insegnato che i Fargo erano in grado di aggirare con facilità la maggior parte delle barriere di sicurezza. « Non li sottovaluti. O forse ha dimenticato chi è stato a derubarla alla villa? »

« Certo che no. E ricordo particolarmente bene il video di lei sull'ascensore insieme a quella donna. »

Benché fosse tentato di fargli notare che era stata l'inadeguatezza dei suoi controlli a permettere ai Fargo di introdursi nella sua proprietà, Oren lasciò cadere la frecciata nel vuoto. In quel momento scambiarsi insulti non era nell'interesse di nessuno. La priorità di Oren era recuperare l'auto. « Stia attento a quei Fargo. Si assicuri di non essere stato seguito. Io sto per mettermi in viaggio. »

71

Sam e Remi si nascosero dietro una fila di auto in un parcheggio non lontano da un capannone. Scrutandolo con un binocolo, Sam vide che c'era parecchio movimento, ma riuscì comunque a individuare Rossi, che stava parlando al telefono accanto a una delle baie di carico. Dopo parecchi minuti, Rossi riattaccò e tornò dentro attraverso la porta di vetro dell'ufficio. Avendo la visuale libera, Sam esaminò rapidamente l'area circostante. Un muletto si allontanò in retromarcia dalla rampa con un bancale carico di scatoloni e, accompagnato da un sonoro *bip bip*, si diresse verso uno dei camion. Oltre le porte aperte del capannone c'erano file su file di scatoloni sistemati su bancali e scaffali. L'area a destra della struttura, alla quale si accedeva attraverso un cancello metallico sormontato da filo spinato, era occupata da una distesa di container impilati su due livelli.

« Credi che la Ghost sia in uno di quelli? » domandò Remi.

« Ne dubito. Un oggetto così prezioso sarà al chiuso e sotto chiave. »

« Sapevo che sarebbe stato troppo facile. »

In effetti fin lì lo era stato davvero. Certi che nessuno si sarebbe accorto di loro, visto il gran numero di persone che lasciava la stazione in taxi, Sam e Remi avevano seguito senza difficoltà quello di Rossi fino a quando aveva svoltato nella zona industriale. Sam aveva detto al loro tassista di proseguire prima di farlo tornare indietro. « Se non altro abbiamo ancora tempo prima che l'auto venga spedita », disse Sam abbassando il binocolo. « Oren non è ancora arrivato. »

« Ehi, cosa state facendo voi due? »

Un addetto alla sicurezza non armato in camicia azzurra con le toppe sui gomiti uscì dall'edificio alle loro spalle. Era alto e magro, capelli e barba bianchi. L'espressione nei suoi occhi verdi era diffidente mentre si avvicinava.

« Ci penso io », sussurrò Remi. Si alzò e sfoderò un sorriso dolce. « Siamo investigatori privati », disse in un francese dall'accento impeccabile. « Ci ha ingaggiati la moglie del proprietario del magazzino dall'altra parte della strada. Un divorzio complicato. Lui si rifiuta di pagare il mantenimento dei figli perché sostiene che la sua attività sia in perdita. Lei è sicura che le stia nascondendo i suoi veri profitti. »

Mentre l'uomo osservava lei e Sam, d'un tratto il suo sguardo sospettoso si fece comprensivo. « Questo potrebbe spiegare certi movimenti insoliti che abbiamo visto. Una delle mie guardie ha riferito che nei giorni scorsi laggiù è stato scaricato un camion in piena notte. Ricordo di aver pensato che fosse strano, quando ho letto il rapporto. »

« Quand'è successo? » domandò Remi.

« Mi pare mercoledì. Dovrei controllare. A ogni modo, è stato tutto molto rapido. »

Sam incrociò lo sguardo di Remi. Era effettivamente possibile che si trattasse della Ghost, considerando il tempo trascorso dal furto ai danni di Oren. Poiché il suo francese era troppo innaturale e l'ultima cosa che volesse era insospettire la guardia, Sam rivolse un lieve cenno a Remi.

« Il rapporto del suo agente riferisce qualcosa di insolito riguardo al camion? » domandò Remi.

« Oltre all'ora tarda? No, c'è scritto soltanto che è arrivato qualcuno, ha lasciato un container e se n'è andato. Se quel tale nasconde qualcosa a sua moglie, probabilmente è là dentro. »

Sam e Remi si voltarono verso il capannone e videro due camion con i portelloni aperti davanti alle rampe di carico. I muletti facevano dentro e fuori, trasportando bancali pieni di merce.

L'addetto alla sicurezza indicò con un cenno del capo il lato destro del capannone. « Hanno scaricato il container alla terza porta »

« È ancora lì? »

« Il container? Non saprei. Da allora quella porta non si è più aperta. » Tirò fuori il telefono dalla tasca e lesse un messaggio sullo schermo. « Mi rendo conto che vi troviate in una situazione difficile, ma stanno arrivando i miei capi. E si dà il caso che conoscano Monsieur Rossi, il proprietario. Anzi, sono addirittura amici. Non credo saranno così comprensivi se vi troveranno qui. »

« Grazie », disse Remi. « Abbiamo visto abbastanza per fare rapporto. »

L'uomo tornò verso l'edificio e aprì la porta, ma prima di entrare si fermò e si voltò di nuovo verso di loro. Nei suoi occhi verdi si era acceso un luccichio. « Non che io sia un esperto, ma se volessi avere una visuale migliore, girerei l'angolo e mi avvicinerei da ovest. »

Lo ringraziarono di nuovo, ma lui era già sparito oltre la porta.

Sam alzò il binocolo e diede un'ultima occhiata dentro il capannone. L'area principale e la terza zona di carico erano separate da una parete. Una porta chiusa vicino alla baia di carico conduceva all'interno, ma Sam e Remi non avevano speranza di riuscire a entrare da lì. Non senza essere visti. Sul lato ovest del capannone invece si trovava un'area esterna recintata piena di container. Dunque doveva esserci una porta che conduceva nell'edificio. « Facciamo una passeggiata. »

Si diressero verso l'angolo della strada e attraversarono quando furono certi che dal magazzino di Rossi nessuno avrebbe potuto vederli. Fatta eccezione per le decine e decine di container che vi erano accatastati, il lato ovest dell'edificio sembrava deserto. Quando videro una porta sul retro della struttura, si augurarono di aver trovato una via d'accesso. Seguirono il perimetro della recinzione metallica sormontata da filo spinato fino a raggiungere un cancello chiuso da un lucchetto. Sam lo forzò e sgusciarono dentro. Lo scricchiolio del ghiaietto sotto i loro piedi coprì quasi completamente il *bip* sommesso di un muletto che arrivava da dietro l'edificio. Quando furono in fondo alla fila di container, Sam si sporse a guardare e, vedendo il muletto sbucare a tutta velocità da dietro l'angolo e puntare dritto verso di loro, si ritrasse di scatto.

72

Mentre Sam e Remi si nascondevano tra due container, il mulettista si fermò in fondo alla loro stessa fila e cominciò la sua manovra. Quando infilò le forche sotto il container più in alto, risuonò un clangore metallico. Dopodiché il muletto fece retromarcia e, accompagnato da un segnale acustico costante, sparì dietro il capannone con il suo carico.

Quando se ne fu andato, Sam osservò i solchi che il mezzo aveva appena lasciato sulla ghiaia nella fila vuota accanto a loro, sotto i quali faceva capolino la nuda terra. « Dobbiamo sbrigarci. Potrebbe tornare. »

Attraversarono lo spazio che separava i container dall'edificio. Remi si piazzò all'angolo per tenere d'occhio il mulettista, e nel frattempo Sam andò alla porta, sulla quale un cartello avvertiva sia in inglese che in francese che l'accesso era consentito soltanto al personale autorizzato.

Dopo aver forzato la serratura, Sam fece segno a Remi di raggiungerlo. Quando furono dentro, chiuse a chiave la porta alle loro spalle. I rumori provenienti dal trafficato magazzino accanto filtravano attraverso le pareti. Al centro di quello spazio rischiarato soltanto dalla luce che entrava dai lucernari c'era un container solitario. Per fortuna le sue porte non erano rivolte né verso il capannone né verso gli uffici, bensì verso la basculante. Sam sollevò il gancio e il container si aprì con un rumore di metallo contro metallo.

Si trovarono davanti un muro di scatoloni, impilati fianco a fianco su due bancali. « Non esattamente quello che mi aspettavo », commentò Remi.

Sam vide un transpallet contro la parete, le cui ruote cigolarono mentre lui lo spingeva verso il container. « Se dovessi nascondere un'auto da trentadue milioni di dollari su un container, correresti il rischio di caricarvi anche degli scatoloni che potrebbero cadere e danneggiarla? »

« Assolutamente no. » Udendo alcune voci ovattate dall'altro lato della porta, Remi si voltò a guardare. « Ma non sappiamo nemmeno se l'auto è lì dentro. »

« Sono pronto a scommetterci i nostri ultimi duecento euro. Se Rossi gestisce questa attività parallela di intermediario di merci rubate, avrà sicuramente escogitato un sistema per portarle dentro e fuori dal Paese. »

« Container apparentemente pieni di scatoloni? » domandò Remi.

« Proprio così. » Sam manovrò la barra del transpallet, spinse le forche sotto uno dei bancali e lo sollevò. Arretrando, sentì che il carico era leggerissimo. I suoi sospetti trovarono conferma: sul bancale non erano impilati nient'altro che scatoloni vuoti legati insieme.

Grazie alla luce che filtrò nello spazio buio dietro il bancale, Sam riuscì a distinguere una sagoma coperta da un telo. A giudicare da forma e dimensioni, poteva senz'altro trattarsi della Grey Ghost. « Che meraviglia. Tiriamo fuori l'altro bancale. »

Remi si voltò a guardarlo. « Ma non possiamo semplicemente spingere l'auto fuori di lì? »

« Potremmo non avere alternative », rispose Sam constatando che anche l'altro bancale pesava troppo poco perché gli scatoloni potessero contenere alcunché. « Se riuscissimo ad aprire quella basculante, quando l'auto sarà in bella vista, difficilmente Rossi potrà negare il suo coinvolgimento. Se è furbo, farà marcia indietro e sosterrà di non aver saputo che l'auto fosse la Grey Ghost. A quel punto arriverà la polizia, condurrà la sua indagine e la Ghost tornerà a casa. »

« Ma Albert sarà ancora in carcere. »

« Una cosa per volta, Remi. » Sam tirò fuori la torcia dallo zaino e la puntò all'interno del container e sotto l'auto per controllare in che modo fosse stata assicurata in vista della spedizione. Cinghie di nylon e fermaruote. Probabilmente sarebbero bastati, per un'ora e mezzo di traghetto.

E per loro era indubbiamente un vantaggio: non avrebbero dovuto fare altro che chiamare la polizia...

Il motore collegato alla basculante cominciò a ronzare. « Sam », sussurrò Remi guardando prima dentro il container e poi verso la porta mentre alle loro orecchie giungevano alcune voci.

Sam riportò il transpallet contro la parete e seguì Remi dentro il container. « Aiutami a risistemare il bancale. »

Afferrarono il telaio di legno del bancale e lo spostarono fino ad allinearlo con l'altro, augurandosi che il rumore del legno che grattava contro il metallo fosse mascherato da quello della basculante d'acciaio che si apriva. Quando il bancale fu di nuovo al suo posto, Sam e Remi avanzarono a tastoni nel buio e si accovacciarono dietro la Ghost, nascondendosi sotto il telo che la copriva.

Remi prese Sam per mano. « Cosa pensi che ci succederà se dovessero accorgersi che il portello del container è aperto? » sussurrò.

« Presto lo scopriremo. » Sam estrasse la pistola e se la appoggiò sul ginocchio.

Sulle prime non udirono nulla all'infuori dei loro respiri. Dopo un momento, invece, sentirono un rumore di passi seguito dalla voce di qualcuno che diceva: « Chi è stato a lasciare il portello aperto? ».

« Credevo di averlo chiuso. La porta era chiusa, vero? »

« Certo. Hai visto anche tu che ho inserito la chiave. »

« Aprilo. Assicurati che l'auto sia ancora lì dentro. »

Un suono di passi, poi il cigolio delle ruote del transpallet. Qualcuno lo portò al container per poi infilare le forche sotto il bancale e tirarlo fuori. La luce si insinuò sotto il telo lungo i lati del container. Mentre stringeva la pistola, Sam sentì Remi irrigidirsi accanto a sé.

Uno degli uomini sollevò la parte anteriore del telo e scoprì la Grey Ghost. « È qui. Perché? Cosa c'è che non va? »

« L'acquirente ha trovato un telefono nell'ufficio di Marchand e ha pensato che qualcuno stesse seguendo Rossi. »

« Se anche fosse, non ha trovato nulla. »

« Forza, ricopriamo l'auto. È ora che si metta in viaggio. »

« Credevo che l'acquirente volesse prima vederla. »

« Ha richiamato. Vuole che venga spedita il prima possibile. Teme che qualcuno possa soffiargliela. »

L'altro uomo scoppiò a ridere. « E come? Non può certo sparire di qui per magia. Chiunque provi anche solo a varcare quella porta è un uomo morto. »

Ricoprirono l'auto con il telo e rimisero a posto i finti scatoloni. Nel container calò di nuovo il buio.

« Crisi evitata », sussurrò Sam. Poi però udirono un rumore metallico seguito dall'inconfondibile schiocco di una serratura: il portello del container era stato chiuso.

« Ne sei sicuro? »

« Certo », disse Sam reinfilando la pistola nella fondina e sollevando il telo. A tastoni avanzò verso il portello del container.

Remi lo raggiunse dopo un momento. « Spero che tu abbia un piano. »

Sam tirò fuori il telefono per controllare se ci fosse campo. Niente. « Be', direi che accompagneremo questo gioiellino nel Regno Unito. »

« E poi? »

Sam illuminò la Grey Ghost con la torcia.

« Questa, Remi, è davvero un'ottima domanda. »

73

Sam e Remi salirono sul sedile anteriore della Grey Ghost. Se non altro avrebbero viaggiato comodi. Remi non era affatto tranquilla alla prospettiva di stare intrappolata in quella scatola di metallo. Ma il peggio fu il senso di impotenza che provò quando il container fu trasferito sul retro di un camion, che alcuni minuti più tardi cominciò ad avanzare rombando lungo la strada.

«Andrà tutto bene», le sussurrò Sam al buio quando lei fece scivolare la mano nella sua.

Alla fine il camion si fermò e udirono una voce. Qualcuno stava parlando all'autista. Un'espressione in particolare catturò l'attenzione di Sam: *raggi X*.

«Vogliono passarci ai raggi X? Di quante radiazioni stiamo parlando?» bisbigliò Remi.

«Se dovessero farlo, userebbero raggi X ad alta energia emessi da un acceleratore...»

«Già da come suona non mi piace.»

«Non lo faranno. Fidati.»

«E se dovessimo diventare fosforescenti? Cosa faremo?»

Sam rise e le circondò le spalle con un braccio. «Non diventeremo fosforescenti. Tutte le autorità dell'Europa e del Regno Unito hanno ricevuto la foto dell'auto su cui siamo seduti e stanno cercando di rintracciarla. Rossi avrà già pagato qualcuno per assicurarsi che questo container non debba superare i normali controlli di sicurezza. Raggi X compresi.»

Come volevasi dimostrare, qualcuno disse a gran voce che il container era già stato perquisito e sigillato, e che di conseguenza non doveva essere sottoposto a ulteriori controlli.

Remi gli diede una gomitata. «Spero che tu non stia gongolando, Fargo.»

« Al buio? Non credo nemmeno sia possibile. »

Il camion ricominciò a muoversi. Quando furono a bordo del traghetto, tra il dondolio del mare e l'assenza di finestre, Remi ebbe come l'impressione di trovarsi su un sottomarino. Si sforzò di non ascoltare gli scricchiolii e i cigolii prodotti dal metallo intorno a loro. Un'onda enorme sollevò il traghetto, che poi ricadde pesantemente sull'acqua. Nulla cui Remi non fosse abituata, se non per il fatto che erano chiusi dentro una scatola di metallo senza possibilità di fuga. « Come faremo a uscire di qui se il traghetto dovesse affondare? »

« Pensa positivo, Remi. Avresti mai immaginato di attraversare il Canale della Manica su una Rolls-Royce del 1906? »

« Sono piuttosto certa che il pensiero non mi abbia mai sfiorata. »

« E invece eccoci qui. Questa sì che sarà una storia da raccontare. »

Remi si avvicinò a Sam, lasciandosi confortare dalla sua tranquillità. « Continuo a essere preoccupata. »

« Meglio preoccuparsi quando c'è un motivo valido per farlo. »

« Essere intrappolati su un container non lo è? »

« L'importante è che siamo insieme, no? »

Per un po' restarono in silenzio. Il mare cominciò ad agitarsi sul serio, e i grossi flutti che investivano il traghetto si fecero sempre più ravvicinati.

« Si sta alzando il vento », disse Remi. « E adesso non riesco a smettere di pensare alla nave da carico che trasportava tutte quelle auto affondata nel Canale della Manica nei primi anni 2000. »

« Ricordi quando ci siamo conosciuti? » domandò Sam.

Remi ripensò al Lighthouse Cafe, il piccolo locale jazz di Hermosa Beach nel quale erano rimasti a chiacchierare fino alle prime luci dell'alba. « Stai cercando di distrarmi? »

« Lo sai cosa ricordo in particolare di quel posto? »

« A parte me? »

Lui rise e le accarezzò il braccio. « L'insegna luminosa con il faro all'interno. »

« Non me, quindi? »

« È stata la serata più bella della mia vita. »

Remi si voltò a guardarlo, ma al buio non riuscì a distinguere la sua espressione. « Più del giorno in cui ci siamo sposati? »

« Pensaci. Un incontro casuale che ha segnato il nostro destino. Un faro. Una luce nell'oscurità. È... »

« Simbolico. » Sulle labbra di Remi spuntò un sorriso.

« Se non avessimo attaccato discorso, ciascuno di noi avrebbe tirato dritto per la propria strada. Come due navi nel buio della notte. »

Remi rise. « Spero tu non abbia intenzione di usare questa immagine sulla targa per il nostro anniversario. »

« Troppo sdolcinata? »

« E banale. »

« E se scegliessi... il faro che diffonde la sua luce con te accanto? È quello che vedo » si schiarì la gola « ogni volta che ho bisogno di pensare a qualcosa di bello. »

Remi gli appoggiò la testa sulla spalla. « Chi l'avrebbe mai detto che trovarsi rinchiusi dentro una scatola potesse essere così romantico? »

« Già. »

Remi chiuse gli occhi e fece del suo meglio per tranquillizzarsi. Accoccolata nell'incavo del braccio di Sam, grazie al dondolio dell'acqua, finalmente si rilassò. Riuscì addirittura ad addormentarsi per un po', salvo poi svegliarsi di soprassalto e rendersi conto di aver perso del tutto la cognizione del tempo. « Dove siamo? »

« Quasi a Dover », rispose Sam.

« Abbiamo bisogno di un piano », disse lei.

« Bonnie e Clyde. »

Stupita, Remi si raddrizzò. « Sono morti sotto una raffica di proiettili dopo essere caduti in un'imboscata. »

« Un'uscita di scena in grande stile. Memorabile. »

« Sì, al cinema, Sam. Qui stiamo parlando della vita vera. »

« Va bene. Lasciamo perdere il grande stile e concentriamoci sul memorabile. »

« Ti ascolto. »

74

Uno scossone improvviso comunicò loro che erano arrivati a Dover. Sam tirò fuori la torcia dallo zaino e la accese. « Anzitutto dobbiamo capire se quest'auto funziona. »

« Chad ha detto di sì. »

« Allora speriamo che nel frattempo non sia successo nulla. »

« Dubito che qualcuno abbia avuto il tempo o la voglia di preoccuparsi della batteria o di svuotare il serbatoio. »

« Be', troviamo la batteria e assicuriamoci che sia carica. »

« E se non sbaglio bisogna battere il pugno sul serbatoio per verificare che non sia vuoto », disse Remi. « In vista della nostra uscita di scena in grande stile. »

Trovarono la batteria e, quando Remi provò a suonare il clacson, ottennero il risultato desiderato. Era carica. Sam stabilì che avevano carburante a sufficienza per fuggire.

« Il tempismo sarà tutto. Dovremo togliere i fermaruote e le cinghie in modo da essere pronti a partire nell'attimo esatto in cui il container verrà aperto. Spero proprio che l'elemento sorpresa giochi a nostro favore. Così potremo filare dritto fuori di qui. »

« I bancali, Sam. Hai dimenticato il muro di bancali davanti a noi. »

« Questo gioiellino può abbatterlo senza la minima difficoltà. »

« E se prima dovessero spostare il container in un magazzino? Non avremo alcun posto in cui fuggire. »

« In tal caso passeremo al piano B, Remi. »

« Ti riferisci al piano B in cui abbiamo davvero un piano di riserva o al piano B che improvvisiamo al momento? »

« Non mi spiego proprio il perché della tua scarsa fiducia nei miei confronti. »

« Non sei tu il problema, Fargo, ma Bonnie e Clyde. Questa faccenda dell'uscita di scena in grande stile... »

« Dimenticala. Appena la Grey Ghost scenderà da questo traghetto, dovremo essere pronti. Probabilmente non avremo molto tempo per fare la nostra mossa. »

Il camion e il carico impiegarono circa un'ora a superare i controlli doganali.

Ciò che Sam non si aspettava era che a quel punto fossero trasferiti su un treno. Dopo un quarto d'ora, stavano avanzando sui binari.

« Adesso c'è campo? » domandò Remi. « Selma sarà preoccupata. »

Sam tirò fuori il telefono per controllare. Effettivamente, ora che il container era all'aperto, il segnale c'era, e Sam telefonò a Selma, mettendo il vivavoce. « Mr Fargo? È lei? La sento a scatti. Dove siete? »

« Dentro un container su un treno. Con la Ghost. Siamo appena partiti da Dover. »

« Un container? Da Dover? E dove siete diretti? »

« Speravamo potessi dircelo tu. Per farla breve, siamo rimasti chiusi con la Ghost in questo container, che poi è stato messo su un traghetto a Calais per essere rispedita a Oren. »

« Un momento... » Dopo parecchi secondi di silenzio, Selma tornò in linea. « Oren possiede alcuni immobili nella zona industriale di Manchester, ma Lazlo crede che possa avere anche qualcosa fuori Londra. Vedremo di restringere il campo. »

« Mi auguro proprio che siamo diretti a Londra », disse Remi. « Non mettiamo niente sotto i denti da colazione. Non credo di poter resistere per altre quattro ore chiusa qui dentro. »

« Detesto dovertelo dire, Remi, ma è possibile che ci stiano portando in qualche magazzino dove resteremo fino all'arrivo degli uomini di Oren. »

« Che pensiero allegro, Fargo », replicò lei. « Dobbiamo ancora capire come faremo a uscire di qui una volta arrivati a destinazione. »

« Un'uscita di scena in grande stile, Remi. In grande stile. »

« Chiedo scusa? » intervenne Selma.

« Abbiamo intenzione di darci alla fuga scendendo dal container a bordo della Ghost », spiegò Sam.

« Non trovi che sia un piano un po' sconsiderato, Sam? » si intromise Lazlo. « Temo che la Ghost non sia così facile da avviare come l'Ahrens-Fox. Tra i due veicoli intercorrono ben undici anni di progresso tecnologico. »

« Mentre studiava gli eventi del 1906, Lazlo ha approfondito un po' il funzionamento delle automobili dell'epoca », aggiunse Selma.

« Esatto. Vedete, per mettere in moto la Ghost bisogna eseguire tredici passaggi. Quell'automobile non è stata concepita per una fuga rapida. Credo che dovrete mettere a punto un piano più elaborato », proseguì Lazlo. « Vi faccio inviare da Selma un elenco di tutti i passaggi che vi permetteranno di avviare quell'auto. »

« Dovrete anche assicurarvi di avere una batteria carica e del carburante nel serbatoio », aggiunse Selma.

« Fatto e fatto », rispose Remi.

« Sarà meglio che ci diamo una mossa. Pare che abbiamo ancora parecchi dettagli da definire prima di poter appoggiare le ruote per terra. »

Sam chiuse la telefonata e la luce fioca dello schermo si spense.

Poco dopo il suo cellulare segnalò l'arrivo del messaggio di Selma. « Peccato che la Ghost del 1906 non fosse dotata di un caricatore per il telefono », commentò Remi dopo aver dato una scorsa alla complessa procedura.

Lei e Sam si suddivisero i tredici passaggi, cercando di sbrigarsi e di velocizzare il più possibile il tutto.

Dopo quello che a loro parve un baleno, il treno si fermò.

Da fuori giunsero grida e rumori metallici, cui seguì un rimbombo quando il camion scese dal treno e si immise sulla strada. Aggrappandosi alla portiera e allo schienale, Sam e Remi ringraziarono che la Ghost li stesse proteggendo come una specie di guscio. Venti minuti più tardi, il camion si fermò e cominciò a fare retromarcia. Quando si arrestò del tutto, qualcosa di pesante urtò la sommità del container e si udì un rumore di metallo contro metallo. Il container si mosse e all'improvviso si sollevò in aria.

«Andrà tutto bene», disse Sam in tono spavaldo.

«Sembri molto sicuro.»

«Siamo su un'auto da trentadue milioni di dollari. La tratteranno con i guanti.»

La sensazione era simile a quella di trovarsi su un ascensore che saliva in fretta per poi precipitare verso terra. «Attenzione!» gridò qualcuno. La loro discesa rallentò, e alla fine atterrarono così dolcemente che quasi non se ne accorsero. «Lasciatelo lì, ragazzi!»

«Credo che siamo arrivati», sussurrò Sam.

75

Intorno a loro calò di nuovo il silenzio. « Allora, come funziona questa uscita di scena in grande stile? » bisbigliò Remi. « Appena apriranno questo container e sposteranno i bancali, toglieranno il telo e ci vedranno. »

Sam stava già riconsiderando il piano. L'unico motivo per cui non erano stati scoperti la prima volta era che la Ghost era già stata assicurata con le cinghie per essere spedita, e dunque un controllo accurato sarebbe stato superfluo. « Ci serve un nascondiglio... »

« Qui non ne vedo. Non c'è niente oltre all'auto e al finto muro di scatoloni... »

« Sei davvero geniale, Remi. »

« Adoro essere geniale. Ma non capisco come questo possa esserci di aiuto. »

« Sono vuoti », disse Sam illuminando gli scatoloni con la torcia. « Vieni. » Porse la torcia a Remi, conficcò il coltello nell'angolo in alto a destra di uno scatolone che gli arrivava all'incirca all'altezza dei fianchi e lo tagliò con cura lungo il bordo e lungo il fondo per poi risalire fino all'angolo in alto a sinistra. Aveva appena trasformato quel lato dello scatolone in un grosso sportello, rivelando lo spazio vuoto all'interno. « Tu ti nasconderai qui. »

« Ma è troppo piccolo. »

« Per il momento sì, ma aspetta... » Si sporse all'interno dello scatolone aperto e con il coltello ne aprì il fondo, per poi fare lo stesso con la parte superiore dello scatolone sottostante. « Prego. » Sam tenne aperto il grosso lembo di cartone e aiutò Remi a entrare. Lei si accovacciò e richiuse il cartone. Sam aveva seguito con precisione angoli e bordi così che i tagli non si notassero, a patto di non guardare troppo da vicino. Ripeté la procedura con il secondo bancale. Afferrò lo zaino, vi lasciò cadere il coltello ed entrò, chiudendo bene il suo lembo di cartone. E appena in tempo, a giudicare dalle voci che sentì provenire dall'esterno. Quando si accorse che qualcuno stava aprendo il container, estrasse la pistola. Era giunto il momento della verità. Se qualcuno avesse notato gli scatoloni tagliati, una volta scoperti, lui e Remi non avrebbero avuto scampo...

«Portate qui quel muletto», gridò una voce.

Sam udì un motore accelerare e avvertì uno scossone improvviso mentre le forche si infilavano sotto il bancale alla base della finta facciata di scatoloni. Quando il bancale fu tirato fuori dal container, Sam riuscì giusto a intravedere un capannone vuoto attraverso il taglio che aveva praticato nell'angolo dello scatolone. Le vibrazioni del muletto che trasportava la catasta di scatoloni fecero aprire il suo lembo di cartone. Lui lo afferrò e lo tenne chiuso nella speranza che le sue dita passassero inosservate. Dopo un momento, il suo piccolo spiraglio sul mondo circostante si oscurò, e Sam si rese conto che l'intero bancale era stato spinto contro la parete. Se non altro i lembi di cartone non avrebbero più rischiato di aprirsi.

«Tutto bene con l'auto?»

«Sembrerebbe di sì.»

«Tiriamo fuori l'altro bancale. Sarà meglio che portiamo giù quell'auto prima che arrivi Mr Oren.»

Sam e Remi non poterono fare altro che aspettare mentre i due uomini liberavano la Ghost dal container.

Un cellulare squillò. «Mr Oren. Sì, è qui... Ma è già fuori! Va bene.» Nel capannone riecheggiò un rumore di passi decisi. «Chiudiamo tutto. Oren non vuole che tocchiamo nulla prima del suo arrivo.»

«Tra quanto pensa di arrivare?»

«Tra non molto, credo. Ha preso il treno che passa nell'Eurotunnel. Forza, sbrighiamoci. Vorrei mangiare un boccone prima di partire.»

Sam udì dei passi pesanti via via sempre più lontani. Gli uomini stavano uscendo. Una porta si chiuse rumorosamente, poi nient'altro che silenzio.

Sam spinse il lembo di cartone, che però sbatté contro il muro. Era troppo vicino. Rinfoderò la pistola ed estrasse il coltello, creando una nuova apertura sul fianco degli scatoloni così da liberarsi. Pure Remi era bloccata nel suo nascondiglio, quindi aprì un passaggio anche per lei.

Il capannone era vuoto fatta eccezione per i bancali, il container e la Grey Ghost. L'auto era un capolavoro senza rivali, se si escludeva la più celebre Silver Ghost. Le due basculanti affiancate si aprivano e si chiudevano tramite interruttori a parete. Sulla destra c'era la porta d'ingresso con una piccola finestra, di fianco alla quale si trovava il pannello dell'allarme su cui lampeggiava una luce rossa.

Sam accese il cellulare e vide che Selma aveva mandato loro un messaggio in cui indicava l'area del magazzino di Oren nei pressi di Londra. Chiamò la polizia e comunicò la zona.

« Si tratta di una grossa area industriale, signore. Non potrebbe essere più specifico? »

Il GPS sul suo cellulare italiano non riusciva a localizzarli. Domandandosi dove si trovassero di preciso, guardò fuori e vide una fila di capannoni tutti simili tra loro. Un muletto stava uscendo dal portellone di carico di quello più vicino con un bancale. « So dirle soltanto che siamo in fondo a una strada accanto a un capannone blu. »

« Rimanete al sicuro fino all'arrivo dei soccorsi. »

« Stanno arrivando », disse Sam a Remi.

Lei guardò il pannello dell'allarme. « E se lo facessimo suonare? Così capirebbero dove ci troviamo. »

« Se è stato attivato da quei malviventi, gli unici a essere informati se suonerà saranno loro. Dubito che abbiano un sistema collegato con la polizia. »

« Già. Credo sia giunta l'ora di vedere se la Ghost funziona davvero. »

Sam guardò di nuovo fuori dalla finestra e poi si voltò verso Remi. « Pronta? »

« Per un'uscita di scena in grande stile. »

Eseguirono senza difficoltà ogni passaggio. Sam aveva appena riempito il carburatore e stava abbassando il cofano quando Remi lo interruppe.

« Sam, è arrivata un'auto. Non ne sono sicura, ma credo che stia parcheggiando tra gli edifici. »

« Siamo pronti. Devo solo finire la procedura di avviamento. Apri la basculante. »

« Ma l'allarme... »

« Non abbiamo scelta », disse Sam. « Dobbiamo andare. »

Sam saltò al posto di guida e Remi premette l'interruttore. La basculante cominciò ad alzarsi. Dal pannello dell'allarme sulla parete si levò un segnale acustico mentre lei tornava di corsa all'auto e saltava sul sedile del passeggero dal predellino di sinistra.

La Ghost si avviò senza problemi. Quando il motore cominciò a dare segni di vita, Sam abbassò tutta la leva dell'accensione a sinistra del volante. Dopodiché premette e rilasciò l'acceleratore per aumentare i giri man mano che il motore si scaldava.

« Chad è un uomo di parola. Un musicista provetto. Senti che rombo. »

« Sam, temo che ora come ora non ci sia tempo per gli elogi. »

« Remi, stai rovinando un momento magico. »

« Tra poco sarà un proiettile a rovinare il tuo momento magico. »

« Ah, Bonnie e Clyde. »

« Giusto. Un'uscita di scena in grande stile. »

Sam innestò la prima e lasciò la frizione. La risposta dell'auto fu immediata, e Sam partì verso la basculante.

D'un tratto la porta laterale si aprì. I due uomini che entrarono si fermarono di colpo nel vedere Sam dietro il volante.

« Ehi! » gridò uno di loro.

La Ghost scattò in avanti.

Uno degli uomini li rincorse estraendo la pistola.

« Mettila via, idiota che non sei altro! Potresti colpire la Ghost! »

« Stanno scappando! »

« Prendi la macchina! » gridò l'altro inseguendoli.

La Grey Ghost accelerò, Sam inserì la seconda e si immise sulla strada, acquistando velocità e allontanandosi dal capannone. Appena arrivò una berlina color argento, gli uomini saltarono a bordo. Sgommando, l'auto partì subito al seguito della Ghost. Sam non si azzardò a spingere la Rolls più di quanto stesse facendo, e diede un colpo di clacson quando vide un muletto scendere dalla rampa di un camion come una saetta. Il mulettista si fermò e restò a bocca aperta nel vedersi sfrecciare davanti un'auto d'epoca.

« Li abbiamo alle calcagna », disse Remi.

Sam si gettò un'occhiata alle spalle. « Ho la sensazione che abbiano l'ordine di non danneggiare l'auto per nessun motivo al mondo. »

« Non mi stupisce. Quel tale con loro è sicuramente Oren. »

Sam innestò la terza e premette il piede sull'acceleratore.

« Abbiamo un problemino... »

La Ghost non rispondeva più. Il motore tossicchiò un'ultima volta, poi li abbandonò.

76

Remi afferrò la pistola e si guardò intorno in cerca di aiuto mentre Sam tentava di riavviare la Ghost, che si stava a poco a poco fermando davanti a uno dei molti capannoni di quella strada. Peccato che il cancello fosse chiuso.

Remi puntò l'arma contro l'auto di Oren, che ormai era sempre più vicina. « Speriamo facesse sul serio quando ha chiesto ai suoi uomini di non sparare alla Ghost. »

« Sì, ma questo non impedirà loro di trascinarci fuori di qui », osservò Sam.

« Per farlo dovranno avvicinarsi abbastanza », replicò lei con il dito sul grilletto.

D'un tratto l'auto di Oren rallentò, si fermò con uno stridore di gomme, ingranò la retromarcia e avanzò di nuovo per poi svoltare improvvisamente a sinistra e filare via rombando.

« Polizia », disse Sam mentre l'odore di gomma bruciata giungeva fino a loro. Appoggiò la mano sulla pistola di Remi perché la abbassasse, nascondendola.

Remi si girò e vide un'autopattuglia dirigersi a tutta velocità verso di loro. « Proprio adesso che cominciavamo a divertirci », commentò rinfoderando la pistola e chiudendosi la giacca.

Anzitutto telefonarono a Selma per comunicarle che avevano recuperato la Grey Ghost. Appena ebbero finito di raccontare la loro versione dei fatti agli investigatori nella stazione di polizia, la chiamarono di nuovo per un aggiornamento.

« Hai sentito Oliver e Chad? » domandò Sam.

« Circa un'ora fa, Mr Fargo », rispose Selma. « Oliver era al settimo cielo quando gli ho dato la bella notizia. Dovrebbero arrivare a Manchester questa sera. »

« Bene. E sul fronte finanziario come procedono le cose? »

« Stiamo facendo progressi. L'FBI si è fatta carico del caso e il loro reparto di sicurezza informatica si sta coordinando con le agenzie britanniche. »

« Intendevo nel breve termine », specificò Sam mentre lui e Remi uscivano dalla stazione di polizia. « Insomma, riusciremo a comprare i biglietti del treno per Villa Payton? »

« Dovrebbe esserci un'auto ad attendervi. Una Mercedes nera. »

Sam si guardò intorno e vide un veicolo fermo con il motore acceso, che dopo un attimo cominciò a dirigersi verso di loro. « Adoro la tua efficienza, Selma. Ma come facciamo a essere sicuri che non si tratti di uno degli uomini di Oren? »

« A meno che Oren non sia riuscito ad avvicinare il vostro gestore finanziario personale, credo che possiate stare tranquilli. Suo nipote lavora presso la sede di Londra. Se non sbaglio l'avete conosciuto in occasione di uno dei vostri eventi di raccolta fondi lo scorso anno. »

La Mercedes si fermò a qualche metro da loro. Dal posto di guida scese un uomo basso di quarant'anni o poco più che li guardò da sopra il tetto della macchina. « Signori Fargo. È un piacere rivedervi. »

Sam riconobbe Geoffrey Russell. « Senza di te saremmo perduti, Selma. Ci faremo vivi appena avremo sentito Oliver e Chad. »

Geoffrey aprì loro la portiera con un sorriso. « Spero perdonerete il mio ritardo, ma Miss Wondrash mi ha chiesto di assicurarmi che il vostro equipaggio stesse bene e che il vostro aereo fosse dissequestrato. La situazione è ancora piuttosto ingarbugliata. Ci sono certi dettagli dell'ultimo minuto da chiarire con il governo italiano, ma nulla di cui preoccuparsi. Dovremo però esaminare alcuni documenti legali, firmarli... »

Il telefono di Sam si mise a suonare. « Chiedo scusa. Oliver, hai saputo? »

« Quanto vi ci vorrà per raggiungerci? »

« Perché? Cos'è successo? »

« Ha chiamato l'investigatore privato dicendo qualcosa riguardo a Dex e la Ghost. »

« La Ghost è al sicuro, in mano alla polizia. »

« Potete venire? Non so quanto tempo ci resta. Sono molto preoccupato. Trevor è lì e... »

« Non aggiungere altro. Arriviamo. » Riattaccò e guardò Remi. « Dobbiamo andare. »

« Cos'è successo? »

« La situazione tra Allegra e il suo ex marito sta precipitando. » Si rivolse a Geoffrey. « Le dispiacerebbe darci uno strappo alla stazione ferroviaria? »

« Ma i documenti sono in ufficio. Basterà giusto un'oretta per... »

« I documenti dovranno aspettare. »

Geoffrey sembrava sconvolto. « Vi rendete conto che ci rimetterete decine di migliaia di dollari? Soltanto gli interessi sono da capogiro. »

« Non abbiamo scelta », disse Sam tastandosi le tasche. « Anzi, non è che potrebbe anche prestarci dei soldi per il biglietto del treno? »

Sam e Remi si sedettero ai loro posti mentre il treno lasciava la stazione. « Avrei anche dovuto chiedergli qualche spicciolo per prendere qualcosa da mangiare », disse Sam.

« Ci ha comprato dei biglietti di prima classe. Il pasto è compreso. »

« Quand'è stata l'ultima volta che abbiamo mangiato? Dubito che il pasto incluso nel biglietto sarà sufficiente. » Il telefono di Sam squillò. All'altro capo c'era Chad.

« Oliver vuole essere sicuro che stiate arrivando », disse.

« Salvo imprevisti, dovremmo essere lì tra un paio d'ore. » Sam si avvicinò a Remi e mise il telefono tra di loro in modo che potesse sentire anche lei. « Sai cos'è successo? »

« So soltanto che è fuori di sé da quando l'ha chiamato l'investigatore privato per confermargli che l'ex marito è in casa », rispose Chad abbassando la voce come se Oliver fosse nei paraggi. « Poveretto. È davvero preoccupatissimo per la sorella e il nipote. Adesso siamo qui. »

« A casa di Allegra? »

« No, dall'avvocato. Stiamo aspettando che arrivi Bill Snyder per spiegargli esattamente cosa sta succedendo. Ho pensato di chiamarvi per dirvi dove fossimo. Verrò a prendervi io alla stazione. Temo che Oliver non sia nelle condizioni di guidare. »

« A dopo, allora », disse Sam.

« Sarà il caso di chiamare la polizia? » domandò Remi quando Sam ebbe riattaccato.

« Bill Snyder sa il fatto suo. Se ritiene che sia meglio chiamare la polizia, non credo che esiterà a farlo. Aspettiamo di capire come stanno le cose. »

« Spero solo che quando arriveremo non sia troppo tardi. »

77

Quando Arthur Oren tornò a Manchester quella sera, la sua collera si era decisamente placata, ma deflagrò di nuovo appena Colton varcò la soglia del suo ufficio.

« Mi sembra di aver capito che il tuo tentativo di recuperare la Ghost sia fallito. »

« Stai cercando di fare lo spiritoso? »

Colton si sedette e si guardò intorno, accavallando le lunghe gambe. « Dov'è il bambino? »

« Con sua madre. »

Colton tirò fuori il pacchetto di sigarette e lo picchiettò con le dita per farne uscire una. « Cos'è successo? » domandò tra uno sbuffo e l'altro mentre la accendeva.

« I Fargo, ecco cos'è successo. In qualche modo sono riusciti a introdursi nel capannone. Quando sono arrivato, se ne stavano andando a bordo della Ghost. »

« E sono ancora vivi? »

« Soltanto perché è arrivata la polizia. »

Colton soffiò il fumo di lato mentre fissava Oren con i suoi occhi scuri. « Come facevano a sapere dove si trovava? »

« Non ne ho la più pallida idea. Ma in qualche modo sono riusciti a essere un passo avanti a me per tutto il tempo. »

« È possibile che qualcuno abbia passato loro delle informazioni? »

« Non saprei come. » Tuttavia non lo si poteva escludere. Del resto i Fargo erano riusciti a introdursi nella villa e nell'ufficio di Rossi. « A meno che, naturalmente, Rossi non abbia mentito quando ha detto di non aver menzionato l'indirizzo del magazzino. »

« Come sarebbe a dire? »

Oren gli porse il telefono che aveva trovato nell'ufficio di

Rossi. « Puoi chiedere a uno dei tuoi uomini di accedere a questo affare? »

« È un telefono prepagato. Non caverai un ragno dal buco. » Lanciò il telefono nel cestino della spazzatura accanto alla scrivania. « Dov'è la Ghost? »

« Non lo so. Credi che la polizia la tratterrà? »

« Immagino che cercherà impronte e cose del genere. »

Su quel fronte Oren era tranquillo. Di certo là sopra le sue impronte non c'erano, dal momento che lui non l'aveva mai nemmeno toccata.

« La vera domanda è se perquisendola troveranno ciò per cui ti interessa tanto. Immagino che continui a non sapere minimamente di cosa si tratta, vero? »

« Se lo sapessi non staremmo intrattenendo questa conversazione. »

« Cosa ti fa pensare che nessuno abbia trovato quello che cerchi? »

« Lo saremmo venuti a sapere. »

« Ne sei sicuro? » domandò Colton. « Forse c'era scritto qualcosa su quel diario che hai cercato di portare via da Villa Payton. »

Il commento di Colton fomentò la rabbia che suppurava nelle viscere di Oren sin da quando la Grey Ghost era scomparsa dal suo magazzino. Era arrivato a un passo dal mettere le mani sia sul diario che sull'auto, ma poi entrambi gli erano stati soffiati nel giro di pochi giorni. « La sorella di Payton. »

« Allegra? »

« Sì. Com'è che all'improvviso ci ha voltato le spalle? »

« Non sono nemmeno sicuro che sia mai stata dalla nostra parte. E a quanto ho capito, adesso ad avere quel diario è l'avvocato assunto dai Fargo. In qualche modo il suo investigatore ha convinto Allegra a consegnarglielo. »

« Come facciamo a recuperarlo? »

« Dobbiamo stare attenti. Avere quel diario è un conto, interferire con un'indagine su un caso di omicidio è un altro. »

« Tutto qui? Non hai nulla di meglio da proporre? » disse Oren. Vedendo il sorriso gelido di Colton, fu grato che fossero alleati. Quell'uomo non avrebbe esitato a conficcare un pugnale nel cuore della sua stessa madre, se gli fosse stata d'intralcio. Oren si alzò dalla sedia, andò alla finestra e guardò il giardino, dove un addetto alla manutenzione stava tagliando la siepe. « Considerato che sono stati i tuoi uomini a commettere quell'omicidio, quella di ostacolare la giustizia dovrebbe essere l'ultima delle tue preoccupazioni. »

« Delle *nostre* preoccupazioni », lo corresse Colton sussurrandogli all'orecchio.

Come aveva fatto ad avvicinarglisi così tanto senza che lui se ne accorgesse? Oren fece un respiro e continuò a fissare la finestra, fingendo che l'improvvisa vicinanza di Colton non l'avesse minimamente turbato. « In che senso? »

« Nel senso che la polizia sta conducendo un'indagine su un omicidio, e qualsiasi tipo di attenzione nei nostri confronti è pericolosa. Ho sentito che hanno coinvolto Scotland Yard. »

« Perché mai... »

« L'addetto alla sicurezza morto, quello del Motor Show di Londra. L'autopsia ha rivelato che, a differenza di quanto si credeva inizialmente, non è morto a causa dell'incendio. »

« E questo cos'ha a che vedere con il coordinamento delle indagini? »

« Poiché non si sa dove sia morto, è stato deciso di avviare un'indagine congiunta. Scotland Yard dispone di maggiori risorse. »

Oren impiegò alcuni secondi a elaborare l'informazione. « Cosa credi che scopriranno? »

« Se stiamo attenti, nulla. » Colton guardò fuori dalla finestra come per cercare di capire cosa avesse visto Oren di tanto interessante. Alla fine si voltò, ma anziché tornare a sedersi, si diresse verso la porta.

« Dove credi di andare? » domandò Oren.

« Hai detto di volere il diario, che adesso è in mano all'avvocato di Albert Payton. Ritengo che se il suo cliente sarà processato per omicidio, la procura pretenderà di averlo in quanto prova. E io farò in modo che succeda. »

« E a cosa ci servirà? »

Colton si fermò accanto alla porta. « Ci sarà utile su due fronti. Anzitutto avremo la possibilità di leggerlo. In secondo luogo, comprometteremo i Fargo. Il che è ancora più importante. »

« In che modo? »

« Sai meglio di me che hanno quel diario. »

« E pensi che te lo consegneranno così, senza battere ciglio? »

Il sorriso di Colton gli gelò il sangue nelle vene. « Allegra è l'anello debole di tutta questa storia. È ora di andare a trovarla. Le faremo pressione. Il resto verrà da sé. »

78

Remi fu felice di vedere che Chad li stava aspettando alla stazione. « Come sta Oliver? » gli domandò.

« È un fascio di nervi. Quando me ne sono andato, non faceva che camminare avanti e indietro per la stanza come un animale in gabbia. Non gli piaceva l'idea di aspettare da solo nell'ufficio dell'investigatore. Snyder ha detto che ci avrebbe raggiunti appena fosse arrivato qualcuno a dargli il cambio. Dopo la telefonata di Dex, non se la sente di lasciare la casa di Allegra senza che ci sia qualcuno a tenere d'occhio la situazione. »

L'ufficio di Bill Snyder, al secondo piano di un edificio di mattoni poco distante dal centro, si trovava esattamente di fronte a quello dell'avvocato. Quando Oliver vide entrare Sam e Remi, fu come se si fosse tolto un enorme peso dalle spalle. « Grazie al cielo », disse.

Remi lo condusse verso una delle sedie e prese posto accanto a lui.

« Per fortuna siete qui. »

« Cos'è successo? » domandò Sam proprio mentre Bill entrava nel suo ufficio.

« Dex ha lasciato un messaggio in segreteria a Villa Payton. In qualche modo ha saputo che abbiamo recuperato la Ghost e vuole fare uno scambio », spiegò Bill.

« Esatto. Se gli consegniamo l'auto, lui ci dirà chi è stato a incastrare mio zio per omicidio. E adesso devo riflettere su cosa fare. »

« Be', sarà meglio chiamarlo », disse Sam.

Bill annuì. « Se si tratta di un'informazione che può esserci utile in qualche modo, prima la scopriremo, meglio sarà. Possiamo sistemarci in sala riunioni e mettere il vivavoce. » Li condusse dall'altra parte del corridoio, e si sedettero tutti intorno a un grande tavolo.

« Cosa devo dire? » domandò Oliver mentre Bill gli metteva davanti il telefono.

« Anzitutto dobbiamo assicurarci che Allegra e Trevor stiano bene. Dobbiamo sentire le loro voci, non soltanto prendere per buona la sua parola. »

« Ricorda di essere deciso », aggiunse Sam. « Mettilo sotto pressione. Non farti dare ordini da lui. »

« Va bene », rispose Oliver componendo il numero con espressione concentrata.

Dopo diversi squilli, rispose una voce maschile. « Chi parla? »

« Allegra è in casa? Sono suo fratello. »

« Da dove stai telefonando? »

Bill gli mise davanti il biglietto da visita dell'avvocato e lo picchiettò con il dito.

« Dall'ufficio dell'avvocato », disse Oliver. « Per farmi spiegare le formalità per l'intestazione dell'auto, dal momento che fa parte del patrimonio di famiglia. Posso parlare con Allegra? »

« È impegnata. Puoi parlare con me. »

« Pressione », sussurrò Sam.

Oliver annuì. « Non mi importa se è impegnata. Passamela, altrimenti la nostra conversazione finisce qui. »

« Allegra! » chiamò Dex. « Vieni qui e di' a tuo fratello che stai bene. »

Seguirono alcuni secondi di silenzio. « Sto bene », disse poi Allegra.

« E Trevor? » domandò Oliver.

« Trevor! » gridò Dex.

« Cosa c'è? » La sua voce proveniva da più lontano.

« È tuo zio », disse Allegra. « Vieni a parlare con lui. »

« Perché? »

« Contento? » chiese Dex.

« Abbastanza », rispose Oliver. « Allora, qual è questa informazione che sei disposto a darci in cambio dell'auto? »

« Quella che vi serve per far uscire Albert di galera. »

Vedendo Bill muovere la mano come se stesse girando una

manovella, Oliver annuì. « Mi serve qualcosa di più concreto, altrimenti non ci sarà nessun accordo. »

« Non è stato tuo zio a uccidere l'addetto alla sicurezza ritrovato in quel capannone, bensì un uomo di nome Colton. Che l'ha fatto dietro ordine di Arthur Oren allo scopo di incastrarlo. »

« E il video che dimostrerebbe la sua colpevolezza? » domandò Oliver leggendo il biglietto di Remi.

« Era Bruno, vestito come il vecchio. »

« Quindi dov'era mio zio in quel momento? »

« È un'informazione che ti darò, insieme a tutte le altre prove, quando avrò ricevuto la Grey Ghost. Portala stasera, con tutte le carte firmate. Avremo tutti ciò che vogliamo, tu le prove, io l'auto. E mi riferisco a quella vera, non a una fregatura come quella che avete cercato di rifilare a Frank e Bruno. »

« Sto aspettando di vedere l'avvocato », rispose Oliver. « Ci sono alcuni documenti legali che stabiliscono quali beni di famiglia sono autorizzato a trasferire e quali no. Ti... ti richiamo appena avrò i documenti pronti. »

« Facciamo una cosa », disse Dex. « Ti chiamo io. Posso usare questo numero? »

Bill annuì.

« Sì. »

« E che si sbrighino con le scartoffie, altrimenti potrei cambiare idea. »

La comunicazione si interruppe.

« Quando arriverà l'auto? » domandò Oliver.

« Non arriverà », rispose Sam. « Si trova in un deposito della polizia vicino a Londra. Si tratta di una prova in un caso di omicidio. »

Oliver sbiancò. « Ma gliel'ho appena promessa. Se dovesse scoprire che non... »

Bill si alzò, andò al distributore dell'acqua e riempì un bicchiere che poi portò a Oliver. « Non possiamo certo presentarci alla polizia e chiedere che ci lasci prendere l'auto. Probabilmente dovranno trattenerla per settimane. O addirittura per mesi. »

Chad raddrizzò la schiena e batté una mano sul tavolo. « Perché non usiamo una finta Ghost come abbiamo fatto con mia madre? »

Sam scosse la testa. « Dubito che il trucco possa riuscire una seconda volta. Hai sentito cos'ha detto. »

« Hai ragione », disse Oliver. « Far infuriare Dex non è una buona idea. È un tipo violento. Non so cosa potrebbe fare se dovesse scoprire che non abbiamo modo di consegnargli la Ghost. »

« Se però riuscissimo a procurarci un documento che abbia l'aria di essere autentico, la Ghost non ci servirà nemmeno », disse Remi guardando Sam con un sorriso. « Ti ricordi quella volta nel Belize? »

79

« Cos'è successo nel Belize? » domandò Bill a Sam dopo aver richiesto alla sua segretaria il documento per il trasferimento di proprietà.

« Remi si è presentata all'ingresso e ha distratto il nostro bersaglio, e io nel frattempo sono andato sul retro e ho aiutato i nostri amici a fuggire. » Naturalmente si trattava di una versione molto semplificata che sottaceva alcuni degli aspetti più pericolosi dell'accaduto, sui quali tuttavia non era il caso di soffermarsi in quel momento.

Non che un investigatore esperto come Bill avesse bisogno di ulteriori spiegazioni. Conosceva bene i pericoli del settore, tanto che guardò Sam con sconcerto quando comprese il significato delle sue parole. « Sta davvero valutando la possibilità di mandare sua moglie dentro quella casa? Dex è armato, lo sapete. »

« In altre occasioni ha funzionato. E a dirla tutta, anche Remi è armata. »

Bill si girò verso Oliver, forse nella speranza di trovare in lui un alleato. « Non sarà d'accordo anche lei, vero? »

« Preferirei che nessuno dovesse entrare in quella casa », rispose Oliver. « Ma dopo tutto quello che abbiamo passato nell'ultimo paio di settimane, posso solo provare pietà per quel poveretto che metterà i bastoni tra le ruote a Remi. »

Quando Bill guardò Chad, lui alzò subito le mani. « Mi dispiace, amico, ma temo proprio che il mio voto non conti. »

« Nemmeno il mio », disse Bill. « Vado a prendere i documenti. » Tornò parecchi minuti più tardi con diverse foto della casa e del quartiere di Allegra, insieme ad alcune copie stampate di una mappa satellitare. Mentre le studiavano, entrò la sua segretaria con una cartellina. « Il documento modificato. In triplice copia, come richiesto. »

« Che velocità. »

« Avevamo una copia del testamento del visconte per via dell'indagine. Ho soltanto dovuto scansionarla, cambiare i nomi e aggiungere la pagina con le firme. Un gioco da ragazzi. »

« Grazie, Chelsea », rispose lui. « A domani. » Spinse il fascicolo sul tavolo verso Remi. « I suoi attrezzi di scena. »

Remi aprì la cartellina e diede una scorsa ai documenti mentre Sam esaminava una foto del quartiere di Allegra. La strada in cui abitava era fiancheggiata su entrambi i lati da villette a schiera di tre piani in stile vittoriano. Avevano tutte la facciata di mattoni e un muro in comune con la casa accanto, oltre a un tetto di ardesia molto appuntito con decorazioni in ferro battuto disposte lungo tutto il perimetro. « Qual è la sua? » domandò a Bill.

« La seconda a partire dal fondo. »

« Non è possibile accedere dal retro? »

« No », rispose Bill. « A meno di non scavalcare la staccionata della casa vicina. Così facendo però il vostro piano ispirato al Belize non avrebbe più ragion d'essere. »

« Questo partendo dal presupposto che parlassimo di entrare dalla porta sul retro. Io invece vedo parecchie finestre qui. Cosa c'è in questa stanza? » domandò Sam a Oliver indicando la finestra dell'ultimo piano, quella appena sotto il frontone e affacciata sulla strada.

« Più che altro bauli e scatoloni. Per quanto ne so, la stanza che dà sul retro è ancora vuota. Allegra aveva in mente di trasformarla in una camera per gli ospiti, ma non l'ha ancora fatto. Le scale sono strettissime. La sua camera e quella di Trevor sono al primo piano insieme al bagno. »

« Al piano terra invece cosa c'è? »

« Il soggiorno, la cucina, una zona pranzo e una stanza senza finestre in fondo alle scale che Allegra usa come studio. Anche se per la verità è a malapena più grande di uno sgabuzzino. »

Mentre Sam studiava la finestra dell'ultimo piano, nella sua mente cominciò a prendere forma un'idea. « Potresti disegnare una piantina del solaio? »

« Certo. » Oliver tracciò un rettangolo e lo divise in due. Una stanza era rivolta verso la strada e un'altra, identica, era rivolta verso il retro. Le porte di entrambe davano su quella che Oliver descrisse come una scala buia e stretta situata proprio al centro dello spazio.

« Dovrebbe andare », osservò Sam. « Se riusciamo a temporeggiare con Dex fino a domani sera, questa potrebbe essere la nostra migliore possibilità. »

« Il solaio? In che senso? » domandò Oliver.

« Entreremo dal tetto, con il favore del buio », rispose Sam mentre il telefono squillava.

« È il cellulare di Dex », disse Bill dopo aver gettato un'occhiata al display.

« Devo rispondere? » chiese Oliver.

« Di norma a rispondere è Chelsea », disse Bill.

« Posso essere io Chelsea », si offrì Remi.

« Il suo accento americano potrebbe insospettirlo. »

« Baderò di sembrare una britannica doc », replicò lei con la sua migliore intonazione aristocratica. « Ufficio di David Cooke... »

« Ottimo. Facciamo un tentativo. » Bill premette il tasto dell'altoparlante.

Ci furono alcuni istanti di silenzio dopo che Remi ebbe risposto. Ormai si stavano domandando se Dex fosse ancora all'altro capo o meno, quando lui finalmente parlò. « Oliver Payton mi ha detto che avevate dei documenti per me. »

« Posso sapere con chi ho il piacere di parlare? »

« Dex Northcott. »

« Un momento, Mr Northcott. Mi faccia verificare. » Mise la telefonata in attesa e guardò Bill in cerca di indicazioni.

« Gli dica che le copie saranno pronte per la consegna domani a metà mattina come promesso. »

Remi premette di nuovo il tasto dell'altoparlante e riferì.

Seguì un lungo silenzio. « Oliver mi aveva detto che le carte sarebbero state pronte stasera », disse Dex alla fine.

Sam fece segno di tagliarsi la gola con il dito per darle a intendere di escludere subito quella possibilità. Lei annuì. « Sono desolata, ma Mr Cooke ha già lasciato l'ufficio, e su questi documenti occorre la sua firma. »

« Lo chiami. Aspetterò in linea », ordinò lui.

« Un momento, prego. » Remi premette il pulsante.

Oliver guardò la luce lampeggiante con espressione preoccupata. « Non mi piace che voglia affrettare le cose. »

« Posso sempre dirgli di no », rispose Remi.

Oliver scosse la testa. « Quell'uomo ha il temperamento di un petardo con la miccia corta. Con ogni probabilità sfogherebbe la rabbia su Allegra o Trevor. »

Sam guardò prima le foto e poi Bill. « Ci sono obiezioni se anticipiamo a stasera? »

« Non sono sicuro di riuscire a trovare qualcuno che ci aiuti con così poco preavviso. »

« Siamo in cinque », disse Remi.

Dubbioso, Bill si girò verso Oliver e Chad. « Non abbiamo nemmeno l'attrezzatura adatta. Radio e auricolari, il necessario per calarci dal tetto alla finestra... »

« Se riusciamo a mettere insieme abbastanza cellulari e una fune sufficientemente lunga, potremo arrivare sia dall'alto che dal basso. A patto che siate tutti della partita. » Dal momento che annuirono tutti, Sam guardò sua moglie. « Fallo abboccare, Remi. »

Lei premette il tasto lampeggiante. « Mr Northcott? Mi è appena venuto in mente che la mia fermata del tram non dista molto da casa sua. Visto che mi tratterrò in ufficio fino a tardi, potrei portarle i documenti sulla via del ritorno. »

« Tra quanto? Tra un'ora devo andare via. »

Sam le fece segno di chiedere più tempo unendo i palmi delle mani per poi allontanarli di nuovo. Dovevano aspettare che calasse il buio.

Remi gli mostrò il pollice. « Purtroppo devo inviare una copia dei documenti via fax a Mr Cooke perché possa apporre la sua firma. Al momento è a cena con un cliente e non può essere disturbato. Ma se lei potesse aspettare qualche ora, dopo cena dovrei riuscire a raggiungerlo. Direi intorno alle dieci, dieci e mezzo. »

« Sono un tipo paranoico, quindi non si stupisca se prima di farla entrare la perquisirò per controllare che non sia armata. »

Remi riattaccò e Sam illustrò il piano al resto del gruppo. Alle dieci e mezzo raggiunsero il quartiere di Allegra. Remi scese dall'auto per percorrere a piedi il breve tragitto fino alla sua villetta. « Non preoccuparti, Fargo, ho tutto sotto controllo », disse mentre sgusciava fuori, probabilmente avvertendo l'agitazione di Sam.

80

Benché avesse sentito la telefonata di Dex e sapesse che avrebbero ricevuto visite, Allegra sussultò quando qualcuno bussò alla porta. Stava riponendo tutte le sue speranze nell'e-mail che Trevor aveva mandato all'investigatore, il quale però non aveva risposto. Rendendosi conto che potevano contare soltanto su loro stessi, aveva esortato Trevor a continuare a trascrivere ciò che aveva letto nel diario, ma prendendosela più comoda.

Ed era esattamente ciò che Trevor stava facendo in quel momento.

Fino ad allora Allegra era rimasta in cucina, fingendosi indaffarata. Mentre usciva dalla stanza, vide Dex dirigersi verso la finestra affacciata sulla strada e scostare la tenda per guardare fuori con la mano sul calcio della pistola. Soddisfatto, andò alla porta e la aprì di uno spiraglio.

« Mr Northcott? » disse la voce di una donna. « Chelsea Roberts, dall'ufficio dell'avvocato. »

Dex aprì la porta un po' di più. « Ha i documenti? »

« Nella borsa. Posso entrare? »

Lui si fece da parte e, quando la donna fu entrata, come d'abitudine chiuse il chiavistello.

« Il mio biglietto », disse la donna porgendoglielo. « Le ho scritto il numero di cellulare di Mr Cooke, se mai dovesse averne bisogno più tardi. Allegra è qui? » domandò guardandosi intorno incuriosita. « Mi serve anche la sua firma. »

« Allegra! » chiamò Dex.

Lei li raggiunse e restò a fissare la donna snella dai capelli rossi nella luce fioca del soggiorno. « Stavo dando una sistemata. Chi è questa signora? »

Quando la donna si spostò sotto la luce e le porse un biglietto, ad Allegra parve che il suo sorriso avesse un che di familiare. « Chelsea Roberts. Lavoro per l'avvocato di suo zio. »

Allegra prese il biglietto, e sulle prime non credette ai suoi occhi quando vide il messaggio scribacchiato sul retro:

MANDA TREVOR IN SOLAIO. POI SEGUILO.

Allegra restò paralizzata mentre d'un tratto capiva chi fosse quella donna.

« Qualcosa non va? » domandò Dex.

Remi intervenne prima che lei avesse il tempo di rispondere. Prese il biglietto e glielo tolse di mano. « Che vergogna. Era la mia lista della spesa. » Quindi le porse un secondo biglietto. « Qui c'è il numero di cellulare di Mr Cooke. In questi casi un po' particolari le emergenze sono all'ordine del giorno. Posso mettermi al tavolo? »

Allegra guardò il nuovo biglietto su cui era annotato un numero di cellulare e poi osservò un'altra volta Remi, sbalordita nel vedere quanto sembrasse tranquilla mentre apriva la valigetta sul tavolo e vi sistemava accuratamente accanto il telefono. « Sì, certo. Gradisce una tazza di tè? » disse Allegra.

« No, grazie. Dobbiamo fare in fretta. C'è suo figlio? »

« Trevor! Vieni qui! » chiamò Dex.

Trevor uscì dallo studio con espressione diffidente.

Remi gli rivolse un sorriso cordiale. « Chiedo scusa, non era necessario chiamarlo subito. Se lo facessimo aspettare di sopra mentre discutiamo i dettagli? »

« Perché? » domandò Dex.

Remi tirò fuori una cartellina dalla ventiquattrore. « Dobbiamo parlare di ciò che accadrà in caso di decesso di uno degli eredi. Non so se siano argomenti del tutto appropriati per le orecchie di un ragazzo. »

Dex restò impassibile.

Allegra capì che quella era la sua occasione, ma si rese anche conto di dover stare attenta. Era importante che si mostrasse abbastanza risoluta da farsi obbedire da suo figlio ma non troppo ansiosa, altrimenti Dex si sarebbe insospettito. « Sii gentile,

Trev. Fai un salto in solaio. Devono esserci delle pastiglie contro il mal di testa accanto al mio cuscino.»

Vedendolo esitare, guardò Dex. «A te dà più retta», aggiunse.

Quella critica mascherata da elogio sortì l'effetto desiderato. «Fuori dai piedi», ordinò Dex con un cenno del capo.

Allegra continuò a fissare i documenti stretti tra le dita di Remi. Quando Trevor si avviò verso le scale, la sua agitazione cedette il passo al sollievo.

Remi sorrise e porse a ciascuno un plico di documenti. «Poiché vostro figlio è ancora minorenne, è importante che entrambi comprendiate bene una specifica clausola delle norme di successione relative ai possedimenti del visconte.»

«Cosa c'è da capire? Suo zio lascerà l'auto a lui, fine della storia», disse Dex.

«Questa clausola consentirà semplicemente al nipote del visconte di entrare in possesso anzitempo e in via provvisoria di ciò che gli spetterà di diritto se Oliver Payton dovesse morire senza discendenti.»

«Cosa intende? L'auto non sarà di Trevor una volta firmata questa roba?»

«Tecnicamente no», disse lei tirando fuori due penne dalla ventiquattrore e allungandone una a ciascuno. «Il veicolo fa parte del patrimonio di famiglia dei Payton e può essere trasferito soltanto a un erede. Se a quell'erede dovesse capitare qualcosa, passerà all'erede successivo.»

«Quindi a me, che sono suo padre.»

«Deve trattarsi di un erede di sangue del visconte. In altre parole, se dovesse succedere qualcosa agli uomini rimasti della famiglia Payton, dunque in caso di decesso dell'attuale visconte, a ereditare il titolo, le proprietà e tutto ciò che vi è connesso, compresa l'auto ed eventuali somme di denaro, sarà il parente di sangue più prossimo.»

«Che sarebbe?» domandò Dex.

«Immagino che la famiglia Payton lo sappia meglio di me...» disse guardando Allegra. «Signora?»

«A quanto ne so, il nostro parente di sangue più prossimo è Arthur Oren.»

« Dovrà passare sul mio cadavere », rispose Dex prendendo la penna. « Dove devo firmare? »

« All'ultima pagina », rispose Remi. « Posso consigliarle di leggere prima l'intero documento? » aggiunse poi dal momento che Dex lo stava già sfogliando fino in fondo.

« Non è quello che avrebbe dovuto fare lei prima di venire qui? » Lo firmò e poi alzò lo sguardo su Remi. La sua espressione era scocciata. « Qui c'è uno spazio per la firma di Trevor. »

Remi abbozzò un sorriso. « Perché il documento sia valido occorre anche la sua firma. Credevo voleste prima discuterne tra di voi. »

« Trevor! » gridò lui mentre il cellulare di Remi suonava sul ripiano del tavolo.

Lei lo prese e guardò lo schermo. « Mio marito. Probabilmente si starà domandando come mai non sono ancora tornata », disse portandoselo all'orecchio. « Pronto? » Con un sorriso educato sulle labbra, ascoltò la persona all'altro capo. « Oh, credevo non sarebbero arrivati prima di domani. Nessun problema, qui ho quasi finito. A tra poco. » Quando riattaccò, la sua espressione era mortificata. « Detesto dovervi mettere fretta, ma sono piuttosto in ritardo e a quanto pare abbiamo ospiti inattesi. Mio marito è preoccupato al pensiero di doverli intrattenere da solo. Se preferite posso ripassare domattina. »

« No », disse Dex dirigendosi a grandi passi verso le scale. « Trevor! Scendi! »

Dando le spalle alle scale, Remi inclinò leggermente la testa.

Allegra annuì. Sapeva che Dex non si sarebbe mai arrischiato a lasciarla al piano terra da sola con una persona che non conosceva e di cui non si fidava. « Faccio un salto di sopra a vedere come mai ci sta impiegando tanto. » Per non mettere Dex sul chi vive, resisté all'impulso di precipitarsi su per le scale.

Chiamò a raccolta tutta la calma e la forza che poté e passò davanti a Dex guardandolo dritto negli occhi. « Sarà in bagno », disse sottovoce, salendo lentamente le scale. « Trevor! » esclamò. Quando gettò un'occhiata dietro di sé, vide che Dex la stava osservando. Arrivata al primo piano, finse di controllare in bagno e poi guardò giù per le scale. Dex aveva salito due gradini. « Non c'è. Controllo in solaio. »

Lui salì un altro gradino.

Preoccupata, Allegra girò l'angolo e accelerò, salendo le scale a passo svelto. Quando fu in solaio, aprì la porta e si guardò intorno. C'era talmente buio che non riuscì a vedere alcunché. « Trevor? » Il suo sussurro gonfio di panico fendette il silenzio mentre qualcuno sbucava da dietro la porta. Portandosi la mano al cuore, che ormai batteva all'impazzata, Allegra capì che si trattava di Sam. La finestra era stata forzata, e dal telaio penzolava un'imbracatura fatta con una fune. « Trevor è...?

« Al sicuro? Sì », disse lui. « Andiamocene di qui. »

La portò alla finestra e la aiutò a infilarsi nell'imbracatura nonostante il suo tentativo di opporsi. « Stanno arrivando Arthur e Colton. Riconosceranno Remi. Sarà in trappola. »

« Lo sappiamo. Sono fermi in macchina qui davanti. Probabilmente stanno aspettando qualcuno. Remi uscirà dal retro. Le manderemo giù la fune. » Sam diede uno strattone all'imbracatura e qualcuno dall'alto cominciò a sollevare Allegra.

« No, non sarà così semplice », disse lei afferrandogli la mano per cercare di farsi ascoltare prima che fosse troppo tardi. La colpa era sua. Quando aveva cercato di far scappare Trevor mentre Dex era a fare la spesa, lui si era insospettito. « Non si può uscire dal retro. Dex ha inchiodato la porta. »

81

I secondi scorrevano veloci mentre Sam fissava Allegra pregando di aver sentito male. Stava giusto dicendo addio al loro piano B quando qualcuno bussò alla porta d'ingresso.

Sam si sporse fuori dalla finestra e disse a Chad: « Tieni duro ».

Guardò Allegra che penzolava dalla finestra, intrappolata nell'imbracatura e probabilmente spaventata a morte per suo figlio. In quel momento Sam aveva bisogno del suo aiuto per volgere almeno un po' la situazione a loro favore. « Pensi di riuscire ad attirare Dex quassù? »

« Prometti di non ucciderlo? »

Sam non poteva garantirglielo. « Ci proverò. »

Allegra spostò lo sguardo verso la porta, dopodiché annuì. Sam le diede una mano a sfilarsi l'imbracatura. Lei si voltò a guardarlo e andò verso le scale. « Dex! Trevor è scappato! » gridò.

Dex imprecò e corse di sopra. I suoi passi pesanti riecheggiarono nella tromba delle scale. Sam aiutò Allegra a salire di nuovo sul davanzale e a infilarsi l'imbracatura, poi diede uno strattone deciso alla fune.

Lei allungò la mano, gli occhi imploranti. « Non è stato sempre così. »

Appena Chad cominciò a sollevarla, Sam si nascose dietro la porta e tese l'orecchio, in attesa di Dex.

Nel frattempo i colpi alla porta d'ingresso stavano diventando sempre più insistenti. Quando Dex raggiunse il solaio, aveva rallentato parecchio il passo e il suo respiro era ansimante. « Allegra! » gridò. Vedendo i suoi piedi sparire dalla finestra aperta, corse verso di lei con la pistola spianata.

Sam attraversò la stanza e gli piantò la canna della Smith & Wesson nelle costole. « Sei stato gentile a raggiungerci. » Lo afferrò per le spalle e lo costrinse a indietreggiare, facendogli perdere l'equilibrio. « Lascia la pistola. »

Per tutta risposta, Dex la strinse ancora di più. « Lo sai chi c'è alla porta? Sei un uomo morto. »

Sam lo scaraventò a terra. « Apri la bocca e ti userò come scudo. Lascia la pistola », ordinò di nuovo, stavolta premendogli la canna della calibro 38 alla base del cranio. Quando Dex allentò la presa sull'arma, Sam la raccolse e se la mise in tasca. Dal piano di sotto giunse un rumore di vetri infranti seguito da quello di qualcuno che cercava di aprire la porta d'ingresso a spallate. « Se provi a muoverti o a far rumore, te ne pentirai. Sono stato chiaro? »

Dex annuì.

Sam andò verso le scale e sentì il legno frantumarsi quando un calcio sfondò la porta: « Dex! Dove sei? » gridò una voce.

Sam si voltò verso di lui e si portò un dito alle labbra.

« In solaio! » esclamò Dex scoccando a Sam un'occhiata trionfante mentre dalle scale arrivava un suono di passi. « Sanno che siete... »

Sam prese la mira. « Stavo cercando di essere gentile. »

Dex serrò la bocca e sgranò gli occhi.

Il fragore dello sparo riecheggiò contro le pareti. Dex lanciò un grido e rotolò sul fianco, stringendosi la coscia.

Non dovendo più temere un attacco da quella direzione, Sam si girò di nuovo verso le scale. Vide Frank raggiungere il pianerottolo e fece fuoco.

Frank arretrò. « Fargo è qui! »

« Uccidilo! »

Nessuno menzionò Remi. Sam lo prese come un buon segno e continuò a guardare il pianerottolo sotto di sé. Frank sporse la testa da dietro l'angolo per controllare.

Sam sparò di nuovo, tenendolo in scacco. Era giunto il momento di portarsi in vantaggio. « C'è Arthur con te? »

Per alcuni istanti non udì nulla all'infuori dei gemiti di Dex nel buio dietro di sé. « Cosa vuoi, Fargo? » disse infine un'altra voce.

« Pensavo che ti interessasse sapere chi è stato a vendere la Ghost a Rossi. »

Il silenzio che seguì durò parecchi istanti. Persino Dex smise di piagnucolare. « Chi? » disse l'uomo a gran voce.

« Forse dovresti chiederlo a Frank. O a Dex, sempre che non muoia prima. »

Un altro silenzio, seguito da un rumore di passi pesanti che salivano le scale.

« Sta mentendo! Lo giuro! » esclamò Frank.

Il suono ovattato di uno sparo riecheggiò su per le scale. Qualcuno doveva avere un silenziatore. Il che significava una cosa soltanto: avevano portato fuori Trevor e Allegra giusto in tempo. Quegli uomini non erano lì per negoziare con Dex – o con nessun altro, del resto. Erano lì per uccidere.

Sam indietreggiò e vide che Dex aveva gli occhi sbarrati, terrorizzato. « Se fossi in te mi fingerei morto », sussurrò chinandosi su di lui.

Era così buio che non poteva esserne certo, ma gli parve che Dex fosse sbiancato. Sam afferrò la fune calata da Chad, si infilò nell'imbracatura, rinfoderò la pistola e salì sul davanzale. Dex aveva deciso di seguire il suo consiglio: si era appoggiato una mano insanguinata sul petto e aveva chiuso gli occhi, facendo del suo meglio per fingersi ferito a morte.

Sam tirò la fune.

Chad lo tirò su appena in tempo. Sam si aggrappò con le braccia al bordo del tetto mentre Chad lo teneva per l'imbracatura. « Resisti », sussurrò temendo che se fosse salito sul tetto avrebbe fatto rumore. Allegra e Trevor erano accovacciati accanto al comignolo, stretti l'uno all'altra, gli occhi fissi su Sam.

Lui allungò il collo per cercare di vedere di sotto proprio mentre Bruno sporgeva la testa dalla finestra.

« Dov'è Fargo? » disse una voce troppo profonda per essere quella di Oren. Forse si trattava di Colton.

« Non qui », rispose Bruno senza nemmeno guardare sopra di sé. « Si sarà nascosto nell'altra stanza dopo aver sparato a Dex. »

« Passa al setaccio la casa. Assicurati che non ci sia. »

Sam sentì i loro passi allontanarsi. Fece segno a Chad di calarlo a terra e lungo la discesa intravide Dex sul pavimento del solaio, ancora immobile come un cadavere. A suo parere quell'uomo non meritava di vivere, ma aveva fatto una promessa ad Allegra, e soltanto a metà strada capì per quale motivo gli avesse chiesto di risparmiarlo. Se lo avesse ucciso mentre suo figlio era appollaiato sul tetto ad aspettare la fine di tutta quella storia, Trevor si sarebbe portato dietro per tutta la vita una profonda cicatrice. E in quel frangente c'era ben poco che potessero fare se non cercare di non farsi sentire finché non fossero arrivati rinforzi o finché Sam non avesse eliminato tutte le possibili minacce dalla casa di Allegra.

In quel momento, però, sua moglie era di sotto – dove, esattamente, non lo sapeva – e lui si sarebbe assicurato che uscisse di lì sana e salva, anche se fosse stata l'ultima cosa che avrebbe fatto in vita sua. Una volta a terra, nel minuscolo cortile sul retro vide scintillare alcuni vetri rotti nella luce della luna. Qualcuno aveva frantumato la finestra dall'interno. E poiché Sam aveva sentito il rumore di vetri infranti proprio quando Arthur e i suoi erano arrivati alla porta, capì che doveva essere stata Remi. Di una cosa era certo: Remi non era uscita dalla finestra. Con tutti i frammenti di vetro sparpagliati alla base del davanzale, nessuno sarebbe riuscito a passare di lì. E nella siepe che correva lungo la staccionata non c'erano rami spezzati.

Remi era ancora dentro.

Impugnando la pistola, Sam si avviò verso la casa. Era ora di andare a prendere sua moglie.

82

Sam non si trovava esattamente in una posizione di vantaggio. Anzitutto sarebbero stati in tre contro uno, partendo dal presupposto che Dex continuasse a fingersi morto e che Frank lo fosse davvero, e per giunta Sam non aveva la più pallida idea di dove fosse Remi. Se si era nascosta, probabilmente aveva scelto quella stanza senza finestre nel sottoscala che Allegra usava come studio, l'unico posto in cui avrebbe potuto rifugiarsi una volta capito che uscire dalla porta sul retro sarebbe stato impossibile.

Sebbene nella sua Smith & Wesson fossero rimasti soltanto tre proiettili, Sam aveva anche la semiautomatica di Dex, che estrasse dalla tasca. Una Browning 1911-380 con un caricatore da otto colpi. Controllò e vide che era pieno, con un proiettile in canna. Poiché preferiva usare la sua arma, con la quale aveva più dimestichezza, fece per infilarsi la Browning nell'elastico dei pantaloni, ma poi cambiò idea. Ci sarebbe stata un'indagine, e se avesse ucciso qualcuno con la pistola di Dex si sarebbe quantomeno risparmiato un'infinità di domande sul perché se ne andasse in giro armato se la licenza di porto d'armi che lui e Remi erano riusciti a procurarsi l'ultima volta che erano stati nel Regno Unito era scaduta.

Poiché entrambe le armi erano calibro 38, era molto più difficile distinguerne i proiettili quando ci si trovava a estrarli da un pavimento. Meno Sam avesse sparato con la sua pistola, meglio sarebbe stato. Così la rinfoderò e afferrò la Browning, togliendo la sicura con il pollice.

Il piccolo giardino sul retro era relativamente buio, dal momento che le due luci montate in alto sulla piccola veranda coperta erano spente. Sam sapeva che avrebbe dovuto aprire la porta con un calcio. Attento a evitare i vetri rotti, si chinò per passare davanti alla finestra. Di colpo le luci si accesero, accecandolo.

Mentre Sam si abbassava, riecheggiò uno sparo. Lui si gettò a terra per ripararsi e nascondersi, colto di sorpresa da un dolore talmente forte alla spalla destra che credette di essere stato trafitto da una lancia.

Qualcuno aveva messo a segno un tiro fortunato.

Era ora di invertire i ruoli. Non sapendo da dove fosse giunto lo sparo, si mise con la schiena contro il muro di mattoni accanto alla porta e aspettò, drizzando le orecchie. Immaginava che se quelle luci si erano accese, allora doveva esserci qualcuno in cucina. Il che avrebbe complicato le cose.

Sentì distintamente uno schiocco sopra di sé, poi le luci si spensero. Un rilevatore di movimento. Benché superficiale, la ferita alla spalla pulsava, e quando Sam la toccò, si accorse di sanguinare. Il colpo doveva essere stato esploso da una delle finestre dei piani superiori.

Badando di non far scattare di nuovo il rilevatore di movimento, sbirciò fuori proprio mentre Bruno sporgeva la testa dalla finestra del secondo piano. Sam sparò, costringendolo ad arretrare e guadagnando tempo. Diede un calcio alla porta, che essendo bloccata dai chiodi si aprì giusto di un paio di centimetri. Sferrò un altro calcio. Stavolta la porta si spalancò e sbatté contro il muro.

Una raffica di spari silenziati la crivellò, facendo volare schegge di legno in tutte le direzioni.

Con la coda dell'occhio, Sam vide che i lampi degli spari giungevano dal soggiorno. E probabilmente Remi era nascosta giusto a una manciata di metri da lì.

« Arrenditi, Fargo! » gridò Colton. « Stai solo peggiorando la situazione. »

« Per chi? » Sam premette la schiena contro il muro di mattoni tra la porta aperta e la finestra e spostò la Browning nella mano sinistra. Infilando la destra nel vano della porta, tastò la parete e cercò l'interruttore. Ce n'erano due. Una volta spenti i rilevatori di movimento, stava per ritrarre la mano, ma di colpo si fermò. Tenendo il dito sull'interruttore, arretrò più che poté senza perdere il contatto e puntò la Browning verso la finestra. Pigiò l'interruttore. Un lampadario d'ottone sopra il tavolo da pranzo si accese, illuminando il soggiorno. Sam tornò velocemente in veranda, e quando guardò attraverso la finestra, vide due uomini. Oren era vicino alla base della scala con la pistola rivolta verso il basso, mentre il suo scagnozzo Colton teneva sotto tiro la porta sul retro.

Quando Colton si rese conto dello sbaglio che aveva commesso, ormai era troppo tardi. Sam fece fuoco, colpendolo di striscio al fianco sinistro. Colton si voltò di scatto e corse verso le scale mentre Sam sparava altri due colpi che costrinsero entrambi gli uomini a salire. Sparò un quarto proiettile nell'erba mentre sgusciava in cucina per far credere loro di essere alla finestra. Una volta dentro, vide la ventiquattrore aperta di Remi sul tavolo. In cucina, oltre a non esserci nessuno, non c'erano nemmeno armadietti abbastanza grandi in cui potesse essersi nascosta. « Siete circondati! » esclamò Sam, benché per la verità a essere circondato fosse Chad, sul tetto, mentre Bill e Oliver erano appostati sul furgone per dare indicazioni alla polizia, quando finalmente fosse arrivata. « Non avete scampo. »

A meno che non avessero cercato di uscire dalle finestre al piano di sopra, per il momento erano in trappola. Tenendo l'arma puntata verso le scale, Sam si guardò velocemente intorno e vide quella che sembrava la porta di un ripostiglio dietro le scale. Attraversò la stanza.

« Remi? » sussurrò.

Lei aprì la porta. Sam non avrebbe potuto essere più sollevato. « Ce ne hai messo di tempo. »

« Dov'è la tua pistola? » disse lui con un largo sorriso.

« Nella valigetta. Ho fatto appena in tempo a nascondermi qui. »

Lui guardò il tavolo. Per raggiungerlo sarebbe dovuto passare davanti alle scale, rischiando di esporsi. Tirò fuori la Smith & Wesson dalla fondina e la porse a Remi mentre dalla porta aperta giungeva un suono di sirene lontane. « Lo senti, Oren? Ormai hai perso. La polizia sta arrivando. »

A rispondere fu Colton, che si mise a gridare dalle scale. « Se volete che vi resti qualche testimone in grado di dimostrare l'innocenza di Albert, fatemi uscire di qui. Ne avrete bisogno. Il caso è a prova di bomba.»

Prima che Sam potesse rispondere, sentirono la voce di Oren. Era carica di tensione. «Sei impazzito? Sei colpevole anche tu.»

«Soltanto se riescono a beccarmi. Lasciate le armi, tutti e due, altrimenti vi faccio saltare le cervella...» Sam impiegò un momento a rendersi conto che Colton non stava parlando con lui. Due pistole atterrarono sul pavimento ai piedi delle scale. «Stiamo per scendere», gridò Colton. «Se volete i vostri testimoni, non sparate.»

Da dietro la parete emersero due mani, le dita allargate. «Non sparate...» disse Bruno.

Sam e Remi, pronti a fare fuoco, guardarono Bruno scendere con le mani alzate. «Fermo!» ordinò Sam. «Spingi le pistole verso di me con il piede e sdraiati per terra.»

Bruno diede un calcio prima a una pistola e poi all'altra, facendole scivolare sul pavimento di legno grezzo.

«A faccia in giù», ordinò Sam.

Bruno obbedì. Dopo di lui comparve Oren, a sua volta con le mani alzate. Colton lo stava usando come scudo, tenendogli una pistola puntata alla testa. «Piano, lentamente», disse Colton mentre il sangue gli scorreva sulla camicia. «Saranno tutti vostri appena io sarò fuori dalla porta.»

«Non posso proprio permetterlo», replicò Sam.

Con il dito sul grilletto, Remi prese la mira.

Colton la guardò dritto negli occhi mentre premeva la pistola contro la mascella di Oren. «Volete rischiare di perdere il vostro testimone chiave?»

Lei fece fuoco, colpendo di striscio la testa di Colton. Lui incespicò all'indietro, incredulo, mentre Oren si allontanava da lui per tuffarsi a terra. Ormai esposto, Colton guardò Remi e alzò la pistola.

Sam sparò due volte. Una all'addome, l'altra alla testa.

Colton si accasciò. Sam andò a controllare che fosse effettivamente morto mentre Remi gli copriva le spalle tenendo la pistola puntata contro gli altri due uomini.

« Sbruffone », commentò Remi mentre Sam le porgeva la pistola di Oren appena raccolta da terra per poi recuperare le altre due armi e posarle sul tavolo in modo che non potessero raggiungerle. L'ululato delle sirene annunciò l'arrivo della polizia.

Sam indicò la sua Smith & Wesson. « Sarà meglio nasconderla per il momento. Casomai quei poliziotti dovessero essere armati. »

Remi gli restituì la pistola. « È un brutto momento per farti notare che il grilletto ha bisogno di una sistemata? Mi ha fatto sbagliare un colpo alla testa praticamente perfetto. »

« O forse l'hai sbagliato di proposito per evitare che fossimo indagati per aver ucciso qualcuno con un'arma che non eravamo autorizzati a portare nel Paese? » disse Sam infilando la calibro 38 nella fondina prima che la polizia entrasse in casa.

Lei lo guardò e rise.

83

Parecchi giorni più tardi...

Seduta con Sam nel giardino di Villa Payton, Remi lesse un messaggio di Selma. « Cattive notizie. Selma e Lazlo hanno concluso che il diario non porta da nessuna parte. Se contiene qualche indizio su un tesoro segreto, loro non sono stati in grado di trovarlo. » Si guardò intorno nel placido giardino e sospirò. « Sarebbe bello se riuscissimo a scoprire che fine ha fatto prima di tornare a casa. Se non altro per essere sicuri che a nessuno venga di nuovo in mente di importunare i Payton. »

« Dal momento che Oliver ha intenzione di esporre l'auto in un museo, non credo sarà un problema. » Controllò l'orologio. « Sono quasi le sei. Meglio prepararci per la cena. »

Oliver aveva deciso che una cena di festeggiamento era proprio quel che ci voleva: zio Albert era finalmente stato rilasciato e tutti i conti si stavano a poco a poco sbloccando, consentendo alla vita di Villa Payton di tornare verso la normalità. Poiché il cottage della viscontessa madre in cui Albert cenava di solito era decisamente troppo piccolo per ospitare tutti quanti, si radunarono nella sala da pranzo dell'ala sud.

Remi notò che zio Albert era il ritratto della salute, considerando cos'aveva passato dopo il suo arresto. In quel momento stava parlando appassionatamente con Oliver delle rose del giardino. Remi prese la mano di Sam sotto il tavolo. « Oliver sembra molto più sereno adesso. »

« Lo credo bene. Si è tolto dalle spalle un peso enorme. Dev'essere davvero sollevato di riavere a casa suo zio. »

« E di sapere che dopotutto non sarà costretto a vendere la Ghost. » Con un sorriso soddisfatto, Remi guardò i commensali chiacchierare spensierati, adesso che la tensione dell'ultimo paio di settimane era svanita. A colpirla più di tutti era Trevor. Dopo il ritorno a Villa Payton, per i primi giorni era stato taciturno e sobbalzava a ogni minimo rumore. Adesso invece, mentre parlava e rideva con Chad, sembrava un sedicenne qualunque. Remi si rese conto che Chad stava avendo un influsso molto positivo sul ragazzo. Trevor gli stava raccontando di come sua madre gli desse continuamente il tormento perché passava le giornate al computer anziché uscire con qualche bella ragazza.

Chad rise prima di chinarsi verso di lui con aria da cospiratore. « Tu credi di passartela male, Trev? Pensa che io non ho solo mia madre che mi sta col fiato sul collo, ma anche mia zia. 'Devi proprio lavorare tutto il giorno a quelle macchine?' » disse in falsetto. « 'Non è il caso che ti dia una pettinata? Come pensi di trovare una ragazza se te ne vai in giro conciato così?' » Rendendosi conto di essere osservato, si guardò intorno, e quando i suoi occhi incontrarono quelli di Allegra, il suo viso si tinse di rosso. Si schiarì la gola e guardò di nuovo Trevor. « Ma devi sempre dare ascolto a tua madre, chiaro? »

Trevor guardò il suo piatto quasi vuoto con un luccichio negli occhi. « Chiaro. »

« Brindiamo », esclamò Oliver sollevando il bicchiere di vino e guardando Sam e Remi. « In realtà avrei voluto farlo all'inizio della cena. Voglio brindare a voi due, perché senza il vostro aiuto non saremmo tutti radunati intorno a questo tavolo. Non so come altro ringraziarvi se non dandovi il benvenuto nella nostra famiglia. »

« È il miglior ringraziamento che abbiamo mai ricevuto », rispose Sam.

Oliver osservò i presenti. « E naturalmente dobbiamo anche brindare al motivo per cui siamo tutti qui riuniti: festeggiare il ritorno di zio Albert. »

Albert alzò il bicchiere d'acqua. « Non ho ben capito il perché di tutto questo polverone. Erano bravi ragazzi, per carità, solo non volevano saperne di mandarmi a casa. Non credo di volerci tornare. »

Mrs Beckett sorrise ad Albert mentre portava via il suo piatto vuoto. « Sarà felice di poter dormire nel suo letto, ora che questa faccenda della Ghost è finalmente risolta. »

« Risolta? Come sarebbe a dire? » le domandò lui.

« Era stata rubata, ma adesso è di nuovo qui. »

« La Ghost? Rubata? Quell'auto è stata maledetta sin dall'inizio. » Posò lo sguardo su Sam. « Te l'ho mai detto che assomigli a mia cugina Eunice? »

« Sì, me l'ha detto. »

Albert annuì con decisione. « Lei e mio fratello trovarono quella vecchia auto nel fienile quando avevano suppergiù l'età di Trevor. Uno dei Payton l'aveva nascosta lì durante la guerra. Era maledetta. L'aveva nascosta perché non voleva che procurasse guai anche a qualcun altro. »

Trevor si raddrizzò, aguzzando le orecchie. « Come fai a sapere che era maledetta, zio Albert? »

« Hanno cominciato a capitare certe cose. Adesso non ricordo bene... » Si soffermò a guardare Sam come se non riuscisse a fare altrimenti. « Mia cugina Eunice e mio fratello trovarono quello spartito dopo aver letto il diario. A quel punto non ci fu più verso di fermarli. »

« Dal fare cosa? » domandò Sam.

« Dal cercare il tesoro rubato dal treno. » Stavolta Albert guardò Oliver in un raro momento di lucidità meno fugace del solito. « Tuo padre fingeva di essere l'investigatore americano del diario. »

« Isaac Bell? » domandò Trevor.

« Esatto. E mia cugina Eunice si infuriava sempre perché voleva essere lei a recitare la parte dell'investigatore. »

Remi si voltò verso Sam con espressione divertita. « Visto? Ecco l'origine della tua passione per l'avventura », sussurrò.

Trevor aveva gli occhi incollati su zio Albert. « L'hanno mai trovato? »

« Trovato cosa? »

« Il tesoro. Quello della rapina al treno. »

« Non l'ha mai trovato nessuno, benché l'abbiamo cercato tutti quanti. Sulla Ghost non c'era. Non c'era da nessuna parte. Io credo che l'abbia sepolto Reginald nella speranza di tornare a recuperarlo, prima o poi. Almeno, è quello che avrei fatto io.» Poi, con aria confusa, si guardò intorno. «È il compleanno di qualcuno?»

Oliver sorrise. «Stiamo festeggiando il tuo ritorno a casa.»

«Davvero? Credo proprio che passerà parecchio tempo prima che decida di alloggiare di nuovo in un ostello. Un posto proprio orribile. Non sono sicuro che ci sia qualcosa da festeggiare.»

Mrs Beckett, rimasta in disparte vicino alla tavola, lo raggiunse e gli posò una mano sulla spalla. «Si sta facendo tardi. Cosa ne dice di tornare al cottage per bere una bella limonata fredda?»

«Che idea magnifica!» rispose Albert alzandosi prima di inclinare la testa verso il tavolo. «Non vengono tutti quanti, vero?»

«No, milord», disse lei.

«Abbiamo già parlato di questa storia del 'milord', no?»

«Sì, milord.»

«Mi sembrava.»

Oliver li osservò finché non furono spariti oltre la porta. «Be', se non altro sappiamo che la detenzione non gli ha provocato danni permanenti.»

Allegra fissava il suo piatto, evidentemente oppressa dal senso di colpa.

Trevor però parve non accorgersi di nulla. «Secondo me zio Albert si sbaglia. Reginald non seppellì quel tesoro.»

D'un tratto tutti gli occhi furono puntati su di lui. «Cosa te lo fa pensare?» domandò Oliver.

«Il diario.» Trevor non sembrava convinto di voler proseguire. «O almeno, quello che ricordo dell'ultima annotazione e di ciò che Reginald disse riguardo a Payton.»

«Il nostro ragazzo ha una memoria sbalorditiva», spiegò Oliver. «Come quella di Remi. Guarda qualcosa e gli si imprime nel cervello.»

Sam gettò un'occhiata a Remi. «Cosa ne pensi, tu che l'hai letto?»

«Mi dispiace, Fargo. Io mi sono fermata al punto in cui Payton, Miss Atwater e Isaac Bell stavano escogitando un piano per scoprire chi fosse stato a incaricare Reginald Oren di rubare la Grey Ghost. »

Quasi in contemporanea, si girarono tutti verso Trevor. Allegra gli rivolse un cenno. « Forza, Trev. Racconta il seguito. »

84

Diario di Jonathon Payton,
quinto visconte Wellswick

1906

Controllai l'ora sul mio orologio d'oro da taschino e vidi che erano le undici in punto. Dopodiché mi riappoggiai allo schienale del sedile, ignorando mio cugino, sdraiato sul fondo della carrozza, la bocca imbavagliata e le mani legate. Per tutto il tempo era rimasto pressoché immobile, forse a causa del laudano che gli avevamo somministrato. Alla guida della carrozza c'era Byron, mentre Mr Bell era in piedi sul predellino posteriore e Miss Atwater sedeva di fronte a me. La sua espressione era risoluta. Abbassai lo sguardo su mio cugino, quasi tentato di prenderlo a randellate in testa per il guaio che aveva combinato. Ma secondo Mr Bell avrebbe potuto tornarci utile prima della fine di quella serata, dunque mi trattenni.

Quando la carrozza rallentò e sentii Isaac Bell saltare giù, scostai la tenda quel tanto che bastava per sbirciare fuori. Lo guardai allontanarsi, smuovendo i lembi di nebbia che aleggiavano sull'acciottolato.

Il mezzo scattò in avanti e il rumore costante degli zoccoli dei cavalli acquistò velocità. Arrivammo nei pressi della stessa taverna fuori dalla quale mi ero ritrovato alcune ore prima, ma poi proseguimmo e ci appostammo più avanti lungo la strada, al buio. Guardai Reggie con la consapevolezza che alla fine l'avremmo consegnato alla polizia. Quella notte, però, il nostro scopo era trovare l'acquirente, colui che aveva deciso di rovinare la Rolls-Royce e di mandare in bancarotta gli investitori. L'unica informazione che Mr Bell era riuscito a scucire a mio cugino era il nome di un uomo che aveva fatto da tramite tra lui e l'acquirente. Stando a Bell, era più che sufficiente.

Quando la carrozza si fermò, scostai di nuovo la tenda per guardare fuori e mi accorsi che nei pochi minuti che avevamo impiegato a fare il giro, la nebbia si era decisamente infittita. Cercai Mr Bell con lo sguardo e lo vidi fermo sotto un lampione a gas, la cui luce tremolante si riverberava sulla nebbia grigia intorno a lui. Dopo un momento, Mr Bell entrò nella taverna a cercare l'uomo che, a detta di Reggie, lo stava aspettando per comprare la Grey Ghost.

Man mano che l'effetto del laudano svaniva, mio cugino cominciò a muoversi, e io gli sollevai la testa in modo da poterlo vedere in faccia. « Sei sveglio », dissi.

Reggie aprì gli occhi e quando mi vide li sbarrò. Cercò di gridare attraverso il bavaglio e si dimenò nel tentativo di liberarsi dalle corde che gli legavano polsi e piedi. Non riuscendoci, scalciò contro lo sportello della carrozza. Quando Miss Atwater si spostò in tutta fretta dall'altra parte, gli premetti il tallone della scarpa sullo stinco. « Fallo di nuovo e te ne pentirai. »

Lui provò a parlare da sotto il bavaglio, e io aumentai la pressione. « Non mettere alla prova la mia pazienza. » Lo fissai con lo sguardo più minaccioso che mi riuscì. « Ti avverto, cugino. Se ti azzardi a emettere anche un solo suono abbastanza forte da essere sentito da qualcuno all'infuori di me, ti farò cadere a calci tutti i denti. Sono stato chiaro? » domandai scandendo chiaramente ogni singola parola.

Per la prima volta in vita mia vidi un'espressione impaurita negli occhi di Reggie.

Detestavo ricorrere alla violenza, ma la vita di Mr Bell dipendeva dal silenzio di mio cugino. Bell ci aveva detto che se l'uomo nella taverna avesse subodorato qualcosa, se avesse avuto anche il minimo sospetto riguardo alla buona fede di Isaac, probabilmente avrebbe cercato di ucciderlo.

Io non volevo nessuno sulla coscienza, men che meno Mr Bell. Non temevo certo che non sapesse gestire la situazione, considerato che aveva steso da solo Reggie e i suoi complici e recuperato nel frat-

tempo la Grey Ghost rubata. Non avevamo ancora recuperato il tesoro scomparso, ma Mr Bell sosteneva che fosse soltanto questione di tempo.

Guardai fuori dal finestrino e vidi Isaac Bell uscire dalla taverna. Era davvero convincente nel ruolo di dandy che voleva impersonare. Un uomo dalla carnagione e dai capelli scuri lo seguì, e i due si diressero verso di noi.

Quando raggiunsero la carrozza, Isaac bussò allo sportello. « Pare che quest'uomo abbia l'ordine di trattare soltanto con Mr Reginald Oren. Insiste per vederlo. E subito. »

Io e Miss Atwater ci scambiammo un'occhiata. Lei sollevò una mano come se si stesse portando un bicchiere alle labbra.

Non era soltanto bella, ma anche brillante. Mi resi conto, però, che per dissipare ogni sospetto sarebbe stato meglio se la notizia dello stato di ubriachezza di Reginald fosse giunta da una donna. Mi sporsi in avanti e, a bassa voce, la esortai a rispondere.

Dopo un attimo di esitazione, Miss Atwater si protese verso il finestrino e scostò la tenda in modo tale che i due uomini all'esterno potessero vedere soltanto lei. « Lui... ecco, stasera ha alzato un po' il gomito, ma vedrò di svegliarlo. »

« Grazie », rispose Mr Bell. Fece un passo indietro con un mezzo sorriso.

L'altro uomo cercò di sbirciare attraverso il finestrino, ma Miss Atwater richiuse la tenda. « Voglio sperare che non sia un trucco », disse.

« Vi assicuro che non lo è », replicò Isaac.

Mi avvicinai a Reggie con il pugnale di mio padre e gli rammentai sottovoce che si sarebbe ritrovato senza denti se avesse osato emettere un solo suono che non fosse di mio gradimento. Gli abbassai il bavaglio e lo sollevai con uno strattone, sperando che l'uomo fuori dalla carrozza non notasse lo strano dondolio a bordo mentre spingevo mio cugino verso il finestrino. « Fai attenzione », mormorai.

Miss Atwater scostò la tenda.

« Cosa c'è? » ringhiò Reggie.

L'uomo spostò il peso da un piede all'altro mentre guardava attraverso il finestrino. « Mr Keene mi ha ordinato di parlare solo ed esclusivamente con voi. »

Dal momento che Reggie non rispose, gli premetti la punta del pugnale contro la schiena. « Sono qui. Forza, concludiamo l'affare. »

« Ne siete sicuro? »

« Mi avete sentito. Sono qui. Volete la 40/50? Dite a Keene di portare i soldi. »

« Non era così che... »

Aumentai la pressione, e la spalla di Reggie scattò verso il finestrino. « Dite a Mr Keene di portare i soldi alla rimessa di mio zio », rispose a denti stretti. Diedi un altro colpo di pugnale. « E che si sbrighi. Prima che cambi idea. »

L'uomo strizzò gli occhi come se non si fidasse del tutto. Dopo un momento, però, si strinse nelle spalle e guardò Isaac. « Vado, allora. »

Quando se ne fu andato, io proposi di seguirlo, ma Isaac mi intimò di aspettare. « Perché? » domandai. « Ci porterà dritti da Mr Keene. »

« Barclay Keene? » chiese Miss Atwater.

« E chi sarebbe? » volle sapere Bell.

« Il proprietario della Barclay Keene Electric Motor Works », rispose lei. « È sposato con la sorella del direttore dell'orfanotrofio. Ho sentito dire che la sua azienda naviga in cattive acque. »

« Interessante », commentò Bell. « Forse è lì che sta finendo una parte dei soldi sottratti dalle casse dell'orfanotrofio. »

Per me era una spiegazione assolutamente ragionevole. Ciò che non capivo era come mai non stessimo andando subito da Keene per arrestarlo. E così lo domandai a Mr Bell.

« Perché abbiamo solo la parola di vostro cugino, che per sua stessa ammissione è un ladro e un assassino. Non propriamente il massimo contro la parola di un importante uomo d'affari, non trovate? Ritengo che più prove avremo contro Keene, meglio sarà. »

« Ma c'è la nostra buona parola. E quella di Miss Atwater », replicai.

Miss Atwater mi posò la mano guantata sul braccio. « Voi cosa suggerite di fare, Mr Bell? » domandò.

« Di andare alla rimessa ad aspettare che arrivi questo Barclay Keene con i soldi. A quel punto non potrà certo negare di essere coinvolto, no? »

Per un'ora carica di tensione, io e Miss Atwater restammo appostati al buio e al freddo nella rimessa insieme a due agenti mandati a chiamare da Mr Bell. Alla fine Mr Keene e il suo uomo arrivarono. Byron, che stava ancora recitando la parte del vetturino di Reggie, li accolse sulla porta e li fece entrare. Keene non riusciva a distogliere lo sguardo dalla Grey Ghost, che avevamo parcheggiato all'interno.

« Ben fatto », disse Keene porgendo la valigetta con il denaro a Reggie, che era seduto su una sedia con Mr Bell alle spalle. Evidentemente Keene non si accorse che c'era qualcosa di strano finché non vide che Reggie stava fermo, anziché allungare la mano per prendere la valigetta.

Non che potesse farlo, d'altra parte. Aveva infatti le mani legate dietro la schiena, sebbene quel particolare fosse nascosto dal mantello che Mr Bell gli aveva messo sulle spalle.

« Che storia è mai questa? » disse Keene.

Reggie gli rivolse un sorriso freddo. « Ho brutte notizie, Keene. »

L'altro uomo, più anziano, aggrottò la fronte senza capire, fino a quando i due agenti emersero dal buio, bloccandogli ogni via di fuga. L'uomo della taverna estrasse un pugnale e si scagliò contro uno degli agenti, ma Isaac Bell lo batté sul tempo, benché il suo avversario fosse più giovane, e il pugnale cadde rumorosamente per terra. Io feci un passo avanti per dare una mano, ma Keene estrasse una pistola. Quando sparò mi fermai; il proiettile mi passò così vicino che sentii il mio mantello svolazzare. Se non avesse esitato prima di fare fuoco una seconda volta, distratto da Bell che chiamava il mio nome, adesso sarei un uomo morto. Capendo d'istinto cosa mi stava chiedendo Bell, gli lanciai il bastone di mio padre. Appena lo ebbe stretto tra le dita, Bell cominciò a rotearlo con una velocità tale che vidi una macchia indistinta di colore nell'aria. Anzitutto disarmò Keene, poi portò il bastone verso l'alto con un movimento fluido, colpendolo alla mascella con l'impugnatura di ottone. Mentre Keene indietreggiava, Bell raccolse la pistola e gliela puntò contro. « Credo che qui abbiamo finito », disse. Proprio in quel momento Miss Atwater lanciò un grido.

Ci voltammo tutti quanti e vedemmo Reggie accasciarsi a terra. Evidentemente Keene l'aveva colpito.

Accorsi al suo fianco e mi inginocchiai. « Reggie... »

Cereo in viso, mi guardò e chiese di sua moglie.

« Certo », dissi voltandomi in cerca di aiuto. « Chiamiamo prima i soccorsi. »

Ma vedendo la chiazza di sangue che andava allargandosi sul busto di mio cugino, Mr Bell scosse la testa. « Portate qui la moglie », disse sottovoce piegando il mantello di Reggie e premendoglielo sulla ferita.

« Byron, ti spiacerebbe...? » domandai.

Annuendo, il mio amico corse fuori dalla rimessa. Io e Mr Bell facemmo sdraiare Reggie a terra mentre Miss Atwater si toglieva a sua volta il mantello e lo piegava per poi sistemarlo sotto la testa di Reggie. Ero sbalordito tanto dalla sua forza d'animo quanto dalla sua prontezza a perdonare l'uomo che l'aveva rapita.

Dopo parecchi minuti il respiro di Reggie si fece affannoso e capimmo tutti che la fine era vicina.

« Il tesoro », disse Mr Bell dandogli qualche colpetto sulla guancia perché non si lasciasse andare. « Dov'è? »

« Mia moglie... dov'è...? »

« Sta arrivando », risposi.

« Dille che... la musica... dalla a lei, va bene, cugino? »

« Quale musica? »

« Nella cassa con i componenti dell'auto ho visto alcuni spartiti », disse Bell.

« Miss Atwater, sareste così gentile da dare un'occhiata? » domandai.

Lei si alzò, soffermandosi per un momento a guardare la mano insanguinata di Bell, che premeva il mantello sull'addome di Reggie. Poi si voltò e corse verso la cassa accanto alla Grey Ghost. Sollevò il coperchio e tirò fuori una partitura. Ce la portò. « Vi riferite a questa? »

Lui aprì gli occhi. « Mia moglie voleva... imparare... »

« Risparmia le energie », dissi rendendomi conto di quanto faticasse a parlare. « Tra poco sarà qui. »

« Il tesoro! » tuonò di nuovo Bell. « Dov'è? »

Proprio quando credevo che ci avesse lasciati, Reggie mi guardò dritto negli occhi. « Tu... hai aiutato... »

« A fare cosa? » domandai.

Ma era troppo tardi. Reggie non era più con noi.

Keene disse di non sapere alcunché né del tesoro né della rapina al treno. A lui interessava soltanto rovinare la Rolls-Royce. La parte più triste di quella notte fu dover raccontare a Elizabeth, la moglie di Reggie, tutto ciò che era successo, quando arrivò alla rimessa.

Per poco non mi si spezzò il cuore davanti all'espressione impassibile con cui restò ad ascoltare. Una lacrima solitaria le solcò la guancia. « Dov'è adesso? »

Ci facemmo da parte. Elizabeth restò senza fiato. Raggiunse Reggie, lo guardò e si lasciò cadere in ginocchio, dandogli dello sciocco. « Perché? »

Sentire i suoi sussurri ansimanti fu un vero strazio. Le posai una mano sulla spalla, ma lei mi respinse e si avviò verso la porta.

Miss Atwater le porse la partitura. « Vostro marito voleva che aveste questa. »

Elizabeth prese i fogli e li guardò uno per uno, disgustata, prima di lanciarli tutti sulla Grey Ghost. « La musica non sfamerà mio figlio », disse.

« Mrs Oren », la chiamò Isaac Bell mentre lei faceva per andarsene. « Mi dispiace moltissimo per la vostra perdita. Ma se doveste sapere dove si trova il denaro rubato... »

« Se mio marito ha rubato del denaro, con me non ne ha fatto parola. Vi prego, lasciatemi andare. Devo tornare da mio figlio. »

La invitai più volte a venire a Villa Payton, ma lei rifiutò. Temo che mi ritenesse colpevole della morte del marito. Forse aveva ragione. L'indomani partì insieme al figlio, senza portarsi dietro nulla all'infuori dei vestiti che indossavano. Per settimane passammo al setaccio la Grey Ghost, la rimessa e Villa Payton, certi che tutti quei soldi sarebbero stati difficili da nascondere, ma del denaro scomparso non c'era traccia. E questo nonostante le rassicurazioni di Bell. « Lo troverete », furono le parole con cui si congedò.

85

Mentre Trevor raccontava ciò che ricordava di aver letto alla fine del diario, tutti e cinque lo ascoltavano rapiti.

« Non c'è dubbio », disse Sam. « La chiave è la partitura. Forse le note sono un codice. Qualcuno l'ha mai esaminata? »

« La partitura? » domandò Oliver. « Non saprei nemmeno dove cercarla. Potremmo provare a chiedere a zio Albert, ma non sono sicuro che possa esserci... Un momento, Fargo. Sbaglio o zio Albert ha detto che tua madre e mio padre avevano trovato uno spartito all'epoca? »

« Non sbagli. » Sam controllò l'ora, tirò fuori il telefono e chiamò sua madre. Mise il vivavoce in modo che tutti potessero sentire.

« Sam? Tutto bene? Come sta Albert? »

« Bene. Stiamo tutti bene », rispose lui. Sulle prime sua madre lo rimproverò per averla fatta stare sulle spine così a lungo, ma poi Sam le spiegò dell'attacco hacker che avevano subito. Le assicurò che se fosse stato per lui l'avrebbe chiamata prima, ma temeva che potesse toccare anche a lei la stessa sorte. Non sapendo se sua madre gli avesse creduto, andò subito al sodo nella speranza che non insistesse sulla questione. « Albert ci stava dicendo che tu e suo fratello avete trovato una partitura sulla Grey Ghost, che in effetti è menzionata anche nel diario. »

« Una partitura? » Trascorsero parecchi secondi, poi sua madre rise. « È passato così tanto tempo che me n'ero quasi scordata. Sì, giocavamo agli investigatori. Dovevamo cercare un tesoro, e lo spartito era un indizio. »

« Sai dov'è? »

« Cosa, il tesoro? »

« Lo spartito. »

Lei rise di nuovo. « Quello spartito cominciava a sbriciolarsi già all'epoca, quando l'abbiamo trovato. Immagino che a un certo punto sia finito nell'immondizia.»

«Hai avuto modo di guardarlo con attenzione?»

«Decenni fa. Un attimo...» Probabilmente aveva messo la telefonata in attesa, dal momento che non si udì altro che silenzio. Dopo qualche secondo sua madre tornò in linea. «Stavo salutando il mio skipper del pomeriggio. Allora, cosa speri che abbia visto?»

«Qualsiasi cosa. Qualche annotazione. Note cerchiate.»

«Ammesso che ci fosse qualcosa, quando abbiamo trovato quella partitura era già tutto sbiadito.» Cominciò a canticchiare una melodia un po' stonata ma familiare. «*Come away with me, Lucille...*»

«*In my merry Oldsmobile*?» domandarono all'unisono Sam e Remi.

«Esatto!» esclamò lei. Seguì un rumore ovattato, come se la madre di Sam stesse coprendo il ricevitore. Riprese a parlare dopo un momento. «Mi dispiace di dover tagliare corto, ma i miei ospiti mi aspettano.»

«Grazie, mamma.» Sam sorrise a Remi. «Che fosse la versione di Reggie di un messaggio in bottiglia per la moglie?»

«Peccato che l'auto sia già stata setacciata da cima a fondo», rispose lei.

«E parecchie volte», aggiunse Oliver. «Forse qualcuno sapeva dello spartito. Dopotutto quella notte ci fu un gran viavai nella rimessa. Byron, le guardie notturne. Può essere che uno di loro sia tornato.»

«No, non credo», disse Sam. «Quell'Isaac Bell era un investigatore coi controfiocchi, senza ombra di dubbio la prima cosa che fece fu ispezionare la Ghost in cerca del tesoro perduto.»

Oliver si sforzò di tendere le labbra in un sorriso allegro. «Adesso non fa differenza, no? Siamo tutti sani e salvi, e questo è ciò che conta.»

Trevor si girò verso Remi con espressione abbattuta. «Lei ha letto il diario. C'è qualcosa che Reggie ripete a Jonathon per ben due volte. Sa di cosa parlo, vero?»

Remi e il ragazzino si guardarono negli occhi. Sam sapeva

come funzionava il cervello di sua moglie. Stava passando in rassegna tutto ciò che aveva letto, e a una velocità di cui lui non riusciva ancora a capacitarsi. D'un tratto Remi sorrise e guardò Sam. « Quella partitura era un messaggio per sua moglie. Dopotutto, quella sera Reggie chiese espressamente che fosse consegnata a lei. E se ben ricordi, quando Payton gli aveva detto di pensare a sua moglie e a suo figlio prima di fare qualcosa di cui potesse pentirsi, Reggie aveva risposto che era proprio a loro che stava pensando. Reggie... »

« Era consapevole dei rischi che stava correndo », la interruppe Sam. « Sapendo che sarebbe potuto non tornare, forse aveva preparato un messaggio da trasmetterle se mai gli fosse successo qualcosa. »

« Può darsi », disse Remi controllando qualcosa sul cellulare. « Un'altra possibilità è che alla fine Reggie stesse cercando di riaggiustare le cose. »

« In che senso? » domandò Oliver.

« Sto pensando alla frase che pronunciò in punto di morte. Trevor ha ragione », rispose lei guadagnandosi un sorriso dal ragazzino. « Quella sera Reggie disse a Payton non una, bensì due volte, che l'aveva aiutato a spostare il tesoro. Bisogna riconoscere che la prima volta lo fece più per provocarlo, dopo che Bell l'aveva catturato. Ma la seconda volta era stato ferito a morte, e chiese chiaramente che lo spartito fosse consegnato a sua moglie... » D'un tratto qualcosa sullo schermo del cellulare catturò l'attenzione di Remi.

« Sì, è sensato », concordò Oliver. « Sappiamo che Isaac Bell stava cercando in tutti i modi di fargli rivelare dove avesse nascosto il tesoro prima che morisse. E sappiamo che le ultime parole di Reggie a Payton furono: 'Hai aiutato...' Comunque sia, la risposta era in quel diario oppure no? »

« Io credo di sì », disse Remi. Sam riconobbe lo sguardo dentro i suoi occhi. Non era un'ipotesi. Remi conosceva la risposta, e sollevò il telefono per mostrare loro una foto della partitura scaricata da Internet. « Quella canzone era molto popolare tra il 1905 e il 1906. » Lanciò un'occhiata a Sam. « A pensarci, c'è una certa ironia britannica qui. »

« Vuoi dire che Reginald scelse quel brano per il riferimento all'auto, ma non perché avesse nascosto il tesoro a bordo? »

Remi sfoderò un sorriso felino, e Sam non ebbe bisogno di altro.

Sua moglie sapeva esattamente dove si trovava il tesoro.

86

Sam si appoggiò allo schienale e insieme agli altri osservò Remi e Trevor discutere del contenuto del diario. Man mano che procedevano, vide il ragazzino acquistare sicurezza mentre lei lo conduceva abilmente verso la sua stessa conclusione, senza mai dare a intendere di conoscere già la risposta. Dopo alcuni minuti di botta e risposta, Remi annuì con aria pensosa. « Chissà se questa storia ha a che vedere in qualche modo con Miss Atwater. »

« Può essere », disse Trevor tenendo lo sguardo fisso sul suo bicchiere d'acqua, perso nei suoi pensieri. D'un tratto sgranò gli occhi e si alzò di scatto dalla sedia, guardando prima sua madre e poi Remi. « La risposta è la partitura! » Corse alla porta in preda a un'eccitazione incontenibile.

Titubanti, giacché non sapevano bene cosa pensare, gli altri lo seguirono altrettanto rapidamente attraverso il giardino fino al cottage della viscontessa madre, Sam e Remi in coda alla fila.

Trevor picchiò i pugni sulla porta. Passò parecchio prima che Mrs Beckett andasse ad aprire. « Dobbiamo vedere zio Albert », disse Trevor passandole davanti come un fulmine. « È importante. »

Poco dopo, mentre il resto del gruppo entrava al seguito di Trevor, arrivò in salotto anche Albert. « Cosa succede? Non sapevo avessimo ospiti, Mrs Beckett. »

« Nemmeno io. »

Trevor andò al pianoforte, scostò lo sgabello, prese posto e sollevò il coperchio dai tasti. « Miss Atwater sedeva proprio qui, accanto a Payton. » Premette uno dei tasti dell'ottava più bassa, poi un altro e un altro ancora. Emisero tutti un suono metallico. « Lei gli disse che aveva bisogno di essere accordato. »

Sam e Remi restarono indietro mentre Oliver e Chad alzavano il coperchio per poter controllare all'interno. Oliver lasciò a Trevor l'onore di guardare per primo, porgendogli il cellulare da usare come torcia.

Trevor lanciò un'occhiata timida e incerta a Remi. Quando lei gli sorrise, lui accese la torcia e illuminò le profondità del piano. Guardò prima Remi e poi sua madre con un'espressione traboccante di meraviglia. « C'è qualcosa là sotto. Mamma... devi vederlo. » Le allungò il cellulare. Mentre lei e Oliver si avvicinavano, Trevor si voltò verso Remi. « Aveva ragione, Mrs Fargo! »

« Io? Sei stato tu a trovare la soluzione. Io pensavo allo sgabello. È lì che di solito si tengono gli spartiti, no? »

Sam circondò le spalle di Remi con un braccio. « Certo », sussurrò mentre Oliver e Chad cercavano i ganci per rimuovere la copertura anteriore del pianoforte. L'antico sgabello non aveva nemmeno uno spazio in cui riporre le partiture, e Sam dubitava che sua moglie avesse dimenticato quel dettaglio dopo la prima notte che avevano trascorso a Villa Payton.

« Insomma », disse Albert raggiungendo il pianoforte mentre Oliver e Chad toglievano la copertura anteriore. « Si può sapere cosa state facendo? »

« Vieni a dare un'occhiata, zio Albert », disse Oliver.

Lui sbirciò dentro, vide qualcosa, si schiarì la gola e scosse la testa, tornando in sala da pranzo per finire la sua limonata fredda. « Non mi stupisce che abbia sempre avuto un suono strano. »

Ripescarono una borsa di cuoio dal ventre del pianoforte

« Aprila! », esclamò Trevor entusiasta dopo che Oliver l'ebbe portata al tavolo.

Oliver la aprì. Conteneva una manciata di sterline d'oro che brillarono sotto la luce della lampada e un oggetto piatto e rettangolare molto più grande avvolto in un'incerata.

Sam lesse la data su una delle monete. 1905. « Quando si dice fior di conio... Considerando il prezzo dell'oro, scommetto che valgono circa trecento volte il loro valore nominale. »

« Ma non è certo la cifra mancante », osservò Oliver.

Trevor si avvicinò per guardare meglio. «Possiamo tenere qualcosa?»

«Mi dispiace, ragazzo», rispose Oliver. «Questo è denaro rubato, il che significa che tornerà tutto alla Corona.» Sollevò poi un lembo dell'incerata e inarcò le sopracciglia. Guardò Remi. «Cosa dicevi prima riguardo all'ironia britannica?» Tolse del tutto l'incerata e mostrò loro blocchetti su blocchetti di banconote bianche da cento sterline emesse dalla Banca d'Inghilterra con le relative lastre d'incisione. «Credo proprio che questo sia il colmo dell'ironia.»

«Perché?» domandò Trevor. «Non è il mezzo milione mancante?»

«Sì, ma non vale nulla», spiegò Oliver indicando con un cenno del capo le banconote. «Dal 1945.» Fece un profondo sospiro. «Tutto questo si sarebbe potuto evitare se nel diario fosse stato specificato che i soldi rubati non erano monete d'oro, bensì banconote.»

Era tardi quando Sam e Remi riuscirono ad andare a letto.

Remi si accoccolò accanto a Sam. «Di certo non è il bottino in cui speravamo.»

«A ogni modo è un ritrovamento niente male. Stavo riflettendo su cosa sarebbe potuto succedere se Isaac Bell non avesse fermato Reggie Oren e quelle lastre fossero finite nelle sue mani. Non oso nemmeno immaginarlo.»

«Scommetto che quelle lastre sono il motivo per cui fu deciso di ingaggiare qualcuno con l'esperienza di Isaac Bell.» Remi si appoggiò sui gomiti e gli diede un bacio. «Bel lavoro, Fargo.»

«Ho una domanda, Remi... Come hai fatto a capire che il denaro era nascosto nel pianoforte?»

«Quando Reggie aveva traslocato, era l'unica cosa che Payton gli avesse dato una mano a spostare.»

«Stupendo e stupefacente.»

87

A un anno di distanza dal loro ritorno, Sam e Remi si stavano godendo una colazione tardiva nella loro casa appollaiata in cima a una scogliera, con le onde che si infrangevano irrequiete sotto di loro, quando un autoarticolato si fermò davanti al loro vialetto. Dopo qualche minuto, Selma e l'autista li raggiunsero sul terrazzino.

Selma aveva un'aria contrariata. « Signori Fargo, quest'uomo sostiene di avere una grossa spedizione da consegnare a questo indirizzo. Gli ho detto che era impazzito, ma ha una bolla di consegna con sopra scritto il vostro nome. »

Remi scoppiò a ridere. « È chiaramente uno sbaglio. »

Sam intervenne subito. « Oh, devo aver dimenticato di dirti... »

« Sam, cos'hai dimenticato di dirmi? »

« È il tuo regalo di compleanno », rispose lui con un enorme sorriso sulle labbra.

Remi cominciò a sentire puzza di bruciato. « Sai benissimo che compio gli anni ad aprile e non a luglio. » L'autista si strinse nelle spalle. « Mi dispiace, signori, ma non posso fare altro che lasciare qui il mio carico. »

« Sì, diamo un'occhiata. Non vedo l'ora di scoprire di cosa si tratta », disse Remi.

L'autista salì sul rimorchio e si mise a trafficare rumorosamente. Abbassò una rampa e scese con un piccolo telecomando. Un motore tese il cavo mentre il carico cominciava a emergere dall'interno buio del rimorchio. Vedendo comparire qualcosa di grosso e rosso, Remi scoppiò in un riso incontrollato.

« Ci è voluto un anno per restaurarlo a dovere, ma non è una meraviglia? » disse Sam.

Selma e Lazlo restarono a bocca aperta quando videro l'autopompa Ahrens-Fox del 1917 scintillare sotto lo splendido sole di quella giornata. Le valvole e la pompa argentate, ora rivestite di cromo e nichel, diffondevano un riflesso abbagliante. La vernice rossa originaria e le stupende decorazioni in foglia d'oro erano state tirate talmente a lucido che brillavano di luce propria.

Sam accarezzò un parafango con delicatezza, come se fosse un oggetto sacro. « Sono riusciti a conservare le scale, le manichette e le ruote di legno. È ancora tutto originale. Pensa, ha un secolo eppure sarebbe perfettamente in grado di spegnere un incendio », disse Sam.

« Sembra nuova di zecca », disse Remi ammirando le finiture dorate. « Non riesco a credere che sia lo stesso veicolo con cui abbiamo sfondato quelle porte di ferro. Com'è possibile che sembri così nuovo? »

« Mi sono affidato a un'impresa di Londra specializzata nel restauro di veicoli d'epoca. Credo converrai che ha fatto un lavoro impeccabile. »

Firmarono un assegno che rese felice l'autista, poi Sam e Lazlo scomparvero e tornarono poco dopo con una batteria e una tanica di carburante. « Si parte! » esclamò Sam aiutando Remi e Selma a salire a bordo. Persino Zoltán saltò su accanto a Remi.

« Non è un dalmata, ma dovremo accontentarci », commentò Remi.

Poi, con Sam al volante, Lazlo al campanello, Remi alla sirena e Zoltán che ululava in sottofondo, l'Ahrens-Fox sfrecciò per le strade di La Jolla come un drago riemerso dal passato.

Clive Cussler e Robin Burcell
L'oracolo perduto

È il 533 d.C. L'ultimo sovrano dei Vandali del Nord Africa consulta un oracolo per scoprire come sconfiggere l'esercito bizantino invasore. L'oracolo rivela la segreta verità: una sacerdotessa ha lanciato una terribile maledizione sul regno in seguito al furto di un rotolo sacro. Il re, per annullare la maledizione, dovrà trovare il rotolo e riportarlo al suo posto. Ma la guerra imperversa, il regno cade prima che il sovrano possa ottenere il perdono degli dèi e la pergamena viene consegnata alla storia soltanto come una leggenda.
Ai nostri giorni, durante alcuni scavi archeologici in Tunisia finanziati dai cacciatori di tesori Sam e Remi Fargo, antichi indizi riguardo all'antica pergamena tornano alla luce, e intanto si verificano strani incidenti. Poco dopo, una spedizione di rifornimenti destinata alla scuola femminile che hanno fondato in Nigeria viene rubata. I Fargo si recano quindi nel cuore dell'Africa per consegnare di persona un nuovo carico di forniture, ma lì un gruppo di criminali prende in ostaggio Remi e le allieve della scuola.
La maledizione della pergamena, rievocata dopo millenni, sembra colpire di nuovo...
Sam e Remi dovranno fare appello a tutte le loro abilità per uscire sani e salvi da questo pericoloso scacco, senza perdere uno dei più grandi tesori di sempre.

LONGANESI

Finito di stampare nel mese di ottobre 2023
per conto della TEA S.r.l.
dalla Press Grafica s.r.l.
Gravellona Toce (VB)
Printed in Italy